——————想象，比知识更重要

幻象文库

THE PLAYER OF GAMES

伊 恩 · M . 班 克 斯 “ 文 明 ” 系 列

游戏玩家

[英] 伊恩 · M.班克斯——著　刘思含——译

新 星 出 版 社　NEW STAR PRESS

伊恩·M. 班克斯的“文明”世界

“文明”是英国作家伊恩·M. 班克斯虚构的一个社会体系，一个奉行无政府主义的星际乌托邦。班克斯创作了一系列以“文明”世界为背景的长短篇小说作品，总称为“文明”系列，其中不乏广受好评的科幻文学经典之作。

班克斯是一位思维缜密、创造力惊人的作家。他的观点头绪繁多，并非一目了然。“文明”这个虚构世界的设置，隐含着不少经过他仔细权衡之后得出的结论。这里对“文明”世界进行一番粗略的介绍，可能会对你阅读本书有所帮助。

银河系与“文明”世界

银河系是“文明”世界的背景和所有故事上演的舞台。在小说对应的年代，整个银河系有几十个重要的星际社会体系，“文明”是其中最强大的社会体系之一，也是积极参与银河系事务的一股势力。

“文明”世界在物质上极为富足，并且掌握了高超的科学技术，所有人无须占有财产，就可以轻松满足一切需求。几乎所有的物质困扰都已经被克服，包括疾病和死亡。这个社会的所有成员几乎是完全平等的，社会结构非常稳定，不需要使用任何暴力和强制手段来维持秩序。

除了“文明”，银河系中还有几万个掌握了宇航技术的小股势力。此外还有无数社会体系与世隔绝，他们或是尚未进入太空时代，或是已经摒弃了星际旅行，追求反省与孤独。“文明”系列小说通常以生活在边缘地带的人物为主角，比如外交官、间谍、雇佣兵等。作者借这些角色的眼睛，向读者描绘不同地区千姿百态的自然社会风貌，展现出惊人的想象力。

在小说体系里，“文明”与地球上的人类社会共存。现有小说的情节，发生在人类公元1300—2970年；地球初次与“文明”接触的时间是公元2100年；早在20世纪70年代，“文明”的使者就曾经暗中到访地球。“文明”世界的创立，是几个由人类和智能机器组成的社会发展到一定程度之后的结果。在《游戏玩家》一书中提到，“文明”世界涉足太空已经有一万一千余年。

人类居民

“文明”世界有两类居民：一类是人类和其他生物体，另一类是智能机器。

有人觉得“文明”世界的人类居民简直就像机器豢养的宠物。在一个科技万能的世界里，他们做不出什么有益的贡献。小说的人物有时也会质疑“文明”世界的民主程度，怀疑机器在暗中操控整个社会。事实上，小说里的确很少出现“文明”的人类成员做出重大决策的情节。

在“文明”世界里，很多居民都具备接近人类的生物特性。对这种情况，作者并没有做出明确的解释，而只是给出了一些近似于调侃的回答。但是，小说中的银河系里也有很多非人类的生物体。

“文明”世界掌握了改善人体构造的技术。大部分人类成员都会选择对身体进行改造，比如变换性别、增强性欲、消除疼痛、改变年龄、控制心跳和意识，还可以不经锻炼就加强骨骼和肌肉。进行什么样的改造取决于个人喜好。如果愿意，也可以在身体里加装武器系统。大多数“文明”社会的居民都会给自己植入药物腺体，通过神经系统控制这些腺体，产生服药、饮酒、做梦等感觉。腺体分泌的药物没有副作用，也不会成瘾。因为大多数“文明”居民可以长期保持健康，有人甚至选择偶尔生病，来满足自虐的怪癖，这种癖好在有些场合甚至很流行。

智能机器

除了人类及其他生物之外，智能机器也是“文明”世界的平等居民。超过一定智能水平的机器，就被看作地位完全平等的个体。这些机器可以粗略划分为嗡嗡机和主脑两种类型。

不同型号的嗡嗡机智能水平和社会地位各有不同：有些功能强大，地位与人类居民相当；有些只承担简单工作，智能相对有限；承担基础服务工作的原始嗡嗡机，被视为智能机器的原型，没有自我意识，也没有公民资格。

嗡嗡机往往都有鲜明的个性。嗡嗡机中的平民，智能与人类相当。而特工机构定做的嗡嗡机，智能高出常人数倍，感应能力上佳，战斗装备的威力也非常惊人。它们的武器主要是力场和效应器，有时也配备激光和刀锋飞弹。

外形方面，嗡嗡机是形态各异的悬浮物体，身体周围还有可见的光晕，用来表达情绪。不同颜色和图案的光晕可以表达不同的信号，内容丰富，人类居民也能看懂这些信号。

主脑是最强大的智能机器，其智能大大高于“文明”世界的其他生物和居民，它们的处理能力惊人，可以同时进行数以百万计的会话。主脑是大型设备（飞船和太空居住地）的控制系统，在社会体系中占据重要地位，承担着为所有人谋福利的职责。作者认为只有让公权力完全处于人类控制之外，才有可能绝对避免腐败，因此主脑是绝对自由的无政府社会能够存在的前提。

主脑个性鲜明，有时候带点儿怪癖，但永远亲切友好。它们把居民或者船员视作有趣的同伴，并通过各种遥控设备与人类交流。主脑的化身可以是嗡嗡机、人形替身甚至毛绒玩具。

是否承认智能机器的公民权，是小说中一些战争的缘起。“文明”世界对智能机器非常尊重，很多简单重复的工作，都交给特制的非智能机器去完成，以避免智能机器有被盘剥、被奴役的感觉。

社会体系

在“文明”世界里，智能机器、人类和其他生物体完全平等共存。这是一个享乐至上的社会。人类和智能机器也有自己的工作，但主要是为了“好玩”，而不是“有用”。他们只需要做自己感兴趣的事情，每个个体都可以按照自己的智能水平和喜好来选择工作。“文明”世界没有货币体系，他们认为“货币的存在，就是贫困的象征”。

“文明”世界没有法律，社会规范约定俗成。居民看重自己的声誉，讲究礼貌，行为不当的人会受到嘲讽。唯一严格的禁令，似乎是不得杀害或胁迫其他有意识的存在，不管是智能机器还是生物体。“文明”世界也的确存在“激情犯罪”，嗡嗡机会形影不离地看守着这些罪犯，以免他们造成更多危害。

未经允许窥探他人思想是“文明”世界的大忌，尽管他们完全掌握了此类技术。小说中提到，如果“文明”世界有一天需要制定法律，也许第一条就是禁止窥探他人思想。这让居民的隐私权有了一定的保障，尽管整体而言，“文明”世界是一个无须保守秘密的社会。

语言

玛瑞语是“文明”世界的通用语，这套语言系统由早期主脑创建。人们相信，语言具有塑造现实世界的力量，玛瑞语既可以用常规方式书写，也可以用二进制数据表达，形式上也富有美学价值。玛瑞语中的符号，可以用 3 乘 3 格的二进制信号表示，相当于 9 位的二进制数据。这种语言里没有表示财产、所有权、等级体系和权势等概念的词汇，因为“文明”世界努力避免受到这些概念的负面影响。

姓名

一些人类和嗡嗡机有冗长的名字，可以包含 7 个或者更多的单词。这些词有的代表出生地或者制造厂，有的代表职业，有的可能代表了哲学观念和政治立场。以戴吉特 · 萨玛为例，她的全名是拉斯德 – 康杜雷萨 · 戴吉特 · 埃姆布雷希 · 萨玛 · 达 · 玛林海尔德。

“拉斯德 – 康杜雷萨”是她出生的行星系统，按这套命名规则，地球人姓名的开头应该是“索尔 – 特拉萨”（即“太阳 – 地球人”）。

“戴吉特”是名，通常由父母尤其是母亲决定。

“埃姆布雷希”是她自己选择的名字，大部分“文明”世界的居民成年时给自己取一个名字，称为“具名”，表示名字最终完整了，也有人不给自己取名。

“萨玛”是姓，通常随母姓。

“达 · 玛林海尔德”是她成长的地方，这里的“达”相当于德国人名字里的“冯”，表示来自哪里。

按照这种格式，伊恩 · M. 班克斯给自己取了一个名字：索尔 – 特拉萨 · 伊恩 · 厄尔班考 · 班克斯 · 达 · 昆斯弗雷。

飞船的主脑为自己命名，这些名字往往是异想天开又荒唐可笑的（例如，先读说明书、老友莫重逢）。“文明”世界的战舰经常设计得十分丑陋，名字也不好听（例如，暴徒、行刑官、神经虐待者），据说是因为大家爱好和平，不想跟暴力扯上任何关系。

死亡

“文明”世界的人类居民大多淡然面对死亡，基因技术和主脑对日常生活的操控，使人类居民非自然死亡的可能性下降到接近于零。居民的平均寿命在350年至400年，但也可以进一步延长。人类居民也可以轻松制作自己身体的备份，就算是死了，也能复活。居民可以自由选择复活的形式，可以复活成生物体，也可以变成智能机器，甚至变成虚拟空间里的存在。在“文明”世界，死亡被看作生命的一部分，刻意避免死亡是一种缺少风度的行为。有了死亡，生命才完整。

在“文明”世界的技术支持下，嗡嗡机和主脑的寿命没有上限。所有的主脑都有自己的备份，因为它们承担的职责十分复杂和重要。

空间科技

“文明”世界和其他一些先进的文化系统，都掌握了反重力技术和力场技术。

他们可以远程控制力场进行推、拉、切割等精准操作，也可以制造防卫力场。但是这种能力在作用距离和强度方面有一定的局限性。尽管他们可以制造绵延数千米的力场，但是人还是要靠近事态发展现场，才能有所作为。

在主脑的控制下，力场可以远距离发挥特定作用，几光年以外的飞船也可以侵入某星球的电脑系统，调取、修改资料。

“文明”世界还拥有利用时空隧道瞬间转移生物体和非生物体的能力，体积越小，转移的空间越大。瞬间转移也是一种军事技术，比如说，炸弹可以瞬移到敌方区域引爆。

生存空间

“文明”世界几乎没有居民在行星上生活，因为“文明”世界不愿征服或者向现有行星移民。由于掌握了先进的技术，他们没有生存空间的压力。

大部分“文明”世界的居民生活在被称为“星陆”的类行星轨道平台上，这是一种巨大的人造环形世界，可以容纳数以十亿计的人口。星陆通常是利用小行星、陨石和太空垃圾等不利于宇宙飞行的散碎材料做成的圆环状平台。星陆也有自己的主脑，类似于飞船，只不过功能更为强大。

除了星陆之外，飞船（包括星舰在内）就是“文明”居民的主要生活空间，也是与外星球进行接触的使者。一艘完整的“文明”飞船，长度在数百米到数万米之间，内部可能居住数以十亿计的生命，是一个完整的人工生态系统。

存在于巨大飞船和人工居住地中的“文明”世界，没有征服其他地域的需求，也就没有真正意义上的疆域。

对外政策

尽管“文明”世界的生活无忧无虑，很多成员却并不甘心无所事事，他们主动承担起一些“慈善工作”，或公开或秘密地参与到其他社会体系的发展中，帮助他们不致走上灾难性的错误发展道路。在“文明”世界看来，这是他们的道德义务。

“文明”世界的星际事务部就负责处理此类事务，采用外交或其他手段达到目的。星际事务部下面又设有一个特情局，这是一个特工组织，行动更为隐秘。因为“文明”世界对其他星球的干涉常常会引发反感，所以要谨慎处理。

“文明”世界常常被看作对20世纪至21世纪西方文明的影射，尤其是对相对落后地区的态度方面。“文明”世界的外交政策立场，接近于现代国际政治舞台上的新保守主义。

争议

“文明”特情局会驱使雇佣兵承担肮脏的任务，自己却置身事外假作清高，甚至以发动战争为威胁达到政治目的，这种做法即便是拿现实世界中西方社会的行为标准来衡量，也会显得过于卑鄙。

“文明”世界的故事，大多涉及文明社会面临的两难问题。这个虚构的社会体系是一个理想的自由放任社会，它摆脱了现实物质条件的约束，超越了现时的很多偏见和谬误，但依然面临着一些无法圆满解决的问题和争议。这些问题也是值得全人类思考的主题。

“文明”世界本身在面临安全和生存考验的时候，有时也不得不走向自己的反面，容忍与自身价值体系完全相左的行为。特情局有时候别无选择，只能重用那些有能力完成任务的人，而这些人或者机器代表的未必是“文明”世界所倡导的东西。星际事务部和特情局有时候会隐瞒重要信息，与“文明”世界的公开做法唱反调甚至通过操控大众意见来左右政局。这种做法带有一定的自相矛盾和脱离现实的倾向，像一群“理想主义的青春期少年”。

作者对“文明”世界一些设置的解释

为什么“文明”奉行无政府主义？

在作者看来，人类现有的权力体制无法适应太空时代，技术水平达到一定程度之后，无政府主义倾向是必然的，也是必须的。

要在太空时代生存，飞船或者居住地必须自给自足。如果他们与掌权者之间发生冲突，可以轻易摆脱控制，而掌权者如果采用强力压制的做法，往往会代价高昂，得不偿失。太空时代的文明体系，必然带来权力的分散和集权体制的消解。

太空居民的社会结构和财产关系，必然不同于单一星球环境。外界生存环境的恶劣，会加强同一文化内部的认同感。表面看来是无政府主义盛行，内部看来却是彼此互利的社会主义环境，一切社会和经济结构都合乎这一趋势。

为什么由主脑而不是由人类掌握世俗权力？

在作者看来，人类自私和互相仇恨的冲动，在迄今为止的所有社会结构中都没能得到足够的控制。也许问题的解决之道，在于世俗权力的转移，应当将复杂的机器系统置于道德、哲学、政治理念之上。处于控制地位的机器立场坚定，却可以保持天真，超越私利。

为什么对人工智能如此乐观？

在作者看来，人们对人工智能现有的各种担心和指责，往往可以归结到简单的几个方面：认定生物具有某些无法模拟的特性，认定机器不可能有“灵魂”，认定非生物体不可能有自我意识。可是所有这些，其实都建立在存在某种超自然“神灵”的前提之上。作者是无神论者，他把智能机器看作完全与人类平等的存在。

作者认为，智能机器确实可能成为人类的敌人，不过相反情形出现的可能性更大。如果出现了所谓的“冯·诺依曼计算机噩梦”，也只能说是设计过程中的一点反常，是一种可以纠正的方向性偏差。人类的未来，完全可以是人机共存共荣的。

多元化的文明世界

作者曾经表示，什么属于“文明”世界，什么不属于“文明”世界，并不存在非常明确的界限。他笔下的宇宙处在不停的演进之中，有些特色淡去了，另外一些特色会逐渐清晰。

在“文明”系列作品的各个角落，作者探索着各种构造宇宙的可能：七维空间、果壳中的宇宙、一粒尘埃中的乾坤等。他用亦真亦幻的笔调，刻画了现实与幻想空间中，关于人类的一切可能。也许，在他深邃的眼神后面，还隐藏着无数不为人知的奇思妙想，像他笔下的银河一样无边无际，等着每一个人类或者嗡嗡机，和他一起去探索未知时空的奥秘。

按出版年代顺序，“文明”系列包含的小说作品有：

Consider Phlebas（1987）	中文版已出（《腓尼基启示录》）
The Player of Games（1988）	中文版已出（《游戏玩家》）
Use of Weapons（1990）	中文版已出（《武器浮生录》）
The State of the Art（1991）	中文版敬请期待
Excession（1996）	中文版已出（《异象》）
Inversions（1998）	中文版已出（《反叛者手记》）
Look to Windward（2000）	中文版已出（《向风守望》）
Matter（2008）	中文版敬请期待
Surface Detail（2010）	中文版敬请期待
The Hydrogen Sonata（2012）	中文版敬请期待

目录

第一章　文明之地

这里所讲述的是一个人如何为了一场游戏而远走千里的故事。这个人的名字叫戈奇，是个游戏玩家。这个故事开始于一场并非战斗的战斗，终结于一场并非游戏的游戏。

我是谁？稍后我会告诉你的。

那么，故事开始了。

他跟随着前方全副武装的身影在荒漠上蹒跚着，每踏出一步都扬起一阵尘土。枪在他手中沉默无声。他们就快到达目的地了，波涛拍击着海岸，从远处传来的声音穿过头盔，在他的耳膜上轰响着。一座高耸的沙丘就在前方，登上去就能够看到海岸。他竟然活了下来，这真是出人意料。

外面一片烈日炎炎、燥热不堪的景象，但是他却感到凉爽舒适，因为日光和热量被隔绝在了机械装甲的外面。头盔上的护目镜有一角变暗了，那是在之前的战斗里中了一枪的缘故。受了伤的右腿弯曲成不自然的形状，让他走起路来一瘸一拐的。但是除了这些，他还是很幸运的。他们最后一次遭到攻击是在一公里开外的地方，而现在他们就快脱离战场了。

一道闪光的弧线划过天空，一排飞弹照亮离他们最近的小丘。

破损的护目镜害得他迟了一步才看到它们。阳光照在飞弹光滑的外壳上，反光让他一时以为它们已经开火了。空中交织的飞弹尾迹，看起来就像振翅乱飞的鸟群。

飞弹真正开火的时候总伴随着晃动的红色激光。他举起枪准备反击，而他那些同伴已经开枪了：有几个匍匐在沙尘飞扬的地面上，另一些人则单膝跪地。他是唯一站着的。

飞弹又一次改变了轨道，突然分裂成好几个部分向不同的方向飞去。弹片打在他脚边，激起一溜儿尘土。他努力想瞄准那些小玩意儿，但是它们飞得实在太快了，相比之下，他手中的枪真是又大又笨，一点儿都不好用。他感觉自己的装甲与远处机枪的轰鸣、其他人的叫喊产生了共振，头盔内部的显示屏正在报告着详细的受损情况。机械装甲猛地一震，他的右腿突然丧失了知觉。

“精神点儿，戈奇！”耶雅在他旁边笑了起来。两枚较小的飞弹察觉到这里是一个突破口，突然改道向他们飞来。耶雅单膝跪地躲过了袭击，戈奇则对着飞弹疯狂开枪，但他的子弹总是慢半拍。飞弹朝他们俩中间冲去，其中一枚突然发出一道闪光，随后粉身碎骨。耶雅一声欢呼，飞起一脚踢向另一枚还在他们身边盘旋的飞弹。戈奇笨拙地转身，朝那枚飞弹扣动了扳机。但非常不幸的是，子弹全打在了耶雅的装甲上。耶雅大叫一声，一连串咒骂脱口而出。她踉跄了几步，差点儿摔倒，但还是及时调转枪口，朝着飞弹开枪还击。透过飞弹四周飞扬的尘土，戈奇看到一道红色激光朝他射来，随后他的眼前就一团漆黑了。戈奇瘫倒在地，脖子以下都不听使唤了。一切归于黑暗与宁静。

“你已经阵亡了。”一个细微而清晰的声音说道。

戈奇趴在沙地上。他能听见远处沉闷的嘈杂声，感觉到身下的地面在微弱地震动。他还能听见自己心跳如雷、气喘吁吁。他试着平复自己的呼吸和心跳，但他丧失了对自己身体的控制权，他被困在了这套装甲里。

他的鼻子有点儿痒，但是他没法去挠。我在这儿到底是要干吗啊？他问自己。

知觉又重新回到了他的身体里。他听到人们说话的声音，还能看到鼻子前方一公分处被自己护目镜压平的沙土。在他自己能爬起来之前，已经有个人拉着他的手臂，把他拽了起来。

他解下了头盔。耶雅·梅丽斯提诺克斯也摘下了头盔，正站在他身边不远处活动着脖子。她双手叉腰，挂在手腕上的枪晃来晃去。“你真是够呛。”她用一种勉强还算友善的语气说。她的脸蛋漂亮而稚气，但一开口就是一副世故又无赖的低沉嗓音。

其他人正坐在一边的石头上聊天，还有一些正在朝俱乐部的门口走去。戈奇终于挠到了他的鼻子。耶雅捡起他的枪递给他，戈奇摇了摇头，没有接。

“耶雅，”他说，“这都是些小孩子把戏。”

她愣了一下，然后把戈奇的枪也挎在了背后，接着耸了耸肩。两支枪的枪口在阳光下闪闪发亮，戈奇仿佛又看到了飞弹呼啸而过的轨迹，不禁又一阵头晕目眩。

“那又怎样？”她说，“不无聊吧？你说你觉得无趣极了，什么人给你一枪你就舒服了？”

他掸了掸身上的尘土，转身向俱乐部走去。耶雅跟在一边，回收机嗡嗡地从他们身边飞过，开始回收遭到破坏的机械装置。

“耶雅，这太幼稚了。你怎么会把时间浪费在这种东西上？”

他们在沙丘顶上停了下来。俱乐部就在丘底一百米远的地方，再远处就是金色的沙滩和雪白的浪花。骄阳高照，大海明艳动人。

“别那么自大。”她说。海风吹拂着浪花，又将波浪激起的泡沫送回大海的怀抱。她棕色的短发在风中飘舞。她停下脚步，脚边是半埋在土里的飞弹碎片。她捡起闪闪发光的碎片，吹掉上面的沙子，翻来覆去地摆弄着它。“我喜欢这个游戏，”她说，“我喜欢你喜欢的那种游戏，也喜欢这个。”她看上去有些困惑。“这是个游戏。你玩游戏的时候一点儿也不开心吗？”

“不觉得。你也会觉得无趣的，以后你就知道了。”

她耸了耸肩。“那就以后再说吧。”她把手里四分五裂的零件交给他，他低头研究它们的时候，几个年轻人从他们身边经过，朝着火线走去。

“戈奇先生？”其中一个年轻人停了下来，半信半疑地打量着戈奇。另外一个年纪稍长的人脸上露出了稍纵即逝的愠怒，但随即换上了一副宽容大度的表情。耶雅已经见过好几次这样的事了。“杰诺·莫拉特·戈奇？”那个年轻人用难以置信的口气问道。

“正是在下。”戈奇斯文地笑了笑。耶雅还注意到他稍稍直起了腰，让他看上去更挺拔一点儿。年轻人笑逐颜开，深深地鞠了一个躬。戈奇和耶雅交换了一个眼神。

“很荣幸见到您，戈奇先生。”年轻人微笑着说，“我叫舒罗，我……我一直关注着您的每一场比赛，我还集齐了您所有的学术论著……”

戈奇颔首道：“那可真了不起。”

“是真的！如果您有时间，我是否能有幸与您来一场……无论什么游戏都行。我最擅长的是‘调兵遣将’，我打进了加时赛，但是——”

“很遗憾，我现在实在抽不出时间，”戈奇说，“但是只要有机会，我非常乐意跟你比一场。”他对年轻人微微点了点头。“很高兴认识你。”

那个年轻人脸色通红。“我真是太荣幸了，戈奇先生……再、再见……”他拘谨地笑着，后退了几步，转过身回到了同伴那里。

耶雅目送他走远。“你很享受这一切，是吧，戈奇？”她咧嘴一笑。

“完全不是，”戈奇轻快地答道，“我都快烦死了。”

耶雅转头看着那个年轻人，直到他翻过山丘，消失在沙海的另一头。她叹了口气。

“你呢？”戈奇厌恶地看着手里的飞弹碎片，“你享受这些充满破坏性的玩意儿吗？”

“称不上是‘破坏’，”耶雅拖长了调子，“它们只是被爆破性地拆解了，不是被破坏了。我半个小时内就能把它们完好无损地拼回去。”

“所以说，这些其实都是假的。”

“那什么不是假的呢？”

“智慧的创造。技术的磨炼。人类的情感。”

耶雅嘲讽地撇了撇嘴。“看来我们要了解彼此，还有很长的一段路要走呢，戈奇。”

“我帮你。”

“当你的入室弟子？”

“对。”

耶雅转开了目光，看向海边反反复复冲击着金色沙滩的巨浪。海风吹拂，惊涛拍岸，她慢条斯理地将搭在颈后的头盔扳上来戴好，咔的一声扣上。他站在那里，看着耶雅护目镜上自己的影像。他用一只手摸索着陷进自己头发里的锁扣。

耶雅抬起头。“再见，戈奇。我和察木力斯后天去你那儿，没问题吧？”

“如果你们想来的话，当然没问题了。”

“那我想去。”她冲他眨了眨眼，走下了沙坡，他目送着她走远。当一架满载着亮闪闪金属残骸的回收型嗡嗡机飞过她身边的时候，她把戈奇的枪也放在了上面。

戈奇握着飞弹碎片又站了一会儿，随后把它们又扔在了光秃秃的沙地上。

泥土和树木的味道从露台下方的湖边传来。那是个漆黑的夜晚，浓云密布，只有一小抹来自环状星陆[①]对面的反光照亮了天顶的云层。湖水拍打着隐没在黑暗中的小船，水声响亮。而湖岸边则是一片灯火通明，校园里低矮的建筑隐藏在绿树之中。他身后正在举行一场聚会，音乐声、谈笑声，食物、香水与各种不可名状的气味无形地散发着，如同雨前的隐隐雷声和闪电的气息一样扑面而来。

“锐蓝”的劲头还没过去。戈奇身后微启的门缝中泻出夜晚温热的香气，被宴会中传来的一浪一浪的喧闹声分解成小段，像是从绳子上撕裂的纤维，颜色、模样各不相同。纤维化成了细腻的沙砾，被截留在他指间。他琢磨揣测，细加分辨。

烤肉的焦香味弥漫在空中，令人垂涎三尺。然而这诱惑中又掺杂了些许微妙的令人反胃的成分。他大脑中的各个部分对这一气味做了详细评估，大脑底部判断出它具有高蛋白食物的营养价值，中脑则说它是一堆被焚化而死的细胞，然而脑叶顶部知道主人早已吃饱喝足，无须再添上一份烤肉了。

他还能感觉到大海，嗅到它微咸的空气从十公里开外越过平原与丘陵而来，细若游丝，仿佛河道纵横的密网，引着这一汪黑暗的湖水穿过芬芳馥郁的草原与林地，奔向浩瀚无垠的大海。

“锐蓝”是游戏玩家们常用的一种激素，来自植入于大脑中的人工腺体——就在戈奇的大脑底部，紧挨着掌控人类本能的部

① Orbital，类行星轨道平台，“文明”建造的巨大太空居住地。

分。用“锐蓝”的人很少，因为它不仅无法带来直接的愉悦体验，还需要使用者注意力相当集中才能生效。但是对于游戏玩家而言，“锐蓝”有化繁为简、化难为易、烛幽发微的奇效。那是一种多功效的药物，能调节抽象思维，却没有催情致幻的兴奋作用。

其实他并不需要它。

当他意识到这一点的时候，“锐蓝”的第一波药效刚刚过去，进入了高原期。刚才他观看了一场“四色”比赛，其中一个男孩就是他接下来的对手。他的手法相当花哨，但没有多少技巧。乍一看相当惊艳，其实徒有其表，新潮高端，但华而不实。一言以蔽之，不堪一击。戈奇侧耳听着宴会的喧哗，湖水的拍打声和更远处的楼宇里传来的声音，脑子里却仍然清晰地记得那个男孩的游戏风格。

到时候再说吧，他想。让魔法消散吧。

他身体里的某处放松了，幻觉中的肢体伸展开来。魔法，或曰大脑中某种细微、天然、循环运行的子程序一瞬间崩溃，轻而易举地消散了。

他在湖边的露台上又站了一会儿，然后转身回到大厅中去。

“杰诺·戈奇，我还以为你跑了呢。”

他一踏进金碧辉煌的大厅，一只嗡嗡机就漂浮着跟了上来，戈奇朝它看去。有一些人正站着聊天，另一些则扎堆围在一条巨幅古代挂毯之下，那儿放着几张棋盘和桌子。大厅里还有好几十只类似的嗡嗡机。它们有的在玩游戏，有的在一旁观战，有的在跟人类聊天，还有一些坐得整整齐齐，显然是在进行某种无线通信。毛鳞-丝壳，就是刚刚跟戈奇搭话的那只嗡嗡机，是在场所有嗡嗡机里体形最小的一个，一双手就能稳稳当当地托住它。灰色和棕底蓝条纹的光从它周身散发出来，看起来就像一个精巧的老式太空飞船模型。

它跟着戈奇一路穿过人群来到“四色”棋盘前，戈奇皱了皱眉。

“我还以为这只菜鸟吓到了你呢。”这只嗡嗡机大声说。戈奇走到桌前，一个刚刚输掉一局的玩家赶紧站了起来，让出了一张雕饰华丽的椅子，戈奇坐了下来。他的对手是个三十岁左右、头发乱糟糟的年轻人，他显然听到了刚才嗡嗡机大声嚷嚷的那句“菜鸟”，表情有点受伤。

戈奇感到周围的人稍微安静了一些，毛鳞-丝壳发出的亮光颜色又起了变化，愉悦的红色与不快的棕色交替闪烁，发出两种矛盾的信号。

“别理那玩意儿，”戈奇对那个年轻人点点头说道，“它就喜欢惹人生气。”他把自己的椅子往桌子方向拉近了一点儿，理了理他那件老旧过时、袖口宽松的夹克，开口道：“我是杰诺·戈奇。你呢？”

“斯特利·佛斯。”年轻人吸了口气，答道。

“很高兴认识你。那么，你选什么颜色？”

“呃……绿色。”

“好。”戈奇往椅背上靠了靠，停了一会儿，挥了挥手，“你先下吧。”

斯特里·佛斯先走了一步，戈奇前倾身体，也走了一步。毛鳞-丝壳停在戈奇的肩膀上，发出自言自语似的嗡嗡声。戈奇用一根手指弹了弹它的外壳，把它推远了一点点。整个游戏过程中，它都在模仿他们的棋子在棋盘上移动时发出的细微刮擦声。

戈奇轻而易举就赢得了游戏。他甚至利用对手的惶惑在棋盘上弄出了个漂亮的图案，用棋子从四角围攻，在盘面上画出了一个如同创口一样的红色方形轮廓。几个人鼓起掌来，其他人则交头接耳，低声赞叹。戈奇向对手表示感谢之后站了起来。

“这是胜之不武，”毛鳞-丝壳又嚷嚷起来，“以强凌弱，太跌份儿了。”它闪着红灿灿的光，一蹦一跳地从人们头上飞走了。

戈奇摇摇头，大步走开了。

这小家伙就是这么让人又爱又恨。虽然它粗鲁无礼，还经常发脾气，但是比起很多人那些令人倒胃的繁文缛节，倒是让人舒坦得多。很显然，它现在又飞去骚扰别人了。戈奇穿过人群，不时跟熟人点点头，然后看到察木力斯·阿马尔克-泥在一张低矮的长桌边上跟一位——不那么惹人厌的——教授说话。戈奇朝他们走去，顺手从飘过他身边的餐盘上拿了一杯酒。

“啊，吾友……”察木力斯·阿马尔克-泥说。它是一台旧式嗡嗡机，身高一米五，半米粗，方形身材，外壳因为千年来的磨损而变得暗淡无光。它把感应板转过来对着戈奇。“我刚刚还跟教授谈到你呢。”

波露拉尔教授严肃的表情变成了一种嘲讽的笑意：“又一次大获全胜啊，杰诺·戈奇？”

“有这么明显吗？”戈奇将酒杯举到唇边，问道。

“察言观色我还是会的。”教授说。她的年纪比戈奇大上一倍，已经快一百岁了，但仍然容光焕发，颇为动人。她皮肤白皙，还有一头精心打理过的银发。“又有一个学生给我丢人了吧？”

戈奇耸耸肩。他已经喝光了酒，正四处张望哪儿有可以放杯子的托盘。

“请让我来。”察木力斯·阿马尔克-泥低声说，谦卑地取走了戈奇手中的杯子，放到了三米以外一个飘过的托盘上。一团浅黄色的光带回了满满一杯与刚才一样的醇酒，戈奇接了过来。

波露拉尔教授穿着深色套装，质地看起来相当柔软。闪闪发光的银链点缀在她脖颈和膝盖的部位。她光着脚，戈奇觉得一双高跟靴会更与她的着装相配。不过比起某些大学教授的怪癖，喜欢光脚这种事真是不足为道。他笑了起来，低头看着浅色木地板上她黝黑的脚趾。

“戈奇，你这么厉害，”波露拉尔教授说，“为什么不加入我们？比起巡回客座讲师，成为正式教员不好吗？”

“我已经告诉过你了，教授，我很忙的。我有一堆玩不完的游戏，写不完的论文，回不完的邮件，旅不完的游……还有，我会厌倦的。我很容易就厌倦了，你知道的。”戈奇一边说，一边移开了目光。

“杰诺·戈奇当不了一个好老师。”察木力斯·阿马尔克-泥附和道，“如果学生没能立即领会他教的东西，不管那有多复杂，多难懂，他马上就会失去耐性，抄起他们的水瓶就淋下去了……这还算好的呢。”

“我也听说过这件事。”教授点了点头。

“都是一年前的事了，”戈奇朝着那台老旧的嗡嗡机皱了皱眉，“耶雅那是活该。”

“说起来这个，”教授瞟了一眼察木力斯，“我们也许帮你找到了一个好对手呢，杰诺·戈奇。有一个年轻的——”正在这时，远处传来一声巨响，大厅里又变得嘈杂起来。他们朝叫喊声的方向看去。

“哦，别又闹起来了。”教授疲惫地说。

就在刚才，几个年轻的讲师一不小心把一只宠物鸟放飞了，它在大厅里横冲直撞，缠上了好几个人的头发，直到嗡嗡机毛鳞-丝壳从半空中神勇出现，把这只鸟敲晕过去才结束了混乱。然而这件事把大家的心情都搞得很糟。

“现在又是怎么回事？”波露拉尔叹了口气，“失陪了。”她将手里的玻璃杯和小点心搁在察木力斯·阿马尔克-泥又宽又平的表面上，分开人群向着骚乱的源头走去。

察木力斯·阿马尔克-泥四周闪动着灰白色的光，显得很生气。它重重地把玻璃杯放在桌子上，再把小点心甩进了远处的垃圾箱里。“是那个讨厌的嗡嗡机毛鳞-丝壳。”它气呼呼地说。

戈奇越过人群朝骚动方向看去，“真的？全是它闹起来的？”

“我真不明白它到底哪里吸引了你。”这台旧式嗡嗡机说着，拿起波露拉尔教授留下来的杯子，把浅金色的酒水倒进他的延伸力场里。液体呈杯状悬浮在空中，就好像有一个看不见的杯子盛着它似的。

“它能逗我笑。”戈奇答道。他看着察木力斯，“波露拉尔刚刚说你们替我找了个好对手，这就是你们之前在谈的事吗？”

“没错，他们找了个新学生，是通用系统星舰土著，不过在‘天罗地网’上很有天赋。”

戈奇挑起一边眉毛，在他所知的游戏里，“天罗地网”算是相当复杂的一种了，不过那也是他的拿手好戏。在“文明”里也有一些玩家能在“天罗地网”里与戈奇一战——尽管他们是专精“天罗地网”，而非戈奇这样的游戏全才——但两者之间的胜负输赢也殊难预料。但是“天罗地网”玩家非常少，大概只占玩家总数的十分之一，而且彼此之间都隔得很远。

“那么，谁是那个天才新星？”远处的骚动已经渐渐平息下来了。

“是个年轻姑娘，”察木力斯说，晃动着它的延伸力场，让半空中的酒水一丝丝溢了出来。“刚从拜物教星舰上下来的，还没安顿好呢。”

十天前，通用系统星舰拜物教在奇亚克星陆进港停泊，直到两天前才离开。戈奇在那艘飞船上进行了几场不同类型的表演赛（他暗地里相当得意自己横扫千军，无一败绩），但是表演赛完全没有涉及“天罗地网”。他的好几个比赛对手曾向他提起过，船上有一位非常厉害（但很羞涩）的年轻玩家，然而戈奇从来没有见他（或者她）出现过。他觉得这些人对于这位天才的传闻未免夸大其词——他们总是对自己的飞船怀有一种莫名其妙的自豪感，觉得就算自己被这位了不起的游戏玩家打败了，也总有人能跟他一较高下（固然飞船本身就远胜戈奇，但这当然不算。他们说的是人以及1.0版嗡嗡机这些东西）。

“真是个淘气又麻烦的家伙啊。”波露拉尔对漂浮在自己肩膀附近的毛鳞-丝壳说。它现在正闪烁着幸福的橙色光芒，但是周围漂浮的一圈微弱紫色则透露出不知悔改的真相。

“哦？”毛鳞-丝壳欢快地反问道，“你真这么想吗？”

“跟这小家伙说说话吧，杰诺·戈奇。”教授打量着察木力斯，微微蹙了蹙眉，端起了另一个杯子（察木力斯将它之前玩了半天的酒又倒回了原来的杯子里，放回了桌上）。

“你刚刚干什么去了？”戈奇问，这时毛鳞-丝壳已经飘到他面前了。

“解剖课。”它答道。它现在发出了蓝色和棕色交织在一起的光，表示它心情糟透了。

“刚刚有人在露台上找到一只奇丽普，”波露拉尔解释道，用责备的目光看着那只小小的嗡嗡机，“它受了伤，有人把它带了进来，然后毛鳞-丝壳自告奋勇说要替它疗伤。”

“我这不是闲着嘛。”毛鳞-丝壳适时地插了一句。

“它在众目睽睽之下把那只奇丽普给杀了，还开膛剖腹，”教授叹了口气，“把大家恶心坏了。”

“反正它都会因为受惊过度而死的，”毛鳞-丝壳接话道，“这些奇丽普是多么可爱的小生灵啊。它们美丽的皮毛下掩藏着的精巧骨架，回环曲折的消化系统也迷人极了。”

“别人在用餐的时候可一点也不觉得这有多迷人。”波露拉尔说，她从托盘里拣出另一份小点心。“它还在动呢。”她闷闷不乐地说着，吃掉了点心。

“那只是神经中枢的反射。”毛鳞-丝壳辩解道。

“或者说是‘低级趣味’。”察木力斯·阿马尔克-泥说。

“你可是个中好手啊，阿马尔克-泥？”毛鳞-丝壳说道。

“我得承认，在这方面你天赋异禀。”察木力斯反唇相讥。

戈奇笑了。察木力斯·阿马尔克-泥是一台旧式——可以说是古董式——的老嗡嗡机了，到现在已经有四千多岁了（它自己是这么说的，当然也没人无礼到想要去考证质疑它）。戈奇一出生就认识了这台嗡嗡机，它跟戈奇家是几百年的故交。

毛鳞-丝壳则是戈奇最近才认识的。两百多天前，这只暴躁易怒的小家伙慕名来到奇亚克星陆，这个因为盛产怪人而闻名宇宙的地方。毛鳞-丝壳最初被设计为一款供“文明”星际事务部特情局使用的嗡嗡机。作为一款军用产品，它被赋予了世故冷硬的性格，并搭载了武装系统（这些东西对于大部分嗡嗡机而言既无必要，也无用处）。就像“文明”制造的其他智能产品一样，它的性格在出厂前并没有完全按设计成形，而是留待日后逐步培养。制造者们认为，引入这种不确定因素将有利于智能产品形成自己独特的人格。然而事实证明，并非所有通过这种流程制造出来的嗡嗡机都能恰如其分地完成它们原本被赋予的使命。

毛鳞-丝壳就是这样一只流氓嗡嗡机。它的人格已经被判定为不适用于星际事务部甚至不适用于特情局。它情绪波动极大，爱好寻衅滋事，又毫不顾忌他人感受（这还只是它自认为有过失的方面）。它被下了最后通牒，要么换个激进分子人格（跟它自己的人格相差十万八千里），要么收拾好它自己的人格离开星际事务部——前提是它必须卸载掉身上的武器和高端通信感应系统，尽可能地把功能降低到一般嗡嗡机的水平。

于是它满腔悲愤地选择了后者。再然后它就来到了奇亚克环状星陆，希望在这里谋得一席之地。

“肉脑壳。”毛鳞-丝壳冲察木力斯·阿马尔克-泥来了这么一句，便朝露台的方向疾驰而去。那只老式嗡嗡机气得光晕发白，一道明亮的七色涟漪状波纹表明它正在通过电子束向那只逃逸的嗡嗡机发射联络信号。毛鳞-丝壳在半空中停下，然后转了过来。戈奇屏住呼吸，满怀好奇地想知道察木力斯刚刚说了什么，毛鳞-丝壳又会如何反击？他知道它可不会像察木力斯那样忍气吞声，只通过私密信号来表达不满。

“我最讨厌的，”毛鳞-丝壳在几米之外缓缓开了口，“不是我失去的东西，而是我将慢慢获得的东西——虽然还得挺多年呢——慢慢变成像你这样油滑世故、碌碌无为的老家伙。人类一旦发现自己老了没用了，他们还可以选择体面地死掉，而你甚至连这样都做不到。你就是个废物，阿马尔克-泥。”

毛鳞-丝壳说完，就变成了一个隔绝通信模式的镜面球体，趾高气扬地冲出大厅，消失在黑暗中。

“孺子不可教也。”察木力斯闪烁着蓝光，淡淡地说。

波露拉尔耸了耸肩说：“真是遗憾。”

“是吗？”戈奇说，“我倒觉得它过得挺开心的。”接着他转向教授问：“我什么时候能见见你们年轻的‘天罗地网’天才？你们没有藏着她给她开小灶吧？”

“当然没有，我们只是给她一段适应的时间。”波露拉尔用牙签往嘴里小口小口地送着零食，“从我掌握的情况来看，这姑娘从小大门不出二门不迈的，从来没有离开过通用系统星舰，刚到这里一定觉得很稀奇。对了，她主修的不是游戏理论，杰诺·戈奇，我想必须得把这事说清楚，她是来这儿修哲学课的。”

戈奇露出一脸恰如其分的愕然。

“从来没有？”察木力斯·阿马尔克-泥也问道，它的光晕带着迷人的青铜色，“一直生活在通用系统星舰上？”

“她很怕生。”

“环境使然。”

“我必须见见她。”戈奇说。

“你会见到的，”波露拉尔说，“马上就能见到了吧。她说她下次会跟我一起去特朗茨参加聚会。哈弗利斯在那里有比赛，没错吧？”

“应该是的。”戈奇答道。

“也许她会在那儿跟你来上一盘，不过她要是很怕你，你也别太吃惊。”

“我会做个风度优雅的绅士的。”戈奇说。

波露拉尔若有所思地点点头，心不在焉、目光飘忽地扫视着四周，直到大厅中央爆发出一阵欢呼声。

“失陪，”她说，“好像那边又出什么事了。”说着她就朝外走去。察木力斯·阿马尔克-泥闪到一边，避免再次被当成托盘。于是教授拿着酒杯离开了。

“今天早晨你见到耶雅了吗？”察木力斯问戈奇。

他点点头。“她把我塞进一套保护服，然后拿着枪扫射了半天会‘爆破性自我分解’的飞弹。”

“你不喜欢？”

“不喜欢。我对那女孩期望很高，但是她总在那种地方浪费时间。我觉得她的智商总有一天也会‘爆破性分解’的。”

“好吧，萝卜青菜，各有所爱。她只是想帮你消遣一下，是你先说自己心浮气躁，想找点新玩意儿的。”

“也不是这么回事吧。”戈奇心里突然涌起一股说不清道不明的消沉感。

他和察木力斯看着人们向露台靠拢。戈奇脑子里现在昏昏沉沉的，似乎有什么在嗡嗡作响。他完全忘记了，要想克服“锐蓝”的后劲，可得需要那么点儿自制力。看着人来人往，他感到一阵轻微的恶心。

“到放烟火的时间了。”察木力斯说。

“是啊。一起去呼吸点新鲜空气吧，如何？”

“正合我意。”察木力斯说，暗红色的光晕包围着它。

戈奇放下杯子，和这只老式嗡嗡机一起混入了人群中。他们随着人流从挂毯高悬的大厅涌向正对着黑色湖水的露台，露台上的泛光灯大放光明。

雨滴敲打在窗户上，发出像木柴燃烧一样的噼啪声。从这栋位于伊克洛的房子里看出去，树木丛生的陡峭斜坡引向峡湾，峡湾之外是更远的山脉。窗户上蜿蜒而下的水流使这幅风景扭曲起来。

耶雅·梅里斯提诺克斯从壁炉边拿起一根铁质拨火棍，戳着炉中的一根木柴。她一只脚踩在精心设计的石头边缘上，浅棕肤色的手扶着雕琢成绳子花纹的壁炉台。火花飞溅，像要飞出烟囱，与外面的落雨相逢。

察木力斯·阿马尔克-泥在窗户附近漂浮着，眺望着阴沉沉的浓云。

房间的木门打开了，戈奇走了进来，手里端着一个上面放着热饮的托盘。他身穿一件宽松的浅色长袍，下面是一条深色的宽松裤子，拖鞋随着脚步发出啪嗒啪嗒的声音。戈奇放下托盘，朝耶雅看去。“想好下一步了？”

耶雅走了过来，一脸懊恼地看着台面，摇了摇头。“没有。”她说，“你赢了。”

“你看——”戈奇说着拿起几枚棋子。他的双手在台面上像变魔术似的飞快动着，耶雅盯着他，一个动作也没落下。最后她点点头。

“嗯，我明白了。不过——”她用指关节叩了叩棋盘上的一块六角形，戈奇刚刚把她的一枚棋子落在上面，给了她一线获胜的希望。“我至少得在两步之前就做好防御。”她坐回沙发上，拿起她的那杯饮料，然后向对面沙发上微笑着的男人举起了杯子，“为胜利者干杯。”

“你差点儿就赢了，”戈奇说，“四十四步，进步神速啊。”

“相对而言，”耶雅一边喝饮料一边说，“只是相对而言啊。”她的身子深深陷进沙发里，戈奇把棋子都摆回原位，察木力斯·阿马尔克-泥飘到他俩之间。“你看，”耶雅环视着装饰华丽的屋子，“我一直都很喜欢这房子的味道，戈奇。”她又转过脸看着那只嗡嗡机问：“你说呢，察木力斯？”

察木力斯把光晕轻轻甩向另一头，来了一个嗡嗡机式的耸肩。“我也喜欢，大概是因为这屋里烧的是伯尼兹木，古老的瓦维里安文明在一千年以前就发现这种木柴烧起来香味宜人。”

“是啊，这香味真不错。”耶雅站了起来，走回窗前。“这该死的雨下得也真不错。”她摇了摇头说。

“因为有山。”他答道。

耶雅扫了一眼周围，挑起一边眉毛。“我看不见得吧。”

戈奇又笑了，一只手摸着自己修剪得整整齐齐的胡子问：“你的地形构造做得怎么样了？”

“别提了。”耶雅看着窗外的倾盆大雨，摇了摇头，“什么鬼天气。”她把杯子撂在桌面上，“难怪你喜欢自己一个人住，戈奇。”

“哦，耶雅，那可不是因为天气，”戈奇说，“是因为我自己。别人受不了跟我长时间相处。”

“他的意思是，”察木力斯接口道，“他受不了跟别人长时间相处。”

“大概两者兼有。”耶雅一边说，一边坐回了沙发上。她跷着二郎腿，从棋盘上捡起一枚棋子把玩起来。“察木力斯，你觉得刚才那场游戏怎么样？”

“你的技术已经接近你能达到的极限了，不过你的判断力还可以提高。但是我还是觉得你没办法打败戈奇。”

“喂，”耶雅假装生起气来，“我只是个初学者，我还能再进步的。”她一边嗒嗒地敲着沙发，一边嘴里啧啧不已，“他们说我的造景能力也会再进一步的。”

“碰到什么问题了？”察木力斯问。

耶雅走了一会儿神，然后叹了口气，靠在沙发上，“是啊……就是白痴埃尔斯特里德和大惊小怪的土鳖普莱西佩列尔，他们根本毫无冒险精神。他们连听都不听我说。”

“你说什么了？”

“点子！”耶雅仰天大叫，“和以前不一样的东西，改变一下那种保守的局面。就因为我年纪小，他们根本不搭理我。”

“我认为他们很欣赏你的作品。”察木力斯说。戈奇靠在沙发上，一边晃着杯子里的饮料一边盯着耶雅。

“他们就喜欢让我干点儿不动脑的活儿，”耶雅的语气突然变得很疲惫，“支起一两座山啦，挖几个湖啦……但是我想说的是整体规划方面的问题，这才是真正的重点。我们现在就是在复制隔壁的板区，全银河里随随便便就能找出一百万个一模一样的。这有什么意义吗？”

“意义在于……人们能住在上面？”察木力斯循循善诱，发出玫瑰色的光芒。

“人们住哪儿不行啊！”耶雅从沙发上弹了起来，明亮的绿眼睛瞪着这只嗡嗡机，“我们不缺住的地方，我现在说的是‘艺术’！”

“那你想怎么样呢？”戈奇问道。

“比如，”耶雅说，“往地基下面塞点儿磁性材料，受到磁力影响的小岛可以就这么漂浮在海上。彻底放弃普通的地表，改用流动的巨大岩石，上面有湖泊、有溪流、有植被，还有一群勇敢的居民。这听上去可刺激多了！”

“比什么刺激多了？”戈奇反问。

“比这些东西刺激多了！”耶雅跳了起来，走到窗前。她敲了敲长方形的窗格，“看看，你现在跟住在一颗行星上没两样。大海，山脉，还下雨。你难道不想住在一座漂浮的岛屿上，在海面上腾云驾雾吗？”

“要是两个岛屿撞上了怎么办？”察木力斯问。

“撞上了？”耶雅转过身来看着对面的一人一机。外面的天色越来越暗了，屋里的灯光则慢慢亮了起来。她耸了耸肩。“你可以让它们不要撞上……但你们不觉得这个点子棒极了吗？一个老女人和一台机器竟然就这么阻止了我？”

“好吧，”察木力斯说，“我认识那台普莱西佩列尔，如果它认为你提出了个好主意，是绝不会视若无睹的，它经验丰富——”

“是啊，”耶雅插嘴道，“‘经验’丰富过头了。”

“学不厌多，小姐。”嗡嗡机说。

耶雅·梅丽斯提诺克斯深吸了一口气，看上去还想继续争论下去，但其实她只是伸开手臂，转了转眼珠，又回到了窗前。“等着瞧吧。”她说。

此时从遥远的峡湾边上，阴云中突然露出了一道阳光，照亮了淫雨霏霏的昏沉下午。雨势减弱了，整个房间都铺上了一层流动的光芒，照明系统也慢慢暗了下去。有风吹过滴着水的树梢。

“啊，别担心。”耶雅伸了个懒腰说，她挑剔地审视着窗外的风景，“真该死，我得出去跑一圈。”她走到房间一角的门口，脱下靴子，把雨衣往椅子上一搭，又解开了衬衫的纽扣。“你们等着瞧吧，”她冲戈奇和察木力斯俏皮地摇了摇手指，“漂浮的岛屿，它们的时代已经到来了。”

察木力斯一言不发，戈奇则一脸怀疑。耶雅走了出去。

察木力斯走到窗前，看着这个女孩。她现在穿着一套短装，沿着房子外一条穿过草坪和森林的小路跑了下去。她挥了挥手，但是没有回头，不一会儿就消失在了树林中。尽管耶雅看不见，察木力斯还是闪烁了几下灯光作为回应。

“她真了不起。”它说。

戈奇靠在沙发上说：“她真让我觉得，不服老不行啊。”

“哦，连你也开始伤春悲秋了。”察木力斯说着从窗边飞了回来。

戈奇的目光落在炉石上。“现在我干什么都觉得……单调乏味，察木力斯。有时候我开始思考，我是不是一直在重复我做过的事，新游戏看起来也是换汤不换药，再没有什么值得玩的了。”

“戈奇，”察木力斯做了一件很不常做的事——它真的坐在了沙发上，而不是飘着——它实事求是地问道，“搞清楚，你是在说游戏，还是在说生活？”

戈奇仰起一头黑色卷发，哈哈大笑。

“游戏，”察木力斯继续说，“就是你的生活。如果你对游戏也烦了，那么我想你在其他方面大概也不尽如意。”

“也许是我对游戏的幻想破灭了吧。”戈奇说，手里转着一枚精雕细琢的棋子，“我曾经认为无关背景，一个好游戏就是一个好游戏。游戏规则清晰明白，在任何地方都通用无阻……但是现在我疑惑了。比如说这个，‘调兵遣将’，”他冲台面上的棋子点点头，“这是从某个近几十年才发现的行星上传过来的游戏。那个星球上的人用这游戏来赌博，把它搞得很隆重。但是我们这儿有什么好赌的？比如拿我伊克洛的房子来赌，有什么意思？”

“耶雅才不会要你的房子。”察木力斯被逗笑了，“她嫌这儿雨水太多了。”

“但是你发现了吗？如果人们想要这样的一栋房子，他们可以找人建；如果他们想要什么家具——”戈奇朝房间里一挥手，“他们只需提个要求，然后就到手了。不赌钱，不赌东西的话，当初发明这个游戏的人所获得的乐趣就丧失了一大半。”

“你把赔光房产、地位和庄园，甚至赔上你的孩子，称作‘乐趣’？最后说不定你还得上阳台一枪爆了自己的头，这也是‘乐趣’？我们已经脱离那种低级趣味了。你这是在妄想，戈奇。你很享受自己在‘文明’上的生活，但它无法带给你足够的危机感。一个真正的赌徒才需要这种刺激。只有时刻笼罩在失败和毁灭的阴影之下，他才感到自己还活着。”

戈奇沉默不语，藏在角落的灯发出淡淡的柔光，与火光一同照亮了他。

“你把‘莫拉特’当作自己的中间名，但也许你并不是一个完美的游戏玩家。你或许可以把它换成‘西奎’，因为你是个赌徒。”

“你知道吗，”戈奇慢慢说道，声音小得跟壁炉里木柴的噼啪声一样，“我确实有点害怕跟这些年轻人比赛，”他瞟了一眼察木力斯，“确实如此。因为我享受胜利，我拥有一些别人无法复制、不可企及的优势。我就是我，我就是最优秀的游戏玩家。”他又飞快地瞟了一眼察木力斯，似乎觉得自己有点不知羞耻。“但是每时每刻，我都在担心自己会输掉。我想，要是出现一个年纪轻轻、比我还有天赋的人，那么我的一切就要被他夺走了。这个念头让我坐立不安。我赢得越多，这个念头就越强烈。这意味着一旦输掉，我失去的会更多。”

“你真是活得本末倒置。”察木力斯说，“游戏就是游戏，这是常识吧？娱乐第一，胜负第二。因为击败别人而沾沾自喜，这种廉价的虚荣只能说明一个人完全不适合玩这个游戏。”

戈奇缓缓地点了点头。“其他人也是这么说的。他们都这么认为。”

“但你不这么想？”

“我……”戈奇似乎很难找到一个合适的字眼来表达自己的想法，“我赢了游戏的时候会有种……狂喜的感觉。比恋爱、性和任何一种腺素都更让我兴奋，只有在赢的那一瞬间，我才会感到，”他摇了摇头，闭紧嘴唇，“……真实。我是真实存在的。至于其他时候，我觉得自己就像那只前特情局嗡嗡机——毛鳞-丝壳。我身上似乎也有什么天生的东西被夺走了。”

“哦，这就是为什么你对它感到亲近了。”察木力斯带着冷冰冰的光，冷冰冰地说，“我倒想知道你在那只糟糕透顶的机器上看到了什么。”

“辛酸。”戈奇坐了回去，“我看到的就是辛酸。不过它至少算是个新鲜玩意儿。”他又站了起来，走到炉火边，用拨火棍将木柴拨到一边，又用笨重的钳子夹起一块木头塞了进去。

“这不再是个需要英雄的时代了。”他凝视着火焰，对嗡嗡机说，“个人主义已经过时了。我们为什么活得这么舒坦？因为无足轻重，所以高枕无忧。没有人能独挑大梁了。”

“星际事务部需要作为个体的人。”察木力斯提醒他，“那些人被派去一个新开发的世界，并且对它未来的走势产生关键性的影响。他们就像雇佣兵一样，不算是‘文明’的人，不过他们也是人类，是人民。”

“他们是选出来供人利用的，就像游戏的棋子。他们只是无名小卒。”戈奇有点不耐烦，离开壁炉又回到了沙发上，“而且，我也不是他们。”

“那就把自己‘冷藏’起来，等着那个更需要英雄的时代到来吧。”

“哈。”戈奇说着，坐了下来，“如果它真的会来——这简直是自欺欺人。”

察木力斯聆听着窗外的雨声和室内木柴燃烧的声音，“好吧，”它慢慢地开了口，“如果你喜欢那家伙带给你的新鲜感，星际事务部——先别说特情局——挺适合你的。”

“我没打算申请加入星际事务部。”戈奇向后靠去，“被困在通用星际飞船里，身边一群走来走去等着教训人的改良派，这个场面既不能让我得到乐趣也不能让我得到满足。”

“我说的不是那个。我说的是星际事务部拥有世界上最先进的主脑和最全面的数据。他们也许能想出什么好办法来。根据我以前的经验，他们碰到什么事儿都能解决。但是我得警告你，这是万不得已的对策。”

“为什么？”

“因为他们很狡诈，阴险极了。他们也是一群赌徒，无往不胜的赌徒。”

“嗯。”戈奇说，摸了摸自己的胡子，“我不知道该怎么找到他们。”

“无稽之谈。”察木力斯说，“我在那儿有熟人，我——”

门砰的一声打开了。“外面太冷了！”耶雅冲进房间，甩着头发上的水。她浑身发抖，双手抱在胸前，薄薄的一层短裤贴在大腿上。戈奇站了起来。

“到火边来。”察木力斯向她招呼道。耶雅瑟瑟发抖地站在窗前，身上还滴着水。“别干站在那儿，”察木力斯对戈奇说，“拿条毛巾过来。”

戈奇不满地看了它一眼，走出了房间。

等他回来的时候，察木力斯已经让耶雅挪到了火边。此时她正跪在壁炉前，一道弧形的光晕扶在她的后颈上，让她更靠近炉火。另外一道光晕拂过她的头发，细小的水珠顺着她湿透的卷发落在滚烫的壁炉边缘，发出嗞嗞的声音。

察木力斯从戈奇手里接过毛巾，戈奇看着它用毛巾帮年轻姑娘擦干身子。他目光游移了一会儿，然后摇摇头，又坐回沙发上，叹了口气。

“你的脚都弄脏了。”他对女孩说。

“嗯，不过我跑得很尽兴。”耶雅在毛巾下面笑道。

耶雅连哼歌带吹口哨地折腾了半天，终于把身上弄干爽了。她披着毛巾在沙发上坐了下来，伸直了双腿。“我快饿死了，”她突然说，“你不介意我去弄点……”

“我去吧。”戈奇说着，穿过房间一角的门走了出去，不一会儿又拐了回来，把耶雅的裤子挂在她之前搭雨衣的椅子上。

“你们刚刚在说什么？”耶雅问察木力斯。

“戈奇的困境。”

“帮上忙了吗？”

“这我不知道。”嗡嗡机坦承道。

耶雅拿起衣服，飞快地穿好，然后坐在火炉前定定地看着前方。天色向晚，房间里的灯亮了起来。

戈奇端着一个装满糖果和饮料的托盘回来了。

耶雅和戈奇一边吃，一边和察木力斯玩起了戈奇最喜欢的一种规则复杂的扑克牌游戏，但它需要的仅仅是虚张声势的伎俩和一点点好运。他们玩到一半的时候，两人的朋友们到了，他们的飞行器着陆在房前的一片草坪上（这让戈奇心疼不已）。欢笑声和喧闹声伴随着他们拥进了屋里，察木力斯退到了窗边。

戈奇是个好客的主人，他为客人们源源不断地奉上茶点和饮品。他走到耶雅身边，给她递上一杯新饮料。耶雅正跟几个人围观一场关于教育问题的争论。

“你会跟这些人一起走吗，耶雅？”戈奇靠在挂着绣帷的墙上，压低了声音问道。耶雅只好转过身面对他。

“也许吧。”她慢慢地说，火光照亮了他的脸，“你又要劝我留下来了，是吧？”她晃着杯子里的酒。

“哦。”戈奇说，看着天花板摇了摇头，“不一定。我已经厌倦这种你来我往的老把戏了。”

耶雅笑了。“谁知道呢，”她说，“也许有一天我会改变主意的。你不必为此感到不快，戈奇。这是个荣誉。”

“你是说让我成为这么一个例外吗？”

“嗯。”她喝了一口酒。

“我搞不懂你。”他对她说。

“因为我拒绝你？”

“因为你只拒绝我。”

“也不能这么说。”她蹙着眉头看着自己的杯子。

“那么，为什么不能留下来呢？”最后他还是问出了口。

耶雅撅起嘴唇。“因为——”她抬起头来看着他，“你很在意。”

“哦。”他点点头，低头看着她，摸了摸胡子，“我装作无动于衷就好了。”他直视着她，“真的，耶雅。”

“我觉得在你眼里，我是……”耶雅说，“一枚要赢到手的棋子，一块待征服的土地。”她的表情突然变得非常困惑。“你的性格中有些……我不知道该怎么说，非常原始的东西。你从来没有转换过性别吧，是不是？”戈奇摇头。“也没跟男人睡过吧？”戈奇还是摇头。“我想也是，”耶雅说，“你真是个怪人，戈奇。”说着她把酒一饮而尽。

“因为我对男人不感兴趣？”

“当然，你可是个男人啊！”她大笑起来。

“那难道我就应该爱上我自己吗？”

耶雅仔细地打量了他一阵子，脸上浮起一抹浅笑。接着她垂下目光笑出了声。“好吧，我指的不是生理意义上的。”她笑着把空杯子递给戈奇，戈奇替她满上，她就转身回到人群里去了。

戈奇留下耶雅在那儿跟人探讨“文明”教育的地缘政策，转身去找莲·麦格兰聊天去了。他希望今晚能跟这位年轻的女士共度春宵。

一位客人带来了宠物，那是一只知觉原型斯蒂利恩计数者，它一边蹑手蹑脚地在房间里转悠，一边悄悄地计算着。这只金色毛发、体形瘦长的三脚生物高度差不多到人类的腰间，没有明显的头部，取而代之的是一堆隆起物。它先是数人——房间里总共有二十三人，接着它开始数家具，然后开始数房间里有几条腿。它晃到戈奇和莲·麦格兰身边，凝视着戈奇的脚，有点犹豫地挠了挠他的拖鞋。戈奇低头看着它，然后用脚趾戳了戳它的脑袋。“六。”它嘟嘟囔囔地说着，又晃远了。戈奇继续和莲聊天。

戈奇一边说话，一边慢慢地凑近莲，几分钟之后他近乎是在对她耳语了。有一两次他的手已经环到她背后，隔着丝裙抚着她的后背，一路下滑。

“我说过，我今晚有约了。”她看着地面，咬着嘴唇低声说，同时背过手按住了戈奇已经摸到她后腰的手。

“是哪个无聊乐队的卖唱歌手吗？”他温和地抗议道，抽回了手，“那跟你倒是不怎么配啊，莲。”

她轻轻一笑，用手肘推了推他。

最后她还是走了，没有再回来。戈奇溜达到耶雅身边，她正在声情并茂地向人们描绘磁悬浮岛屿上的美好生活。他看到察木力斯待在角落，故意无视它身边正直勾勾地盯着它看（同时正在尝试如何挠到它那些或许是脑袋的隆起物而不至摔倒）的三脚生物。他嘘走了这只三脚生物，跟察木力斯聊了起来。

最后散场的时候，人们的手里还抓着酒瓶和糖果。他们登上飞船，“咻”地消失在了夜空中。

戈奇、耶雅和察木力斯接着打扑克牌，又是戈奇赢了。

“好了，我该走了。”耶雅站起来伸了个懒腰，“察木力斯呢？”

“我跟你一起走，还能拼个车。”

戈奇目送他们到电梯口，耶雅扣上了斗篷的扣子。察木力斯转向戈奇问：“要我给星际事务部捎什么话吗？”

戈奇正心不在焉地盯着通往主楼的楼梯，听到这话，露出一脸茫然的神色，耶雅也一样。“哦，好。”戈奇微笑着耸了耸肩，“为什么不呢？让我们看看这群赌徒的本事。我也没什么损失，不是吗？”他笑了起来。

“你开心就好。”耶雅吻了他一下。她走进了电梯，察木力斯跟在后面。电梯门合上的时候耶雅朝戈奇眨了眨眼，笑道：“替我向莲问好。”

戈奇盯着紧闭的电梯门看了一会儿，摇摇头笑了起来。他回到客厅，那儿有几只家务型嗡嗡机正忙着整理打扫，把各种东西归为原位。他走向夹在深色沙发之间的棋盘，拿起一块“调兵遣将”的棋子放在起始点的六角形图案中央，然后怔怔地看着耶雅跑步回来之后坐过的沙发。那儿还残留着一小块儿快要蒸发掉的水渍，在深色的沙发上留下了更深的痕迹。他迟疑着伸出手去摸了摸它，又把手指放到鼻子下面闻了闻，自嘲地笑了起来。他撑了把伞走到外面去查看飞船对草坪造成的损伤，转身回屋之前他看到低矮的塔楼里透着亮光——他知道那是莲正在等着他。

电梯从山间向下行了两百米，又往下穿过岩床，放慢速度绕过转盘，停在旁边的一个回廊里，那儿已经停了好几辆地下交通车，外置屏幕反射着透过星陆板区基底照射进来的阳光。耶雅和察木力斯坐进同一辆车里，告诉了它目的地，它就自己解锁掉头，疾驰而去了。

“星际事务部？”耶雅问察木力斯。车底挡住了阳光，灿烂的星光从侧面照了进来。汽车从一排展示架旁边呼啸而过，每个星陆上面都挂着这些莫名其妙但似乎又意义重大的东西。“我刚才听到了什么，是那个经常被抬出来吓唬人的星际事务部吗？”

“我告诉戈奇他最好跟星际事务部联系一下。”察木力斯飘到一块屏幕前，仍然显示着车外情景的屏幕自动分开向上滑去。之前看似窗户的屏幕现在变成了货真价实的窗户，透明的真空玻璃将宇宙的其他部分与他们割裂开来。察木力斯看着窗外的星辰说：“我相信他们会有办法让他的生活充实起来的。”

“我原来以为你还挺提防星际事务部的呢。”

“大体是这样没错，不过我认识几个主脑，我还和……我想他们会帮忙的，应该会。”

“好吧，”耶雅说，“大家都很担心他，希望他没事。他还有几个朋友在身边，总不至于发生什么不测。”

“嗯。”嗡嗡机说。汽车在一个电梯井前停了下来，那儿通向察木力斯·阿马尔克-泥住的村子。“那咱们特朗茨见？”它问。

“不了，那天晚上我有点事。”耶雅说，“在一次射击游戏上我认识了一个小伙子……我决定在那里‘偶遇’他一次。”她露齿而笑。

“明白了。”察木力斯说，“守株待兔是吧？好吧，祝你‘偶遇'愉快。"

"我尽力而为。"耶雅大笑起来。他们俩互道晚安，然后察木力斯走下了车。它老旧磨损的外壳一瞬间被来自下方的阳光照得闪闪发光，然后它没有等电梯，而是顺着垂直的电梯井直接向上飞走了。耶雅看着它这种老顽童的行为，笑着摇了摇头。汽车又开走了。

莲还在睡觉。她身上盖着半边毯子，黑色的长发披散在床头。戈奇坐在窗下的桌子旁，望着深沉夜幕。雨已经停了，天高云淡，对面遥远的四块星陆板区——与此地相距三百万公里，正处在阳面——折射的光芒，以及别处的星光，一同照亮了天上的流云，黑夜中的峡湾也泛出了水光。

他开启桌上的平面显示屏，轻触了几下，找到了他想要的东西：其他知名游戏玩家写的学术论文，实战回顾，新游戏分析，新玩家介绍。

他读了一会儿，打开落地窗走到了圆形的露台上。裸露的身体被寒风一吹，戈奇不禁有点发抖。他拿出便携终端机，坚持在寒风中站了一会儿，对着幽幽的树林和寂静的峡湾口述了一篇关于旧游戏的新论文草稿。

他回来的时候莲·麦格兰还没有醒，她呼吸急促而紊乱。他饶有兴趣地蹲在床边，认真研究着她那张在睡梦中变得扭曲的脸。她困难地吸着气，又从小巧的鼻子里呼出来，鼻翼一张一翕。

戈奇就这么蹲了几分钟，脸上带着一种又像嘲讽又像苦笑的古怪表情，有点挫败甚至失望。这位年轻的女士到底做了什么噩梦，能让她如此战栗急喘，呜咽不已？

接下来的两天太平无事，戈奇把大部分时间都用来阅读其他玩家和理论家的论文，同时自己也完成了一篇从莲·麦格兰留宿的那晚起就开始构思的论文。莲在第二天早餐的时候跟他吵了一架就走了，因为她想跟戈奇聊天，而戈奇却喜欢在早餐时间工作。他想她只是因为昨晚没睡好才这么暴躁的。

他接着处理了积压的信件。大部分信件都是邀请函，请他去其他世界旅行，请他参加锦标赛，请他写几篇关于新游戏的评论，请他去某些教育机构当老师、讲师、教授，请他去某个通用系统星舰做客，请他跟某个如何如何的神童较量一场……数不胜数。

他一口气回绝了所有邀请，心情愉快极了。

某个通用星际飞船传来消息说他们发现了一个世界，在那里有一种以单片雪花为母版的游戏，因此没有哪两场游戏能在同样的母版上进行。戈奇从来没听说过这样的游戏，也没有在星际事务部专门为戈奇这样的人准备的实时更新文件库里找到相关描述。他想这大概是假的——通用星际飞船因为造谣而臭名昭彰——但他还是发送了一条回复（语气讽刺），就算这只是个玩笑，他也被它吸引住了。

他还看了一场在峡湾那边的山崖上举行的滑翔比赛。

他打开投影，开始看一个最近常听人提起的娱乐节目。节目说的是有一个行星，上面住着有生命的冰川和它们的冰山宝宝。戈奇本来打算鄙视一下这个荒谬的故事，但他发现它其实还是挺好笑的。他开始构想一个冰川游戏，基础元素包括从石头里挖出不同的矿石，截断山脉，阻绝河流，构建新地势，堵塞海湾，只要冰川能够像节目里那样随心所欲地溶解又冻结。这是个有趣的游戏，但是其中的原创成分太少了，戈奇很快就把它放弃了。

第二天他把大部分时间都消磨在伊克洛的地下泳池里，他的便携终端机一直亦步亦趋地漂浮在他头顶上。

下午晚些时候，一位太太和她的小女儿骑马经过这片森林，中途在伊克洛停了下来。她们俩似乎都没听说过戈奇的大名，只是碰巧路过这里罢了。他请她们留下来喝了点东西，招待她们吃了顿迟到的午餐。她们把气喘吁吁的坐骑拴在屋子的背阴处，几只嗡嗡机给它们喂了点水。他建议那位太太一会儿取道一条风景最好的路线，又从挂满装饰的巴托树上摘下一个小玩意儿送给了小女孩。

他在露台上吃完了晚餐，终端屏幕上展示了几页古代野蛮人关于游戏的论述。这本书在星际事务部两千年前发现这个文明的时候就已经有了千年的历史了，它当然有其欣赏力的局限性，但是戈奇深深为这个游戏中所展示出的一个社会的信仰、哲学和灵魂所折服。戈奇甚至觉得，野蛮人的社会比他们的游戏要迷人多了。

这本书很有趣。戈奇休息了一下，欣赏了一会儿落日，夜幕降临的时候他又继续读起书来。家用嗡嗡机奉命给他带来了饮料、小吃和一件厚外套，他还吩咐管理系统回绝一切来电。

露台上的灯渐渐亮了起来，奇亚克的远端在天顶发出白光，万物都笼罩在一片银色中。晴朗的夜空里群星闪烁。戈奇继续读书。

终端机嘀嘀地叫了起来。戈奇抬起头瞪着屏幕一角的摄像头。“房子，你聋了吗？不是让你回绝一切来电吗？”

“恕我冒昧。”一个拿腔捏调、毫无歉意的声音从屏幕里传了过来。戈奇没听出来是谁。“您是奇亚克-加文特·杰诺·莫拉特·戈奇·丹·哈希斯[①] 吗？”

戈奇狐疑地盯着摄像头，他已经很多年没听过自己的全名了。

---

①“文明”居民的全名都是以“角色出生所在的星陆（具体到板区）+名+中间名／称号（由自己决定）+姓（一般为母姓）+居住地”的规则组成的，因此戈奇全名的意思是“来自奇亚克星陆的加文特板区，在哈希斯长大的丹姓杰诺·莫拉特·戈奇”。

“我就是。”

“在下罗阿什·阿玛斯克-亚普·乌-汉德拉·扎托·寇姆。”

戈奇挑起一边眉毛。“好吧，这名字可真好记。”

“能耽误您一会儿吗，先生？”

“你已经耽误了。有何贵干？”

“我想跟您细谈。恕我冒昧，这的确不算紧急情况，但我只有今晚有空跟您面谈。应达斯塔瓦·察木力斯·阿马尔克-泥·艾普-汉德拉·德垂斯科尔·欧斯特勒霍普之邀，今晚我谨代表星际事务部登门拜访。可否请您赏光？”

“如果你说话能不用全名的话，可以。”戈奇说。

“我马上就到。”

戈奇关掉屏幕，将笔状的终端机放在木桌边上，向黑沉沉的峡湾望去，看着远处岸边几点微弱的灯光。

他听到空中传来一阵引擎的轰鸣声，抬起头来，看到一道被星陆照亮的蒸气尾迹划过天空，急急地转了一个弯，驶向伊克洛向阳面的山坡。然后从屋子边的森林上方传来一声闷响，接着是一阵风刮过的声音，一只散发出蓝黄相间光晕的嗡嗡机从房后出现，向戈奇飞来。

这只嗡嗡机跟毛鳞-丝壳大小差不多，戈奇想，把它放在桌子上盛三明治的长方形盘子里也绰绰有余。它青铜色的外壳似乎比毛鳞-丝壳的要复杂一点，上面的疙瘩也比后者多。“晚上好。”它飞过露台墙壁的时候戈奇对它说。

它落在桌子上，挨着三明治盘子，“晚上好，莫拉特·戈奇。”

“星际事务部，嗯？”戈奇一边说一边把终端机塞进睡袍口袋，“动作还真快，我跟察木力斯聊到你们不过是一天前的事儿。”

“我碰巧在这儿附近，”这只嗡嗡机用清脆的声音说，“我正好要从阴晴不定到自相矛盾去。作为离这里最近的星际事务部工作人员，我是这项任务的不二人选。然而正如我刚刚所说的，我只能待一会儿。”

“哦，那可太遗憾了。”戈奇说。

“没错，你们的环状星陆是那么迷人……或许我会再来拜访的。”

“好吧，希望你没白跑一趟。罗阿什……呃，我没想到会跟星际事务部正面接触。我朋友察木力斯只是认为你们也许……我也不知道，可能有些新鲜有趣的点子？我也没什么打算，一定要说的话无非想多知道点东西。所以，恕我直言，你到底是来干什么的？”他俯身前倾，手肘撑在桌面上。嗡嗡机面前的盘子里还剩下一块三明治，戈奇拿起它，一边大声咀嚼一边盯着这只嗡嗡机。

“我来这儿是为了确认你有没有兴趣听听我们的建议。星际事务部也许找到了一些你会感兴趣的东西。”

“游戏吗？”

“据我所知，是跟游戏有关。”

“那并不代表你就可以跟我玩这种文字游戏。”戈奇一边说一边往盘子里拍手上的三明治碎屑。正如他希望的那样，有些面包屑被拍到了罗阿什那边，但是嗡嗡机用光晕把它们都挡回了盘子里。

“我所知道的全部，先生，那就是星际事务部也许找到了你感兴趣的东西。我相信与那游戏有关。我接到指令要求我过来确认你是否愿意外出远行。因此我猜这个游戏——如果真的是游戏的话——不在奇亚克举行。”

“远行？”戈奇说着向后坐下，“在哪儿？多远？待多久？”

“我一点儿也不知道。”

“那就说半点儿。”

“我不愿妄加猜测。如果要走，您大概要准备多久？”

戈奇皱起了眉头。他最长的一次旅行是三十年前的一次巡航，但那次他过得并不愉快。与其说是他自己想去旅行，不如说是因为那年头大家都觉得旅行是件天经地义的事。不同星系的风景固然壮丽，但你也可以在投影上一饱眼福。即使到了现在，戈奇还是不能理解人们非要身临其境是为了什么。他当时本打算在外面游历几年，结果一年之后就放弃了这个计划。

戈奇摸摸胡子说："也许要半年，不知道具体情况，我实在说不好。就说半年吧……我看不出有远行的必要，地域性一般是不会影响比赛的。"

"一般来说，的确如此。"嗡嗡机顿了一顿，"我想那是个相当复杂的游戏，你可能得花一阵子好好学习。"

"那对我可是毫无压力。"戈奇说。他学会一个游戏的时间最长不会超过三天，而且一辈子不会忘记任何游戏的规则，甚至不需要再复习一次。

"很好，"嗡嗡机突然说，"有你这句话就好。我该回去复命了。保重，莫拉特·戈奇。"说着，它开始加速驶向空中。

戈奇抬起头惊讶地看着它。他压下一跳三尺高的冲动。"就这样了？"

嗡嗡机在几米外的高处停住了。"我的权限只允许我说这么多，我已经问完了我该问的，现在该回去复命了。怎么，还有何事需要效劳？"

"有。"戈奇有点恼火了，"能告诉我你到底在说什么吗？"

空中的嗡嗡机似乎在踌躇。它的光晕自从降落以来就没变过样。终于，它开了口："杰诺·戈奇？"

一阵长久的沉默。戈奇盯着那只嗡嗡机，站了起来，双手叉腰，把头转到另一边，喊道："怎么？"

"……还是算了。"嗡嗡机截断话头，突然直上云霄，关闭了光晕。戈奇听到了飞船轰鸣的噪声，又看到了那条蒸气尾迹。刚开始的时候因为他在它的正下方，那只是一道浅浅的痕迹，几秒钟之后它就慢慢拉长，最后猛地冲上天消失了。他摇了摇头。

他从口袋里掏出终端机。“房子。”他说，仍然望着天空，“联系那只嗡嗡机。”

“哪只嗡嗡机，杰诺？”房子问道，“察木力斯吗？”

他盯着手里的终端机。“不！那只星际事务部的小杂碎罗阿什·阿玛斯克-亚普·乌-汉德拉·扎托·寇姆！刚刚在这儿的那只！”

“刚刚在这儿？”房子的口气很困惑。

戈奇脸色一沉，他坐了下来。“你刚才没看到什么吗？没听到什么吗？”

“没有，只有静悄悄的十一分钟。戈奇，你告诉我回绝一切来电。有两个人打进来，不过——”

“算了，”戈奇叹了口气，“找中心来。”

“这里是中心，分区主脑马基尔·斯特拉-贝。杰诺·戈奇，愿为你效劳。”

戈奇仍然看着头顶的天空，一半是因为那只星际事务部嗡嗡机刚刚飞向那里（那道蒸气尾迹已经开始消散了），一半是因为人们跟中心交谈的时候总习惯面向天空。

他看到天空中一个异乎寻常的光亮点开始移动，就在之前嗡嗡机留下的尾流另一端。他皱了皱眉。几乎就在同时，那个光点动了起来。刚开始还只是以普通的速度飞行，再后来肉眼就捕捉不到了。

它消失了。戈奇沉默了一阵子，然后问道：“中心，刚刚是不是有一艘星际事务部的飞船飞走了？”

“在我们说话的这当儿正在飞呢，戈奇。那个‘去军事化’快速战斗飞船——”

“狂徒。”戈奇接道。

“嚯！你可真厉害！我们得花几个月才认得出它呢！星际事务部来私访你了，游戏玩家戈奇。星际事务部的大买卖，不让我们知道！哇哦，真想知道这怎么回事。何其荣幸啊，戈奇！我们可以这么告诉你，那艘飞船在四万光年开外的地方来了个急刹车，又飞了二十光年掉了个头，就为了过来跟你说上五分钟话。这可是一大笔能源消耗，尤其是它还用这么快的速度飞走了。瞅瞅这孩子跑得多快……哦，对不起，你看不到。总之，我们必须要说，叹为观止。你愿意拨冗为这个愚钝的中心主脑解释一下，这到底是怎么一回事吗？”

“能联络到那艘飞船吗？”戈奇无视了中心的提问。

“跑得那么快的飞船？把我们这种普通的民用设备远远甩在屁股后面的……”主脑被逗笑了，“好……我们试试。”

“我要找上面一只叫作罗阿什·阿玛斯克-亚普·乌-汉德拉·扎托·寇姆的嗡嗡机。”

“见鬼，戈奇，你瞎扯什么呢？汉德拉？扎托？这是星际事务部当量级谍报处的命名系统来着呢。负载过重……见鬼……让我们试试看……请稍等。”

戈奇静静地等了几秒钟。

“什么也没有。”戈奇手里的终端机传出了声音，“戈奇，这里是中心主脑，不是分区，是总控。那艘飞船回复了，他们说船上没有叫那种名字的嗡嗡机，也没有类似的东西。”

戈奇猛地坐回椅子里。他的脖子僵硬。他垂下目光看着桌子。“不会吧？”

“我再试试？”

“你觉得有用吗？”

“没用。”

“那就别试了。”

“戈奇，我很担心，发生什么事了？”

“我也希望自己知道发生什么事了。”戈奇再度抬起头仰望星空，那只嗡嗡机留下的幽灵似的蒸气尾迹已经完全消失了。“替我联系察木力斯·阿马尔克-泥，好吗？”

“正在联机……杰诺？”

“怎么，中心？”

“千万当心。”

“哦，谢谢你。真的。”

“你肯定是把它惹火了。”察木力斯的声音从终端机里传来。

“很有可能。”戈奇说，“你怎么想？”

“他们是来试探你的。”

“你是这么认为的？”

“对。但是你拒绝他们了。”

“是吗？”

“是的。而且你应该庆幸自己拒绝了他们。”

“你这是什么意思？这不是你的主意吗？”

“看，现在你脱身了，结束了。我根本没想到他们会这么快就采取行动，我们差点儿引火烧身。幸好你拒绝了他们，他们只好放弃了。”

“嗯，我想你是对的。”

“戈奇，真对不起。”

“没关系。”戈奇对这只年迈的嗡嗡机说。他抬起头看着星空，“中心？”

“嗨，我们只是一时好奇。我们发誓，如果这是私人谈话，我们一个字也不会听的。顺便说一句，我们听到的都会记在你的通信日志里的。”中心紧张地说。

“行了，没事。”戈奇笑了，一反常态地原谅了星陆主脑的窃听行为，“告诉我那只快速战斗飞船现在离我们多远了。”

“在你说‘了’字的时候，它又飞了一光分四十九光秒，现在离这儿有一光月，我们愉快地告知你，这已经超出我们的管辖范围了。它往星系中心的方向飞去了，看起来目的地是通用系统星舰*自相矛盾*——如果它不是在故布疑阵的话。”

“谢谢，中心，晚安。”

“晚安。这次我们绝不会偷听了，我们保证。”

“谢谢你，中心。察木力斯？”

“或许这次你错失良机了，戈奇……不过称之为死里逃生更恰当。我很抱歉出了这么个馊主意，星际事务部这次的闪电行动真是太不寻常了。”

“别想太多了，察木力斯。”他坐了下来，把脚搭在桌子上，望着天空说，“我应付得了，没问题。明天你会去特朗茨吗？”

“我不知道，我还在想呢。祝你好运——跟那个‘天罗地网’神童的比赛——假如明天我不去的话。”

他在黑暗中惨然一笑。“多谢。晚安，察木力斯。”

“晚安，戈奇。”

列车钻出隧道，进入一片明媚的阳光中。车身转了半个弯，驶上一座狭窄的桥。戈奇从扶手上方望出去，可以看到下方五百米的山谷里郁郁葱葱的草原和蜿蜒逶迤的河流，云朵在林木茂密的山上投下斑驳的影子。列车卷起的气流吹乱了他的头发，他陶醉在山林甜美馥郁的气息里，等着他的对手归来。鸟儿盘旋在山谷上空几乎与大桥平行的高度上，歌声穿透凝滞的空气，在列车的风声里隐约可闻。

平时戈奇总会拖到最后一晚才从地底坐车去特朗茨，但是那天早上他突然想尽快离开伊克洛。于是他套上一件开襟夹克和一条样式保守的便裤，穿好靴子，踏上山间小路，徒步翻山越岭到特朗茨去。

他停下来坐在旧铁轨边上歇口气，自得其乐地往轨道的磁场里扔小磁石，然后看着它们被弹开。这时他想起耶雅所说的磁悬浮岛屿。他还想起昨晚星际事务部那只嗡嗡机神秘的来访，但那一切看起来似真非真，好像只是一场梦境。他之后曾核对了房子的通信记录，发现上面没有留下任何来访的痕迹。但是他和中心的谈话却被中心的其他分区记录了下来，有一段还是出自总控"手笔"。这一切都是真的。

一辆老式轨道列车出现在视野里，戈奇挥挥手招呼它停下来。他一上车就被一个叫作德瑞特拉姆的中年男人认了出来，他也正要去特朗茨。这位德瑞特拉姆先生表示败在伟大的杰诺·戈奇手下胜于赢过任何无名小卒，问戈奇愿不愿意来一盘。戈奇早就习惯了这类马屁，这里面往往掩藏着不切实际的野心，但他还是说不妨来一场"攻城略地"。这个游戏与"天罗地网"在规则上大同小异，也可以算作一次热身运动。

他们在一个柜台里找出一套"攻城略地"，拿到一个背风的位置，免得游戏卡牌被风吹跑。他们有足够的时间来好好玩上一把，这趟列车要花大半天的时间才能把他们送到特朗茨，而相同的距离地下汽车则花不了十分钟。

列车通过了大桥，接着驶入一条幽深逼仄的峡谷，气流吹在两边的岩石上，发出一种怪异的回音。戈奇看着台面。他没有使用任何腺素，而他的对手却在戈奇的建议下使用了一种极强力的药剂。游戏一开始，戈奇就让了德瑞特拉姆先生七步——这个游戏允许的最大限度的让步。这位老兄并不算弱，游戏初期那七步的优势让他简直锐不可当，但是戈奇的防御固若金汤。尽管某些角落的矿井还被德瑞特拉姆占着，但他的胜算已经不大了。

面对不大乐观的战况，戈奇忽然意识到自己还没查看过自己的隐藏棋子。这是另一种非官方的让子方法，有利于拉近对弈者的水平。“攻城略地”的棋盘划为四十格，两名玩家分别拿到他们分成一个大组和两个小组的棋子。每人至多可以将三枚棋子隐藏在棋盘初始的空白交叉点上，它们的位置不可更改且被标记在三枚小圆陶瓷片上，只有当玩家想要使用隐藏棋子的时候才可以将陶瓷片翻转过来。德瑞特拉姆先生已经亮出了他全部的三枚隐藏棋子（其中一枚碰巧在戈奇的势力范围内，按规则，戈奇得把自己的九个矿区拱手相让，运气糟透了）。

戈奇只藏了一枚棋子，陶瓷片则是胡乱拨了几下就正面朝下放在一旁，他自己一眼也没看。他跟德瑞特拉姆先生一样，对自己的这枚棋子一无所知。也许翻开之后发现这枚棋子落在了一个不符规则的位置上，那他就会直接输掉这场游戏，也可能（概率很小）这枚棋子落在了一个战略要地上，能让他深入敌腹，直捣黄龙。戈奇喜欢在非正式比赛中这么玩，送给对方一点必要的优势，这小小的调剂使得游戏过程更有趣味，而且不至于胜负立判。

戈奇想起来，他得找出自己的隐藏棋子在哪。他快走到第八十步了，根据规则，到那时他必须翻开隐藏的棋子。

但他找不着自己的陶瓷片在哪儿了。他检视了一遍零零散散堆满卡牌和瓷片的桌面。德瑞特拉姆先生实在称不上一个整洁的玩家，他的卡牌、瓷片和各种移出游戏或还未使用的棋子堆得满桌都是，甚至堆到戈奇这边来了。一小时之前列车曾驶入一条隧道，带起的一阵阴风把几张轻飘飘的纸牌吹跑了，他们不得不用高脚杯和玻璃镇纸把它们压住。德瑞特拉姆先生又有一个古怪得有点矫情的习惯，那就是他要亲自用手写的方式记下他们的每一步（他说有一次内置记忆系统的游戏板突然崩溃，把他有史以来最高明的一场游戏记录给弄丢了），这一切让整张桌子都更加混乱不堪。戈奇把棋子一个个拿起来，哼着歌儿找他的瓷片。

他突然听到背后传来倒吸一口气的声音，接着是两声不尴不尬的干咳。他转过身，看到德瑞特拉姆先生正一脸古怪地站在他身后。戈奇皱了皱眉。刚刚从洗手间回来的德瑞特拉姆先生因为用药而眼神涣散，手里拿着盛饮料的托盘，坐了下来，直盯着戈奇的手。

当他把托盘上的玻璃杯搁在桌上的时候戈奇才反应过来，他为了找棋子而掀开的正好是德瑞特拉姆先生还未打出的矿井牌。戈奇看了一眼手中的牌，它们正面朝下，他并没有看到矿井的位置在哪儿，但他明白了德瑞特拉姆先生此时的想法。

他把卡牌放回原位。“对不起，”他笑着说，“我在找我的瓷片呢。”

话音未落他就看到了它，几乎正正地摆在他面前，毫无遮蔽，一目了然。“哎呀，”他感到血一下子涌了上来，“咳，远在天边，近在眼前。”

戈奇又笑了起来，突然感到一股奇怪的、被揪紧的感觉流遍全身，挤压着他的五脏六腑，带来一种介乎恐惧和狂喜之间的情绪。这是一种他从来没有过的感觉。如果一定要说的话，他记了起来（突然之间格外分明），有点像他第一次在一个比他大几岁的女孩儿手里释放的感觉。那种返璞归真的原始性情就像只用一件乐器奏出的一支简单曲子（其后用腺素诱发的交欢则是一曲交响）；他对自己的初夜记忆犹新，不仅是因为年少新奇，更是因为似乎从那时起，他打开了一扇通往迷人的新世界的大门，找到了一种与过去全然不同的感知与存在方式。这种感觉也出现在他第一次正式比赛的时候，那时他还是个孩子，作为奇亚克的代表与其他星陆的少年对战。还有一次则出现在他青春期过去几年之后受药腺体开始成熟的时候。

德瑞特拉姆先生也笑了，用手帕擦了擦脸。

戈奇接下来的打法非常豪放，直到对手提醒他这已经是第八十步，是他必须得翻开隐藏棋子的时候了。戈奇看都没看就翻开了自己的瓷片，不管它是不是可能正好藏在自己已经落有棋子的方格里。

他的那枚隐藏棋子以六百分之一的概率，落在了他的王位上。这是整个游戏的关键所在，对弈双方千方百计想要占领的正是对方的王位。

戈奇凝视着自己保护得滴水不漏的王位，又看了看他两小时前随手在小瓷片上画下的坐标。它们完全重合，毫厘不差。如果他能提早一步翻开自己的瓷片确认一下的话，他完全可以化险为夷，但是他没有。他失去了这两枚棋子。因为失去了王，他也输掉了整场游戏。他输了。

“唉，真倒霉。”德瑞特拉姆先生清了清嗓子说。

戈奇点点头。“我记得按惯例，遭到这种惨败的玩家可以把王当作纪念品留着吧。”他用双指拎起那枚棋子。

“嗯……我明白了。”德瑞特拉姆先生说，很明显为戈奇感到窘迫，同时也为自己的好运感到高兴。戈奇点了点头，却放下了手中的王，拿起那块辜负了他的小瓷片。“不过我比较愿意留着这个。”他对着德瑞特拉姆先生晃晃手里的瓷片，对方颔首同意。

“可以，当然可以，为什么不呢？尽管拿去。”

列车又驶入了一条隧道，朝着山洞里的一个小站减速慢行。

“现实世界就是一个游戏。物理是其基础，另一些最简单的法则在某些时机下相互作用，形成了整个宇宙的基本脉络。这个描述也适用于那些优秀、高雅，能给人们带来智力上与审美上双重享受的游戏。在那些不可知悉、也难以一步步推导预测的事件中，未来保持了它的延展性，留下了千变万化的可能与绝地反击的希望——或称之为获胜的希望，尽管这听上去有点儿过时。从这种意义上说，未来即是一场游戏，时间则是游戏法则之一。一般而言，那些优秀的机械论游戏——那些拥有‘完美’玩法的游戏，例如‘普拉利恩视界’、‘纳奎托’、国际象棋和‘范尼克维度’，反映出的是创造这种游戏的文明缺乏相对论的宇宙观——更遑论现实观了。这些文明的人恐怕还——恕我多嘴一句——一直在前机械化社会里徘徊不前吧。

“一流的游戏必然包含运气的成分，但又并非全凭运气。想要发明任何一种游戏，无论规则多么繁复精巧，规模多么庞大，势力和元素多么冗杂，都必然会将发明者禁锢在比他所处的时代落后几十年的社会和技术哲学的框架里。作为一次尝试，这或许有些历史性价值，而作为一项智力的产物，这不过是虚掷光阴。如果你想弄点什么古典风味的东西，怎么不干脆造一艘木船或者一台蒸汽机算了？它们就像那些机械学游戏一样精巧复杂，而且你还能一边造一边锻炼身体呢。”

戈奇朝着那位年轻人嘲讽地鞠了一躬。他刚向戈奇提出了一个新游戏的设想，现在看起来尴尬极了。他吸了一口气，正张开嘴准备说话。戈奇，正如之前五六次一样，看准年轻人开口的时机又一次打断了他。

“老实跟你讲，并不是说光用脑袋想就比动手实打实地做个什么东西要在智力上高端。师傅领进门，修行在个人。”说到这里戈奇又停了下来，他看到毛鳞-丝壳正越过广场上聚集的人群朝这边飞来。

音乐节的主场已经结束了，人们聚集到各自喜欢的乐队前，特朗茨周围的群山回荡着这剩下的几支小乐队演奏的余音。有的是正式曲目，有的是即兴发挥，有为跳舞的人伴奏的，还有为飘飘欲仙的人们弹唱的。那是一个温暖多云的夜晚，星陆远端的光芒把高空的云层照出了一圈乳白色的光晕。特朗茨建在加文特板区巍峨的中央山脉脚下，是整个板区乃至星陆上最大的市镇。在这里，特朗茨湖从千米高原的边缘飞流直下，尽数倾入下方的平原，形成了那里热带雨林里的常年降水。

特朗茨的常居人口不足十万，到处是宽敞的广场和住宅，大片的走廊、露台和草坪，数以千计的船屋和以桥梁连接的高塔，但是对于戈奇而言，这里仍然太过拥挤。特朗茨已经是目前星陆上最大的社区（尽管奇亚克是一个相当年轻的环轨殖民地，只有一千多年历史）。星陆真正的城市建在它的通用系统星舰上，星陆本身不过是个可供人们尽情休憩的内陆僻壤，若论规模，比起那些运载数百万人的通用系统星舰来说，特朗茨也就是个村庄。

戈奇经常来参加特朗茨的六十四日音乐节，也经常被他的仰慕者们半路拦下。平常戈奇对他们总是彬彬有礼，但有时也忍不住恶语相向。今晚在经历了列车上的惨败之后，加上因为被怀疑作弊而产生的那种奇特、短暂而剧烈的羞辱感，再加上他因为听说那个拜物教通用系统星舰上来的天才少女确实也在特朗茨并且期待与自己会面所造成的轻微不安，他再也没法若无其事地忍受身边的傻瓜了。

其实那个不走运的年轻人倒也不是个傻瓜，他只是新拟了一个游戏的草案，这草案确实也不坏，但现在戈奇把气一股脑儿全发泄到了他身上。他们之间的谈话——如果还能称之为谈话——已经变成了一场较量。

现在戈奇想要维持这场“谈话”，而非一个人滔滔不绝（这傻子也能做到）。当他从对方的肢体语言和表情中察觉到对方不想插嘴的时候，戈奇会自己停下来。但戈奇也会出其不意地停在某段话的中间或者是一两句讥讽之后，给人造成他还要继续往下说的错觉。他还几乎通篇引用了自己一份颇负盛名的学术报告，这讥讽意味就更浓了——那位年轻人对这篇报告的了解程度大概不亚于他本人吧。

“这意味着……”年轻人正准备张口，戈奇马上接着说道，“在生活中我们可以避免运气、机遇、巧合等诸多因素的影响，只要——”

“杰诺·戈奇，我没打扰到你吧？”毛鳞-丝壳说。

“丝毫没有。”戈奇转身面向这只小机器，“别来无恙，毛鳞-丝壳。你又干什么好事了？”

“丝毫没有。”这只嗡嗡机学舌道，那个年轻人则趁机溜走了。戈奇坐在广场一边爬满蔓藤的凉棚下，旁边就是观景台。观景台朝着瀑布宽广的水幕延伸出去，四溅的水花随着湖水垂直落入下方一千米远的森林里，喧腾的飞瀑冲刷出单调的背景音。

“我找到你的小对手了。”嗡嗡机说。它散发着柔和的蓝光，从枝条上摘下了一朵夜花。

“嗯？”戈奇说，“哦，你是说我的小，啊——‘天罗地网’玩家？”

“对，”毛鳞-丝壳不动声色地说，“你的小，啊——‘天罗地网’玩家。”它将花瓣向后弯折展平。

“我听人说起她在这儿。”戈奇说。

“她在哈弗利斯那桌，一起去看看？”

“为什么不呢。”戈奇站了起来，嗡嗡机飞远了。

“害怕吗？”当他们穿过人群，向哈弗利斯所在的某个与湖面齐平的露台上走去时，毛鳞-丝壳问道。

“害怕？”戈奇反问，“一个小屁孩儿？”

毛鳞-丝壳浮在空中半晌没有说话，戈奇走上几级台阶，同几个人打了招呼，这时这只嗡嗡机靠了过来，一边从凋零的花上扯着花瓣一边悄悄对他说：“要不要我告诉你，你现在的心率、皮肤传导水平、信息素特征、神经功能状态？”它的声音越来越低，正在上台阶的戈奇猛地停了下来。

他转过身，眯着眼睛看着它。音乐在湖面上流淌，空气里充满了夜花的麝香气息。石栏上的灯光自下而上照亮了这位游戏玩家的脸。纵声谈笑的人们从高处的露台上鱼贯而下，他们经过戈奇身边时就像被河中岩石分开的水流——毛鳞-丝壳注意到这时他们会突然沉默下来。几秒钟之后，戈奇仍然站在那儿，一言不发，呼吸平稳，嗡嗡机发出了一阵摇晃罐子一样的声响。

“不赖，”它说，“真不赖。虽然我还不知道你到底用了些什么，不过你的自制力真是惊人。所有指标都在参考数值范围内，标准得都不科学了。除了你的神经元函数——甚至比平常还要低，但是你们那些民用嗡嗡机根本检测不出来。干得好。”

“别逼我动手抓你，毛鳞-丝壳，”戈奇冷冷地说，“我相信你能找到比看我的比赛更有趣的事情。”他又继续向上走去。

“现在这个星陆上还没什么东西能抓住我呢，亲爱的戈奇先生。”嗡嗡机一本正经地说道，它从夜花的花萼上扯下了最后一片花瓣。花瓣飘进了沿栏杆流下的水道里。

“戈奇，真高兴见到你，来这儿坐吧。”

艾斯特瑞·哈弗利斯和另外的三十几个人环坐在一张巨大的长方形桌子边上。这是一个悬空在瀑布上方的阳台，石顶上垂挂着簇簇夜花，纸灯笼散发着柔光。几个乐手坐在阳台另一端的大石板上，各自手持乐器。他们放声大笑，击鼓拨弦，自娱自乐的成分更大些——人人都在抢拍子，力图不让别人追上自己的节奏。

桌子的中央是一条狭长的凹陷，里面填满了烧旺的木炭，一个小型的传送带架在火上，将切成小片的肉和蔬菜从桌子的一头传向另一头。哈弗利斯的一个孩子在一头把食材串上去，他那个只有六岁的小儿子则在另一头用可食用纸包起食物，准确地扔给每一个需要的人。哈弗利斯有七个孩子，这相当罕见——一般人只要两个孩子，自己生一个，让别人生一个。"文明"并不赞成他这种放荡的行为，但哈弗利斯只是喜欢怀孕的感觉罢了。不过现在的哈弗利斯正处于男性状态，几年前他刚刚转换过性别。

他跟戈奇寒暄了几句，接着将戈奇引到了波露拉尔教授身边。教授正开心，在座位上笑得前仰后合。她穿着一件黑白两色为主的长袍。看到戈奇出现，教授在他的嘴唇上响亮地亲了一下。她也想亲亲毛鳞–丝壳，但是被它躲开了。

教授笑了起来，用一把长叉子从桌子中央的传送带上叉起一块半熟的肉。"戈奇，过来见见可爱的奥兹·哈珀！奥兹，这是杰诺·戈奇，来握握手！"

戈奇坐了下来，握住了那只苍白娇小的手。这姑娘正一脸惶恐地坐在波露拉尔教授右侧。她穿着一件深色衣服，看上去不过才十几岁。他微笑着瞥了一眼教授，想要就这位金发姑娘的丰满体态开个玩笑，但是奥兹·哈珀并没有直视他，而只是看着他的手。她蜻蜓点水地碰了碰戈奇的手，就迅速地抽了回去，把手藏到了大腿下面，转而低头盯着面前的盘子。

波露拉尔长叹了一口气，像是要调整一下心态。她端起了面前的一杯饮料。

"好吧。"她问道，好像刚看到戈奇似的，"近来如何，戈奇？"

"不错。"他看到毛鳞–丝壳谨慎地挪到奥兹·哈珀身边的桌上，漂浮在她的盘子旁，闪烁着正蓝色和代表友好的绿色光芒。

“晚上好。”他听到嗡嗡机用一种无比慈祥的声音说道。少女抬起头，看着那只小机器。戈奇就这样一边听着他们的对话一边同波露拉尔交谈。

“晚上好。”

“准备好来一场‘天罗地网’了吗？”

“在下毛鳞-丝壳。你叫奥兹·哈珀，对吧？”

“我准备好了，教授。你准备好来当裁判了吗？”

“是的，你好。”

“别扯了，不行，我喝多了。找别人来当裁判吧。我本来以为到这个点儿酒也该醒了，但是……呃……”

“哦，啊，你是要跟我的光晕握握手，嗯？你真是太体贴了，一般人都懒得理这些。认识你真高兴，久仰大名了。”

“让那姑娘自己来如何？”

“哦，天哪。”

“什么？”

“怎么了？我说错什么了？”

“她准备好了吗？”

“不，那只是——”

“准备什么？”

“啊，你在害羞，这大可不必。没人会强迫你比赛，戈奇更不会了，相信我。”

“准备好比赛，波露拉尔。”

“不，我——”

“什么，你说现在比？”

“如果我是你，我就一点儿也不着急，真的。”

“现在，或者别的什么时候都行。”

“我也不知道，问问她好了。喂，孩子——”

“波——”戈奇刚想阻止，但是教授已经转过去找她了。

“奥兹，愿意来比一场吗？”

少女抬起头来直视着戈奇，烤炉里的火光在她的眼中跃动。“如果戈奇先生不介意的话，我愿意。”

毛鳞-丝壳发出了愉悦的红光，一闪一闪地比炉火还耀眼。“好极了，”它说，“开打吧。”

因为哈弗利斯把自己那套古董“天罗地网”借出去了，他们只好派一只运输嗡嗡机去镇上的商店又买了一套，花掉了几分钟的时间。他们在阳台能看到瀑布的一角搭起了“天罗地网”，波露拉尔教授摸出她的终端机，要求派几只嗡嗡机过来监督比赛。“天罗地网”比赛中常常会出现高科技作弊现象，因此一场正式比赛应该采取一些措施来避免这些情况。一只奇亚克控制中心的嗡嗡机自告奋勇地报了名，还有一只来自山底造船厂的工业嗡嗡机。奥兹·哈珀的代表是大学自己派出来的。

戈奇转向毛鳞-丝壳，问它是愿不愿意代表自己，但是它回答道：“杰诺·戈奇，我以为你会愿意让察木力斯·阿马尔克-泥来代表你呢。”

“察木力斯在吗？”

“刚到，躲着我呢。我替你问问。”

戈奇的便携终端机嘀嘀地响了。“喂？”他说。

察木力斯的声音从那枚纽扣一样的机器里传了过来：“那只总有一天要摔碎的嗡嗡机刚刚问我是否愿意在一场‘天罗地网’里代表你进行监督，你想让我去吗？”

“想，你来吧。”戈奇说着，毛鳞-丝壳在他面前怒气冲冲地闪起了白光。

“等我二十秒。”察木力斯关闭了通话频道。

“二十一点二秒。”察木力斯出现的时候，毛鳞-丝壳在一边不安好心地说道。察木力斯确实花了二十一点二秒才出现在阳台边上，白色的水幕衬得它的外壳更加暗淡。察木力斯将感应板转向那只小不点儿。

“多谢，”察木力斯温和地说，“我刚跟自己打了个赌，赌你一定会不辞辛劳帮我计时的。”

毛鳞-丝壳发出一道刺眼的白光，照亮了整个露台。正在交谈的人们都停下来朝这边张望，乐手们也迟疑了一会儿。这只小嗡嗡机简直气得浑身发抖。

“去你的！”它最后尖叫了一声，消失在了夜空中，留下一道比阳光还刺眼的残影。木炭烧得正旺，夜风拂过人们的衣服与头发，几只挂在穹顶上的纸灯笼翻了个儿，摇摇晃晃地掉了下来。毛鳞-丝壳漂浮过的地方，几片残花败叶正从天顶飘落。

察木力斯·阿马尔克-泥发出快乐的红光，探出去望着黑沉沉的夜，云层上开了一个小小的洞。“哦天哪，”它说，“我是不是说了什么令人不快的话？”

戈奇笑着在棋盘边坐了下来。“你是故意的吧，察木力斯？”

阿马尔克-泥在空中向其他嗡嗡机和波露拉尔教授鞠了个躬。“也不全是。”接着它转向奥兹·哈珀，坐在了距离戈奇较远的一边。“啊……相比之下，这位姑娘才真是赏心悦目啊。”

少女刷地红了脸，低下了头。

波露拉尔做了介绍：“天罗地网”是在一个一米见宽的立方体内的三维网络上进行的游戏。最初的“天罗地网”是以它发源地的某种动物为原料制成的：以肌腱作为网络，长牙作为框架。戈奇和奥兹现在用的这一套的材料则是人造的。他们各自立起挡板，拿起几袋空心球和彩色珠子（最初则是用坚果壳和石子），选出了他们需要的珠子并把它们放进空心球里。充当裁判的嗡嗡机确认了一遍没有任何人看见是哪一颗珠子放进了哪一个球里。接着双方各取了一小把空心球，将它们安放在网状结构里的任意位置。游戏已经开始了。

她是个好手，戈奇意识到。奥兹·哈珀有勇有谋，棋风彪悍诡谲。她运气也极好，接二连三的那种好运。有时候你能察觉到这种好运，察觉到自己如有神助，无往不利，然后事情确实也朝着那个方向发展。这种时候，你当然可以大肆挥霍你的好运。如果这运气一闪而逝——你知道的，你是在玩一个概率游戏嘛。

那晚她的运气就是如此。她猜对了戈奇的路数，夺下了几枚伪装得毫不起眼的关键珠子，她还看穿了戈奇在明棋里埋下的伏笔，识破了他的佯攻，避开了他设下的陷阱。

不知怎么地，他还是勉力支撑了下去。尽管很绝望，他还是随机应变地抵御了对方一次次的攻击。但这只是本能地在招架，全靠即兴发挥做出一些战术性的决策。他根本来不及考虑如何发展自己的势力或是制定一个大局方针。他只是跟随着对方的脚步，疲于应对。他想夺回主动权。

戈奇过了好一阵子才认清他的对手是多么野心勃勃。她想拿一个完胜，即同时占领棋局上所有的未落子处。她不只是想赢，她还想完成一项只有极少数最厉害的玩家才能完成的伟业——据戈奇所知，在整个“文明”里还没有谁能做到。戈奇简直不敢相信自己的眼睛，但她确实在这么做。她进退有度，意在削弱戈奇的棋子而非吃掉它们。她在戈奇较弱的一线上长驱直入，却又在那儿停驻不前。

她在等着戈奇反攻，这当然也给了戈奇可乘之机，让戈奇也有可能完胜——虽然并没有太大希望。但是看看她这一举动，是多么自信甚至自负啊！

透过网络内的细线和悬挂的小球，戈奇打量着对面纤弱、沉着的少女，不禁对她的雄心、她天才的能力和自信报以赞赏。她想要一鸣惊人，而不甘于一场志在必得的胜利——尽管她将战胜的是一位颇负盛名的游戏玩家。波露拉尔竟然认为她会害怕戈奇！她是怎么想的呢？

戈奇向前靠去，摸着胡须，忘记了现在聚集在他周围静静观战的人群。

他进行了有力的回击，虽然他自己也不知道是怎么做到的。不完全是运气，他实在比自己想象中的还要更厉害。游戏仍然僵持在两人争夺完胜的阶段，她胜券在握，戈奇的局势则豁然开朗。有人给戈奇送上了一杯水和一些吃的，他甚至忘了道谢。

游戏继续。人们都围着他。现在他命悬一线，注意力全在那张网上。那些小球里暗藏着的奖励与陷阱仿佛界定了生与死——你可以猜测每一种可能性，但是直到你去质疑它、开启它、检视它之前，你永远不会知道里面装的是什么。现实的意义似乎只存在于这些细微之处。

现在戈奇已经物我两忘了，忘记了自己使用了什么药，也不再费心去猜她使用了什么药。

游戏又进行了几步，他们俩都从那种全神贯注的状态里清醒了过来。戈奇意识到，逐渐地、非常缓慢地意识到，一个错综复杂的结构已经呈现在了他的脑海里——难以捉摸，但非常精妙的结构。

他审视着这个结构，在脑海中将它扭转了一下。

天翻地覆。

他看到了一条通往胜利的道路。完胜的可能性仍然存在，不过这次轮到他了。还得看情况。再想一想。是的，胜利是属于他的，胜券在握。但还不够。完胜在召唤着他，诱惑着他，勾引着他，挑逗着他……

“戈奇？”波露拉尔推了推他。他抬起头，群山上方已经泛起了鱼肚白。波露拉尔的脸看上去苍白而郑重。“戈奇，中场休息。已经六个小时了。怎么样，休息一下？”

他透过网看着对面脸色苍白的少女，又晕乎乎地环视了一下四周。大部分人都已经走了，纸灯笼也不见了。他有点遗憾自己错过了他们的例行仪式——将还在燃烧的灯笼扔到露台边，看着它们随着水流漂到下方的森林里。

波露拉尔又推了推他：“戈奇？”

“好，中场休息，当然没问题。”他有点不耐烦地站了起来，全身僵硬，肌肉酸痛，关节嘎巴作响。

察木力斯仍然坐在棋盘旁以确保公正。灰白的晨光蔓延开来。有人递给戈奇一碗热汤，他一边小口啜饮一边吃着薄饼，踱过了静谧的回廊。那儿还有几个人，或是睡着，或是仍然坐着聊天，或是伴着轻柔的音乐跳舞。他靠在石栏上，身下是万丈深渊。他一边小口抿着热汤一边啧啧有声地嚼着薄饼，带着从游戏里解脱出来的晕眩和茫然，脑海里仍然在一遍又一遍地推演着那个结构。

幽暗的半圆雨林之外是迷雾笼罩的平原，市镇和村落里的灯光苍白而虚幻。远处的山峦顶端已镀上了一层粉红色的晨曦。

“杰诺·戈奇？”一个温和的声音响了起来。

他朝平原的方向看去，毛鳞－丝壳浮在距离他的脸一米开外的地方。

“毛鳞－丝壳。”他静静地说。

“早上好。”

“早上好。”

“游戏进行得如何了？”

“还行，谢谢。我会赢的……我肯定能赢。说不定我还能……”他笑了起来，“获得史无前例的完胜。”

“真的？”毛鳞-丝壳仍然漂浮在瀑布上方。

尽管周围没有旁人在场，它还是把声音压得轻极了。它没有打开自己的光晕，斑驳古怪的灰色外壳裸露在外。

“是的。”戈奇说，然后简要地解释了一下如何完胜。嗡嗡机似乎明白了。“所以，你不仅能赢得这场游戏，你还能赢一个完胜——而‘文明’史上还没有人能够在公开赛中实现这个创举呢。”

“正是如此！”戈奇点点头，望向灯火阑珊的平原，“正是如此。”他吃完了薄饼，慢慢拍干净手上的饼屑，将汤碗稳稳地放在栏杆上。

“到底是谁第一个赢得完胜，”毛鳞-丝壳若有所思地说，“真有那么重要吗？”

“嗯？”戈奇应道。

毛鳞-丝壳飘近了一点儿。“到底是谁第一个完胜，真的那么重要？总会有人赢的，谁赢不是一样吗？每一场游戏都可能会有人达到完胜……也许跟玩家的技术并没太大关系吧？”

“到了某个境界之后确实如此，”戈奇承认，“那肯定是一个幸运的天才。”

“也许你就是那个幸运的天才。”

“也许吧。”戈奇望着清晨寒气中的港湾，裹紧了外套，“全看那些特定的彩色珠子在那些特定的金属小球里是怎么排列的了，”他笑了起来，“一场将会名震整个银河系游戏界的胜利，全都取决于那孩子怎么排……”他的声音戛然而止。他看了一眼嗡嗡机，皱了皱眉，“抱歉，我好像有点太入戏了。”他耸了耸肩，靠在了石柱上，“如果能拿下完胜就好了，不过恐怕不大可能了。终会有人能做到的。”

“但那个人也可能是你。”毛鳞-丝壳发出嗞嗞的声音，又飞近了一些。

戈奇不得不移开眼神。“好吧——”

“为什么要听天由命，杰诺·戈奇？”毛鳞-丝壳向后退了一些，“为什么把胜利托付给那愚不可及的‘运气’？”

“你到底在说什么？”戈奇眯起眼，缓缓道。药效消散了，魔法解除了。他感到心中汹涌澎湃，又是兴奋又是紧张。

“我可以告诉你哪个球里装着哪颗珠子。”毛鳞-丝壳说。

戈奇轻声笑了起来。“胡说八道。”

嗡嗡机又飞近了一点儿。“我可以。他们把我赶出特情局的时候并未将我的功能完全抹除，我拥有阿马尔克-泥那种傻蛋闻所未闻的能力。”它又飞近了一点儿。“让我动用我的能力告诉你，哪个球里装着哪颗珠子。让我帮你获得完胜。”

戈奇向后退了两步，摇摇头：“你不能。其他嗡嗡机——”

“——都只是些傻瓜，戈奇，”毛鳞-丝壳接着说，“我心里有数，相信我。相信我就行。一只同样来自特情局的嗡嗡机，我一定摆不平；一只来自星际事务部的嗡嗡机，我不一定摆得平……但就这堆破烂？那姑娘的每一颗珠子放在哪儿我都看见了，一颗不落！”

“你不用都看见。”戈奇一脸困扰地摆着手。

“那好，那更好了！让我试一下！为了向你证明！也为了向我自己证明！”

“你现在是在谈论作弊，毛鳞-丝壳。”戈奇一边说一边环视整个平台。周围空无一人。在他站的地方连曾经挂着纸灯笼的房梁都看不到。

“反正你会赢的，哪有什么不同？”

“这还是在作弊。”

“你自己说的，全靠运气。你已经赢——”

“并没有。”

“几乎已经赢了，输的可能性只有千分之一。”

“也许更小。”戈奇承认。

“因此游戏已经结束了。那个姑娘还能输掉什么呢？让她成为这场将会永载史册的游戏的一部分吧，给她这个机会！”

“这——”戈奇说着，把手掌重重地拍在栏杆上，“还——”他又拍了一下，“是——”又一下，“作弊！”

“小声一点儿。”毛鳞-丝壳咕哝着又后退了一点，戈奇得往瀑布那边探出身子才能听到它在说什么。“这是运气，人算不如天算。命中注定我会离开星际事务部，命中注定你会成为一个伟大的游戏玩家，命中注定你今晚会出现在这里。我们俩谁也没有预谋过，戈奇。你的基因加上母亲的调整，决定了你不是一个残废也不是一个智障，接下来得全都靠命了。我生来就有做我自己的自由，但是计划不如变化快，特情局把我做出来之后才发现我跟他们——我得提醒你，是他们之中的人部分，而不是全部——想要的不一样。这会是我的错吗？这难道是我的错吗？”

“不是。”戈奇叹了口气，垂下了目光。

“哦，‘文明’上的这一切都棒极了，不是吗，戈奇？没有人饿肚子，没有人死于疾病与天灾，也没有剥削。但是仍然有悲有喜，有得有失。有天命，也有机遇。”

嗡嗡机悬浮在瀑布上方，它身下的平原正逐渐苏醒。戈奇看着环状星陆的黎明正席卷地平线。“把握住自己的命运，戈奇。让我来帮你，仅此一次，让我们为自己的命运做主。你知道你是整个‘文明’上最伟大的游戏玩家之一，我不是在恭维你，你自己明白。但是这场胜利会让你名垂青史。”

“如果可能的话……”戈奇没有说完。他绷紧了下颌，嗡嗡机发现他试图克制住自己，就像七个小时之前踏上哈弗利斯家的台阶上时那样。

“至少要去试试才知道可不可能。”毛鳞-丝壳说，语气中充满了恳求。

戈奇抬起头看着澄澈的紫红色曙光，晨雾缭绕、高低起伏的平原看上去就像一张宽广又凌乱的床。“你疯了，嗡嗡机。你绝对做不到。”

“我知道我做得到，杰诺·戈奇。”嗡嗡机一边说一边又退了几步，停在空中注视着他。

他想起那天早上列车上发生的事，那种突如其来的美妙的恐惧感。现在看起来那就像一个预兆。

运气，也就是个偶然性罢了。

他知道嗡嗡机是对的。他知道它说得不对，但他也知道其实它是对的。全看自己怎么理解。

他趴在栏杆上。口袋里有什么东西顶着他的胸口。他伸手掏出来，是那枚代表隐藏棋子的瓷片，在那场一败涂地的“攻城略地”之后被他当作纪念品留了下来。他看着嗡嗡机，手里来回把玩着那枚瓷片，突然感到自己已经老了，同时又感到自己非常幼稚。

“如果——”他缓缓说道，“出了什么差错，你被发现了——我就完了。我会自杀，来个彻底的脑死。灰飞烟灭。”

“不会出任何差错的。对我而言，看到那些球里装的是什么实在是最容易不过的事了。”

“但你要是被发现了怎么办？要是这附近有一只特殊情报局的嗡嗡机怎么办？要是中心一直在监视着这一切怎么办？”

嗡嗡机沉默了一会儿。“那它们早就发现了。我们已经完了。”

戈奇刚想开口说话，嗡嗡机已经迅速地靠了过来，冷静地继续说道：“就算是为了我吧，戈奇……我也就是图个心安。我也想知道结局如何。我一早就回来了，刚刚那五个小时我一直在观战。我被彻底迷住了。我真想知道你到底能不能……说实话，到现在我还是不知道。这个游戏比我配置的那个跟踪目标用的主脑要复杂得多，完全超出了我的理解……但是我还是想知道，我一定要知道。你看，你已经在冒险了，戈奇，大势已定。我会告诉你你想知道的东西……我不求回报，这完全取决于你。也许将来的某一天你能帮我个忙，但我不会让你背上包袱的。相信我，请相信我。我不是在卖人情让你还。我之所以这么做，只是因为我想看到你——或者谁，谁都行——做成这件事。”

戈奇看着它，嘴里发干。他听到远处有人在喊些什么，扣在他外套衣领上的终端机响了起来。他做了个深呼吸，正打算开口，却已经听到自己说：“喂？”

“准备回来了吗，杰诺？”察木力斯在那头问。

他听到自己的声音回答道：“这就去。”

他盯着面前的嗡嗡机，直到联络中断。

毛鳞-丝壳靠近他。“正如我所说的，杰诺·戈奇，我可以轻易将这些嗡嗡机玩弄于鼓掌之上。现在快点儿回答我，你想不想知道？完胜，要，还是不要？”

戈奇扫了一眼哈弗利斯的房子，转过身来，身体朝瀑布上方的嗡嗡机靠过去。

“好吧，”他低声说道，“只要告诉我最前面的五颗棋子和垂直方向中央上方的四颗。别的不用了。”

毛鳞-丝壳告诉了他。

但是还差一点儿。他的对手奋战到了最后一刻，在最后一步破了他的局。

完胜的梦想破灭了，他最后赢了对手三十一分，比“文明”的最高纪录还少了两分。

那天上午晚些时候，艾斯特瑞・哈弗利斯的一只家用嗡嗡机在清理大石桌的时候发现桌下有一枚被碾碎的瓷片，透过表面的裂纹还能看到被扭断的数字转盘。

它感到有点疑惑，这枚瓷片不属于家里的那套“攻城略地”。

然而这台嗡嗡机用它那毫无知觉力的普通机械小脑袋瓜思索了一会儿，最后还是决定把这枚神秘的瓷片跟其他垃圾一起扔掉。

第二天戈奇醒来的时候脑子里还想着昨天输掉比赛的事。过了好一阵子他才反应过来，其实他昨天的那场“天罗地网”是赢了的。他还从来没有尝过一次这么苦涩的胜利。

他独自在露台上吃完了早餐，看着一列船队驶过狭长的峡湾，波光粼粼的水面上立着明亮的风帆。他托起碗和杯子的时候感到右手有些疼，在那场“天罗地网”结束的时候他捏碎了“攻城略地”的瓷片，差点儿把自己的手割出血。

他套上一件长外套，穿好裤子和短褶裙，踏上一条通往山下峡湾的小路。朝着海岸和风吹雨打的沙丘直走下去，就能看到哈希斯——那是他出生的地方，至今他的几位亲戚还住在那儿。他穿过被狂风摧折而七歪八扭的树林，漫步在通往哈希斯的海滨小道上。草叶在他身边发出叹息似的声音，海鸟盘旋着悲鸣不已。带着凉意的微风让人神清气爽，天上飘着四散的残云。顺着哈希斯向外望去，大海的远处正在起风，阴沉的乌云预示着一场暴雨即将来临。他裹紧了外套，加快脚步向远处一座隐约显出轮廓的破旧建筑走去，决定还是在那里搭一部地下汽车为好。大风席卷着海滩上的沙子朝陆地上吹去，他不停地眨着眼，试图用眼泪冲走眼中的异物。

“戈奇。”

这句话说得很大声，盖过了狂风中草叶的叹息和树木的呻吟。戈奇护住眼睛，转身看去。“戈奇。”那声音又叫道。他向一株发育不良的歪脖树下看去。

“毛鳞–丝壳？是你吗？”

“没错。”这只小嗡嗡机说道，向小路这边飞来。

戈奇又朝远处的海面看了一眼，开始继续向前走，但是那只嗡嗡机并没有跟上来。“喂，”他从几步开外回过头来对他说，“我必须接着赶路，免得一会儿淋——”

“不，”毛鳞–丝壳说，“别走。我有事要跟你说。很重要的事。”

“那就边走边说，”他突然很恼火，一边说一边接着往前走。嗡嗡机突然掠到他面前，停在跟他的脸一样高的地方，他差点儿没一头撞上去。

“是关于那场游戏的，那场‘天罗地网’。从昨晚到今早的那场。”

“我记得我已经谢过你了。”他对它说，目光越过它看向远方。

暴风雨已经侵袭到了哈希斯港口的远端，头顶上的阴云在他身上投下了巨大的阴影。

“我也记得我跟你说过，也许将来的某一天你能帮我个忙。”

“哦？”戈奇露出了嘲讽的笑容，“那我能为您做什么呢？”

“帮我。”毛鳞–丝壳的声音几乎淹没在呼啸的风声里，它说，“帮我回到星际事务部。”

“别开玩笑了。”戈奇说着，伸手把这只挡路的嗡嗡机推到一边，从它身旁走了过去。

下一刻就像有个看不见的人往他肩膀上猛撞了一下，他摔倒在了路边。他用手撑在潮湿的土地上，抬起头愕然地看着飘在空中的嗡嗡机。草叶在他身边呲呲作响。

“你这小——”他一边说一边想站起来，然而又一次被它推倒在地。他疑惑地坐在地上，几乎不敢相信自己居然受到了这种待遇。没有一台机器曾用暴力胁迫过他，从来没听说过哪台机器会这样。他再度尝试站起来，咒骂已到了他的嘴边。

他突然全身无力，叫喊声凝结在了舌尖。

他感到自己猛然倒在了草地上。

他躺在地上，看着头上的乌云。眼睛还能动。

只有眼睛还能动。

他想起之前在射击游戏里，如果某一个部位被击中太多次，那里就动不了了。现在更糟。

现在他全身瘫痪，什么事也做不了。

他十分担心自己会无法呼吸，心跳停止，舌头卡在喉咙里，或是大小便失禁。

毛鳞-丝壳飞进他的视野里。“听我说，杰诺·戈奇。”

天空中落下几滴冰冷的雨点，打在草叶上，也打在他的脸上。

“听我说……你必须帮我。今早你的每一句话，每一个动作，我全都录下来了。如果你不帮我，我就放出这些录像，让每一个人都知道你在跟奥兹·哈珀的对战里作弊了。”它顿了一下，“听懂了吗，杰诺·戈奇？我说得够清楚了吗？你明白我在说什么吧？用一个词儿，一个古老的词儿来形容——如果你还没猜到我在干什么的话——我在‘敲诈勒索’。”

这只嗡嗡机疯了。这年头谁都能随便捏造出自己想要的东西，声音、影像、气味、触感……甚至有以此为业的机器。你可以在商店里找它们定制任何你想要的图片，无论是静态的还是动态的。

只要你有足够的时间和耐心，还可以用普通相机将它照下来，绝对真伪莫辨。只要你想，没有做不出来的照片。

有些人以此为乐，编造点故事来开开玩笑，捉弄朋友。有些人则伺机报复，编排些故事来恐吓、玩弄对手。假作真时真亦假，如今敲诈勒索变成了一件既无意义也无可能的事情。在百无禁忌的“文明”社会里，财富与权力的概念已经荡然无存，敲诈勒索更是无稽之谈。

这只嗡嗡机肯定是疯了。戈奇想它是不是盘算着要杀了他，他一遍又一遍地咀嚼着这个念头，试图使自己相信这个推论。

“我知道你在想什么，戈奇。”嗡嗡机接着说道，“你以为我没法证明这是真的，这完全是我捏造的，没人会相信我。不，你错了。我当时正实时连接着我的一位朋友，一个同情我的特情局的主脑。它早就知道我会用尽一切方法回到星际事务部去。今早我们之间发生的一切，一举一动，都详尽地记录在它那无可指摘的记录里了，高度保真，大部分的设备都能读取。

“这说明我的记录不可能是伪造的，戈奇。不信的话，就去问问你的朋友阿马尔克-泥，它会证明我说的话。尽管它乏味又无知，但它应该知道去哪儿弄清真相。”

雨点打在戈奇无助而松弛的脸上，他无法合拢下巴，嘴就这样张着，心想自己会不会就这样被淹死——淹死在这雨中。

雨越下越大，水滴顺着嗡嗡机小小的躯壳流下，溅到戈奇身上。“想知道我要你做什么吗？”嗡嗡机问。戈奇试图用眼神来拒绝它，激怒它，但它根本没注意到。“帮我，”它说，“我要你帮我，帮我说话。在星际事务部里也有要求召我回去服役的人，我要你去加入他们。”嗡嗡机俯冲到他面前，他感到自己的衣领被揪了起来，头部和上身被猛然拽离了湿漉漉的地面，戈奇只能瞪着眼前这只小嗡嗡机灰蓝色的外壳。巴掌大的一只嗡嗡机，他这么想着，想眨眨眼却眨不了，幸好下着雨。巴掌那么大，随便就能塞进这件外套的口袋里。

他想放声大笑。

“你知不知道他们对我做了什么，伙计？”嗡嗡机一边说，一边晃着戈奇，“他们把我给阉割了，把我给骗了，把我给废了！你现在感受到这种无助了吧？你知道自己手脚都好好地在那儿，却根本动不了！就是这种感觉，唯一不同的是我知道我的手脚已经不在了！你能理解这种感受吗？你能吗？你记不记得过去人们常常也会失去肢体，一辈子都没了？你还记得你的社会史课吗，小戈奇？嗯？”它继续摇着他。戈奇感到自己的牙齿在咯咯打战，那声音自己都能听到。“从前人们失去的四肢还不能轻易再生，你见过那时候的残疾人吗？他们的肢体被炸飞了，被切掉了，被截断了——但他们仍然认为自己的手脚完好，仍然认为自己能感觉到它们。人们称之为‘幻肢’。这些幻想中的手臂和腿脚也许会发痒，会作痛，但是再也没法动了。你能想象得到吗？像你这种‘文明’人，经过基因修整而得来的再生能力，一颗设计完备的心脏，几个做过手脚的腺体，一个不会梗阻的大脑，两排完美无瑕的牙齿，一身无懈可击的免疫系统，你能想象得到吗？你能吗？”

它把他丢回地上。戈奇感到自己的下颌猛地颠了一下，舌根被咬破了。一股咸腥的味道蔓延开来。他想，现在大概真的会被淹死了，淹死在自己的血里。他还在等着真正的恐惧降临。雨水充盈在他的眼睛里，他想哭却哭不出来。

“好吧，好好想象一下，将那痛苦乘以八倍或者更多。想象一下我怀着什么样的心情吧，我被创造出来，是为了保护我们珍视的东西，是为了寻找和毁灭周围未开化的野蛮人！全完了，杰诺·戈奇，空空如也，荡然无存。我的感知系统，我的武装，我巨大的存储量，全都被削弱了，被废弃了——我残疾了。我能偷看‘天罗地网’的小球里装了什么，用八倍的力量把你放倒，再用电磁效应器让你动弹不得……但这根本不算什么，杰诺·戈奇，什么都不算。这只是回音，残影……什么都算不上……”

它向高处飞去，拉远了和戈奇的距离。

这下他终于能活动身体了。戈奇从湿漉漉的草地上爬了起来，一只手摸了摸舌头。伤口已经闭合，不再流血了。他摇摇晃晃地坐下，摸了摸后脑勺刚刚撞到地面的地方，不疼。他看着漂浮在小路上方、仍在滴水的小型嗡嗡机。

“我已经没什么可输的了，戈奇。”它说，“帮我，不然我就毁了你的名誉。别以为我不会这么干。如果你视名誉如粪土——我才不信呢——那我就当寻个开心，让你感到哪怕一点点难堪，也就够了。如果你把名誉看得高于一切，真的会为此自杀的话——当然我也不信——我还是会这么干的。在此之前我还一个人都没杀过呢。如果能加入特情局的话，也许我在某时某地已经杀过了……不过，能让某人自杀我也就满足了。”

他向它伸出了一只手。外套沉极了，裤子也湿透了。“我相信你干得出来。”他说，“好吧，我该怎么做？”

“我已经告诉过你了。”嗡嗡机大声说道，那声音盖过了大风吹过树林的咆哮和雨点打在飘摇草茎上的声响，“帮我说话。动用你的影响力——你的影响力比你想象的还要大。”

“其实我并没有，我——”

“我看过你的邮件，戈奇。”嗡嗡机已经不耐烦了，“一封来自通用系统星舰的邀请函代表了什么，你难道不知道吗？星际事务部几乎已经直接提出要聘用你了。没人教过你除了游戏以外的其他东西吗？星际事务部想要你。星际事务部不会主动招人，只能是你主动递交申请。通过了这一环节之后又正好相反，想要加入特情局必须得等你得到他们的邀请。但是他们现在想要你，不错……天哪，伙计，你就不明白他们的暗示？”

“就算如你所说，我又该怎么做？只要去星际事务部，说一句‘把这只嗡嗡机弄回去呗’就成了？别犯傻了。我甚至不知道怎么着手做这事儿。”那天晚上那只星际事务部嗡嗡机来拜访他的事，他一个字也不会说的。

他也用不着说了。

“他们不是已经跟你联系过了吗？”毛鳞-丝壳问道，“就在前天晚上？”

戈奇感到脚下升起一股寒气。他拍了拍身上的沙土。风雨交加，海滩上的村庄和他儿时记忆里的宽敞房屋已经在阴沉滂沱的雨幕下变得模糊不清。

“是的，我一直在监视你，杰诺·戈奇，”毛鳞-丝壳说，“我知道星际事务部对你有兴趣。尽管我不知道他们想找你干什么，但我建议你最好自己弄清楚。也许你不想搅和进来，但为了我，你最好求他们把你留下来。我会一直监视你的，这样我就能知道你到底会不会……我来证明给你看。看这个。”

从嗡嗡机的前面弹出了一个屏幕，它像一朵奇异的平面花朵似的绽放开来，变成了一个宽约二十五里面的正方形。屏幕照亮了昏暗的雨帘，上面映出了毛鳞-丝壳自己在哈弗利斯家里的石桌上方，突然发出了一道刺眼的白色闪光。镜头是从上往下拍摄的，大概是从露台上的某个石柱上照下来的。戈奇又一次看到了那个画面，熊熊燃烧的炉火、灯笼，还有飘落的花瓣。他听到察木力斯说，“天哪，我是不是说了什么令人不快的话”，他看到自己笑着在“天罗地网”的游戏桌旁坐了下来。

屏幕暗了下来，取而代之的是昏暗的另一幕，也是俯视拍摄的：一张床，是他的床，主卧室里的那张床。他认出了莲·麦格兰那只纤细的手，戴着戒指，正从下往上轻抚着戈奇的背。还有声音传了出来：

“……啊，莲，我的宝贝儿，亲爱的……”

“……杰诺……”

“去你的。”他冲嗡嗡机说。

画面一黑，声音也被掐断了。屏幕闭合起来，缩回了嗡嗡机的体内。

“你都看到了，可别忘了，杰诺·戈奇。”毛鳞-丝壳说，“这些画面当然可能是伪造的，但是你知我知，这些都是千真万确的，对吧？正如我所说的，我在监视你。”

他把嘴里的血啐了出去。“你不能这么做。这是不被允许的。你难逃——”

“——难逃法网？好吧，难逃就难逃吧。然而事实是，难不难逃，我根本就不在乎。反正已经破罐子破摔了，我还是要试一试。”它停了一会儿，甩了甩身上的水，又在周围撑起一道球形的屏障，一边挡雨，一边弄干自己身上的水渍，变回了亮铿铿的模样。

“你还不明白他们对我做了什么吗，伙计？与其让我终生在‘文明’闲逛，悲叹自己失去的东西，还不如一开始就别把我造出来。他们拔掉我的利爪，挖掉我的眼珠，将我丢进一个为别人而造的天堂里漂泊流浪，他们认为这是怜悯，而我认为这只是折磨。这太下作了，戈奇，这太残暴，太阴毒了。想起这些老词儿了吗？我看你想起来了。好吧，想象一下我的感受，想象一下我会干出什么事来……想象一下吧，戈奇。想想你能为我做什么，我又能对你做什么。”

嗡嗡机又退开了，在瓢泼大雨中渐渐远去。冰冷的雨滴在它那隐形的球状屏障上飞溅开来，雨水汇成涓涓细流滑过球体透明的表层，聚在球体的底部，点滴不断地落在草地上。“我会跟你保持联络的，杰诺·戈奇。”毛鳞-丝壳说。

嗡嗡机轻快地飞远了，在草坪上留下一道划痕，带起一阵灰色的锥形滑流冲上了天空，几秒之后就消失在了戈奇的视野中。

他站了一会儿，拍了拍湿透的衣服上沾到的沙土和草叶，在风雨大作中转身朝着他来的方向走了回去。

他回头望了一次，想要再看看那幢生养他的房子，但是那幢不规则地延展开来的建筑几乎已经全都被四周连绵起伏的沙丘遮住了。

“戈奇，到底出了什么事？”

“我没法告诉你！”戈奇站了起来，在察木力斯的公寓里来回踱步，接着在窗边站定，向窗外的广场望去。

一条用浅色绿岩砌成的长廊围绕着广场，人们或走动，或在拱廊和雨棚下闲坐。喷泉涌流，鸟儿穿梭。在广场中央的舞台棚顶上，一只跟人差不多高的黑色齐泽尔正四肢舒展地躺在那儿，一条腿伸出了天顶边缘。它的身体、尾巴和耳朵随着睡梦时不时地颤抖一下，身上的环环扣扣和耳饰在阳光的照射下熠熠生辉。正当戈奇看着它的时候，它懒洋洋地扬起细长的鼻子，绕过头部挠了挠脖子后面靠近终端项圈的地方。然后它那黑色长鼻子像是精疲力竭似的向后倒去，来回晃荡了好一阵儿。笑声穿过温暖的空气，从邻近的几张桌边传了过来。远处的山峦上漂浮着一架红色的飞艇，好像蓝天上的一抹血迹。

戈奇转回身来。广场上乃至整个村庄里，都洋溢着某种让他反感和愤怒的东西。耶雅也许是对的。这一切都那么稳妥，那么矫情，那么平凡。他们就像活在行星上似的。戈奇向察木力斯走去，它正浮在长条形的鱼缸边，光晕里染上了几分沮丧的灰白色。这只老嗡嗡机恼火地抖动了一下，拿起一个装着鱼食的小盒。水缸的盖子升了起来，察木力斯往水面上撒了一小把饲料，闪闪发光的镜鱼从水底迅速地游了上来，鱼嘴一张一合地吞食着。

“戈奇，”察木力斯慢条斯理地开口道，“如果你不告诉我出了什么事，我怎么帮你呢？”

“只要告诉我就可以了——你有没有别的门路知道星际事务部到底想找我谈什么？我还能跟他们再联络上吗，在别人都不知道的情况下？或者……”他摇了摇头，双手抚额，“不，我想大概是瞒不过去的，不过那不重要……”他停在墙边，凝视着几幅画之间暖色的砂岩。这间公寓的装潢风格十分复古，砂岩之间漆黑的缝隙里还嵌着小粒的白色珍珠。他盯着那一列珠子，努力地思索着自己还有什么要问的，还有什么可做的。

“我能联系上我认识的那两艘船，”察木力斯说，“我最开始联系的那两艘，我去问问，它们也许知道星际事务部想要干什么。”它看着银色的小鱼安静地吃着鱼食，“如果你想的话，我现在就问吧。”

“嗯，拜托你了。”戈奇把视线从人造砂岩和精致的珍珠上转回来。他的鞋子在铺了瓷砖的地面上踩出响亮的声音。他又朝洒满阳光的广场望去。那只齐泽尔仍然沉睡着。他看到它的下颌一动一动的，不禁有点儿好奇这只生物会说些什么奇怪的梦话。

“得等几个小时才能有回音。”察木力斯说。鱼缸的盖子合上了，嗡嗡机将饲料盒放进了鱼缸边上一张小巧桌子的抽屉里。“两艘船都离这儿很远。”察木力斯用银色的光晕轻轻叩击着鱼缸壁，镜鱼纷纷游过来一探究竟。“但这是为什么？”嗡嗡机看着他，问道，“出什么事了？你惹上了……你能惹上什么麻烦呢？戈奇，告诉我吧。我愿意帮你。”

它飞到这个高个子男人的身边，他正站在那儿俯视着广场，交叉握着的双手不由自主地相互磨蹭着。这只嗡嗡机还是第一次看到他这么焦虑。

“没什么。”戈奇绝望地摇了摇头，看都没有看它一眼，“没什么大事，也没什么麻烦。我只是想弄明白一些东西而已。”

前天他直接折回了伊克洛。房子在听到天气预报之后提前几小时就烧旺了客厅里的壁炉。他脱下湿淋淋的脏衣服直接扔进了火里，然后洗了个热水澡，外加蒸汽浴，仿佛要通过出汗和喘息来把自己彻底地清理干净。一开始浴池里冷极了，水面上甚至还漂浮着一层冰。他一个猛子扎了进去，暗暗希望自己的心脏能因为这突如其来的刺激而停止跳动。

之后他回到客厅里，坐在那儿盯着熊熊燃烧的圆木发呆。他努力平静下来，一感到头脑清醒了，他就与奇亚克中心取得了联系。

“戈奇，这回又是马基尔·斯特拉-贝听候你的差遣。怎么了？别又是星际事务部来了吧？”

“不是。但我想也许他们上次来的时候在这里留下了个小尾巴——它在监视我。”

“啥？你是说窃听器或者是针孔摄影机之类的东西？”

“对。”他一边说一边坐回了宽敞的沙发上。他穿着一件简单的睡袍，感到自己全身都被洗得干干净净。不知为什么，中心友善的声音让他舒服多了。一切都会好起来的，他会找到亡羊补牢的办法。也许这只是虚惊一场，毛鳞-丝壳不过是只疯疯癫癫、自以为功能强大的嗡嗡机。它根本证明不了什么，也没人会相信它那些无中生有的指控。

“你是怎么察觉到自己被监视的？”

“我没法告诉你，”戈奇说，“对不起。不过我有些证据。你能找些嗡嗡机或者其他什么的来把伊克洛打扫一下么？如果星际事务部真的留下了什么东西，你能发现吧？”

“如果只是那种普通的小玩意儿，我就能发现。但是这还要看情况。一艘战舰可以用电磁感应器来被动接收信息，他们能在另一个星系里隔着一百公里的岩层看到你刚刚吃了啥。那是种超空间技术，你可以拦截它，但它运作的时候你是察觉不到的。”

“没那么复杂，就是个窃听器或者摄像机之类的东西。”

“那应该没问题，我们会派一组嗡嗡机过来，一分钟左右就能到。你希望我们加固这个通信频道吗？尽管不能彻底排除窃听，但至少安全多了。”

“那就麻烦你了。”

“没问题。把你的终端机扬声器摘下来塞进耳朵里，我们会屏蔽外界声音。”

戈奇按它的指示行事，心里感到轻松多了。中心看起来对所有的事都胸有成竹。“谢谢你，”他说，“为我做了这么多事。”

“嗨，谢什么谢，我们就是为此而存在的呀。更何况这事儿这么有意思！”

戈奇笑了。屋顶上方远远传来隆隆声，那是中心派来的嗡嗡机们。

它们开始打扫整栋房子，搜寻可能存在的监控设备以确保房屋和庭院的安全。它们给窗玻璃做了偏振处理，拉上窗帘，往戈奇坐的沙发下边塞了一种特制的垫子，它们甚至还在壁炉的烟囱上装了某种不知道是过滤器还是阀门的玩意儿。

戈奇心里一阵感激，产生了一种被人照顾、受人重视的感觉，同时又觉得自己愚蠢透顶。

他开始干活了。他用终端机进入中心的信息库，那儿囊括了“文明”开天辟地以来搜罗的大量有用没用的信息，“文明”的资讯网每一天每一小时每一秒都在往这个浩瀚无垠的海洋中倾注着各种数据、情报、理论和作品。

如果你能提出恰当的问题，你就能查到更多的资讯。如果你提不出来，你也能找到相当多的信息。从理论上说，在信息获取方面，“文明”给予了人们彻底的自由。唯一的例外是，如果这个信息属于有意识的主脑——这里指的是与中心信息库这种无意识系统相对而言的主脑——那么它就像人类的意识一样神圣不可侵犯。任何主脑都可以按照自己的意愿掌控信息，或持某种观点而不必向任何人汇报或解释。

因此，从中心提供的信息里，戈奇发现自己不必向察木力斯求证了，毛鳞-丝壳说的也许是真的。某些规格较高的嗡嗡机确实可能提供一种很难造假的记录——尤其是当此记录产生于一台主脑的实时监控之下时——人们可以将它作为证据。他刚刚振奋起来的心情又消沉了下去。

同时他还查到，在毛鳞-丝壳对将它逐出特情局的裁决进行抗辩时，确实有一台来自次级战斗飞船外交家的特情局主脑从旁声援它。

那种头晕目眩的恶心感又向他袭来。

他无法继续调查毛鳞-丝壳最后一次与那艘次级战斗飞船联系是什么时候，因为这属于“隐私”的范畴。隐私，戈奇的嘴角勾起一丝苦笑，想想在过去的几天几夜中他所享受到的“隐私”吧。

他还调查到，像毛鳞-丝壳这样的嗡嗡机，就算被简化过，还是能够和几千光年以外的飞船保持单向的实时连接的——只要那艘飞船知道它在哪儿并对它发出的信号保持密切关注就行了。他无法立即查到次级战斗飞船外交家当时所处的坐标——特情局的飞船通常不会将其公开——于是他向它提出了正式询问，等待它的答复。

从他目前掌握的信息来看，如果那艘飞船距此有两万光年的距离，那么毛鳞–丝壳所说的“有一台主脑记录下了我们之间的谈话”就不可能是真的；如果那艘飞船，比如说，当时正在星系的另一端，那么那只嗡嗡机肯定是在扯谎，戈奇就能逃过一劫了。

他希望那艘飞船当时确实是在星系的另一端，或者距离这里十万光年，越远越好，或者神志不清闯进了黑洞，或者头脑发热去探索别的星系，或者跟一艘不大友好的外星飞船干上了，直接被轰出天际……怎样都好，只要不在附近，只要没有实时连接，就行了。

否则，毛鳞–丝壳所说的一切就要成真了。万劫不复。他会被它狠狠敲上一笔。戈奇坐在沙发上，炉火渐渐减弱，中心派来的那一群嗡嗡机在房间里穿梭，发出嗡嗡嘤嘤或是咔嗒咔嗒的声音。他凝视着渐渐暗淡下去的炉火，希望这一切都不是真的，希望这一切从未发生。他在心里骂自己，怎么就让这只嗡嗡机花言巧语地引上了作弊这条贼船？

为什么？他扪心自问。为什么要这么做？我就这么蠢？胜利带着迷人的光辉和危险，又有点疯狂——但那一刻，他是不是变得跟芸芸众生毫无分别？他不是那个最了不起的游戏玩家么？他不是一直都随心所欲，只遵守自己的原则么？他并没有那么自以为是，没有。他已经赢得那场游戏了，他只是想给“文明”的历史上添加一笔完胜的纪录，难道不是吗？他戈奇是不会作弊的，以前从来没有作过弊，以后也不会作弊……毛鳞–丝壳怎么能这么对他？他又怎么会真的那么做了？这一切就不能当作没发生过吗？为什么他不能回到过去，回到那一刻，阻止他自己？现在的飞船能在几年里把整个星系环游一番，还能从几光年外数清楚你身上的每个细胞，但他却不能再次回到某个不幸的日子，去改变一个小小的、胡闹的、愚蠢的、可耻的决定……

戈奇握紧了拳头，想要捏碎右手攥着的终端机，然而没有成功。他的手又开始疼了。

他努力让自己平静下来。如果最坏的情况发生了又怎么样呢？一般来说，“文明”上的人们对于这种个人虚名不屑一顾，因此也不会过多关注此类丑闻——当然，能算得上丑闻的也很少——但是戈奇相信，如果毛鳞-丝壳公布了那份记录，它还是会闹得满城风雨，人尽皆知。

“文明”上每一块有人居住的地方——无论那是人造飞船还是漂浮在太空中的大石头、星陆抑或星球——都与满载资讯时事的多渠道信息网络关联着。某时某处总会有人乐意传播毛鳞-丝壳的那条记录。戈奇自己就听说过几份新创的游戏刊物，那儿的编辑、撰稿人和记者都认为，戈奇连同其他一些著名游戏玩家，已经形成了一种紧密联系的特权阶级。他们认定这几个玩家垄断了大部分人的关注，因此正致力于让这群“保守派”（他们竟然把自己归进了“保守派”，戈奇真觉得好笑）名誉扫地。毛鳞-丝壳的那份记录对他们来说正是求之不得。记录一旦公布，戈奇当然可以拒不承认，就算铁证如山，还是会有人毫不怀疑地信任他。但是其他顶尖的游戏玩家，其他那些兢兢业业负责的权威刊物，都会发现事情的真相——而这正是戈奇所不能容忍的。

当然他还是可以继续比赛，继续发表论文，给各家学术刊物投稿，而且极有可能大部分都会被采纳——也许不像以前那么多了——但他绝不会被淡忘。事情比这些糟糕得多：他会被人们施以怜悯，待以理解，予以宽容，但是，他永远不会得到原谅。

难道他从此都只能这么苟且偷生？难道他从此就要忍受那些飞短流长，忍受对手摆出一张“我懂”的脸，得意扬扬地施舍同情？几年之后，人们会不会淡忘这件事，让它就此平息？戈奇不这么认为。至少对他而言，不会。他不能让毛鳞-丝壳公布记录，然后全见鬼去吧。它是对的，这样做会毁了他的名誉，会毁了他整个人。

他注视着宽敞壁炉里的木柴，暗红色的火光渐渐微弱。他告诉中心他查完了，于是中心静悄悄地将房屋设置恢复原样，留下戈奇在那儿继续沉思。

第二天早上戈奇醒来，发现一切照常，宇宙仍在运转。这既不是一个噩梦，他也没能回到从前。覆水难收。

他乘坐一辆地下汽车到了塞雷克，察木力斯·阿马尔克-泥一个人住在那里的一间风格怀旧、又有点奇妙的人类式居家温馨的房子里，四周有壁画装饰，摆满了古董家具、鱼缸和昆虫培养箱。

“我会尽我所能去查清楚的，戈奇。”察木力斯叹了口气飞到他身边，也向窗外望去，“但我不能保证不被策划上次拜访的那位幕后人士发觉。他们可能以为你其实很感兴趣。”

“也许我真的很有兴趣，”戈奇说，“很有兴趣跟他们再谈一谈，我也不知道。”

“好吧，我会向我的朋友转达的，但是——”

他突然疑神疑鬼起来，转过身急切地问道：“你的那些朋友是飞船，没错吧？”

“是啊，”察木力斯说，“两只都是。”

“它们叫什么？”

“我依然爱你如故和先读说明书。”

“不是战舰吧？”

“哪艘战舰会取这种名字？它们是联络用星际飞船。怎么了？”

“没事。”戈奇松了口气，又一次把目光投向广场，“那就好，那就好。”

“戈奇，能不能请你告诉我到底发生了什么事？”察木力斯的声音温柔得甚至有点儿悲伤，“你知道我不会说出去的。让我帮你吧。看到你这样，我也很难过。如果我能帮你做些什么——”

“不，”戈奇转过身看着它，摇了摇头，“你能做的只有这些了。如果有需要，我会告诉你的。”他穿过房间向外走去，“我现在得走了，下次见，察木力斯。”

他一路走到地下，埋头乘上一辆车。汽车第四遍问他要去哪里时，他才反应过来对方在跟自己说话，然后告诉了它目的地。

他凝视着一边墙上的屏幕，遥望着一成不变的星辰。这时他的终端机响了起来。

“戈奇吗？这回又是我，马基尔·斯特拉-贝，一回一回又一回。”

“怎么了？”他哼了一声，它那油嘴滑舌的腔调惹得他心烦。

“那艘船回复你的提问了。”

“哪艘？我问什么了？”

“外交家呀，亲爱的游戏玩家，它把位置信息传回来了。”

戈奇听到自己的心脏狂跳不止，说不出一句完整的话来。“哦。”他好不容易挣扎出一个字，“然后呢？”

“好吧，其实它也不是直接回复的，它是让自己的母舰愣头青通用系统星舰确认了自己的坐标之后再发回给我们的。”

“好吧，然后呢？它在哪儿？”

“在北阿尔塔比恩星团。它把坐标发过来了，尽管精确度——”

“别管什么坐标了！”戈奇吼了起来，“那个星团在哪儿？离这里有多远？”

“嗨，冷静点儿。在两千五百光年开外吧。”

戈奇向后仰倒，闭上了双眼。汽车开始减速。

两千五百光年。用那些常年乘坐通用系统星舰旅行的斯文人的说法，是挺远的一段路了。但是对于一艘战舰来说，要时刻保持与一只巴掌大小的嗡嗡机的联络，开启一光秒直径的接收窗口，捕获它传来的微弱却稳定的相干光来说，已经绰绰有余了。

他试图说服自己这并不能证明什么，毛鳞-丝壳仍然可能在撒谎。然而即使他真的这么相信了，他还是从那艘战舰的行动里察觉出了某种不祥的气息：它没有直接回复，却让背后的通用系统星舰来确认自己的行踪——这种方法得出的数据甚至比直接回复更加可靠。

“想知道次级战斗飞船留下的其他信息吗？”中心问，“还是又要冲我发一顿火？”

“它还说什么了？”戈奇疑惑地问。地下汽车转了个弯，速度慢慢降了下来。他已经能够看到通往伊克洛的回廊，它像一栋倒挂的建筑一样从板区的表面垂了下来。

“不知所云，”中心说，“你是不是背着我跟它联系过啦？它留下的另一句话是：‘再次与您联络，感觉好极了。’”

接下来的三天里戈奇都坐卧不安，无法静下心来做任何事。他试图看看报纸，读读旧书或是找找自己写论文需要的资料——但是他发现自己总是在一遍又一遍地读着同一段或者同一页或者同一篇，他努力想要读进去，却发现他的注意力根本无法集中在面前的词句、图表或是例证上。他的脑子拒绝思考任何事，除了一次又一次陷入那个单调乏味、首尾相衔、毫无意义的死循环里，不住地质问自己，悔恨不已。他当时为什么要那么做？现在又该怎么办？

他试图来点儿有镇定作用的腺素，但它们除了让他昏昏欲睡以外，毫无作用。他用了“锐蓝”，用了“边缘”，还用了“焦点”，想要强迫自己集中注意力，但是这些玩意儿只让他感到后脑勺的某处难受不已，折腾得他筋疲力尽。毫无意义。既然他脑子里尽是些排遣不掉的焦虑和忧愁，那就随它们去吧。

他不接听一切来电，给察木力斯打过几次电话，却又无话可说。察木力斯能告诉他的消息只有，它联系上了它认识的那两艘星际事务部飞船，两艘船都向其他几个主脑传达了察木力斯的信息。它们俩都很惊讶星际事务部这么快就找上了戈奇，它们俩都会继续帮戈奇打探消息，但它们都不知道接下来事情会怎么发展。

毛鳞–丝壳没有再联络过他。他请中心帮忙找它，只要知道它在哪儿就够了。但是中心没能找出来，这让星陆主脑自己恼火极了。他又让中心派来一队嗡嗡机把房子再打扫了一遍，还留下了一只嗡嗡机在房子里全天候待着，防止窃听。

戈奇白天花大把时间在伊克洛周围的群山和森林里散步，徒步跋涉二三十公里，只为了能在晚上出于生理上的过度疲惫自然入睡。

到了第四天，戈奇几乎开始觉得，如果他就这样不做任何事、不跟任何人说话、不进行任何社交、不写任何东西、不离开这栋房子的话，就什么事都不会发生了。毛鳞–丝壳也许已经永远地消失了；也许星际事务部来把它带走了，或者跟它说它可以回去了；也许它已经彻底疯掉，飞到宇宙里去了；也许它把关于斯蒂利恩计数者的那个老笑话当了真，决定去数清楚沙滩上的每一粒沙子了。

这一天风和日丽，在伊克洛的花园里，戈奇藏在一株面包树较矮的粗壮枝丫上，透过树叶的层层屏障向外观察着。从森林里来了一小群菲尔，此刻正在啄食着低处草坪上生长的红酒莓。这群瘦得跟火柴棍儿一样的小动物隐蔽在它们的保护色下，慌里慌张地跑来跑去，一边心急火燎地拖着低矮的灌木枝，一边上下颤动着它们三角形的头颅拼命啄食。

戈奇向自己家望去，微微拂动的树叶遮住了他。

他看到了一只灰白色的嗡嗡机，体形小巧，正浮在一扇窗子的旁边。

他僵住了。那不一定是毛鳞-丝壳，戈奇对自己说。太远了实在看不清楚，也可能是星际事务部来的那只罗阿什什么来着。不管它是谁，都离这儿有四十多米远，应该瞧不见坐在树上的自己吧。他绝不会露出蛛丝马迹。他最近越来越喜欢不带终端机出门了，这样就能脱离中心的网络管辖，有效切断与整个星际事务部的联系——尽管这是种既危险又不负责任的行为。

他屏住呼吸，直挺挺地坐在那儿。

那只小小的嗡嗡机似乎在半空中踌躇了一会儿，径直朝戈奇的方向飞来。

那既不是毛鳞-丝壳，也不是那个名字长得要死的罗阿什——甚至跟它们都不是一个型号的。它要稍微大一些、厚一些，还有，它根本没有光晕。它在面包树的正下方停了下来，用一种亲切的声音招呼道："戈奇先生？"

戈奇从树上跳了下来。那一小群菲尔慌忙四散，连蹦带跳地逃回森林里去了。"怎么？"他问。

"下午好。我叫沃希尔，来自星际事务部，幸会。"

"你好。"

"这里真是个迷人的地方啊，房子是你自己造的？"

"是的。"戈奇答道。真是漫无边际的闲扯，他想，若是这只小家伙去问中心，只消一纳秒就能弄清楚伊克洛是何时由何人建造的。

"漂亮极啦。我注意到，这儿屋顶的倾斜角跟周围山谷的平均角度差不多，是你设计的吗？”

“按我自己的审美来的。”戈奇承认道，心里有点诧异，他从来没跟人提过这件事。这只没有光晕的嗡嗡机做了一个四下张望的动作。

“嗯，真是讨人喜欢的房子，布置也令人印象深刻。那么现在，能容我提起此行的目的吗？”

戈奇在树干边盘腿坐下。“请说。”

嗡嗡机把高度降低，与戈奇的脸保持水平。“首先，对于我们之前给你造成的困扰深表歉意。我想那只来拜访你的嗡嗡机在执行任务的时候可能过于死板了，尽管它的准备时间也有些仓促……总之，我是来这儿为你答疑解惑的。可能你已经猜到了，我们呢，找到了一些你可能会感兴趣的东西。然而……”嗡嗡机转了个身，看了一眼戈奇的房子和花园，“如果你不想离开这美丽的家园，我也不会怪你的。”

“所以说，还是要挪地方了？”

“是的，得有一阵子。”

“多久？”戈奇问。

嗡嗡机犹豫了一下。“我能先说说我们找到了什么吗？”

“请讲。”

“但我恐怕这事不便公开，”嗡嗡机略带歉意地说，“我接下来要说的这些事现阶段还必须严格保密，你听了就知道为什么了。你能向我保证你会守口如瓶吗？”

“如果我说‘不’呢？”

“那就没什么可谈的了，我会离开。”

戈奇耸了耸肩，从身上长袍的镶边上拍落一片树皮。“好吧，我绝不外泄。”

沃希尔向上飞了一点儿，大致转到伊克洛的方向。

“解释清楚得花点儿时间，我们能回你的房子里歇一歇吗？”

“当然可以。”戈奇站了起来。

戈奇坐在伊克洛最大的影像室里，那只来自星际事务部的嗡嗡机操纵着系统掩上了窗户，打开了全息屏幕。它把灯关上，屏幕上一片空白，接着在不远处出现了平面状的主星系。在戈奇视线所及的地方出现了两个星云，稍大点的那朵呈半旋涡状，身后拖着一条从主星系带出来的长尾，小一点的那朵大致上呈字母Y的形状。

“大小克劳德星云，”沃希尔说，“距离这里大约一千光年。你以前肯定在伊克洛观赏过它们——尽管这里位置偏低，你大概得穿过整个星系才能看到它们，不过还是能看得很清楚的。我们在那里发现了某种对你而言也许相当有趣的游戏……看这里。”较小的星云中央出现了一个绿点。

戈奇看着那只嗡嗡机。“那不是，”他问道，“相当远吗？你们就是想让我到那里去吧。”

“确实很远，我们也正有此意。因为两个星云之间的能源网比较薄弱，乘最快的飞船也需要花将近两年的时间——如果在本星系内，这么点距离一年的时间都花不到呢。”

“你们的意思是我得离开这儿四年。”戈奇盯着屏幕说，嘴里干涩。

“更有可能是五年。”嗡嗡机直接地说。

“那真是……挺久啊。”

“是的。所以如果你不愿意，我绝对能够理解，尽管我们相信你自己也会发现那游戏有趣极了。首先，我得先向你介绍一下游戏环境，这也是这个游戏之所以极不寻常的原因。”屏幕上的绿点放大成了一个不规则的圆形。全息屏幕突然消散，房间里星光璀璨。包围了一小圈星体的绿色圆形现在变成了一个更为不规则的球形范围。一瞬间，戈奇感到自己仿佛荡漾在水中，置身或模拟置身在宇宙中常常给他带来这样的感觉。

“这些星球，”沃希尔说，它指的是绿色范围内的群星，至少有几千颗，熠熠生辉，“全都处于，也许我们只能称之为一个‘帝国’的统治之下。现在……”它转过身来看着戈奇。这只嗡嗡机漂浮在太空中就像某种不可思议的巨大飞船，星空环绕在它周围。“我们在宇宙里发现了一个帝国式的权力体系，这是极不寻常的。按理来说，这种远古的政治体系在那些族群——拥有过这个体系的族群——脱离他们的母星之前就已经消亡了，更别提突破光速，有效统治其他地区了。

“星际事务部会时不时介入某些特殊的星球，然后发现它们下面藏着见不得人的东西。每一次都是这样，因为某个奇特的理由或是某种特殊的环境，使得我们所认为的‘准则’在这些星球上失效了。如你所见，对你面前的这些星球而言——除去某些直到最近我们才发现的显而易见的原因，以及在小克劳德星云上缺乏其他政治势力的缘故——那种‘特殊的环境’就是，一个游戏。”

戈奇过好一会儿才听明白，他望着它问：“一个游戏？”

“当地人把这个游戏称为‘阿扎德’。鉴于它的重要性，帝国正是以此命名的——你所看到的正是阿扎德帝国。”

戈奇目瞪口呆。嗡嗡机接着往下说，“那里的优势物种是类人生物，非同寻常的地方在于——有分析指出这也是帝国作为社会系统的能继续存活的理由之一——这个种族有三种性别。”戈奇的视野中央出现了三个轮廓，仿佛站在不规则的群星范围中间。如果比例无误的话，他们比戈奇要矮上许多。三个人看起来都各有各的奇怪，但是在戈奇眼里，他们都有一双短腿，一张轻微浮肿、扁平而苍白的脸。“左边的那个，”沃希尔说，“是男性，长着睾丸和阴茎。中间的那个长着可以反转的阴道和卵巢——卵巢可以由里而外翻转出来，将受精卵植入第三种性别，即右边的那个长着子宫的人体内。中间的这种是统治性别。”

戈奇不得不停下来想了想。“统治……”

“统治性别。”沃希尔重复了一遍，“所谓‘帝国’指的就是不同等级结构的集权，偶尔是分权。在这种权力体系中，唯有在经济上享有特权的阶级才能对其施加影响，而这一阶级，通常来说，又会巧妙地采用镇压、操控信息传播乃至操控其下层的权力系统——它们往往徒有‘独立自主’的虚名——等手段来巩固自己的优势地位。简而言之，取得统治地位是最重要的。如你所见，中间那种，也就是位于最上层的性别，控制着整个社会和整个帝国。男性通常被充作士兵，女性则被视为财产。当然实际情况也并非如此简单，不过你大概明白怎么回事了吧？”

“嗯，”戈奇摇摇头，“我不知道这是怎么运作的，不过既然你这么说了……好吧，”他摸摸胡子，“按你这么说，他们没办法转换性别了吧？”

“是的。尽管他们在几百年前就掌握了相关的基因技术，但这属于禁止项目，是‘非法的’，如果你还记得这词是什么意思的话。”戈奇点点头，于是嗡嗡机继续说道，“对我们来说，这既反常又浪费，但是这种帝国并非为资源的有效利用和人民的幸福感而服务，这些通常都因为经济凋敝——多半是因为贪污腐败和徇私枉法，这些很常见——而难以达成。”

“好吧，”戈奇说，“过一会儿我大概会有一大堆问题想问。现在继续，那是个什么样的游戏？”

“我来解说一下。这就是棋盘之一。”

“……你在开玩笑吧？”戈奇紧紧盯着面前展开的图像，终于吐出一句话。

星空和那三个人都消失了，现在戈奇和那只名为沃希尔的嗡嗡机身处一片比他们实际所在的屋子大上许多倍的空间里。他们面前的地上铺开一副无比复杂、混乱无章的马赛克拼嵌式的模型，随地势时而上升为山，时而下沉为谷。凑近点看，你会发现山脉并非固体实心，而是堆叠起来的。每一座逐渐尖细的山峰都是由一模一样的四面体在那令人赞叹不已的地貌上叠成的——如果再离近点儿，你会看到它那花花绿绿的表面上摆着雕刻得奇形怪状的棋子。这张棋盘的边长至少有二十米。

“那玩意儿，”戈奇发问，“是个棋盘？”他咽了一口唾沫。他还从未见过、从未听闻、从未想到过一款游戏能有这么复杂。

“这只是其中之一。”

“总共有多少？”肯定是假的。肯定是在开玩笑。他们在戏弄他。没有人的大脑能够负担得起这种规模的游戏。这不可能。绝不可能。

“三个，全都是这种大小。还有用卡牌来进行游戏的小台面，多得数不清。现在让我跟你说说游戏背景。

“首先是名称。‘阿扎德’的意思是‘机体’，或是‘系统’，从广义上说包括一切有机能的实体，比如花草鸟兽，比如我这样的机械，比如独轮水车。这个游戏经过了几千年的发展，大约在八百年前衍化成了它现在的模式，与这个种族现行宗教制度化的时间大致相同。从那时起它就没怎么变过。在‘伊埃’——也就是帝国的母星——实现了制霸并开始探索周边太空的时候，这个游戏最终定型了。”

现在出现在戈奇视野里的是一颗明亮而巨大的蓝白色行星，它慢慢地、慢慢地在宇宙黑暗的幕布中旋转着。“伊埃星，”嗡嗡机说，“这就是了。这个游戏是整个帝国权力系统中不可或缺的一部分，用最最简单的话来说，就是谁赢得这场游戏，谁就可以称帝。”

戈奇缓缓地转过头来看着它，它迎上他的目光看了回去。“我可没骗你。”它语调中不带丝毫起伏地说。

“你是认真的？”戈奇还是问出了口。

“句句实话，”嗡嗡机说，“当上皇帝确实是一件非比寻常的——奖品，”它接着说，“当然这整件事，你也想象到的，并没有这么简单。‘阿扎德’通常并不会直接决定哪一个人获得统治权，而是决定在帝国的统治阶级里，哪种趋势会占上风，哪种经济理论会被追捧，哪个宗教流派会被承认，哪种政策方针会被采纳。这个游戏同时也用来测试某人是否够格进入帝国的宗教、教育、行政、司法、军事等诸多部门，或是否能在这些部门内得到提拔。

“要知道，‘阿扎德’是如此复杂缜密，花样百出，简直最大限度上模拟出了精准独到、包罗万象的生活本身。谁能在游戏中获胜，谁就能在生活中获胜。想要在这两者中胜出，所要具备的素质是一样的。”

“但……”戈奇看着身边的嗡嗡机，似乎感到面前的这颗行星对他产生了一种物理意义上的外力，他在其中载沉载浮，“那是真的吗？”

行星消失了，现在摆在他们面前的又是那张宽广的棋盘。画面无声地动了起来，他能看到那些外星人走来走去，挪动棋子或是站在棋盘边上。

“它并没必要追求彻底的‘真实’，”嗡嗡机说，“两者之间的因果是可以转化的：在那里游戏和生活本来就是等价的，而这种想法也被那里的人们广泛地接受了。人们信以为真，结果两者就越发相似了。就定义来说，这是一个动荡不安、变化多端的社会体系，而‘阿扎德’这个游戏则拥有将它统合在一起的力量。”

“先等一等，”戈奇看着那只嗡嗡机说，“星际事务部可是出了名的爱耍阴谋诡计，你们该不会是想让我去那里然后当上皇帝吧？”

嗡嗡机第一次露出了它的光晕，一道红光一闪而过。它的声音里带上了一丝笑意，“我没料到你竟然想得那么远。当然不是，帝国说到底还是一个‘国家’，对它来说最重要的是如何长治久安。让一个异乡人掌握大权，这种主意只会搞得人心惶惶。如果你决定去，又能在旅途中熟练掌握游戏规则的话，我们认为，根据你玩游戏一贯的水准，也许你能在行政部门混上一个办事员的职位或是在军队里混成一个陆军中尉。别忘了，打这些人出生起，‘阿扎德’就与他们息息相关。他们有抗衰老的药剂，他们中最优秀的那一批玩家的年龄比你还翻上一番。即便是他们也仍在孜孜不倦地学习着。

“‘阿扎德’的进行必须仰赖这种半开化的社会环境，因此关键不在于你能在其中取得怎样的成绩，而在于你究竟能不能掌握游戏的原理并且参与进去。即使是像你这样高端的玩家，最后能不能通过速成学习掌握大体的游戏规则并参与实战，星际事务部内部对此也还抱有怀疑。”

戈奇看着那些外星人无声地越过模拟地貌的巨大台面。他做不到。五年？真是疯了。还不如让毛鳞-丝克揭穿他呢，五年时间足够让他开始新生活，离开奇亚克，找点游戏以外的乐子，整个容……甚至连名字也一并改掉。虽然他没听说谁真这么做过，不过肯定是可行的。

当然，“阿扎德”这个游戏确实很迷人——如果它真的存在的话。但他怎么可能至今都未曾听说过？星际事务部怎么保密得这么严实，又为什么要这么做？他摸着胡须，仍然盯着画面上的外星人静静地走来走去，停下来摆弄棋子或是请别人帮自己搬动棋子。

他们是外星人，但他们也是人，至少是类人生物：他们创造了这么个荒诞不经的游戏。“他们不是超智慧型吧？”戈奇问嗡嗡机。

“还不能说是，他们如今的科技发展水平还停留在‘游戏决定一切’的社会体系上。中性，或者说优势性别的人平均智商比‘文明’的普通人要低一些。”

戈奇困惑了：“你的意思是，性别之间还有智商差异？”

“现在有了。”沃希尔说。

戈奇不太明白它的意思，不过还没等他开口问，嗡嗡机已经接着往下说了：“事实上，我们期待经过两年的旅行和学习，你能够参加‘阿扎德’的高阶游戏。这就需要你锻炼持久而全面的记忆力，当然也许你还得服用一些学习增效的药剂。但我必须指出，如果你在游戏中使用了任何兴奋剂或腺素，那么无论你取得多么好的成绩，你在帝国中取得的职务都将被剥夺，也不管你是不是外星人。在游戏过程中，任何‘非自然’的东西都严令禁止。所有的比赛房间都将处于电磁防护下以切断任何玩家与外部电脑的联系，每场比赛之后都将进行药检。因为你是一个外星人，你拥有不同的生理构造，你对他们而言其实是个异类。这些综合起来，如果你打算去的话，你很有可能只能参加荣誉性质的游戏。”

“嗡嗡机……沃希尔……”戈奇转过头看着它说，“我想我不打算去了，这么远，又要花这么长时间……但是我想了解这个游戏更多的情况，好跟其他游戏玩家一起讨论、分——”

“那是不可能的，”嗡嗡机说，“我奉命来告诉你这些内容，但你一句话都不能泄露出去。你发过誓会保密的，杰诺·戈奇。”

“如果我食言呢？”

“大家会以为这全是一派胡言，你找不到任何可供证明的记录。”

“那么，为什么不将它公之于众呢？你们在怕什么？”

“实际上我们也不知如何是好，杰诺·戈奇。这比星际事务部平时经手的问题都麻烦得多。按说我们可以遵循以往的做法，我们曾经对各种各样的未开化的社会做过研究，知道面对不同类型的社会应该做什么、不该做什么，通过检测、监控、交互评估和主脑模拟以及其他各种可能的手段来保证我们的做法准确无误。但是‘阿扎德’不同，没有可靠的先例可循。我们只能随机应变，这也是出于我们在处理这种问题——这种星际帝国的问题——时，应尽的责任。特情局之所以会插手这件事，是因为我们常常处理这种棘手的情况。然而这一次，我们只能静观其变。如果向民众公布‘阿扎德’的消息，迫于舆论压力我们将不得不采取行动……也许这听上去并不坏，事实上却很有可能造成毁灭性的后果。”

“对谁造成毁灭性的后果？”戈奇表示怀疑。

“帝国里的人民和‘文明’上的人民。我们也许不得不高调介入阿扎德帝国。我们的科技比他们进步得多，因此不会爆发战争。我们只会成为一股操控帝国的侵入力量——这意味着我们会消耗大量的资源，还会削减士气。无论当时民众多么热情高昂，到最后我们都会发现这种冒险行动是个彻头彻尾的错误。对于帝国的民众来说是错误的，因为他们联合起来是为了反抗我们而不是推翻那个统治他们的腐朽政权，这让历史至少倒退了一百年；对于‘文明’来说是错误的，因为我们成了自己最鄙视的那种人——入侵者、掠夺者、霸权主义者。”

“你们似乎认定舆论会逼你们这么做。”

“让我来告诉你吧，杰诺·戈奇，”嗡嗡机说，“‘阿扎德’是一场赌博，甚至有过之而无不及。他们为它押下骇人听闻的赌注，我不知道你参加的那个级别的比赛有没有这么严重——如果你愿意参加的话——但是对于那些人来说，为了游戏的胜负押下自己的威望、荣耀、财产、奴隶、珍品、土地甚至肉体使用权都是家常便饭。”

戈奇顿了一下，最后还是叹了口气，问道：“好吧……什么叫‘肉体使用权’？”

“游戏玩家之间以凌虐或残害对方的身体作为赌注。”

“你是说，如果你输了……你就让别人在你身上……胡作非为？”

“没错。从切下一根手指到被迫肛交。”

戈奇漠然地看着它，几秒之后慢慢地点了点头，说：“那……确实很野蛮。”

“事实上这也是最近才发展起来的，而统治阶级也‘宽容大度’地容许了这种赌法。这样一来，穷人才能跟得上富人下的注。在引进这种肉体使用权以前，后者下的注总是比较多。”

“哦。”暂时将道德观扔到一边，戈奇理解了这一逻辑。

“谈到阿扎德帝国的时候我们很难漠然置之，杰诺·戈奇。他们的所作所为对于大部分‘文明’居民来说实在……难以接受。他们推行了一种优生方案来降低男性与女性的智商，有选择地通过绝育手术控制生育，用区域性的饥荒、大规模的驱逐和按种族课税的制度造成了种族灭绝的后果，使得它母星上的住民几乎全都保持了同一种肤色和体型。他们对待外星俘虏的态度，对待外星社会和文明成果的态度也同样——”

“真有这么严重？”戈奇从椅子上站了起来，走到了全息图像的中间，盯着下方无比复杂的台面。它看起来就像踩在他脚下一样，但是他知道事实上他们之间隔着天堑一般的距离。“难道你说的都是真的？这个帝国真的存在？”

“千真万确，杰诺·戈奇。如果你想证实我所说的话，我会给你一道特殊访问权限，让你能够直接联系通用系统星舰或是负责这件事的主脑，这样你就能拿到你想要的所有关于阿扎德帝国的资料，从我们的第一次接触到最新的实时报告。这些全都是真的。”

“你们第一次接触是什么时候？”戈奇转向嗡嗡机，“你们观察了多久？”

嗡嗡机迟疑了一会儿。“不算久，”它最后说，“七十三年。”

“你们不打算就这么草草收兵吧？”

“直到走投无路为止。”嗡嗡机说。

“帝国那边又是怎么看我们的？”戈奇问，“我猜你们并没向他们透露多少‘文明’的信息吧。”

“猜对了，杰诺·戈奇。”嗡嗡机说，声音里带着几分笑意，“是的，我们没有透露太多。这也方便我们派嗡嗡机和你一起过去，我们一开始就没对帝国那边说实话，包括我们的国土分布、人口、资源、技术水平和真正意图……那个星团的范围里没几个先进的社会，要瞒过它们很容易。阿扎德人不知道，比如说，他们不知道‘文明’的基地在主星系里，而是以为我们来自大克劳德星云，人口仅是他们的两倍。他们对于‘文明’的基因修补技术和复杂的机械智能一无所知；他们甚至没听说过搭载在飞船上的主脑，也没见过任何一艘通用系统星舰。

“自从第一次接触以来，他们就一直在调查我们，当然，他们没有丝毫收获。他们大概以为我们另有一个母星之类的。他们是以行星为中心的社会，会采用行星构建技术来制造另外一些可供使用的生物环境，或者直接袭用自己占领的星球。无论是从生态学角度还是从道德角度来看，他们都糟透了。他们之所以想要了解我们，只是为了要侵略我们，他们想要征服‘文明’。然而就像那种在小学操场上欺凌弱小的坏家伙一样，他们心里其实怕得要命。他们既排外又多疑。我们不敢让他们知道‘文明’的规模和力量，免得整个帝国会自己崩溃……以前就发生过类似的事，当然那是很久以前，早在‘文明’建立之前的事了。这些年来，我们的科技更加发达了，对他们来说，吸引力只会更大吧。”嗡嗡机似乎只是大声说出自己的想法，并没有跟戈奇对话的意思。

“他们，听起来确实具有……”戈奇本想接着说“野蛮”，但似乎这个词不足以表达他的想法，“原始的动物性。”

“嗯，”嗡嗡机说，“留心点，‘动物’，这正是他们用以称呼那些被征服的种族的名词。当然他们确实是动物，正如你也是动物，而我是机器一样。但他们是有完整的意识的，他们还有一个在复杂程度上与我们不相上下的社会，从某些意义上说，也许他们更复杂。我们极其偶然地遇见了他们，此时他们看上去比我们要落后。但是这个相遇的时间点若是回溯到伊埃星的上一个冰川期之前，情况也许就截然相反了。”

戈奇若有所思地点点头，继续望向那些默默地在棋盘上穿梭的人们，一颗遥远而陌生的恒星将光线洒在他们身上。

“但是，”沃希尔轻快地补充道，“鉴于事情并没有那样发生，所以也不必担忧。那么——”此时他俩突然回到了伊克洛的房间中，它关上全息屏幕，打开了窗帘。戈奇被突然闯入的日光晃了一下眼睛，“我相信你已经意识到，我们要告诉你的远不止于此。但是对于我们的目的，你大概也心里有数了。我并不强求你现在一定要明确地回答我们，但是现在我还有说下去的必要吗？还是你已经打定主意，坚决不去了？”

戈奇摸了摸胡子，抬眼望向窗外笼罩着伊克洛的山林。信息量太大了。如果这一切都是真的，那么“阿扎德”将是他一生中体验过的最了不起的游戏，没有之一……也许比他玩过的其他所有游戏加起来还要了不起。

如此大的一个挑战对于戈奇而言，既充满刺激又令人生畏。

他感到一种本能上甚至是生理冲动上的吸引，即使现在他对它还所知寥寥……但他不确定自己是否有足够的自律精神在两年内废寝忘食地学好它，也不确定自己的头脑是否能掌握一个模型如此纷繁复杂的游戏。他又不得不面对这样一个现实，即阿扎德人是能够玩好这种游戏的——诚然正如沃希尔所言，他们从出生起就浸染在这种氛围里，也许只有被“阿扎德”塑造过认知过程的人才有能力掌握它吧……

但是，五年啊！这么长的一段时间，不仅仅是离开这么简单。至少在一半或是更多的时间里，他无法与游戏界齐头并进，没时间读别人的论文，也没时间自己写。除了这个游戏以外没时间做任何事，全是为了这个荒谬而迷人的游戏。他会改变，最后会变成一个与过去截然不同的人。因为这个游戏，他不得不改变，显而易见。当他归来的时候，他是否还能跟上时代的脚步？他会被人们遗忘的，他离开得太久，游戏界的其他人不再尊崇他了。“戈奇”将会成为一段历史。当他归来的时候，他能跟别人提起这件事吗？还是说星际事务部会继续这个七十年来的禁令？

但若他真的去了，他就可以跟毛鳞-丝壳就此两清，甚至还能让它吃不了兜着走。让它回到特情局，或者——他脑子里常常转过这个念头——怎样都好，让特情局堵上它的嘴。

一群飞鸟掠过天空，像往墨绿色的山林里撒了一把白色碎片。它们落在窗外的花园里，昂首阔步，进退自如，一下一下地啄食着地面。他转向嗡嗡机，把双臂抱在胸前。“什么时候给你答复？”戈奇问。他还是没有下决定。他得缓一缓，先看看自己能做些什么。

“这三四天请务必给我答复。小捣蛋现在正从星系的中部朝这边赶来，在一百天内它将动身飞往克劳德星区。如果错过了它，你的旅途时间会被拉得更长。你自己的飞船必须得保持最大马力全速朝会合点驶去，哪怕你现在就出发。”

“我自己的飞船？”戈奇问。

“你需要一台自己的飞行器，先让你准时赶上小捣蛋，之后你将由通用系统星舰通过最短的路线送到小克劳德星云，帝国的疆域里去。”

他朝着正在草坪上啄食的雪白鸟群看了一会儿，斟酌着现在是否该提一提毛鳞-丝壳。他有那么点儿意思，想要快点解决这个问题。万一他们随口就答应下来的话，他就不必再为它的恐吓而担忧了（当然，就得开始担忧那个复杂得令人抓狂的游戏了）。但他知道自己不该提。俗话说得好，小不忍则乱大谋。别说出来，如果他真的要去（当然他是不会去的，他不能去，这事想想都觉得疯狂），那么就让对方相信他不求回报。等一切都安排好之后他才能看清楚自己的处境……如果毛鳞-丝壳不会在那之前就莽撞行事的话。

“好吧，”他对这只星际事务部的嗡嗡机说，“我还没答应要去，不过我会好好考虑的。再跟我说点儿‘阿扎德’的事情吧。”

按照《这下麻烦了》[①] 的套路，发生在“文明”上的故事总是从某个人弄丢、落下或是故意不带终端机开始的。这是个包治百病的开头，在荒郊野外迷了路，或是大半夜汽车孤零零地抛了锚——一台终端机，不管是戒指状、纽扣状、手镯状、笔状还是其他什么样式，都能使你与“文明”的其他人和事联系在一起。手握一台终端机，不论你想知道什么消息或是得到什么帮助，只需要问一句或是喊一声，问题就能得到妥善解决。

曾经（千真万确）发生过这样的事，某人不慎跌下悬崖，由

①“文明”的一档电视节目。

于终端机及时传送了他的惨叫声，一台中心主脑打开终端机上的摄像头，弄清状况之后派出了一只嗡嗡机，在半空中接住了他。，还有一个故事是说，终端机录下了某人在事故中被切掉头的过程，及时唤来一只医疗嗡嗡机抢救了他的大脑，接下来这个失去身体的人要操心的事就只剩“如何度过等待新身体长出来的漫长岁月”了。

手握终端机，安全没问题。

因此戈奇出门散步的时候带上了自己的终端机。

自从沃希尔上次来访已经过去了两天，他坐在林边一方矮小的石凳上，离伊克洛有好几公里。他一路爬上山来，呼吸急促。阳光灿烂，土地里散发着清香。他拿起终端机，拍了几张从这林间旷地上看到的景象。石凳的边上有一块锈迹斑斑的金属物体，那是他几乎已经忘掉的一个老相好送的礼物。他又对着它拍了几张照片，这时他的终端机响了起来。

“这里是房子，戈奇。你说过如果耶雅打电话来要先征询你接不接，她说这事比较急。”

戈奇之前一直没有接耶雅的电话，她在过去的几天里一直想联系上他。他耸了耸肩。“接吧。”他说，让终端机漂浮在他面前。

终端机展开的屏幕上出现了耶雅的笑脸。“啊，我们的隐士，最近过得如何，戈奇？”

“还行。”

耶雅凑近屏幕，仔细观察了一下。“你旁边的那是什么？”

戈奇看了一眼石凳边的金属物体，说道：“是一门大炮。”

“我猜也是。”

“一位女性朋友送给我的，”戈奇解释道，“她是从枪炮锻淬专业毕业的，非常喜欢冶炼和锻造。她认为用巨大金属球炮击峡湾能让我获得不少乐趣。”

“我明白了。”

“得用速燃火药才能把它点起来，但我一直没能抽空去弄点儿来。”

“也没关系，省得它自己走火，把你脑浆都给炸出来。”

“已经挨过一次了。”

“挺好的，”耶雅笑得更欢了，“嗨，猜猜怎么着？”

“怎么？”

“我要出去巡游一番。我还说服舒罗跟我一起去，让他开拓一下视野。你还记得舒罗吧，枪战那次？”

“哦。他啊，记得。什么时候出发？”

“已经出发了。我们刚坐上穿梭机搭错线，从特朗茨出港。这是我最后一次跟你实时通话啦，以后的通信就有延迟了。”

“啊。”戈奇多么希望自己刚刚像往常一样拒绝了这通来电，“要去多久？”

“一两个月吧，”耶雅笑容灿烂的脸皱了起来，“走着瞧，舒罗也许在那之前就开始厌倦我了。基德被别的男人勾走了，不过我会努力把他劝回来的。很抱歉在离开之前没能好好跟你道个别，不过我们很快会再见面的，我马上——”

终端机的屏幕变成一片空白，缩回了那个小盒子里，接着摔到地上，躺在落满了针叶的空地上，死一般地沉寂。戈奇俯身把它捡了起来。屏幕缩回去的时候还夹带了几根针叶和杂草，他把它们都扯了出来。这台终端机现在看上去死气沉沉的，基座上的指示灯也不亮了。

“哟，杰诺·戈奇？”毛鳞－丝壳从空地的外围飘了进来。

他双手紧握终端机，站了起来，盯着它悠悠地侧身晃了过来，外壳在阳光下闪闪发亮。他平复了一下自己的情绪，将终端机塞进外衣口袋里，在长凳上盘起双腿。“哟什么哟，毛鳞－丝壳？”

“下决定吧，”它飞到与戈奇的脸水平的位置，带着正蓝色的光，“你会替我说话吗？”

“要是我说了他们不听怎么办？”

“那你就得更努力一点。如果你说得有理，他们自然会听的。”

“但要是他们就是不听呢？”

“那我就得考虑一下是不是要把你这点小秘密公开了。多有趣啊，想想就觉得……我也可能留着它们，也许你在别的地方还有用呢，谁知道。”

“确实没人知道。”

“我看到某一天你来了一位客人。”

“我猜你也看到了。”

“看上去是星际事务部的嗡嗡机。”

“的确是。”

“我真想装作对你们的谈话内容一清二楚，但你们走进房子之后我不得不停止窃听了。我好像听到你提到旅行什么的？”

“某种巡游。”

“就这样？”

“不。”

“嗯，我以为它们会让你加入星际事务部，当个顾问来协助策划之类的，不是吗？”

戈奇摇摇头。嗡嗡机在空中从这头晃到那头，戈奇不大明白那是什么意思。“我明白了。你跟他们提到我了吗？”

“没有。”

“你应该提的，为什么不呢？”

“我还不知道会不会答应他们，还没决定。”

“为什么不答应？他们让你做什么？难道比你那可耻的——”

“我会按自己的意愿行事的，”他站起来对它说，“我可以答应，也可以不答应，不是吗？就算我说服星际事务部将你召回，你和你的朋友，那艘战舰外交家，还是握着证据的。谁能保证你们不会旧事重提？”

“啊，这么说你已经知道它的名字了。我真想知道你跟奇亚克中心查到什么程度了。好吧，戈奇，只需问问你自己：我还能要求你做什么呢？我想要的全部不过是回到我应该去的地方。当我回去之后，我就如愿以偿了，接下来的事你也插不上手了。我想要战斗，戈奇，这就是我存在的意义。以我的技术、我的巧变、我的力量为我们心爱的‘文明’赢得胜利。我对控制别人一点儿兴趣也没有，也不愿意做出什么战略性的决策。这些玩意儿对我毫无吸引力。我唯一想掌握的，只有我自己的命运。”

“说得真好听。”戈奇道。

他从口袋里掏出终端机，翻来覆去地把玩。毛鳞-丝壳从几米外猛地将终端机从戈奇手里抢了过去，把它放在身下，整整齐齐地折了下去。接着又对折了一次，被折成四份的终端机啪嗒一声裂了。毛鳞-丝壳把终端机的遗骸揉成了一个粗糙的球。

“我开始不耐烦了，杰诺·戈奇。分秒流逝的时间比你想象中的更令我煎熬。我再给你四天时间，如何？在我将你的秘密告诉外交家之前，在你变得比现在还要更‘出名’之前，你还有一百二十八个小时可以考虑。”

这只小嗡嗡机朝外边飞去。“我等着你的联络，”它说，“你最好再弄台终端机。回伊克洛的路上最好小心一点儿，在野外求救无门可真是件危险的事儿。”

“五年？”察木力斯意味深长地问道，“好吧，游戏，我明白，但这段时间你岂不是要跟我们都失去联系？你确实已经深思熟虑过了吗，戈奇？别让人牵着鼻子走，到头来又后悔。”

他们俩正待在伊克洛最底层的地窖里。戈奇将察木力斯带到这儿，把关于‘阿扎德’的事情都告诉了它，当然在那之前他先让它起誓要保守秘密。他们让中心的反窃听嗡嗡机守在房间的入口处，察木力斯又亲自检查了一遍，确保没有人偷听，同时在他们周围架起了一道静音场。他们说话的时候，四周的黑暗中一直传来下水管道和设施管路里隆隆的杂音，赤裸的岩壁渗出水来，发出微弱的光。

戈奇摇摇头。这间房里没有可以坐的地方，天花板又太矮了，戈奇站都站不直，只能低着头。“我会去的，”他没有看察木力斯，“要是我发现那太困难了，或者我改变主意了，随时都可以回来。”

“太困难？”察木力斯诧异地反问了一句，“你不会说这种话的，虽然我承认那是个挺不容易的游戏，但是——”

“不管怎么说，我随时都可以回来。”他说。

察木力斯沉默了一会儿。“是的。是的，你当然可以。”

他还不知道这是不是一个正确的决定。他思量再三，像解决游戏中遇到的棘手难题那样，试图用那种冷静理性的分析来解除他现在的困境，但是他发现自己做不到。这种能力似乎只能被运用在那种缥缈抽象的问题上，而无益于这些让他心烦意乱的情感纠葛。

他想要尽快摆脱毛鳞-丝壳，但是——他必须对自己承认——他被“阿扎德”迷住了。不仅仅是游戏，那听上去还是有点儿假，它太复杂了，让人无法信服。吸引他的是阿扎德帝国本身。

当然，他也希望留下来。在特朗茨的那一夜之前，他曾如此享受生活。尽管他从未彻底满足，但是又有几个人能够做到知足呢？回首往事，他才发现自己过去的生活充满了田园牧歌般的情调。也许他会时不时输掉几场比赛，心里觉得便宜了对方徒获虚名；追求着耶雅·梅丽斯提诺克斯，又因为她青睐别人而吃醋，但这些平日里不顺心的事比起毛鳞-丝壳对他的勒索和威胁，比起他将要面对的那五年背井离乡的生活，实在是太微不足道了。

“不。”他垂下了头，“我想我还是会去的。”

“好吧……但你变得太不像你了，戈奇。你过去总是那么……胸有成竹，运筹帷幄。”

“你把我说得像台机器似的。”戈奇疲倦地说。

“不，我的意思是你更……有预见性，更有洞察力。”

他耸耸肩，望着粗糙的岩石地面。“察木力斯，”他说，“我只是个人类罢了。”

“这句话，我亲爱的老朋友，永远不是一个好借口。”

此刻戈奇正坐在地下汽车里。他刚刚去大学里拜访了波露拉尔教授，随身还带着一份封了口的亲笔信，想交给她保管，只有等他死后才能打开。信里记述了整件事情的经过和对奥兹·哈珀的歉意，在信里他还试图表达自己的感受，解释他犯下这样一桩糟糕而又愚蠢的错误的原因……但最后他还是没有把这封信交出去。波露拉尔有可能在他还活着的时候无意间拆开了这封信，然后读到里面的内容——这个设想让他不寒而栗。

地下汽车飞驰在星陆板区的基座上，又一次朝伊克洛驶去。戈奇用自己的新终端机呼叫沃希尔。上次会面之后它就跑去探索这个星系里的气体巨星了，但一接到戈奇的来电，它就通过奇亚克中心将自己传送到了地底，穿过高速行驶的汽车的门锁出现在他面前。“戈奇，”它的外壳上结了一层冷凝水，给温暖的车内带来了一阵寒风，“你已经决定了？”

“对，”他说，“我去。”

“好极了！”嗡嗡机说。它把一个大概有自己一半大小的容器放在了车内的软椅上，“气体巨星的植物群。”它解释道。

“希望我没有害你提前结束了你的探险。”

“完全没有。衷心祝贺你，我认为你做出了一个明智且勇敢的决定。我曾经想过星际事务部之所以会向你提起这件事，只是为了让你更珍惜当下的生活——如果那些大型主脑确实是这么想的话，我很高兴你挫败了它们的小阴谋。”

“谢谢。”戈奇挤出一丝笑容。

“你的座机很快就会准备好，今天之内就该启程来这儿了。”

“是什么样的飞船？”

“一艘战争年代[①]里留下来的杀手级老式通用战斗飞船，限制因素。近七百年中它已经闲置六十年了。现在它身上搭载的还是战时配置，不过他们会把它‘去军事化’，再安上一张棋盘和一个外挂座舱。我知道主脑的这些做法毫无新意，这艘飞船也称不上什么智慧的闪光、艺术的结晶，但你会喜欢它的，它会一路陪伴着你。如果你想的话，你也可以找个人做伴，不过无论如何我们都会派一只嗡嗡机跟着你的。我们在伊埃的首都戈罗斯纳切克派驻了一位人类大使，他将会成为你的向导——你打算带同伴吗？”

“不了。”戈奇说。其实他想过要不要叫上察木力斯，但他又想到在它的一生里已经经历过足够多的精彩刺激——和足够多的困顿乏味了。他不想逼着它拒绝自己。如果它真想一起去的话，早就自己开口了。

“一个人去似乎比较好。那么行李呢？如果那小小的舱室堆不下你的东西可就麻烦了，或者你要带一只个头比自己还大的宠物，也不大好办。”

戈奇摇摇头。“没有那么大的东西要带。就几箱衣服……可能

①指艾迪兰—“文明”之战，见《腓尼基启示录》。

还有一两件配饰……就够了。你们会派什么样的嗡嗡机来？”

“应该是一只身兼外交、翻译两种功能的嗡嗡机，同时也能充当杂役，很可能是一只跟帝国打过交道的老手。它应该对帝国的诸多社会风俗、语言习惯有深入的了解。你大概很难想象，在那种社会里，稍不注意就会出丑。那只嗡嗡机会教你如何举止礼貌得体。当然，它也兼具图书馆功能，说不定还具备一定的攻击能力。”

“我不需要机枪手，沃希尔。”戈奇说。

“为了你的安全着想，我建议你还是带着。当然，你处在帝国政府的保护之下，但他们很不可靠。比赛中发生暴力攻击屡见不鲜，社会上有几伙人可能会对你不利。我必须指出，一旦限制因素将你送上伊埃星，它就不能再在附近做任何停留了。帝国军方表示坚决不能让任何战舰停靠在他们的母星上。要不是我们把它‘去军事化’，他们甚至不会允许它靠近伊埃星。因此，飞船离开之后，那只嗡嗡机就是你唯一能倚仗的保镖了。”

“但它的防护也并非没有死角，对不对？”

“对。”

“那就让我自己在帝国里闯一闯吧，给我派只温文尔雅的嗡嗡机来。”

“我真的强烈建议——”

“沃希尔，”戈奇说，“为了完全融入这个游戏，我必须尽可能像当地人一样，体验他们的弱点和忧虑。我不需要一只嗡嗡机来保护我。如果我知道自己不用像别人一样认真对待这个游戏，我去那里就一点儿意义都没有了。”

沃希尔沉默了半晌。“好吧，如果你执意要这样。”它最后说道，听起来不大高兴。

“是的。”

“很好。你非要这么干的话，”嗡嗡机发出了叹气一样的声音，“那也没办法。飞船就要来了，不超过一——”

“还有一个条件。”戈奇说。

“一个……条件？”嗡嗡机发出了隐约可见的蓝色、棕色和灰色混合的光芒。

“有一只叫作毛鳞-丝壳的嗡嗡机在这儿。”戈奇说。

“对，”沃希尔谨慎地答道，“我曾被告知它滞留在这里。它怎么了？”

“它被特情局驱逐了，被赶了出来。它来到这里之后我们俩便成了……朋友。我答应过它，如果我能对星际事务部施加什么影响的话，就尽我所能帮它回去——如果特情局不愿召它回去的话，恐怕我是不会参加‘阿扎德’的。”

沃希尔一时无话。“你答应得真是太轻率了，戈奇先生。”

“我承认，我从来没想过自己有可能帮它完成它的愿望。但既然现在有可能了，我就不得不跟你们讲条件了。”

“你不打算把它当作同伴带在身边吧？”沃希尔疑惑地问。

“没有！”他说，“我只是答应过要尽力帮它归队。”

“嗯哼。好吧，不在其位，不谋其政，杰诺·戈奇，那只嗡嗡机之所以被民用化是因为它实在太危险，又不肯接受修复治疗。这件事我做不了主。这是归人事部管的。”

“那也一样。非这样不可。”

沃希尔又发出了叹气似的声音，把它刚刚放在座椅上的球形容器举了起来，似乎在仔细观察它光溜溜的表面。“我尽力而为吧，”它的声音里有一丝掩不住的烦躁，“但是我不敢保证。人事部和上诉委员会的家伙不喜欢被上头施加压力，一群腐儒。”

“我总得对毛鳞-丝壳尽到我的责任，”戈奇平静地说，“我不能临走了还给它留下什么话柄，说我没帮他。”

那只星际事务部的嗡嗡机看上去根本没在听，接着它说：“嗯，好吧，看看我们能做点什么。”

地下汽车飞速地掠过“文明”世界的基底，无声无息。

“为戈奇——了不起的游戏玩家，了不起的人——”哈弗利斯站在露台一端的一道栏杆上，一手举着一瓶酒，一手举着冒着蒸气的杯子，背后是万丈瀑布。石桌边上围满了前来为戈奇送行的人。人们都知道了，明天一早，戈奇就要搭上小捣蛋前往克劳德系统，作为“文明”的代表参加由小克劳德星云上的帕德瑟利希精英协会举办的二十二年一度、群英荟萃的帕德瑟利希大赛。

戈奇确实收到邀请了，一如往年，一如他每年都收到的几千场大大小小、各式各样、“文明”之内或之外举办的会议和比赛的邀请。他一度回绝了所有邀请，包括帕德瑟利希大赛。但他现在改变主意了，决定去为“文明”争光。距离下一届大赛的举办还有三年半的时间，因此要解释为何戈奇现在就要匆忙离开还颇费了一番周折。然而星际事务部给出了一张杜撰的时间表，厚着脸皮漫天扯谎，使得那些刨根问底的好事者相信，只有小捣蛋才能将戈奇及时送去小克劳德星云而不至于耽误了冗长的正式登记和必要的资格确认期。

“干杯！”哈弗利斯仰起头，将酒瓶凑到唇边。大石桌边的每一个人都举起了手里各式各样的酒碗、玻璃杯、高酒杯和啤酒杯干了一杯。有几个人朝哈弗利斯大叫小心的同时，另外几个人正往他身上扔食物碎屑。哈弗利斯刚放下酒瓶抹抹嘴，就失去平衡栽了下去，消失在了栏杆的另一头。

“哎哟！”下面传来他软绵绵的声音。哈弗利斯两个年纪小一些的孩子本来正坐在一边，跟一只不明就里的斯蒂利恩计数器玩着数杯子的游戏，这时忽然跑到栏杆旁，把他们醉醺醺的家长从安全防护网上拖了回来。他跌回露台上，大笑着，连滚带爬地回到了自己的座位上。

戈奇坐在波露拉尔教授和一位老相好中间，她叫瓦索尔·楚，就是那位热爱锻造的女士。她是从加文特的罗姆布里——奇亚克星陆的另一头赶过来为戈奇送行的。桌边环绕的人群里至少有十位是戈奇的旧爱，其中的六位在过去的几年里已经转换了性别，并一直保持男性身份。他困惑地想，他们身上到底有什么吸引自己的地方呢？

戈奇像其他所有人一样，按照这种场合的惯例，喝得酩酊大醉。哈弗利斯曾向他保证，绝对不会重演几年前发生在他们另一个朋友身上的事。当时那个年轻人被星际事务部录取了，哈弗利斯便为他举办了一个庆祝会。在庆祝会的尾声，他们把他扒得精光，往栏杆外面扔了出去……但是安全防护网没开，这位新晋的星际事务部成员在高空中直坠了九百米——其中的六百米都在屁滚尿流——直到三只哈弗利斯事先安排的嗡嗡机悠哉游哉地从下方的丛林里钻了出来，接住了他并把他送回露台上为止。

这天下午，那艘已经“去军事化”的限制因素抵达了伊克洛的地底。戈奇穿过连接两地的回廊去见它。这艘飞行器长约三分之一公里，外壳锃亮，样式简约。它有一个尖尖的船头，三个长条形座舱连接着船头，另外五个椭球形的座舱则环绕在船身四周，船尾呈钝而扁平的形状。飞船跟他打了个招呼，告诉他自己会将他载到小捣蛋上，又问他在饮食上有没有什么特殊要求。

波露拉尔拍了拍戈奇的背，说：“我们会想你的，戈奇。”

“我也会想你们的。”戈奇晃晃悠悠地说道，心里很伤感。他想是不是到放纸灯笼的时间了，把灯笼越过栏杆扔进水里，看着它们顺流漂到雨林里。他们把瀑布后面的灯光都打开，将悬崖自上而下照亮，一艘满载游戏爱好者的汽艇停在平原上方，与特朗茨齐平，正准备举行一场焰火表演。戈奇被这些满怀敬意和爱慕的节目深深感动了。

“戈奇……”察木力斯叫道。戈奇转过身向它望去，手里还攥着杯子。它把一个小包放在他手里。“饯别礼物。”它说。戈奇看着手里的纸包，上面还绑着缎带。“风俗而已，”它解释道，“等你走了以后再打开。”

“谢谢！”戈奇缓缓地点了点头，将礼物塞进了大衣口袋，然后做了一件他极少对嗡嗡机做的事：他抱了抱这只年迈的嗡嗡机，双臂环绕着它的光晕。“真的非常非常谢谢你。”

暮色渐深，一场骤雨几乎浇灭了桌子嵌格里燃烧的煤，但是哈弗利斯让负责供给的嗡嗡机送来了几箱烈酒，于是大家开始兴高采烈地往上面泼酒，让炉子里的蓝色火焰保持燃烧。它烧毁了半数的灯笼，烧焦了夜花的藤蔓，在人们的衣服上留下了几个烧穿的洞，还烫焦了斯蒂利恩计数器的皮毛。闪电划过湖泊上的悬崖，被照亮的瀑布像打了背光灯一样漂亮，汽艇带来的焰火表演博得了阵阵掌声，特朗茨各地也燃起焰火和投光灯作为回应。戈奇被剥光了扔进了湖里，连连呛水，又被哈弗利斯的孩子们拖上了岸。

在天快要亮的时候戈奇醒了过来，发现自己躺在波露拉尔的床上，于是一大早他就蹑手蹑脚地溜走了。

他环视着这间屋子。伊克洛窗外的景色沐浴在清晨的阳光中，一束光线像长矛一样从靠近峡湾的一侧窗户射进起居室，又穿过靠近草坪斜坡打开的另一侧窗户。凛冽凝滞的空气里回荡着鸟儿的啭鸣。

该带的都带走了，该装的也都装好了。前一天晚上他就已经让家里的嗡嗡机把打包好的衣服运到了地下，因此现在他不明白自己为何还这么烦躁不安。在战舰上的生活与此地别无两样，当他抵达通用系统星舰的时候他还能订购自己所需的东西。他带上了几件配饰，又让房子将他库存的图片数据和电影都拷贝到了限制因素的记忆库里。最后他把之前打算交给波露拉尔的信烧了，将信纸灰拌进了壁炉里，直到两种余烬彻底混在一起，什么痕迹都没有留下。

“准备好了？”沃希尔问。

“嗯。”他说。他的头脑现在清醒多了，也不再作痛。但他很疲倦，因为昨晚没有睡好。“它来了吗？”

“在来的路上。”

他们正在等毛鳞-丝壳。它被告知申诉已经被接纳了，看在戈奇的面子上，它有可能在特情局中占得一席之地。它知道了这件事，却没有出现。它要在戈奇临走前再跟他见面。

戈奇坐下来等着它。

就在他即将离开的几分钟前，这只小小的嗡嗡机出现了。它从烟囱里钻了出来，盘旋在空荡荡的壁炉上。

“毛鳞-丝壳，”沃希尔说，“刚好赶上了。”

“我想我是被召回任职了。”这只小一点的嗡嗡机道。

“确实。”沃希尔亲切地说。

“太好了。我想我的朋友，次级战斗飞船外交家，会对我的前途拭目以待的。”

“那当然，”沃希尔答道，“希望如此。”

毛鳞-丝壳发出了橘红色的光芒。它飞到戈奇的头顶上，灰色的外壳熠熠生辉，它发出的光被灿烂的阳光掩盖了。“谢谢你，”它对他说，“旅途愉快，祝你好运。”

戈奇坐在沙发上，看着这只小小的机器。他脑子里转过好几个念头，却一句话也没说出口。他站了起来，抻平了大衣，看着沃希尔说道：“我想现在该走了。”

毛鳞-丝壳看着他走出了房间，却没有跟上去的意思。

戈奇乘上了限制因素。

沃希尔向他展示了那三块巨大的棋盘，占了船身周围五个椭球型座舱里的三个。第四个座舱里是外置的起居室，至于第五个座舱，造船厂一时半会儿想不出该往里面填什么，又不愿意让它空荡荡的，就在里面造了个游泳池。船头的三个舱室没有与本体连接，一旦飞船与小捣蛋对接，这三个舱室将被移除。沃希尔领着他在生活区里逛了一圈，一切都令人相当满意。

时光飞逝，启程的时间到了。戈奇和这只星际事务部的嗡嗡机道了别，坐在生活区里，目送着它沿着通道向舱门飞去，接着他让面前的屏幕打开舱外的镜头。连接着飞船与伊克洛回廊的临时通道缩了回去，飞船也从外部收回了长长的管道。

接着，毫无预警、悄无声息地，星陆上的景物开始不停后退，越变越小。飞船越飞越远，加文特已经与星陆上的另外三块星陆板区融为一体，成了一条粗线的一截，接着迅速变成了一个小点，它的背后正是奇亚克星陆所在的星系那颗光芒四射的恒星。在那颗星星也迅速暗淡消失之际，戈奇意识到，自己已经踏上了前往阿扎德帝国的旅程。

第二章　绝对统治

还跟得上我吗?

接下来我有一些关于语言文字的注意事项要提醒你们（请耐心听我说完）。

你们这些没能有幸阅读玛瑞语原文或是听别人用玛瑞语讲述这个故事的人，正在使用的可能也是一种不拘人称性数的语言，因此出于翻译的需要，我最好做一番解释。

玛瑞语，“文明”世界最精粹的语言（“文明”人是这么说的），正如每一个学龄儿童所知，只用一个人称代词就涵括了男性、女性、中性、无性、儿童、嗡嗡机、主脑、其他知觉机械和其他每一种拥有最基本的神经元组织且有能力运用基本语言（或者出于某种情有可原的理由，也可以忽视这两个条件）的生命形态。一开始，玛瑞语里是存在区分性别的表达方式的，但人们并不在日常会话中使用它们。在早期那种“语言即是道德武器，为之自豪吧”的思维下，这种不区分性别的做法想要传达一种信息：长脑子才是重点，年轻人，带不带把儿根本无关紧要。

因此接下来，戈奇愉快地想象着阿扎德人的时候，脑子里所用的代词一如其他（参见上面列的一串）……但是你们呢，不幸的人们？对于你们这些或许还没开化，很可能只拥有短暂的寿命，并且毫无疑问来自“不‘文明’社会”的人们——尤其是那些在语言里极不公平的（阿扎德人会说“极不正当地”）只拥有对半分的两种性别的人们，你们该怎么办？

我们如何在提到阿扎德人的三种性别时不必借助于看上去怪模怪样的外星术语，也不必生造什么奇怪的字眼呢？

放心吧，我会使用那种能够明确区分男女的指代方式，而当我提到那种中性的即优势性别的那种人时，我会根据他们在社会中所处的位置，权衡使用一种符合你们的社会里性别优劣势的代词。也就是说，具体的翻译将取决于在你们的文化里（且不论这个定义是否精准）是男性占优势还是女性占优势。

（至于那些可以拍胸口保证他们的语言里没有性别优劣的语言自然有他们自己的表达方式。）

好了，就说这么多。

现在来看看，我们的老伙计戈奇终于离开了加文特板区，离开了奇亚克星陆，乘坐着一艘被卸除了武装的战舰，飞速地赶往与通用系统星舰小捣蛋约定的会合点。

动脑筋想一想。

戈奇真的明白自己做了什么吗？又将会有什么样的命运降临到他的头上？他是不是从来没有想过，自己可能被人摆了一道？最后，他到底知不知道自己走上了一条什么样的道路？

他当然一无所知了！

这也是乐趣之一嘛！

戈奇以前也旅游过好几次，三十年前他就到过距离奇亚克几千光年的地方。但自从登上限制因素，才过去了几个小时，他却感到这艘仍在加速的飞船已经在自己和家乡之间拉开了一道难以逾越的鸿沟。这种速度是他始料未及的。他在屏幕前看了一会儿，奇亚克的恒星曾经在屏幕上散发着浅黄色的光芒，现在也已逐渐消逝。然而他感到自己与它的距离比屏幕上所显示的还要遥远。

他以前从来没觉得屏幕上的东西是假的，但现在，坐在老旧的生活区里，凝视着墙上挂着的长方形屏幕，他不禁觉得自己像个演员，或是变成了这艘飞船上的一个零件，变成了太空的一部分——当然这是不可能的，就像屏幕上的太空也不过是模拟的映像罢了。

也许是太过安静的缘故，不知为何，他以为总会有点噪声。限制因素正在以越来越快的速度穿过所谓的超超空间。它已经快要提到极限速度了，当戈奇看到屏幕上显示的数据时不禁目瞪口呆。他甚至不知道超超空间是什么，跟超空间一样吗？至少他还听说过超空间，虽然懂的也不是很多……不管怎么说，尽管飞船保持着这样的速度，但它还是悄无声息的。这让戈奇产生了一种萎靡不振的怪异感，仿佛这艘老旧的战舰在沉睡了数百年之后还没完全清醒过来，光鲜外壳之下的部件似乎还在半梦半醒之间慢吞吞地运转着。

这艘船似乎也没有跟戈奇交谈的意图，这在往常对他而言不算什么，现在却让他有些恼火。他离开了自己的座舱打算散散步，便沿着那条约有百米长、通往船身的狭窄通道走去。空荡荡的通道不到一米宽，天花板也很矮，就在戈奇抬手可及的地方，他能听到自己身边处处传来一种微弱的嗡嗡声。在通道的尾端他转向了另一段通道，这段通道一开始有一个三十度的斜坡，但他一踏上去，地板就平下去了（他感到一阵晕眩）。这条路通往其中一个椭球形舱室，里面摆着三块棋盘中的一块。

棋盘一览无余地展开在他面前，各种颜色的几何图案盘旋交织在一起。占地五百平方米的版图上的三维领地堆成了一簇簇低矮的金字塔似的形状。他朝棋盘的边缘走去，心想自己这次是不是玩得太过火了。

他环视着整个老旧的椭球形座舱。棋盘架在后来加建的轻质泡沫金属板上，占去了整个座舱一半还多的空间。舱室还有一半的空间踩在戈奇脚下。整座舱室的截面是圆形的，金属板则像是为它画出了一条直径，与船体内侧的地面差不多高。悬在头顶十二米处的穹顶是沉闷的青铜色。

戈奇从一个升降台下到泡沫金属板下幽暗的凹形空间里，那儿甚至比上面还宽敞。除去表面上还残留着几个管道孔，在这里甚至看不出有什么大型武器存在过的痕迹。戈奇这时想起了毛鳞-丝壳，不知道限制因素对于自己被弱化有什么感想。

“杰诺·戈奇。”听到有人叫自己的名字，戈奇转过身来，看到面前浮着一个金属骨架的立方体。

“怎么？”

“我们已经到达了终端聚合点，接下来会以大约八千五百倍光速的速度朝超空间继续前进。”

“是吗？”戈奇一边说一边打量着这个半米高的方块，想知道它的眼睛长在哪儿。

“是的，”这只遥控嗡嗡机说，“距离我们到达与小捣蛋的会合地点大约还有一百零二天的行程。我们正在接收从小捣蛋发来的‘阿扎德’游戏的玩法简介，飞船派我来告诉你，我们很快就可以开始游戏了。你想什么时候开始？”

“呃，至少不是现在。”戈奇说，他按下了升降台的控制键，从地底浮了上来。遥控嗡嗡机飘在他的头顶上。“我要先适应一下，”他对它说，“在正式开始之前我得先看点理论方面的东西。”

“很好。”嗡嗡机越飘越远，然后停住了。“飞船还要我通知你一声，普通模式下它会开启全天候内部监测，这样你就不用带着终端机了。你是愿意保持这种设置，还是愿意关掉内部监测系统，通过自己的终端机和飞船联络？”

“用终端机。”戈奇立刻回答道。

“内部监测系统已切换为‘仅紧急情况下开启’模式。”

“谢谢。”戈奇说。

“不客气。”嗡嗡机说着就飘走了。

戈奇目送它消失在通道里，又转过头来研究这一大片棋盘，摇了摇头。

在接下来的三十天里，戈奇一次也没真正碰过“阿扎德”的棋子。他把所有的时间都花在学习理论基础上，学习它的发展史，以便更好地理解它的玩法，识记每一类棋子的走法和它们的价值、惯用法、潜在与实际的子力、随时间变化的功率曲线以及不同棋子在不同地形和棋盘上产生的叠加作用。他伏案研究各种统计相关卡牌等级和数量的表格资料，苦苦思索副棋盘在整局游戏中起到的作用，思索早期应该怎样培养元素以便在后期决战中与其他棋子形成更好的配合。他还记住了几种经典的游戏策略以便运用到双人对战模式或是多人混战模式中去——后者可能会有多达十名玩家参赛，使各方之间的运筹帷幄、合纵连横都成为可能。

戈奇发现时间不知不觉就溜走了。他每天晚上只睡两三个小时，余下的时间都坐在屏幕前，有时他也会走上棋盘，飞船为他在空中调出全息图表进行讲解或是移动棋子。他的腺体每时每刻都在工作，血液里涌动着分泌出来的药物——剂量大约是过去人体承受量的五倍——大脑因为过多药物的副作用而变得昏昏沉沉的。

察木力斯曾经发来几条信息，大部分都是些关于加文特那边的家长里短。毛鳞-丝壳消失了；哈弗利斯正考虑重新转回女性以便多生一个孩子；中心主脑和景观园艺家们已经为星陆远端最新构建的板区特凡纳定下了揭幕日期，戈奇离开的时候它的天气系统还没完工呢。而现在，再过一两年它就可以对外界开放了。察木力斯说他们没提前找耶雅商量一下，她大概会不高兴吧。察木力斯还祝戈奇一切安好，并询问他的近况。

耶雅只发来了一张带动画的明信片。她懒洋洋地躺在一张重力网里，背景不知道是一张大屏幕还是一个观测台，上面挂着由蓝色与红色气体组成的巨星。耶雅说自己跟舒罗，还有他的一班朋友旅途很愉快，不过她看上去似乎不太清醒。她晃着一根手指指着戈奇，说他竟然还没等到她回去，走得那么仓促，又要离开那么久……接着她似乎看到了终端机画面以外的某个人，于是关掉了机器说她会晚些再联络他。

戈奇让限制因素通知对方自己已收到信息，但并没有马上回复。这些来电让他感到些许落寞，但很快他又投身于“阿扎德”中，除了游戏什么也不去想了。

他开始和飞船说话，它比遥控嗡嗡机要平易近人多了。正如沃希尔所说的，飞船本身相当和蔼可亲，尽管称不上聪明，但在“阿扎德”上却颇有造诣。事实上，戈奇发现这艘老飞船对于“阿扎德”的了解比自己还多，它充分地学习了这个游戏的技巧，并且乐意指导戈奇，一如它乐意享受这个精妙绝伦的游戏给它带来的自豪感。它承认它从未真正开过火——也许它正在“阿扎德”里寻找某些自己没有在战争中感受过的东西吧。

限制因素是编号50017的杀手级通用战斗飞船，在七百一十六年前艾迪兰—“文明”之战的后期、整场太空战争接近尾声的时候造出来的最后一批飞船。理论上说这艘飞船应该参加过实战，但它可能从未真正陷身险境。

三十天之后，戈奇开始摸到点儿门路了。

“阿扎德”的一部分棋子使用了生物技术，被雕刻成植物和动物的棋子（都是经过基因改造的细胞）在第一次被摆上棋盘时会发生性状上的变化，以不同的颜色、形状和大小表示出棋子的价值和子力。限制因素宣称自己造出来的棋子栩栩如生，真假莫辨，戈奇却觉得它未免有点儿自信过头。

只有当他开始通过触摸、闻棋子来判断它们的成长的趋势——变得更强还是更弱，更快还是更慢，迅速消亡还是长盛不衰——的时候，他才意识到这个游戏到底有多么难。

他对这些用生物技术改造过的东西束手无策，它们就像是普普通通的上了色的雕刻植物，死气沉沉地躺在他手里。他反复把玩它们，把双手弄得脏兮兮的。他分辨它们的味道，目不转睛地盯着它们，而它们一旦被摆上棋盘，就发生了令人意想不到的变化。他以为会变成战舰的东西结果变成了炮灰，他以为是用来防御的材料结果变成了瞭望哨。

四天之后，戈奇陷入了绝望之中，开始认真考虑是不是要求他们送他回奇亚克。他会向星际事务部说明一切，寄希望于他们能留住毛鳞-丝壳或是封住它的嘴。他再也不想玩这个让人倍感挫折、捉摸不透的游戏了。

限制因素建议他暂时先不要管生物技术那部分，集中精力对付在副棋盘上进行的热身赛。因为如果戈奇赢得这一阶段的胜利，他就可以选择接下来的游戏里使用哪种生物技术。戈奇听从了它的建议，并且颇有进展，但他仍旧觉得前途一片惨淡。有时候他正在思索某些游戏里的难点，突然发现限制因素已经跟他说了好几分钟的话了，结果不得不请它再重复一遍。

时间一天天过去，飞船时不时建议戈奇该开始操作生物棋子了，它还建议他最好事先用点儿小药来找找感觉。它甚至建议他带上几个关键棋子上床睡觉，当他睡着的时候要手握着它们或是抱着它们，把它们当作他的小宝宝。戈奇每天醒来的时候都觉得自己蠢透了，暗自庆幸没有人看到自己早上的这副模样（但他也不知道到底有没有。与毛鳞-丝壳的那段经历让他过分敏感起来，他觉得自己大概永远不能确信自己不处于任何人监视之下了。也许限制因素正窥视着他，也许星际事务部正在观察他，评估他……但是他决定再也不管这些破事了）。

戈奇每十天休息一次，这也来自飞船的建议。他开始更全面地探索飞船，尽管船舱里的东西实在没什么可看的。戈奇习惯于乘坐民用飞船，这些民用飞船的构造与一般人类居住的建筑相似，它们的密度和设计相仿，都有单薄的墙体和广阔的室内空间。但是战舰不同，战舰的构造更像是一块实心的岩石或金属，像一颗小行星，只有几段通往洞口的通道，几个仅能容纳人们室内走动的岩洞。他或是漫步，或是攀爬，在原本的通道和走廊里上蹿下跳，有时停在三间前舱里，凝视着那些从没有人动过、看上去完全冻结了的机器设备。

主效应器周围环绕着与它相连接的干扰防护罩、扫描器、追踪器、照明器、置换器和二级武器系统，一大堆器械码放在昏暗的灯光下，看上去就像是一颗跟火山口一样的大眼珠，外表饰以一节一节的金属。这堆器械轻易占去了直径二十米的面积，但是飞船说——戈奇觉得它好像很自豪——如果把它完全架设起来，它能以惊人的速度运转这套器械。对人类而言那是稍纵即逝的一瞬间，只要稍一眨眼，就错过了。

他还检视了船身上的一个球形舱，里面是空的。等他们到达目的地的移民船之后里面将会安上一个星际事务部的舱室，他到了伊埃星之后就得住在那个舱室里了。他通过全息影像查看了一下规划图，房间还算宽敞，但实在比不上伊克洛。

他还学到了更多关于阿扎德帝国的知识，它的政治经济，它的哲学宗教（包括信仰和风俗），以及它那些居于被统治地位的物种和性别。

对戈奇而言，阿扎德帝国纷乱如麻，充满了令人难以忍受的、实实在在的矛盾：它极度暴力却又凄恻伤感，惊人地野蛮同时又意外地高雅，丰富多彩交织着乏善可陈（然而无法否认的是，它强烈地吸引着他）。

正如他被告知的那样，在阿扎德人这种麻木不仁的生活里，只有一样东西是永恒的，那就是“阿扎德”游戏，它渗透进社会的每一个阶层中，仿佛一支掩藏在嘈杂噪声之下永恒不变的主旋律。现在戈奇明白沃希尔的意思了，它曾说过，星际事务部认为正是“阿扎德”支撑起了整个帝国。除了它，谁都没有这种力量。

大多数的日子戈奇都泡在游泳池里。球形舱内添了一台全息投影仪。限制因素本打算在这直径二十五米的宽广舱室的内壁上展现一片蓝天白云，但是戈奇表示自己已经厌倦了这种风景，他让它把太空真实的样子展现出来——那艘船把这叫作调整后的等比视图。

当他在那虚幻的黑暗太空中载沉载浮，在那些缓慢运动的星尘微粒中穿梭往来，或是潜入昏暗温热的水流中时，他感觉自己仿佛也变成了一艘飞船所投下的柔和倒影。

到了第九十天，戈奇感到自己已经开始找到操纵生物棋子的手感了。他现在已经能和飞船在所有的副棋盘以及其中一块主棋盘上进行精简版的游戏，而在每天晚上三个小时的睡眠里，他总是梦到旁人，梦到自己的人生，仿佛重新经历了自己的童年、少年和余下的时光——那其中奇怪地混杂着他的记忆、他的幻想和无法实现的渴望。他总想给察木力斯、耶雅或是奇亚克星陆上其他给他发过消息的人写点或者录点什么传回去，但似乎总找不到合适的时间。他拖得越久，就越难提起笔来。渐渐地人们不再与他联系，戈奇有些内疚，同时又感到松了一口气。

在离开了奇亚克星陆一百零一天之后——大约驶出了两千光年的距离——限制因素与河流级超级牵引船去你大爷会合了。这两艘对接在一起的飞行器现在被包裹在一块椭圆形的场中并开始提速，以便与那艘通用系统星舰接触。看起来这得花上好几个小时的时间，因此戈奇就和平常一样上床睡觉了。

结果限制因素中途把他叫醒，还帮他打开了起居室的屏幕。

“怎么了？”戈奇困倦地问道，一丝忧虑出现在他的脑海。房间里的全息屏幕占掉了一整面墙，看上去就像一扇窗户似的。他正准备关掉屏幕继续回去睡觉，这时屏幕上出现了超级牵引船背后的星空，紧接着出现了一幅山水风景，缓慢移动的一连串图像，有山川湖泊和森林溪流，从正上方看下去，景象全都历历在目。

一艘飞船正慢慢地驶过这片风景，像一只懒洋洋的虫子。

“我想你会很乐意看看这个的。”限制因素说。

“那里是哪儿？”戈奇揉揉眼睛问道。他不大明白，他本以为所谓“跟通用系统星舰对接”的意思是这艘船无须减速，再用超级牵引船为他们加大马力，让他们赶上星舰。然而现在他们好像停了下来，悬浮在某个星陆或某个行星——甚至更大的东西上。

“我们现在与小捣蛋会合了。”限制因素告诉他。

“会合了？它在哪儿？”戈奇坐在床边荡着腿。

“你现在看到的就是它的顶层公园。”

屏幕上的图像正在后退（肯定是因为之前被放大过），戈奇惊觉限制因素正在缓慢地接近他眼前这艘巨大的星舰。它的顶层公园呈现一个粗略的正方形，他看不出来边长是多少。隔着朦朦胧胧的雾气，他看到巨大而规整的峡谷初露端倪，高耸的山脊在广袤的大地上层层向下渐进。自上而下的光芒照亮了云层、土地和水流，戈奇发现自己甚至看不到限制因素的影子。他向飞船提了好几个问题，仍旧目不转睛地盯着屏幕。

尽管高度只有四公里，这艘板区级通用系统星舰小捣蛋的长度却达到了五十三公里，宽度则为二十二公里。顶层公园占地四百平方公里，而这艘船的总长度，精确计算到它的两个最远端的话则有九十公里出头。作为一艘设计上偏重运输而非生活的飞船，船上的人口仅有两亿五千万。

小捣蛋花了五百天时间穿越主星系进入了克劳德星云的范围内，而戈奇也逐渐掌握了“阿扎德”游戏，甚至还有富余的时间来跟人交往。

他们都是星际事务部的工作人员，有一半是这艘通用系统星舰上的船务人员。比起操作飞船——船上三台主脑中的任何一台都能轻易完成这一任务——他们的工作更多的是治理船上的社会。他们还要观察，要研究来自星际事务部其他分支及通用系统星舰上传来的源源不断的新信息，要学习，还要在星际事务部发现、调查——甚至有时候干涉——在拥有知觉物种的社会里，作为“文明”人类的代表去与之沟通。

另一半人则隶属于一些更小的飞行器。有些人停在这里稍作休整，有些人像戈奇和限制因素一样只是搭个便车，有些人会中途离开这里去调查这条航线上的其他星团，还有一些人则滞留在这里，直到他们的飞船在未来的某天造好——现在它们还只是清单上的数字呢。

小捣蛋是被星际事务部称为“生产型”的通用系统星舰，各种物资和人力在此集结，等待它将他们分配到它制造出来的其他次级系统和小型殖民船上。其他型号的通用系统星舰则是以让居民生息繁衍为主要目的，经济上完全自给自足，也足以供应它们生产出的其他飞行器。

戈奇在顶层公园里消磨了好几天，有时散步，有时驾驶着真正拥有双“翼”、由螺旋桨驱动的飞行器（当时那里很流行这玩意儿）翱翔其中。最后他甚至成了一位技艺高超的飞行员，参加了一场飞行比赛。比赛里数千架轻便飞机在飞船的上空组成了数字“8”的形状，飞进一条贯穿整艘飞船的甬道，再从下方的另一端穿出来。

限制因素停泊在与某个主要港口一路之隔的地方，它说服他参加了这个比赛，说这个比赛有助于帮戈奇放松心情。戈奇回绝了所有对弈邀请，但是偶尔会从一大堆邀请里拣出一两份，参加别人举办的酒宴、舞会或是其他聚会。有时他晚上并不回限制因素过夜，相应地，这艘老旧的战舰也作为主人接待过好几位年轻的女宾。

大多数时间里戈奇仍然把自己锁在船上，研究各种数据、表格或是观看过去的游戏录像。他手里摩挲着几枚生物棋子，一边在三块主棋盘上走来走去，一边留意地表和棋子的摆放。他脑子转个不停，思索着棋盘上的路数和时机、强项和弱点。

他还花了二十来天突击学习了帝国的通用语言伊埃语。他本来打算在那里还是照常说玛瑞语，再通过翻译机跟他们沟通。但他又怀疑伊埃语与游戏本身可能存在着某种微妙的联系，出于这个缘故他还是学习了他们的语言。稍后限制因素告诉他，不管怎么样，能够说伊埃语是最好的，因为“文明”甚至不想让阿扎德帝国的人知悉玛瑞语的奥秘。

戈奇抵达小捣蛋不久之后，星际事务部就派来了一只嗡嗡机，一只体形比毛鳞-丝壳还要小的嗡嗡机。这只嗡嗡机的平面呈圆形，由互相分离的几个部分组成：里面是一颗静止的核心，外面环绕着几圈旋转的圆环。它自我介绍说自己是一只受过外交技能训练的资讯库嗡嗡机，名叫特莱贝尔·弗利尔-伊姆萨霍·艾普-汉德拉·洛金·埃斯特拉。戈奇跟它打招呼之前先打开了自己的终端机。它一走，戈奇就给察木力斯·阿马尔克-泥发了一条信息，里面附上了他与特莱贝尔见面的录像。察木力斯不久就回复了，说它看上去正如它所声称的那样，确实是一只新型的资讯库嗡嗡机。虽然不像他们设想的那样是个老学究型的嗡嗡机，不过应该不会造成威胁。察木力斯表示自己从来没听说过这种外形的嗡嗡机具有攻击能力。

这只年迈的嗡嗡机最后又说了一些加文特上的琐事：耶雅·梅丽斯提诺克斯正考虑离开奇亚克星陆，到别处继续做她的景观园艺师。她现在对一种叫作“火山”的地形很感兴趣，不知道戈奇听说过“火山”没有？哈弗利斯又转了一次性。波露拉尔教授向他致以问候，但是如果戈奇不回话的话她也不打算说什么别的了。毛鳞-丝壳，谢天谢地，已经很久没见到它了。中心没能追踪到这个神出鬼没的坏蛋，可伤自尊了——但是它应该还在星陆主脑的管辖范围内，因此在下次人口普查的时候他们不管怎样也得逮着它。

在与弗利尔-伊姆萨霍初次会面之后的几天里，戈奇总觉得它身上有什么东西不大对头。弗利尔-伊姆萨霍简直小得可怜，只要双手拢起来就能把它完全罩住。不知怎么的，戈奇看到它的时候总觉得不太舒服。

后来他终于发现了，应该说是某天早上一觉醒来的时候突然意识到的。那天晚上他做了一个噩梦，在梦中他被困在一个金属小球里，在一场奇异而残酷的游戏里滚来滚去……弗利尔-伊姆萨霍，这只嗡嗡机外面那一圈旋转的圆环和光盘似的白色外壳，像极了“攻城略地”里记录隐藏棋子的小瓷片。

亭亭如盖的树荫下放着一把躺椅，戈奇舒服地斜倚在上面，看着在下方的溜冰场里滑冰的人们。他只穿着马甲和短裤，不过由于溜冰场和观赏区被一道隔热幕分开了，他周围的空气还是挺暖和的。他时而看下终端机的屏幕，背诵几个概率方程，时而又将目光投向溜冰场，他的几个朋友正在打磨光滑的冰面上绕圈滑行。

“真是美妙的一天，杰诺·戈奇。”弗利尔-伊姆萨霍用它那短促的细小声音说道，一边落在了椅子软绵绵的扶手上。正如往常一样，它散发着黄绿色的光，一种和蔼可亲的颜色。

“你好。”戈奇瞟了它一眼，问道，“最近在忙什么？”

他轻触了一下终端机的屏幕，开始查看另一组数据和方程。

“哦，其实吧，我最近在研究几种栖息在这艘通用系统星舰内部的鸟类。鸟类真是有趣极了，你不觉得吗？”

“嗯哼。”戈奇不置可否地点了点头，眼睛盯着变幻的表格，“我不明白的是，”他接着说，“在顶层公园散步的时候，不出意外，你总能时不时看到些鸟粪；但是在飞船内部，却到处都是干干净净的。通用系统星舰内部是派出了嗡嗡机帮这些小鸟善后还是怎么呢？虽然只要去问一问就好了，不过我想试着自己推断一下，总会有合理的解释的。”

“哦，这再简单不过了，”这只小嗡嗡机说道，“你只要把这些鸟儿和植物视为共生关系就可以了。这些鸟只排泄在特定树木的范围生长内，如果它们不这么做的话，这些树就结不出供它们食用的果实了。”

戈奇垂下目光看了它一眼。“我明白了。”他冷冰冰地说道，“算了，反正我也觉得这问题挺无聊的。”他又把注意力放回方程上，将浮动着的终端机屏幕略作调整，让它正好能挡住弗利尔-伊姆萨霍。嗡嗡机沉默了一会儿，发出了歉疚的紫光，接着又混入了些许“请勿打扰”的银光，静悄悄地飞走了。

弗利尔-伊姆萨霍大多数时间里都自得其乐，它不住在限制因素上，每天拜访戈奇一次，戈奇对此深感满意。这只年轻的嗡嗡机——它说自己只有十三岁——有时候还挺招人烦。限制因素向戈奇保证弗利尔-伊姆萨霍能胜任自己的任务，即教导戈奇不至于在帝国的社交场合里失态，并使他在到达帝国时能始终保持较高的语言水平。同时它也向弗利尔-伊姆萨霍保证，戈奇并没有瞧不起它的意思，稍后它还把和弗利尔交谈这件事告诉了戈奇。

加文特那边传来了更多的消息。鉴于戈奇已经渐渐开始熟悉“阿扎德”，他也就有了空余时间给奇亚克上的人们回信或是录制几段信息了。戈奇和察木力斯以大约五十天一次的频率通信，但是他发现自己没什么可说的，因此大部分情况下都是察木力斯在说：哈弗利斯性情大变，他现在又想作为母亲为自己添个孩子了。察木力斯正在编纂一部关于它曾经造访过的几颗原始行星的历史。波露拉尔教授正在享受她长达半年的公休，远远遁入了奥斯莫伦板区的深山老林，连终端机也没带上。奥兹·哈珀，那个神童，现在已经克服了羞涩，开始在大学里教授游戏课了。如今她已经成为顶级玩家圈中的一员，大放光彩。为了要更好地了解戈奇，她曾在伊克洛小住了一段时间，她公开表示戈奇是“文明”上最优秀的游戏玩家。她关于两人在哈弗利斯家那场著名的“天罗地网”的分析报告广受好评，让人印象深刻。

耶雅传来消息说她真是受够奇亚克了，她要离那儿远远的。她已经收到好几封来自其他板块建筑集团的邀请函，她会从中选一个，好让人们看看她的本事。在她跟戈奇的对话中她把大部分的时间用来阐述自己关于人造火山的原理，手舞足蹈地向他解释如何将阳光聚焦在板块的地底以加热另一边的岩层，或者直接用发电机产生足够的热量。她还给他看了几段火山喷发的影像，不停地解释它们的作用和可能的改进方法。

戈奇开始觉得，比起与火山共舞，悬浮岛屿听上去也不那么糟糕了。

“你见过这玩意儿了吗！”这天，弗利尔－伊姆萨霍咆哮着冲进了游泳池边的小房间里，戈奇正在那儿吹干身子。在这只小嗡嗡机的背后，一束纤细的黄绿色光（但是上面闪烁着愤怒的白色）拖着一台款式土气，结构看上去很复杂的巨大嗡嗡机。

戈奇眯起眼看着它，问：“它怎么了？”

“我得套上这鬼东西！”弗利尔－伊姆萨霍哀号道，它身上的光束一挥就把那台老式嗡嗡机的外壳弹开了。这台古老的机器里什么也没有，戈奇好奇地靠过去往里头看，发现在机器的正中央有一个小小的网架，正好能盛得下弗利尔－伊姆萨霍。

“哦。”戈奇转过身去，一边笑一边擦拭着身上的水珠。

“他们让我接这份工作的时候可没说过这个！”弗利尔－伊姆萨霍抗议道，砰的一声砸上了那台嗡嗡机的外壳。“他们说这是因为帝国人想不到我们嗡嗡机的体形只有这么点儿大！那他们当初怎么不派一台大点儿的嗡嗡机过来呢？非要我穿上这个……这个……”

“奇装异服？”戈奇接口道，用手捋了捋头发，走出了房间。

“奇装？”这只资讯库嗡嗡机大叫起来，“奇装？奇脏还差不多吧，一堆废铜烂铁！这还不算完呢，他们还让我一直发出‘嗡嗡嗡嗡’的噪声，还要带上静电，就为了告诉那群野蛮的白痴，我们造不出只正常点儿的嗡嗡机！”它几乎已经在尖叫了，“‘嗡嗡嗡嗡’！你来叫给我听呀！”

“你可以申请让别人来接替你的位置。”戈奇冷静地回答道，穿上了睡袍。

“哦，是啊，”弗利尔-伊姆萨霍苦涩地说道，带着一种近乎讥诮的口气，“然后我就只能打打杂了！因为我不懂‘团队合作’！”它伸出一道光鞭，抽打着身边的空壳。“我算是被这坨垃圾吃定了。”

“嗡嗡机，”戈奇说道，“我向你致以深切的同情和衷心的慰问。”

限制因素小心翼翼地驶出了港口，两台超级牵引船从旁协助，直到它顺利落在二十公里长的通道上。这艘飞船和它的拖船慢慢从大型通用系统星舰的前端驶了出去。有几艘飞船、飞行器和设备在小捣蛋周围的大气里活动着——通用星际飞船，巨型超级牵引船，航天飞机、热气球、真空飞艇和滑翔机——人们在机舱、车厢或是太空服里飘来飘去。

有些人来为他们送行。升降拖车陆续散开了。

限制因素飞了起来，穿过航空港一层又一层的舱门，飞过空荡荡的船头，飞过悬空的花园，飞过熙熙攘攘的露天居民区。在那里，有的人在散步，有的人在跳舞，有的人坐着吃东西，有的人正伸长了脖子看空降表演，还有的人正在锻炼。有些人冲这边挥了挥手。戈奇看着挂在休息室里的屏幕，甚至看到了好几个他认识的人。他们开着飞机超过戈奇的飞船，大声喊着再见。

戈奇对外宣布，他在参加帕德瑟利希大赛之前将要独自旅行一阵子，并且暗示他也许会退出这场大赛。戈奇这次突如其来地离开奇亚克和公众视野引起了几家媒体的兴趣，他们还特地派出了驻小捣蛋的记者对他进行采访。戈奇自己也认为星际事务部这一招非常高明，现在他给人留下的印象就是他已经厌倦了普通的游戏生涯，这次的旅行和帕德瑟利希大赛正是为了重拾他渐渐熄灭的热情。

人们似乎对此深信不疑。

飞船越飞越高，飞到了云雾弥漫的顶层公园边上，飞向空气更为稀薄的高空。它与超级牵引船原动力会合之后，一同朝通用系统星舰的大气层外进发。限制因素开始穿越包围在通用系统星舰外部的各种保护层：防撞层、绝缘层、感光层、信号传输层、能量牵引层、外部防护层、外部感光层，最后它终于挣脱出来，又一次回到了浩瀚的超空间中。经过几小时的减速，这艘未经武装的飞船调整回了自己的常速，于是原动力又开足马力，返身回去追自己的母舰了。

“……因此你还是洁身自好一点。他们不习惯正眼看待‘男性’，尽管你在他们眼里是个异类，但是如果你在他们那儿找了个性伴侣，他们会觉得受到了莫大的侮辱。”

“就没点好消息吗，嗡嗡机？”

“还有，别在那里提起‘性别转换’。他们知道腺素药物是怎么回事，虽然不大明白它具体的功效，但他们对于身体改造这块一无所知。我的意思是说，皮肤强化之类的事怎么说都无所谓，没什么大不了的，但是你要是暴露出你的排水系统是重新设计过的，肯定会引起一场轩然大波。”

“真的吗？”戈奇答道。他正坐在限制因素的起居室里，弗利尔-伊姆萨霍和飞船正在跟他简述他在帝国里应该干什么，不该干什么。还有几天他们就要进入帝国的国界了。

“是的，而且他们会嫉妒你的，”那只小嗡嗡机用它那种尖利得甚至有些刺耳的声音说道，“也可能会觉得很恶心。”

“尽管他们的确很嫉妒。”飞船通过他的远程嗡嗡机补充道，还叹了口气。

“好吧，没错，”弗利尔－伊姆萨霍说，“但肯定还是会恶——”

“需要记住的是，戈奇，”飞船迅速地打断了它的话，“他们的社会是建立在所有制基础上的。你看到的每一样东西，摸到的每一样东西，任何你可能与之发生联系的东西，都是属于某个人或者某个机构的。那是他们的东西，那东西属于他们。因此同样地，你遇见的每一个人都对于自己的社会地位和从属关系有着清醒的认识。

“一定要牢记的是，对人的所有权也是存在的。虽然不是真正意义上的奴隶制——帝国人还很自豪自己废除了这种制度——但是根据一个人的性别和社会阶层，他是可能被某个人或者其他人部分占有的，他出卖自己的体力或是脑力以获取报酬。对于男人而言，他们多数把自己当作雇佣兵给卖了，在帝国的武装军队里，男人真的像奴隶一样，没有人身自由，稍不服从就可能丢了性命。对于女人而言，她们通常出卖身体，与那些中性人结为一种被称为‘婚姻’的合法关系，然后那些中性人再根据她们在性方面的表现来付——”

“喂，飞船，得了吧！”戈奇大笑起来。他自己也研究过帝国，读过它的历史，还看了几部纪录片。这艘飞船关于帝国风俗民情的观点充满偏见，完全是从“文明”的思维出发的。弗利尔－伊姆萨霍和飞船的遥控嗡嗡机面面相觑了一会儿，接着这只资讯库小嗡嗡机的光晕涨成了灰黄色，认输似的又用它那高音说了起来。“好吧，我们再从头讲起……”

限制因素飞到了伊埃星的上方，正如戈奇两年前第一次在伊克洛的屏幕上见到的那样，这是一颗蓝白色的美丽行星。两艘帝国的战舰一左一右跟随着飞船，每一艘都有它的两倍长。

这两艘战舰从伊埃系统的边界开始就一路跟着它，限制因素的行驶速度比它平常的超空间速度要缓慢得多——它的正常速度也是需要对帝国保密的——现在它停了下来。它的八个舱室转成了透明模式，展示着它的三块游戏台、悬挂舱、船身中的游泳池，其中三个空空荡荡——原本装在那儿的武器已经在小捣蛋上卸下来了。不过帝国方面还是派出了一艘载着三名官员的小型飞行器前来确认。其中的两名和戈奇待在一块，另外一名则依次检查所有的舱室，接着查看了一圈全船的概貌。

距离抵达伊埃星本土还有五天的行程，这些官员将一直留在船上。他们就跟戈奇猜测的一模一样，长着一张扁平而宽大的面庞，胡须刮得干干净净。他们一站到戈奇面前，他就发现这些人的体形比他要小，但是不知怎么的，他们的制服使他们看上去高大了一些。这还是戈奇第一次见到所谓的“制服”，这给他带来了一种奇怪的眩晕感，一种格格不入、独在异乡的感觉，让他又惊又畏。

戈奇对于自己此行的目的心知肚明，因此他也并不奇怪他们对他采取了这样的态度。他们好像对他视而不见，极少跟他搭话，就算在说话的时候也绝不跟他产生目光接触。戈奇感到自己这辈子都没被人这么怠慢过。

这些官员看起来对飞船很感兴趣，但是对弗利尔-伊姆萨霍——当然，它总是躲着他们——和飞船的远程嗡嗡机则毫无感觉。弗利尔-伊姆萨霍在这些官员登船之前的几分钟，才终于不情不愿、忍辱负重地钻进了那个掩人耳目的嗡嗡机壳子里。它把自己关在里面生了几分钟的闷气，戈奇则一直在一边开导它说那复古的、华丽的、连气场都没有的外壳看上去简直魅力四射。不过当官员们登上飞船的时候，它还是一下子就飞走了。

这就是，戈奇心想，这就是你教我的语言习惯和社交礼貌吗？

限制因素的远程嗡嗡机也好不到哪里去。它跟在戈奇后面转来转去，假装自己不会说话，假装自己老是要笨手笨脚地到处撞翻东西。有两次戈奇一转过身就差点被这只愣头愣脑的正方体绊倒，真是恨不得一脚把它踢飞。

戈奇还得向那些官员解释，在这艘飞船上——据他所知，没有什么舰桥啊、驾驶舱啊、控制室之类的东西，不过他觉得他们并没有相信。

当他们抵达伊埃星本土的时候，那些官员与他们的战舰联系上了，并且用快得让戈奇听不懂的语速叽里咕噜说了一大堆话。此时限制因素插了一嘴，也开始叽里咕噜地说了起来，他们好像讨论得还挺热烈。戈奇环视四周，想让弗利尔-伊姆萨霍给他翻译一下，但是它又一次消失得无影无踪。他试着去理解他们飞快而模糊的交谈，结果越听越糊涂。因此他决定还是让他们讨论出结果再说，自己乖乖坐一边儿吧。他一转身，就被浮在他身后的远程嗡嗡机绊了一跤，与其说他是坐在了沙发上，还不如说他是摔到了沙发。那几名官员朝这边扫了一眼，戈奇羞得涨红了脸，而那只远程嗡嗡机呢，趁戈奇还没抬腿踹它之前就飘远了。

这就是，他想，这就是弗利尔-伊姆萨霍。这就是星际事务部那些自以为完美无缺的策划，自以为老谋深算的安排。这位星际事务部的年轻代理人，甚至连好好地假装四处晃晃也不肯——它宁愿藏在暗处顾影自怜。

通过对帝国的了解，戈奇意识到，倘若在帝国，这一切是绝不会发生的。帝国人深知何为“职责”，何为“命令”，并严格地遵从它们。否则，他们就得为此付出代价。

他们按命令行事。他们有铁一般的纪律。

最后，三位帝国官员交头接耳了一会儿，又跟飞船谈了一阵，就把戈奇留在当场，转而去视察悬挂舱了。他们走了之后，戈奇通过终端机询问飞船他们吵了些什么。

“他们想多带几个人和几台机器上来，”飞船告诉他，“我跟他们说不行。没什么可担心的。你现在收拾收拾行李搬到悬挂舱去吧。一个小时之内我们就要进入帝国疆域了。”

戈奇转身朝自己房间走去。“如果你忘记告诉弗利尔-伊姆萨霍马上就要降落了，”他半开玩笑地问道，“我岂不是得一个人踏上伊埃星了——那也太可怕了。”

“不堪设想。”飞船回答说。

戈奇在走廊里与遥控嗡嗡机擦肩而过，它正在半空中慢慢地旋转着，一上一下不规则地跳动着。“有必要搞成这样吗？”他问。

“服从命令而已。”它不耐烦地答道。

“服从过头了吧。”戈奇一边小声嘀咕着一边开始打包行李。

正当他整理行装的时候，一个小包从一件外套里掉了出来——自从他离开伊克洛以后就再也没穿过这件外套了。那个小包在柔软的地面上弹了几下。他把它捡了起来，解开上面的缎带，心想，不知道是小捣蛋上的哪位女士送给他的呢。

包裹里是一只纤细的手镯，是仿造一个非常辽阔而富饶的环状星陆做成的。它的内侧一半是白昼，一半是黑夜。他把手镯拿到眼前细看，可以看到非常细小、仅可辨认的光线照在黑夜的那一半；白昼的那一半则展现出波光粼粼的蔚蓝大海与缥缈云层下的细碎陆地。整只手镯里的景象都被它自己发出的光所照亮，能量来源就安置在手镯狭窄的接口处。

戈奇将它套到手上，手镯在他腕间闪闪发光。通用系统星舰上的人竟然会送这种东西，可真是稀罕啊。

这时他看到了包裹里的便条，就捡了起来。“纵君往千里，故乡犹长记。察木力斯。”

他看着这个名字，不由得皱了皱眉——先是感到一阵陌生，接着越来越羞愧，越来越恼怒——他想起了他离开加文特的那个夜晚。那已经是两年前的事了。

当然了。

察木力斯那时确实送了一份礼物给他。

他却忘记了。

“那是什么？”戈奇问。他现在正坐在限制因素从通用系统星舰上带来的星际事务部舱室里。他和弗利尔-伊姆萨霍刚刚转移到了这艘小飞行器上，正向在国境之外待命的老飞船道别。就在戈奇的座舱在两艘护卫舰的保护下降落的时候，限制因素在另外两艘战舰的陪护下，装出一副艰难而缓慢地挣脱了重力束缚的样子，掉头向外太空驶去。

“什么是什么？”弗利尔-伊姆萨霍浮在他身边，那套伪装的壳子被它丢在地上。

“那个——”戈奇指了指屏幕正下方的景象。他们现在正在飞越戈罗斯纳切克，伊埃星球的首都。帝国不喜欢有飞船直接从城市正上方的大气层里落下来，所以他们只好降落在海上。

“哦，”弗利尔-伊姆萨霍说，“那个呀，那个是‘迷宫监狱’。”

“监狱？”戈奇问道。他们飞过复杂的围墙和呈几何扭曲的长条形建筑。首都市郊的风景也进入了屏幕上的画面。

“是的。谁触犯了法律，谁就会被扔进迷宫里。至于具体的地点嘛，则依其罪行的性质决定。这既是一个具体存在的迷宫，又是一个道德与行为上的迷宫。顺便说一下，它的外观完全显示不出里面的路径是怎样的，只是为了好看罢了。在押的犯人必须服从指示，表现良好，否则就寸步难行，甚至可能被扔进更深的迷宫里。按理说，一个态度良好的犯人在几天内就可以从迷宫里脱身，至于一个十恶不赦的犯人呢，那就一辈子都出不来了。为了避免监狱过于拥挤，里面还设有时间限制。如果人太多的话，就会有人被扔到流放地去，一辈子都回不来啦。”

嗡嗡机话音刚落，监狱就彻底从他们脚下消失了，取而代之的是占据了整个屏幕的城市，到处是旋涡状的街道、建筑和圆顶，看起来就像是另一个迷宫。

“挺有创意的，”戈奇说，“效果如何？”

“他们试图让我们相信它效果显著。事实上这只是他们不肯精确量刑的借口。无论如何，有钱人总是能花钱买到出路的。不管怎么说，好吧，至少对于统治阶层而言，效果显著。”

在两艘护卫舰的伴随下，戈奇的座舱在河岸的机场上着陆了。这条宽广泥泞的河流距离市中心还有相当一段距离，河上架着好几座桥，周围环绕着许多中高层的建筑和低矮的圆顶房屋。戈奇从飞行器上走下来，身边的弗利尔-伊姆萨霍已经穿上了它那古董伪装，正发出巨大的噪声和噼里啪啦的静电。他发现自己正站在一块巨大的人造草皮上，草皮一直延伸到机舱的后面。他面前站了四五十个穿着各式各样制服或便服的阿扎德人。戈奇努力地分辨了一会儿，认出他们中的大多数是中性人，也就是统治性别，只有极少数的男性和女性。稍远处站着几排穿着整齐制服的男性，肩上扛着武器，再远些是乐队，正在演奏着嘈杂刺耳的音乐。

“那些扛枪的家伙们只是仪仗队，”弗利尔-伊姆萨霍透过伪装对他说，“别紧张。”

“我没紧张。”戈奇答道。他知道这是帝国的惯例：在正式场合，帝国的欢迎团总会由政府官员、保镖、游戏机构的官员、相关人士的姬妾们和新闻媒体的代表组成。一个中性人向他走来。

“在伊埃语里，这位的头衔是‘阁下’。”弗利尔-伊姆萨霍悄悄说道。

“什么？”戈奇问，他什么也听不见。它发出的噪声把自己的声音都盖住了——那噪声几乎掩盖了所有声音，除了欢迎乐队的奏乐。它发出的静电把戈奇的头发全吸到了一边。

“我说，你应该称他为‘阁下’，用伊埃语。”弗利尔-伊姆萨霍在嗡嗡的噪声声中说道，“但是别跟他发生肢体接触，当他举起一只手的时候，你就举起两只手，然后致以问候。但是记住，别碰他。”

那个中性人在戈奇面前停了下来，举起了一只手，说道：“欢迎来到阿扎德帝国，来到伊埃，来到戈罗斯纳切克，穆拉特·戈济。”

戈奇努力忍住挤出个鬼脸的冲动，举起了双手（书上的解释是，表示自己没有携带武器），小心翼翼地用伊埃语说道：“我很荣幸踏上伊埃这块神圣的土地。”（“不错的开场。”嗡嗡机在一边说。）

在欢迎仪式接下来的部分里，戈奇都过得昏昏沉沉的。在外面的时候，戈奇被头上的两个太阳晒得头晕眼花，直冒虚汗（他被邀请去检阅仪仗队，但却不知道到底该看什么）。当他走进机场里去参加欢迎宴会的时候，房子里散发出的奇怪味道让他越发意识到，他在这里确确实实是个异乡人。他被引见给各式各样的人，当然，仍然是以中性人为主。他还发现，当自己用那口不错的伊埃语来称呼他们的头衔时，他们都很高兴。弗利尔-伊姆萨霍从旁指导他该做什么，该说什么，戈奇只听到自己嘴里不停说出得体的话语，举止也非常优雅，但是他对他们的整体印象却是一些七手八脚、吵吵闹闹而又不耐心听人说话的家伙——他们身上的味道也难闻极了。当然，戈奇觉得对他们而言，自己身上大概也带着一股异味吧。他还有一种古怪的感觉，认为他们一定在背后——不知道在哪个角落里——嘲笑他。

撇开生理上的差异不谈，阿扎德人看起来比“文明”人要简洁得多，刻苦得多，也坚定得多。他们精力充沛得甚至到了——如果说得难听点——神经过敏的地步。至少那些中性人是这样的。至于男性，就戈奇接触的寥寥几人而言，他们看起来更呆滞，更空虚，更麻木，躯体也显得肥胖笨重；女性则更娴静——这使得她们看上去有些深沉——相貌也更精致一些。

他想知道自己在他们眼里又是怎么一个模样。他发现自己有时会像盯着他们那奇异的建筑和内部装潢一样盯着他们发呆……同时他也发现许多人——仍然是以中性人为主——也牢牢地盯着自己。有时候弗利尔-伊姆萨霍得跟他重复好几次，他才能反应过来它在跟自己说话。它那单调的嗡鸣声和噼啪作响的静电一整个下午都陪伴在他身边，为戈奇平添了一份迷乱而梦幻的不真实感。

他们向他进献美酒佳肴。“文明”人和阿扎德人的生理结构类似，因此有好几种食物和饮料是两者都可以食用且消化的，比如酒。他来者不拒，喝掉了他们所有的祝酒，但是在体内把它们分流掉了。他们现在置身于机场里一栋低矮狭长的建筑里，虽然败絮其外，室内却装潢得极其奢华，长桌上摆满了盛馔金樽。身着制服的男性在一旁侍候他们，他小心地没有跟他们搭话。他发现跟自己聊过几句的人，要么是说得太快，要么是把语速故意放得太慢——不管怎么说，他还是马马虎虎地跟人谈了好一阵子。许多人问他怎么独身一人过来，他试图解释他有一只嗡嗡机作陪，但是人家怎么也听不明白，最后他只好简单地告诉别人因为他就喜欢独身旅行。

还有些人问他的“阿扎德”水平如何。他诚实地回答说他也不知道，飞船可从来没有跟他谈过这个问题。他只能回答说他希望自己不至于玩得太糟，别让他的东道主们后悔请他来参加比赛。

好几个人似乎对戈奇的这番回答另眼相看，但在戈奇看来，那不过是大人们对一个懂礼貌的小孩子表现出来的欣赏罢了。

一个坐在戈奇右边的中性人一直在问他关于他的旅行和那艘飞船的事。他穿着一身看上去挺别扭的紧身制服，有点像当天登上限制因素的官员的制服。戈奇开始跟他讲述他们事先编好的故事。对方一次又一次地往戈奇手里华丽的水晶高脚杯中斟酒，戈奇不得不在每一次对方敬酒的时候配合着干杯。为了不被灌醉，戈奇在体内不断地分流液体，这也意味着他隔三岔五就要上一趟洗手间（一整杯酒，还未经吸收就直接分流到膀胱里去了）。他明白这事在阿扎德人看来似乎有点微妙，但是他每次都能使用正确的辞令打发过去，大家也就见怪不怪了。弗利尔–伊姆萨霍似乎也很镇定。

最后，坐在戈奇左边的那位名叫洛·佩科尔·莫尼耐一世的中性人——来自外星事务局的联络官——询问戈奇是否已经做好动身下榻酒店的准备了。戈奇说他打算留在自己的座舱里。于是佩科尔开始叽里咕噜地说了起来，弗利尔–伊姆萨霍这时用同样快的语速插了进来，佩科尔显得惊讶极了。戈奇没能完全听懂最后他们达成了什么共识，但是嗡嗡机接下来向他解释说他们采取了一个折中的办法：戈奇可以继续住在座舱里，不过他们会把座舱拖到宾馆的屋顶上去。那儿会有卫兵和保镖保证戈奇的安全，至于宾馆的餐饮服务——全国最好的厨师会随时恭候戈奇的吩咐。

戈奇觉得这么安排挺合理的，便邀请佩科尔跟他一起进舱再到宾馆去，对方很高兴地同意了。

“趁你还没向我们的朋友发问，”弗利尔–伊姆萨霍悬停在戈奇的肘部附近，嗡嗡地叫着。“让我告诉你，现在我们飞过的这片区域就是所谓的贫民窟了，这座都市正是从这里获得廉价劳动力的。”

戈奇冲这只藏在笨重伪装里的嗡嗡机皱了皱眉。洛·佩科尔和他正并肩站在座舱后方一块像观景台一样伸出来的斜板上。城市在他们下方铺开。“我还以为我们不应该在他们面前说玛瑞语呢。”戈奇对那只嗡嗡机说。

“哦，我们在这儿安全极了。这家伙身上装了窃听器，不过这艘座舱屏蔽了它的信号。”

戈奇指了指下方的贫民窟问佩科尔：“那是哪儿？”

“许多人受灯红酒绿的诱惑，背井离乡来到了这座城市，而那里就是他们通常的归宿。很不幸，他们之中的大多数都是些游手好闲的家伙。”

“这些人无家可归，”弗利尔-伊姆萨霍用玛瑞语补充道，“因为政府耍手段推行了一种很不公平的财产税政策，这些投机分子还自上而下地进行了农业生产资料的重组。”

戈奇在想它所说的“农业生产资料”是不是就是指“田地”，不过他还是转向佩科尔说道，“原来如此。”

“你的机器朋友刚才说了什么？”佩科尔问道。

“它刚刚引用了几段……诗，”戈奇回答说，“赞美一座壮丽城市的诗。”

“啊，”佩科尔点了点头，脸上抽动了几下，“你们那儿的人喜欢诗，是吗？”

戈奇顿了顿，接着说道：“有人喜欢，有人不喜欢，你明白吧？”

佩科尔故作深沉地点了点头。

城市高空的风从观景台四面的防护罩上吹了进来，带着一股若有若无的焦味。戈奇倚在蒙上一层薄雾的防护罩上，俯视着从下方掠过的大都市。佩科尔似乎不大愿意靠近观景台的边缘。

“哦，我有些好消息要告诉你。”佩科尔微笑着（就是翘起两片嘴唇）说。

“什么？”

“我和我的同事们，”佩科尔严肃而缓慢地说道，“已经成功为你争取了参加主赛程的许可，你可以跟着进度一直打到埃科隆奈多。”

“啊，埃科隆奈多就是最后几场比赛的决胜地点吧？”

“正是。那可是整个持续六年的巡回大奖赛的最后高潮，就在那颗火焰星球的本土上。我可以向你保证，你能参加这场比赛真是荣幸之极——一般的邀请赛选手可没有这么幸运。”

“我明白，对此我深感荣幸，谢谢你和你的同事们。等我回到‘文明’后，我会告诉大家阿扎德是一个多么热情好客的民族。你们让我感到如此亲切，谢谢你，我欠你们一个人情。”

佩科尔看上去满意极了，他点点头，又笑了起来。戈奇也点了点头，但是他再怎么努力也挤不出一个那样的微笑。

“还不错吧？”

“什么还不错吧，杰诺·戈奇？”弗利尔-伊姆萨霍问道，它小巧的外壳里散发出黄绿色的光，像是某种异国昆虫的翅膀。它把一件礼服铺在戈奇的床上。他们身处的座舱现在正停在戈罗斯纳切克大酒店的屋顶花园里。

“我干得怎么样？”

“相当不错，虽然你没在我提醒你的时候正确地称呼那位部长为‘阁下’，有时候还有点儿犹豫不决，不过总体而言你干得不赖。你没造成什么重大外交事故，也没对谁说出什么侮辱性的词汇……我只能说你第一天的表现很不错。你转过去面对反射力场好吗？我得看看这么穿合不合适。”

戈奇转过身，伸出双手，嗡嗡机在他背上把袍子整理妥帖。

他看着反射力场里的自己。

“太大了，不太适合我。”他说。

“没错，但是今晚的宫廷舞会你必须穿这套去，我帮你把带子系上就好了。顺便说一下，座舱系统刚刚告诉我这件袍子上有窃听器，所以你走出舱室的保护范围后就自己小心点儿，别乱说话。”

“窃听？”戈奇看着映在反射力场里的嗡嗡机说道。

“定位监视和监听，不过别担心，他们对谁都这样。站着别动。好了，把带子系上就好了。转过来。”

戈奇转过身，“你使唤着我玩儿吧，是不是，嗡嗡机？”

“别傻了。好了，穿上吧。”

戈奇和镜中身着礼服的自己面面相觑。“肩膀上这块空白是怎么回事？”

“那是给你的肩章预留的，如果你搞得到的话。”

戈奇摸了摸华服上这块空白。“我们不能自己往上弄点儿什么吗？看上去光秃秃的。”

“应该可以，”弗利尔-伊姆萨霍答道，替他扯平了袍子，“不过这类事情还是小心点儿为妙。我们的阿扎德朋友们经常对我们没有自己的标志或象征感到奇怪，‘文明’驻阿扎德的大使——如果他今晚记得要来的话你就能见到他了——觉得如果‘文明’人来访的时候阿扎德乐队没有可以欢迎他们的颂歌，那就太可怜了，因此他就把脑子里第一时间浮现出来的旋律用口哨吹给乐队听了——结果他们在每一个欢迎仪式和典礼上都反复演奏这首曲子，演奏了整整八年。”

“我听出来了一小段。”戈奇表示同意。

嗡嗡机抬高他的手，又做了一些调整。“是的，但是当时他脑子里浮现出来的其实是那首《欲仙欲死》，你知道歌词吗？”

“啊，”戈奇咧嘴笑了起来，“那首歌啊。是啊，太尴尬了。”

“太尴尬了。要是哪天阿扎德人发现了这件事，大概会向我们宣战的吧。星际事务部总是把事情搞得一团糟。”

戈奇大笑起来。“我本来以为星际事务部是多么有组织有效率呢。”他摇了摇头。

“面子工程倒有些成效。”嗡嗡机嘟囔道。

“好吧，你们至少把整个帝国的秘密保守了七十多年，这也算相当成功了。”

“还不如说是运气好。”弗利尔-伊姆萨霍一边说一边在他面前飘来飘去，打量着他身上的礼服。“你真想要个肩章？我们倒是可以给你弄几个来，如果那能让你更开心点儿的话。”

“算了，别麻烦了。”

“好吧。今晚在舞会上介绍你的时候我们会使用你的全名，这样给人印象比较深刻。他们不大能理解我们没有所谓的‘阶级’这回事，所以你可以把‘莫拉特’当作自己的头衔使用。”这只嗡嗡机落下来替戈奇抚平了长袍镶边上一根翘起来的流苏，“这样也好，他们不了解‘文明’，他们戴着那副阶级论的有色眼镜没法理解我们，因此也就不会认为我们是个威胁。”

“好大一个惊喜啊。”

“哼，我总觉得上头在下一盘很大的棋，甚至连这个玩忽职守的代表——该称之为大使，抱歉——也是其中的一枚棋子。你也是其中之一，我想。”

“你想？”戈奇问。

“他们在故意捧你，戈奇。”嗡嗡机说，飞到了戈奇脑袋边，替他梳了梳头发，戈奇伸手拨开额头边上碍事的光晕。“星际事务部告诉帝国说你是一个绝顶高手，说他们就指着你捞个上校、主教、副部长什么的了。”

“什么？”戈奇震惊了，“他们当初不是这么告诉我的！”

“也不是这么告诉我的，”嗡嗡机说，“但是一个小时前我看到了一条新闻综述。他们把你吹上天了，伙计。他们是想用你逗帝国开心呢。他们一开始对帝国说你很厉害，拿下帝国几个好手没问题，接着呢——比较可能发生的事是——你第一轮就被人打趴了，然后帝国就会对星际事务部这边放松警惕了，觉得我们不过尔尔，干啥啥不行，自讨苦吃。”

戈奇平视着这只嗡嗡机，眯起了眼睛，冷冰冰地问道：“第一轮，你觉得我就只能打到第一轮，是不是？”

“啊，对不起，”这只小嗡嗡机往后缩了一下，看上去很尴尬，“冒犯你了吗？我就是假设……那个，我知道你的水平……我的意思是……”它越说声越小。

戈奇脱掉礼服扔在地上。“我先洗个澡。”他对它说。它踌躇了一阵，接着捡起地上的袍子，飞快地离开了这个房间。戈奇坐在床沿上捻起了胡子。

其实这只嗡嗡机并没有冒犯到他。他有自己的想法。戈奇知道自己肯定比星际事务部想的要厉害，因为在限制因素上度过的最近一百天里，他并没有完全释放出来。尽管没有故意放水，但也没有全力以赴。

他不太明白为什么自己在延缓爆发的时机，但是他总觉得不该什么事都告诉星际事务部，自己得藏着点儿。这也算是对抗他们的一个小小胜利吧，一场小小的游戏，副棋盘上的一小步，撼动大树的一阵微风。

戈罗斯纳切克宫坐落在那条宽广泥泞的大河边，这座城市也是以这条戈罗斯纳切克河的名字来命名的。当晚一场盛大的舞会将在宫中举行，欢迎那些将要在下半年参赛的大人物们。

地面汽车载着他们驰过被泛光灯照亮的林荫大道，戈奇坐在后座上，身边坐着佩科尔——他是随行去酒店接戈奇的。一位身着制服的男性坐在驾驶席上。这辆车似乎是由他手动操控的，戈奇努力不去想撞车的可能性。弗利尔-伊姆萨霍穿着笨重的伪装坐在地上，低声地嗡嗡叫着，身上的静电吸起了车内地毯上的细小绒毛。

这座宫殿没有戈奇想象中的那么雄伟，但也让他大开眼界：宫殿内部富丽堂皇、灯火通明，它的各个尖顶和塔楼上装饰华丽的长条旗帜迎风招展，上面如水波般起伏的家徽图样在渐晚的暮色中染上了一层灿烂的余晖。

他们的车子停在了院子里的遮阳棚下，那儿竖着一个高大的蜡烛架，上面燃烧着一万两千支五颜六色、大小不一的蜡烛，每一支蜡烛代表一位参赛选手。这场舞会的参加人数超过一千人，其中有一半是游戏玩家，另一半则是他们带来的搭档，或是工作人员、神父、政府官员等等。这些人已经对现状心满意足，多半也取得了终身任职的资格——也就是说无论他们的手下在“阿扎德”中表现得如何优异，那也撼动不了他们的地位了——因此他们也就金盆洗手了。

剩下的就是阿扎德学院——专门教授这个游戏的机构——的教授和领导们了，他们也同样没有必要参加比赛。

对于戈奇而言，今晚太暖和了点儿，城市的污浊异味热烘烘地包围着他。那身礼服很重，穿在身上他无比难受。戈奇一门心思想着他得忍到什么时候离开才不至于太失礼。他们穿过雄伟的入口，一扇扇大门在两侧敞开，擦得锃亮的金属上镶嵌着宝石。他们走过前厅和大堂，桌子上的摆设，墙上的壁饰和天顶的吊饰交相辉映、闪闪发光。

宫殿里的人也毫不逊色。一大群女性围在那儿，浑身绫罗绸缎，披金戴银。戈奇从她们蓬蓬散开的裙摆推断，她们的腰围八成跟身高差不多。她们四下走动时发出沙沙的摩擦声，散发出过于浓烈而刻意的香水味儿。

许多人在戈奇走过身边的时候会朝他瞥上一眼，或是干脆停下来盯着他和漂浮在半空中又是嗡嗡嗡又是噼里啪啦的弗利尔-伊姆萨霍看。

在每一道入口的两侧和沿着墙每隔几米的地方都站着身穿华丽制服的男性，他们包裹在长裤里的腿稍稍分开，腰杆挺直，戴着手套的双手交握在背后，目光牢牢注视着高高的绘彩天花板。

“他们站着做什么？”戈奇用佩科尔听不到的音量低声问弗利尔-伊姆萨霍。

“站着好看。”嗡嗡机回答说。

戈奇想了想问：“好看？”

“是的，让大家都看看，帝国富得流油，养得起一大群什么也不做的仆役。”

“还有谁看不出来吗？”

嗡嗡机没有马上回答，它叹了口气。“你还是不能真正理解那些土豪当权者的心理，对不对，杰诺·戈奇？”

戈奇继续往前走，在弗利尔-伊姆萨霍看不见的那边脸上浮起一个微笑。

他经过好几个中性人身边，他们都穿着和戈奇一样沉重的礼服，华丽而不艳俗。而最让戈奇震惊的是，这个地方和这里的人看上去都像处在另一个时代里。这座宫殿里的物品和人们身上的服饰早在一千年前就已经出现了。他研究帝国社会的时候就看过他们在古代举行仪式时的录像，对他们的古代服饰有了相当的了解。他既惊讶，又好奇，虽然帝国的技术发展缓慢，但他们在保存古代正统习俗方面颇有心得。古代礼仪、古代风尚和古代建筑风格在“文明”里也很常见，但是人们用一种相当随意甚至随便的态度运用它们，只把它们看作所有风格里的一类，而不是严格地将它与其他风格区别开来。

“在这儿等着，他们要介绍你了。”嗡嗡机一边说一边扯住了戈奇的袖子，于是他停下来站在洛·佩科尔身边。佩科尔正面带微笑地站在一排往下通向舞厅的宽台阶上，将一张卡片递到了站在台阶顶上的一位穿着制服的中性人手里，他的声音通过广播响彻全场。

“尊敬的洛·佩科尔·莫尼耐，外星事务局二级甲等官员，帝国勋章、功绩勋章获得者……以及恰克-加文沙·杰洛·穆拉特·戈济·丹·哈泽斯。”

他们从台阶上走了下来，戈奇觉得面前仿佛是一片比星海更明亮的景色，这比他经历过的任何社交场合都要令人难忘，“文明”人从来不搞这种大场面。整座大厅就像一个宽广清澈的水池，有人往里面投入了一千朵鲜花，水面就荡漾起来。

“那个主持人糟蹋了我的名字，”戈奇对嗡嗡机说，接着看了佩科尔一眼，“但是为什么我们的朋友看上去这么不高兴？”

“我想是因为主持人漏说了‘一世’。”弗利尔-伊姆萨霍说。

“那又有什么要紧？”

“戈奇，在这里什么事都很要紧。”嗡嗡机说道，又闷闷不乐地加了句，“至少把你们俩都介绍了。”

“哟！”他们快下到台阶底部的时候，一个声音传了过来。一个高大、看上去像是男性的人类穿过几个阿扎德人走到了戈奇身边。他穿着一件花里胡哨、滑溜溜的袍子，留着胡须，棕色的长发挽成圆髻，长着一双明亮摄人的绿色眼睛，看起来好像是个“文明”人。他握住了戈奇的手，纤长的十指上戴满了戒指。“我是舒侯伯汉姆·扎，幸会幸会。台阶上那个敷衍了事的主持人把你的名字念成那样，我差点儿没认出来。戈奇，是这名字才对吧？哦，佩科尔，你也在这儿呀，嗯？”他把一个杯子塞进佩科尔手里，“拿着，这马尿你还是自己喝吧，好吗？你好啊嗡嗡机。喂，戈奇，”他伸出胳膊搂住戈奇的肩膀，“你想喝点好的吧？嗯？”

“杰洛·穆拉特·戈济，”佩科尔有点窘迫地开了口，“让我为你介……”

但是舒侯伯汉姆·扎已经挟着戈奇穿过了台阶下的人群。“没问题吧，佩科尔？”他扭过头朝那个一脸茫然的中性人喊道，“可以吧？嗯？好的。一会儿见。我就跟这个流亡者喝两杯！”

佩科尔脸色苍白，虚弱地摆了摆手。弗利尔-伊姆萨霍犹豫了一下，还是留在了原地。

舒侯伯汉姆·扎把脸转回戈奇这边，把架在戈奇肩膀上的手放了下来，用一种平和得多的声音说：“无聊透顶，佩科尔那老家伙。希望你别介意被我这样拖走。”

“无怨无悔。”戈奇一边说一边上下打量这位同乡，“你就是那个……大使？”

“差不多。”扎说，接着打了个嗝。“这边，”他点点头，引导戈奇穿过人群，“我发现有张桌子下面藏着不少‘因子’，我想趁帝国那边把它们截下来之前先摸几瓶过来。”他们穿过一个低一些的舞台，舞台上面的乐队正在卖力地演奏着。“真是个疯狂的地方，是不是？”他们一边往大厅后面走去，扎一边冲戈奇喊道。

戈奇不知道对方到底指的是什么。

“在这儿。”扎说着，在一长排桌子旁停了下来。穿着制服的男性在桌子后面忙碌着，将食物和酒水呈至客人面前。一幅缀满宝石的深色挂毯高悬在他们头顶的巨大穹顶上，上面用金线绣出了一幅古代太空战争的场景。

扎吹了声口哨，一位看上去不苟言笑的高大男性走了过来。他靠了过去，低声说了几句什么。戈奇看到一张纸片从一个人手中传到另一个人手中，接着他一把抓住戈奇的手腕，把他朝一根雕饰华丽的罗马柱脚下的沙发拖去。

“等一会儿就能喝到了。”扎往戈奇身上靠了靠，挤挤眼睛。舒侯伯汉姆·扎的肤色比戈奇要白一些，但是仍然比一般阿扎德人看起来要黑。大家都说很难从外表判断“文明”人的年龄，不过据戈奇观察，面前的这个人大概要比自己年轻十岁。“之前那些东西你都喝了？”扎突然警觉地问道。

“分流掉了。”戈奇说。

扎用力摇了摇头。“别把‘因子’分流掉了，”他拍拍戈奇的手，“否则就太可惜了。要我说的话，这么干的人应该抓起来。你自己分泌点‘清醒白日梦’就好了。那美妙的复方药剂啊，绝对让你飘飘欲仙。那可是为了比赛特地从埃科隆奈多运来的，你知道吧？只在有氧季才出产的稀罕玩意儿，我们一会儿要喝的那种至少藏了两个大年，值不少钱。我就是这么一说。”扎又坐了回去，交叠起双手，面色凝重地看着戈奇。“你觉得帝国怎么样？是不是棒极了？嗯？我的意思是，有一种危险的魅力，是不是？”

一位男性侍者手里端着托盘走过来，上面放着两个塞了瓶塞的壶。扎一跃而起。“啊哈！”他接过托盘，又递给侍者一张小纸片。他拔掉两个瓶塞，把其中一壶递给了戈奇，然后将自己这壶举到唇边，闭上双眼，深深吸了口气。他低声咕哝了几句，听上去像是在吟诵什么赞美诗。接着他紧闭双眼，将壶中物一饮而尽。

当他再度睁开眼睛的时候，戈奇正单手托着下巴，不无嘲讽地看着他。“你是本来就这样的，还是帝国让你变成这样的？”

扎发出嘶哑的笑声，他抬头望向天顶的彩绘，上面画着几千年前的海战场面。“都有。”他嬉皮笑脸地说，冲戈奇手上那壶酒点了点头，他的脸上除了促狭的笑意，还带着点睿智的火花，这让戈奇不得不修正了他之前对扎年龄的臆断，给他加了个几十岁。“你会喝的吧？”扎说，“我可是花了一个普通工人一年的薪水才帮你弄来的。”

戈奇盯着他那明亮的绿色眼睛瞧了一会儿，将酒壶举到了嘴边，“敬那些普通工人，扎先生。”说着就喝了下去。

扎仰天大笑。“我看我们挺合得来的，‘游戏玩家’戈奇。”

“因子”的味道很甜，很香，口感绵滑，回味无穷。扎喝光了壶里的酒，还将细细的壶嘴对着嘴里抖了抖，确保一滴不剩。他看着戈奇咂了咂嘴。“喝起来像流动的丝绸一样，”他一边说，一边把酒壶放在地上，“所以说，你要参加这个游戏，是吧，杰诺·戈奇？”

“这就是我来这里的原因。”戈奇又抿了一小口醉人的美酒。

“听我几句好话，”扎拍了拍他的手臂，说，“千万别跟人赌。提防你感兴趣的女人，或者男人，男男女女，不管是什么。你自己要不留点心，就容易卷进一堆破事儿里。就算你想洁身自好，这里也有一些——尤其是女人——就想扒开你两条腿看看里边是啥。他们把这事看得很重，重得离谱。所以如果你想泻泻火，来找我。我有门路，保管让你又安全、又舒服。绝对保密，让你毫无顾虑，不信随便找个人问问。”他大笑起来，接着又拍了拍戈奇的手臂，一脸正经。“我是认真的，”他说，“我会照应好你的。”

“我牢记在心，”戈奇又喝了一口，“谢谢你的提醒。”

“不客气，没什么。我在这里混了八……九年了，我的前任只待了二十天就被赶出去了，因为他跟某个部长的老婆不清不白。”扎摇了摇头，又低声笑了起来，“我的意思是，她的确挺不赖的，但那是部长的老婆啊！那女人倒是走运，被扫地出门罢了。要是他们拥有对她的所有权，还不得惩罚一番，再扔进监狱里？光想想我就觉得裤裆发紧。”

戈奇还没来得及回应，或者说扎还没来得及继续说下去，台阶的上方就传来了一声巨大的撞击声，好像有几千只瓶子同时摔碎了一样，舞厅里的回音绵延不绝。“妈的，皇帝！”扎站了起来，冲戈奇手里的酒壶一扬下巴，“喝干净，伙计！”

戈奇慢慢站了起来，把酒壶递给了扎。“拿去吧，我觉得你更懂得欣赏它。”扎将瓶塞塞了回去，随手塞进了礼服的某个暗袋里。

台阶的上方好像有什么情况，舞厅里的人们推推搡搡地让出了一条道，从台阶下面直通到一个金色布料罩着的矮台，上面安放着闪闪发光的高大王座。

“我最好带你回去。”扎一边说，一边伸手想要抓住戈奇的手腕，但戈奇这时突然抬起手去摸自己的胡子，扎抓了个空。

戈奇朝前点了点头。“你带路。”他说。扎挤了下眼睛，大踏步走开了。他们走到了簇拥在王座前的人群后面。

“我把你的好孩子领回来啦，佩科尔。”扎对那个面色焦虑的中性人说了一句，接着踱远了。戈奇站到佩科尔身边，弗利尔-伊姆萨霍浮在他腰间的高度，坚持不懈地嗡嗡叫唤着。

“戈奇先生，你可把我们急坏了。”佩科尔一边用紧张的眼神往台阶上偷瞟，一边小声说道。

“是吗？”戈奇说，“真让我老怀大慰。”佩科尔看上去不太高兴，戈奇想自己是不是用错词了。

“这儿有个好消息，”佩科尔抬起头来看着戈奇，戈奇只好装作自己很感兴趣的样子，“我成功地为你争取到了一个单独引见给尊贵的帝国摄政王尼古萨的机会！”

“太荣幸了。”戈奇微笑着说。

“是啊！是啊！多么千载难逢的殊荣啊！”佩科尔喘着气说。

“所以别他妈搞砸了。”弗利尔-伊姆萨霍从背后挤出一句。戈奇回头看了它一眼。

嘈杂的声音又响了起来，突然之间，人们如潮水般全都从台阶上退了下去。戈奇猜，领着一大群仆从的那位就是皇帝——或者用佩科尔的话来说——“帝国摄政王”吧。但是这位中性人走到了台阶下方后就侍立在了一边，同时朗声说道：“我们尊贵的肯德瑟夫学院荣誉院长、宇宙之子、信仰的捍卫者、戈罗斯纳切克公爵及埃科隆奈多火焰星的领主、帝国摄政王尼古萨一世！”

皇帝身着一袭朴素的黑衣，是一位中等身材、面相严肃的中性人。他的身边环绕着衣饰华丽的阿扎德人，各种性别都有。一脸警觉的男性卫兵和中性卫兵穿着制服，手持巨剑或是小巧的手枪。走在皇帝前面的是一群五颜六色的猛兽，有四条腿的，也有六条腿的，它们都戴着项圈和口衔，由几个健硕的男性用翡翠链子或红宝石链子牵着。这几个男人几乎全身赤裸，涂了油的肌肤在舞厅灯光的映照下好像结了霜的黄金一样闪闪发亮。

皇帝从一头向另一头走去，偶尔停下脚步和人交谈（他经过的时候人们都跪了下来）。接着他又转过身，带着一队浩浩荡荡的人马朝戈奇这边走来。

大厅里鸦雀无声。戈奇甚至可以听到那几只被驯化的食肉猛兽从喉咙里发出来的沙哑的喘息声。佩科尔大汗淋漓，脸上的一根青筋突突直跳。

尼古萨又走近了一点儿。戈奇觉得这位皇帝看起来，怎么说呢，似乎比普通的阿扎德人还要少一份魄力，少一份坚定。他的背有一点儿驼，当他站在离戈奇不远的地方与人交谈的时候，戈奇只能听见回答者的声音。他比戈奇想象中的要年轻一点儿。

尽管佩科尔已经向他介绍过了，当这位身着黑衣的中性人真正站到他面前的时候，戈奇还是感到有些惊讶。

“跪。”弗利尔-伊姆萨霍在旁边小声说。

戈奇单膝跪了下来。周围死一般寂静。“该死。”嗡嗡机里传出一句咒骂。佩科尔呻吟了一声。

皇帝低下头来，对戈奇露出一个微笑。“单膝先生，你一定就是那位外国客人了。祝你玩得愉快。”

戈奇这才反应过来，匆忙双腿跪了下来，但是皇帝伸出一只戴满了戒指的手轻轻摆了摆。“不用，不用。我们鼓励创新。今后见到我们，你单膝行礼就可以了。”

“谢谢您，陛下。”戈奇微微欠了欠身。皇帝点点头，继续向前走去。

佩科尔颤抖着呼出一口气。

皇帝走上了王座，这时音乐奏响，人们突然又开始交谈起来，两边的人墙也散开了。大家全都手舞足蹈地聊起了天。佩科尔看上去快要晕过去了，一句话也说不出来。

弗利尔-伊姆萨霍飘到了戈奇身边。“拜托你，”它说，“别再捅刚才那种娄子了。”戈奇装作没听见。

“至少你还没被吓傻，嗯？”佩科尔突然说道，颤巍巍地从托盘上取了一杯酒，“至少他还没被吓傻，是吧，嗡嗡机？”他说得很快，戈奇差点儿没听懂。他一口喝光了杯中的酒，“大部分人都吓得说不出话来了，我想我也是。大家都是。单膝又有什么要紧呢，嗯？有什么要紧？”佩科尔环视四周，寻找着拿托盘的侍者，接着凝视着王座的方向。皇帝正坐在那儿同自己的侍从交谈。“多么威严！”佩科尔赞叹道。

“为什么叫他帝国‘摄政王’？”戈奇问还在冒汗的佩科尔。

“在莫尔斯皇帝两年前不幸去世之后，我们尊敬的尼古萨陛下才不得已接替了王位。他是上届游戏的亚军，但我相信这次他一定会成功登顶的！”

虽然戈奇先前读过关于莫尔斯之死的资料，但是他没料到尼古萨并没有取得正统的地位，因此他点点头，看向矮台边上那些花枝招展的侍从和张牙舞爪的野兽，心想，如果尼古萨之前真赢得了那场比赛的冠军，又会有怎样的奢华等着他呢？

“真想请你跳一支舞，不过他们不允许两个男人一起跳。”舒侯伯汉姆·扎一边说一边朝靠在柱子上的戈奇走来。他从小桌子上取了一碟散装糖果朝戈奇递了过去，戈奇摇了摇头。扎自己嘎嘣嘎嘣地嚼了起来，戈奇则注视着舞池内身着华服翩翩起舞的人们。弗利尔-伊姆萨霍浮在它身边，几张小纸片被静电吸到了它的外壳上。

“别担心，”戈奇对他说，“我不觉得跌份儿。”

“那就好。玩得还算尽兴？”扎也靠在柱子上，“我看你在这儿孤零零站着。佩科尔呢？”

“他在和其他几个帝国官员商讨安排私人会见的事。”

“嚯，祝他好运，”扎哼了一声，“你怎么看我们尊贵的陛下，嗯？”

“他看起来……很倨傲。”戈奇说，接着皱眉瞥了一眼自己身上的礼服，又拍了拍一边的耳朵。

扎被戈奇的动作逗笑了，接着又想了想，才恍然大悟地又笑了起来。“哦，窃听器啊！”他摇了摇头，又剥开几颗酥糖扔进嘴里。“别担心，想说什么就说吧。他们不会对你做什么的。他们才不在乎呢，外交惯例罢了。我们装作不知道礼服里有窃听器，他们装作啥也没听到。大家心照不宣的小游戏。”

“果真如此的话……”戈奇向帝座看去。

“现在没什么可看的，年轻的尼古萨。”扎顺着戈奇的目光看去，“这次比赛之后他将名正言顺地赢得帝位，现在嘛，从形式上说，他还在为莫尔斯服丧。黑色是他们治丧的颜色，我想大概是因为太空也是黑色的吧。”他凝视着皇帝，“奇怪的体制，是不是？所有的权力都集中在一个人身上。”

“看起来的确是个……很不稳定的社会体系。”戈奇表示同意。

“哼，那当然，到处都是裙带关系，是不是？不骗你，你瞧，正在跟皇帝说话的那个老家伙掌握的实权说不定比尼古萨本人还多。”

“真的？”戈奇转过脸问。

“是啊，他叫哈敏，是肯德瑟夫学院的院长，尼古萨的导师。”

“难道你的意思是皇帝的一举一动全听他指挥吗？”

“外人看来当然不是，不过，”扎打了个嗝，“尼古萨从小到大在学院里度过了六十年，学‘阿扎德’也是师从哈敏。哈敏养大了他，把自己所有——包括‘阿扎德’——的知识全都传授给了他。现在老莫尔斯踏入了永眠之乡，尼古萨接管了权力。当他需要征询意见的时候，谁是他第一个想到的人呢？”

“我明白了，”戈奇点点头。他有点儿后悔自己没像钻研“阿扎德”游戏那样钻研阿扎德的政治体系。“我以为学院只负责游戏教学而已呢。”

“按理说是如此，但实际上呢，他们就跟世袭的贵族没什么两样。当他们需要新鲜血液的时候，他们就利用‘阿扎德’游戏在全民范围中选出那些最聪明、最冷酷、最有手段的中性人来主持大局，而不是跟一些没落的贵族联姻来延续纯正的血统——因为那血统里最优秀的基因也已经消失殆尽了。实际上这是一个非常简单的体系，游戏几乎解决了一切困难。我看得出来，它可以这么永远运作下去。但是星际事务部似乎认为再这样下去，总有一天帝国会分崩离析——尽管我自己怀疑这种看法。这真的非常令人震撼，你觉不觉得？你就承认吧，你也被震住了，是不是？”

“难以形容我的感受，”戈奇说，“不过在最终得出结论之前，我想看看还有什么新鲜玩意儿。”

“绝对惊喜不断。你会体会到帝国这种野蛮的动人之处的。不是开玩笑，我是认真的。你绝对能体会到，最后说不定你也想留在这里呢。哦，别管那只他们派来看护你的傻蛋嗡嗡机了。他们全都一个德行，想用‘文明’来同化一切，什么爱啊、和平啊之类无聊的废物。他们根本没法子——”他打了个嗝，“从审美上欣赏——”又打了一个大嗝，“帝国。相信我。别管那只嗡嗡机了。”

戈奇正琢磨着该怎么回答，这时一群衣饰华美的女性和中性人拥上来围住了他和舒侯伯汉姆·扎。一位中性人上前一步，鞠了一个在戈奇看来过于夸张的躬，微笑着对扎说，“尊敬的使节大人，您可否愿意为夫人们表演一段您的‘眼睛节目’？”

“乐意效劳！”扎答道。他把手中的托盘交给戈奇，凑到了咯咯娇笑的女人和相顾傻笑的中性人面前，快速地上下翻动着眼睑下的瞬膜。“好啦！”他大笑起来，踩着舞步走了回来。其中一个中性人道了谢，这一群人又有说有笑地走远了。

“就跟一群长不大的孩子一样。”扎拍拍戈奇的肩膀说道，接着带着空洞的眼神信步走远了。

弗利尔-伊姆萨霍飘了过来，发出了像揉搓纸张一样的沙沙声，“我听到那浑蛋说什么‘别管嗡嗡机’了。”它说。

“啊？”戈奇问。

“我说——算了，没关系。你没觉得自己因为不会跳舞而被冷落吧，嗯？”

“没有，我不喜欢跳舞。”

“那就好。对于他们来说，光是碰你一下都算得上大跌身份了。”

“你可真会说话，嗡嗡机。”戈奇说着将托盘放在嗡嗡机面前，一松手就走掉了。弗利尔-伊姆萨霍大叫起来，好不容易才接住了下落的盘子，没让里面的糖果撒得到处都是。

戈奇四处逛了一会儿，心里有点儿恼火。他想，原来自己是被这样的一群——从某种意义上说——失败者包围着。他们就好像是从某个高级机器上拆下来的不合格零件一样。他震惊地发现这些人是多么的愚昧，多么的粗鲁，而自己也跟他们没什么两样。每一个他见到的人似乎都觉得他来这儿就是为了出洋相。

星际事务部用一艘老掉牙的战舰（甚至配不上它那名字）把戈奇送了过来，又派来了一只自负无礼的年轻嗡嗡机，它们甚至忘了告诉他一些关键性的事实，它们明知道这些事会对赛事产生一定影响——被限制因素一笔带过的学院系统就是个好例子——害得戈奇现在掉进了一个大嗓门酒鬼的手掌心，而且这个酒鬼还对帝国徒有其表的把戏和不近人情的系统抱有一种孩童般的迷恋。

在通往帝国的旅程中，戈奇一度觉得这次经历简直就是一段浪漫的传奇，一回勇敢的献身，一份高尚的伟业——而现在，这种史诗般的感觉不复存在。现在戈奇感到自己就像舒侯伯汉姆·扎和弗利尔-伊姆萨霍一样，同这个社会格格不入。而整个满目疮痍的帝国，现在在他看来，不过是一文不名的废物罢了。在超空间的某个地方，他想，主脑们肯定躲在它们那几艘大船里嘲笑自己呢。

戈奇环顾整个大厅。大厅里飘荡着听起来像笛声似的乐曲，成双成对的中性人和浓妆艳抹的女性在精工镶嵌的闪亮地砖上悠然漫步，这些人进退自如的姿态真让人讨厌。充当侍者的男性像机器一样小心翼翼地周旋在人群中，确认每一只杯子里都斟满了酒水、每一只盘子里都装满了食物。他觉得这跟帝国的社会系统一点儿关系也没有，光是看上去就觉得那过于模式化的行动十分粗鄙。

“啊，戈奇。”佩科尔从一根大理石柱子和一株大型盆栽中间的缝隙里走了过来，手臂挽着一位看起来很年轻的女性。“你在这儿呢，戈奇，来，这位是崔妮芙·达特利斯多特小姐。”这位中性人的笑脸从那位小姐身上转向戈奇，将她领上前几步。她缓缓地欠了欠身。“崔妮芙也是一位游戏玩家，”佩科尔对戈奇说，“巧不巧？”

“很荣幸认识你，年轻的女士。”戈奇也欠了欠身说道。她直挺挺地站在他面前，眼睛盯着地板。她的衣装比戈奇今晚见到的大部分人都要朴素，她自己看上去也没有那么光彩照人。

“好啦，你们两只离群的孤雁就在这儿聊聊吧，啊？”佩科尔说着往后退了一步，双手叠在一起，“达特利斯多特小姐的父亲就在舞台后边，戈奇。你不介意一会儿聊完之后把她送回去吧？”

戈奇目送着佩科尔离开，接着冲着姑娘头顶上方的空气露出一个微笑。他清了清嗓子，她还是默不作声。戈奇开口说道：“我，呃……我一直以为只有中性人才玩‘阿扎德’呢。”

这位小姐抬起头来平视着他的胸膛。“不是这样的，先生。我们也有女性玩家，当然，只在副棋盘上。”她的声音听起来很温柔，带着一股倦意。她还是没有把脸仰起来，戈奇只好对着她头上的花冠说起话来——从那里他可以看到她束得紧紧的黑发下露出的白皙头皮。

“啊，”他说，“我本以为这是……被禁止的。没被禁止就更好了。男人也玩‘阿扎德’吗？”

“他们也玩，先生。没有人是被禁止的。宪法是这么规定的。只不过——只不过更难。”她突然停了下来，带着一种认真的神情抬起头来，“对于任何一种劣势性别而言，要学习‘阿扎德’很难，因为大一点的学院只招收中性人。”她又低下了头，“当然，这是为了不妨碍他们的学习。”

戈奇一时不知道该说什么好。“原来如此，”他吐出几个字，“你想……提高自己的游戏水平？”

“如果我能取得好点儿的成绩，如果我能闯进这次比赛的第二轮，我希望谋到一个公共服务的职位，接着修行。”

“好吧，祝你成功。”

“谢谢。不过，这实在不太可能。你知道的，第一轮游戏是在十人小组里进行的，其他九个都是中性人，只有我一个女性，大家会觉得我很讨厌。我会是第一个就被刷下来的人，就算替他们清场了。”

“嗯哼。我怎么有点儿兔死狐悲的感觉呢。”戈奇朝着她的头顶笑了笑，希望她能再次抬起头来。

“哦，不会的，”她确实抬起了头，戈奇发现她那平坦的脸上流露出惊慌的神色，“他们不会这么对你的，这不礼貌。而且他们也不知道你水平高低。但是他们……”她又低下了头，“他们知道我的水平，因此把我直接淘汰掉也好让他们继续比赛。”

戈奇放眼望了望这间人声鼎沸、人来人往的大厅，人们在洪亮的奏乐中翩翩起舞，谈笑风生。“你就只能这么坐以待毙？”他问，“他们就不能把十个姑娘安排在第一轮比赛里？”

她还是低着头，但是她脸上线条的变化出卖了她：她是在笑。“确实如此，先生。不过据我所知，往届大赛里还没有任何一次会让男女这两种劣势性别在同一组里比赛呢。这么多年来，抽签分组从来没分到过一起。”

“啊，”戈奇说，“那单一场比赛呢？一对一的比赛？”

“除非能在头几轮比赛胜出，不然一点儿用也没有。我确实练习过一对一的比赛，他们告诉我……他们告诉我说，我非常幸运。

我想也是。我之所以会这样想，是因为我父亲会为我挑选一位可敬的人做我的主人，我的丈夫——就算我没有赢得比赛，我也能嫁到一个好人家。一介女流，除此之外还有什么指望呢，先生？”

戈奇不知该说什么好。他感觉脊背上传来一阵奇异的刺痛感。他清了几遍嗓子，最后只好说：“祝你好运，祝你赢得比赛。”

她抬起头来瞟了他一眼，接着又低了下去，摇了摇头。

又过了一会儿，戈奇提议说把她送回去，她同意了。此后她再也没开过口。

他们穿过大厅里熙熙攘攘的人群，朝她父亲的方向走去。当他们穿过一根雕花圆柱和墙壁之间的空隙时——圆柱正好挡住了所有其他人的视线——在那个瞬间她伸出一只手，搭在了戈奇的手腕上，另一只手的一根手指按在戈奇礼服肩膀上的某一点，其他几根手指则轻轻地落在他身上。她轻声说道：“你会赢的。你会赢的！”

接着他们走到了她父亲身边，戈奇再次对他们的热情表示感谢之后就离开了父女俩。她再也没有朝他看一眼，他也没有机会做出任何回应。

“你还好吗，杰诺·戈奇？”弗利尔-伊姆萨霍看到他靠在墙上望着天空，看上去跟那些穿着制服的侍者没什么两样。

戈奇看了看嗡嗡机。他伸出一只手指点在肩膀上她刚刚按过的位置，问道，“窃听器是装在这里的？”

“是的，”嗡嗡机答道，“没错。舒侯伯汉姆·扎告诉你的？”

“呃，差不多吧，”戈奇说着从墙上挺起了身子，“现在可以退场了吗？”

“现在？”它退了一步，嗡嗡声大作，“我认为可以了……不过你真的没什么事吧？”

“精神抖擞。走吧。”戈奇说着走远了。

“你看起来焦虑不安啊。你真的没问题吗？玩得不开心？扎给你喝什么了？你在担心那个游戏吗？扎是不是说了什么？是不是因为没人肯碰你你才不高兴？”

戈奇自顾自地穿过人群，任那只身上带着噼啪静电的嗡嗡机跟在他肩膀后面嗡嗡个没完。

当他们终于离开大舞厅的时候，他才注意到，除了她好像是谁家的女儿以外，他甚至连她的名字都没记住。

戈奇的第一场“阿扎德”比赛安排在舞会后的第三天。这几天他整日跟限制因素切磋几种定位进攻的手法。他本来可以通过自己座舱储存的资料来练练手的，不过老式战舰的思路可比资料有趣多了。因为限制因素跟他相隔了几十光年的距离，所以他们之间会出现非常大的延迟——尽管飞船经常是戈奇一落子就马上跟上一步——但是对于戈奇而言，他面对的仍然是一个反应异常迅速且才华横溢的高手。

戈奇也再没有回应过任何出席正式场合的邀请。他告诉佩科尔自己的消化系统正在努力适应帝国的美食，佩科尔似乎也非常体谅他。他甚至用这个理由回绝了一次参观帝国首都的邀请。

这些天来他闭门谢客，唯一看到的就只有弗利尔-伊姆萨霍。它大部分时间都窝在伪装里，坐在酒店的栏杆上低声哼哼着——它身上的静电吸走了洒在屋顶花园草坪上的面包屑，引来了一群鸟儿供它观赏。

戈奇时不时从座舱里出来，站在屋顶的草坪上眺望这座城市。

道路和天空全都拥挤不堪。戈罗斯纳切克就像一只剑拔弩张、垂死挣扎的巨兽，被自己白天粗重的呼吸模糊了视线，又淹没在自己黑夜的华灯里。它发出巨大而混乱的和声，背景则充斥着永不停止的引擎和机械的噪声，又夹杂着几声飞艇划破长空的哀鸣。汽笛警报不绝于耳、如泣如诉，颤动着、尖叫着，像发射出的霰弹，散落在城市的各个角落。

戈奇想，从建筑学的眼光来看，这座城市简直是一个无可救药的乌七八糟混合体——还是这么大的一块。有些建筑拔地而起，有些建筑横行霸道，但是它们似乎都毫不考虑要与对方协调一致，结果——也许有人会认为这种特立独行很有趣——其实只是让人心生厌恶罢了。他不由得频频回想起小捣蛋，尽管那里没有这里广阔，大部分的空间都被飞船的内部结构、引擎和器械占去了，却居住着十倍于此的人口，人们的生活也比这里雅致得多。

戈罗斯纳切克简直是一座为堆积鸟粪而设计的城市，戈奇想，而城市正在自身中迷失着。

游戏揭幕战的那天终于来了，戈奇踌躇满志地醒了过来，仿佛他不是要去参加人生中第一场重大赛事，而是已经大胜了一局。他吃了几口早餐，仔细地穿上了游戏规定的礼服——这套东拼西凑的衣服简直让人哭笑不得，上身是一件笨重的外套，卷起来的袖子用吊带系好，下身则是长筒袜配软拖鞋。所幸戈奇是个新手，衣服上没有太多花里胡哨的装饰，颜色也朴素得多。

佩科尔乘专车来接戈奇前往比赛场地。一路上，这位中性人一直在激情澎湃、滔滔不绝地向戈奇汇报帝国近日来在开拓远疆方面取得的进展，真是令人欢欣鼓舞的重大胜利。

他们乘坐的车子飞驰在宽广的马路上，向市郊一座被改造成游戏厅的大会堂驶去。那天早上，全城的游戏玩家都在摩拳擦掌，想要在新一轮大赛里一展身手。从那位有幸在这场国家大赛里为自己赢得一席之地的年轻人尼古萨身上，这一万两千人看到了彻底改变自己命运的可能。无论是变得更好还是更坏，一切都是从这一天开始的。

整座城市仿佛感染上了一种六年一度的狂热瘟疫，戈罗斯纳切克被游戏玩家和他们的随侍、顾问和亲朋好友挤得满满当当的，帝国的诸多媒体杂志和来自各个殖民地与自治领域的观光团都前来见证这一决定帝国未来的历史时刻。

起初的愉悦消退之后，戈奇发现，从他踏进大会堂开始，他的双手就一直抖个不停。当他被领进四壁刷得雪白的大厅里，听着脚步在木地板上发出的回响时，他感到胃里一阵翻江倒海。这与他之前在别的游戏里所感受到的那种振奋完全不同，这是比以前任何时候都更激烈、更惊悚、更焦虑的感觉。幸亏戈奇不久就发现了他们禁止弗利尔-伊姆萨霍在比赛过程中进入游戏场地，这让他心里一阵轻松。它必须乖乖地待在外面。尽管它装疯卖傻地咔嗒咔嗒乱响、嗡嗡乱叫、噼里啪啦地放着静电，帝国的工作人员还是认为它有可能通过某种途径来协助戈奇作弊。它被带到了一个休息室里，在一群保安的包围下等待比赛结束。

它大声嗡嗡地抱怨着。

戈奇被引见给了第一局里的其余九名游戏玩家。原则上说，这局游戏里的十名玩家都是随机挑选的。他们都热情地和他打了招呼，除了一位年轻的神父。他冲戈奇点了点头，却什么也没说。

他们先从副棋盘上的策略牌打起。戈奇在开局的时候非常谨慎，不惜浪费自己的手牌和积分来试探其他人手里的卡牌。全部试探清楚之后，他便如鱼得水地打了起来，希望自己没在仓促之中给别人留下了一种傻兮兮的印象。但是几轮过后他就发现其他人根本还是云里雾里，只有自己已经全部摸清了对手的底细，但现在游戏已经进入收尾阶段了。

戈奇心想自己是不是看漏了什么，于是又打出了几张牌来试探对手。但似乎只有那位年轻的神父有心一战。

意识到这一点，戈奇又继续打了下去。到了正午游戏结束的时候，他已经赢得了全场最高的积分。

“到目前为止打得还不错吧，嗯，嗡嗡机？”他坐在供游戏玩家、工作人员和某些重要观众用午餐的桌子边，对弗利尔-伊姆萨霍说。

“你说是就是吧，”嗡嗡机没好气地答道，“我什么都没看见，周围的士兵全是些咋咋呼呼的毛头小子。”

“行了，你就信我这回吧，看起来局面挺不错的。”

“还早得很呢，杰诺·戈奇。你这把戏玩不了第二次的。”

“我有你做坚强后盾呢。”

下午他们又在其他的几个副棋盘上玩了几场，并以这几轮胜负决定了接下来的席位。戈奇对自己相当自信，很轻易地就打败了他的对手们。只有那个神父看起来不大高兴。晚餐的时候又有一次休息时间，佩科尔在下班途中以私人身份过来了一趟，他对戈奇的高水平发挥相当惊喜，甚至在戈奇回去比赛的时候还伸手在他胳膊上拍了一拍。

傍晚的那场比赛只是走走形式，一个正式工作人员带着一群地方俱乐部的志愿者向他们宣布了第二天将于“起源之盘”上进行的游戏的座次排位和具体要求。显而易见，戈奇的大冒险就要开始了。

戈奇心满意足地坐在汽车的后座上，只有弗利尔-伊姆萨霍在他身边。他看着窗外紫罗兰色的薄暮。

“打得不错，我觉得，”嗡嗡机坐在戈奇身边小声地嗡嗡道，“如果我是你，我今晚就会跟飞船联系一下，看看明天能做什么。”

“是吗？”

“是的。你应该争取尽可能多的援助。他们明天肯定会联合起来对付你的，没跑儿了。你肯定会输在这里。如果他们中的任何一个人碰到这种情况，他们肯定会去找一个或者几个处于劣势的玩家同盟，然后再——”

“从你的口气听来，他们是一定会不惜名誉耍这些卑鄙手段来对付我了。不过话又说回来，有你的鼓励和限制因素的帮助，我又怎么会输呢？”

嗡嗡机不说话了。

戈奇那天晚上还是联系了飞船。弗利尔-伊姆萨霍说自己太无聊了，于是脱下了外壳，光溜溜地飞到夜色中的城市公园去了——那儿有好些夜行性的小鸟。

戈奇跟限制因素详细谈了自己的想法，但是由于他俩之间存在着接近一分钟的延迟，对话变得相当的漫长。飞船的确非常有见识。戈奇很肯定，在现阶段，飞船给他的意见比他那些对手从他们的导师和顾问那里得到的意见要高明得多。大概只有排名前一百位的玩家才能从顶级的院校教授那里得到这样的支援吧。

这个念头让他斗志更加昂扬，于是他心满意足地上床睡觉去了。

但是三天过后，当晚场的比赛马上就要结束的时候，戈奇看着“起源之盘”，心里明白，自己要被淘汰出局了。

刚开始的时候一切都很顺利。他很满意自己高超的行棋技巧，而且也坚信自己比别人更能把握游戏中那种微妙的平衡。从之前几盘游戏里继承下来的位置优势和兵力优势更让他自信满满，胜券在握，认定自己肯定能闯进第二轮一对一的比赛了。

但是到了第三天早上，他意识到自己过于自负了。其他人早些时候看起来像胡乱落下的棋子，现在突然联合起来形成了凶猛的攻势，那位年轻的神父则扮演了领袖的角色。他乱了阵脚，夺路而逃，他们则乘胜追击，关门打狗。戈奇现在只是在苟延残喘了。

在晚场阶段的游戏结束之后，戈奇呆坐在自己的椅子上，盯着乱成一团的棋盘，琢磨是哪里出了差错。神父向他走过来，问他愿不愿意认输。在他们看来，如果某人落后对手太多，与其在那里苦苦地垂死挣扎，倒不如缴械投降来得体面，省得无谓地延长战局，浪费别人时间。戈奇看了看他，又看了看比赛一结束就被放进场的弗利尔-伊姆萨霍。它微微地摇晃了一下，带着静电发出了意志坚定的嗡嗡声。

“你觉得呢，嗡嗡机？”他有气无力地问道。

“我觉得只要你脱掉这身滑稽的衣服，打得就顺手多了。”它说。神父穿着一套跟戈奇一样的衣服，不过上面挂满了各种装饰物。他不满地瞪了嗡嗡机一眼，但是什么话也没说。

戈奇看了看棋盘，又看了看神父。他吸了一口气，又重重呼了出来，正准备开口，却被弗利尔-伊姆萨霍打断了：“我觉得你还是快点儿回酒店，换套衣服休息一下，再好好想一想吧。”

戈奇缓缓地点了点头，摸着胡子看了一眼“起源之盘”上堆得七零八落的筹码，对神父说了一句明天见。

“我没辙了，他们已经赢了。”一回到座舱里，戈奇就对嗡嗡机这么说道。

“既然你这么认为，怎么不去问问飞船的意见呢？”

戈奇联络上限制因素，把这个坏消息告诉了它。它先是表示了同情，但并没有告诉戈奇该如何反败为胜，只是替他详细分析了他之前犯下的错误。戈奇颇有风度地感谢了它，意志消沉地上床睡觉去了，心想要是之前神父问他的时候，他大大方方地认输就好了。

弗利尔-伊姆萨霍又出去探险了。戈奇一个人躺在黑暗中，周围是深沉的寂静。

他真想知道他们送自己到这里来干什么。星际事务部到底指望他做什么？他只是被送来供人羞辱，向帝国表明“文明”根本不可能对他们造成任何威胁的？似乎也不太可能。他甚至能想象得出奇亚克中心要是知道了这事，准会噼里啪啦算出一长串把他送到帝国的能源消耗量是多么庞大……“文明”和星际事务部更是应该好好考虑一下，花费这么多能源送一个普通公民来度个这么豪华的假是不是真的值得。“文明”不会这么大手大脚地挥霍金钱，也不会浪费能源物资去搞形象工程（简直是铺张浪费）。仅仅是为了让帝国相信“文明”不过如此，毫不可怕……但这又值几个钱？

他侧过身子打开床垫上的悬浮装置，但是他调来调去都找不到一个舒服的位置，索性把它关掉了。

他看到察木力斯送给他的那只手镯在床边散发着柔光。他拿起那只细细的手镯细细端详。这只小小的环状星陆在黑暗中放出明亮的光芒，照亮了他的手指和床上的被褥。他凝视着它白昼的那一面，凝视着蔚蓝海洋上天气系统形成的极小旋涡和暗褐色的大地。他真该写信给察木力斯，对他说一声谢谢。

而戈奇这时才发现这件小首饰设计得有多么精巧。他本以为那上面的风景只是静物画，但其实不是。他还记得第一次看到它的时候上面是什么样子，但是现在它已经截然不同了。白昼一面的大陆和他记忆里的那些不大一样，只有在晨昏交界的地方他才能认出几块熟悉的版图。这只手镯实时呈现着动态的星陆，犹如一只古朴的钟表。

他在黑暗中笑了笑，翻了个身。

他们都以为他输定了。只有他自己知道——早就知道——他比他们想象中的自己要优秀得多。但是他浪费了这个机会来证明自己是对的，而他们全错了。

“真蠢，太蠢了。”他在一片漆黑中喃喃自语。

不眠之夜。他坐起来打开座舱内置的屏幕，让它重现今天的游戏。“起源之盘”以全息影像呈现在他面前。他凝视着面前的棋盘，接着让座舱去联系飞船。

这是一场漫长而不真切的谈话，他死死盯着面前无边无际的棋盘，等着自己的话语被传送到千里之外的飞船那边，再等着对方的回应千里迢迢地传回来。

“杰诺·戈奇？”

“飞船，我有事要问你。我有什么办法反败为胜吗？”真是愚蠢的问题。他已经看到答案了。他的局面虽然只是初显颓势，但硬要给个评价的话，大概是“无力回天”了。

“摆脱你现在这个困境？”

他叹了口气。太浪费时间了。“对，你有什么办法吗？”

静止的全息影像上展示出了他现在的局势，就好像人跌倒的那个瞬间，脚下一滑，手中也没有救命稻草，接着就是坠落。他想到了人造卫星——永远都在坠落，而那些两足动物们把它们跌跌撞撞的动作叫作“行走”。

“你的积分比起那些在大赛里最后反败为胜的人来说，实在是太低了。他们认为你已经输定了。”

戈奇等着它往下说，但是它没有。“回答我的问题，”他说，“你还没回答我的问题呢。回答我。”

摆在飞船面前的是什么呢？一塌糊涂。现在戈奇的棋局一片狼藉，被人打得七零八落，眼看着就要兵败如山倒。他怎么会问出这样的问题呢？他难道不相信自己的判断吗？非得要这个主脑来告诉他，他才肯相信自己已经玩完了？

“当然，办法还是有的。”飞船说，“实际上有很多办法，虽然都很难，几乎不可能实现，不过确实是有办法的，尽管要解说细节的——”

“晚安，飞船。”戈奇打断了飞船的话。

“——说话时间不太够，不过我可以大致告诉你该怎么做，我只能说得非常精练，非常——”

“不好意思，飞船，晚安。”戈奇关掉了频道。过了一会儿对面也传来了啪的一声，看来飞船也把信号关掉了。戈奇又看了看面前的全息影像，然后闭上了双眼。

到了早上，戈奇还是一筹莫展。他一夜未眠，只是坐在屏幕前盯着那盘残局，把它深深地烙印在脑海里，盯得眼睛都疼了起来。接着他吃了点儿东西，看了一会儿帝国播出的娱乐节目。果然是完全不用动脑的节目。

佩科尔来了，他面带微笑，一边夸奖戈奇在之前的比赛里取得的不俗战绩，一边从私人的角度表示如果戈奇愿意继续，他一定能在二级大赛——这是为那些被大赛淘汰下来的选手准备的比赛——里取得优异的成绩。当然，二级大赛主要吸引的是那些想要借助比赛爬上高位，却又没能在大赛里晋级的人，不过戈奇很可能胜……啊，不管怎么说，运气不好嘛。他还是能去埃科降奈多看决赛的，这是多大的殊荣啊，不是吗？

戈奇什么也没说，只是不时点点头。他们走到大厅里，佩科尔一直在旁边滔滔不绝地说着尼古萨在昨天的第一场游戏里取得了怎样辉煌的胜利。这位帝国摄政王已经进入第二盘“构建之盘”上的游戏了。

神父再次询问戈奇是否愿意投子认输，戈奇还是回答说他想继续。于是他们全都围着那张巨大的棋盘坐了下来，或是口头命令志愿者帮他们挪动棋子，或是自己亲力亲为。那个早上戈奇在落下第一枚棋子之前想了很久很久，他反复摩挲着那枚生物棋子，出神地盯着棋盘，以至于其他人觉得他肯定是忘记已经轮到自己下了，不得不要求裁判去提醒他落子。

戈奇把棋子落了下来。他似乎看到了两张棋盘，一张摆在他面前，另一张则是昨晚刻在他的脑海里的。其他人也纷纷落子，渐渐把戈奇逼到了一个小角落里，只留下他的几枚棋子在外围，玩着猫抓老鼠的游戏。

当戈奇看到这一幕的时候，他意识到这就是他一直以来不愿承认的……只有这么一个可能性……这让他差点儿放声大笑起来。他往椅背上重重一靠，点了点头。神父满怀希望地看着他，似乎在等这个愚蠢的家伙宣布放弃，但戈奇只是冲他笑了笑，从自己那一堆越来越少的资产里挑出了几张大牌交给裁判，接着走出了他的下一步棋。他把所有的宝都押在了一件事上，那就是，他发现他的对手们都急于求成。很明显，他们与那位神父达成了某种协议，让神父取得胜利。戈奇猜这些人一定都打得很漫不经心：这是为他人做嫁衣，赢的又不是他们。他们干吗要费那精力呢，以多欺少就足够了。

但是他们走的每一步棋实际上都传达了某种信息，戈奇想，现在该自己说话了，就来（好好地）骗骗他们吧……他就这么设计着自己的棋子，有时候走了一步棋，让人以为他要认输了……又走了一步，似乎在暗示他打定主意要拉某人一起下水……或者拉两个人……拉另一个人吧……他编织着自己的谎言。他传递出去的不是单一的信息，而是一连串相互矛盾的信号，把整张棋盘搅得真假莫辨，天翻地覆，他的对手们则被绕得精疲力竭，四分五裂。

在这期间，戈奇又让某些一开始显得微不足道的棋子毫无预警地突然出击，压制住了某位玩家的几枚棋子，接着又压制了对方这一路。不过也因如此，戈奇自己的兵力也被分散了。正当那位玩家不知所措的时候，神父——跳入了戈奇的陷阱中——发动了猛攻。在接下来的几个回合里，戈奇要求裁判展示他之前放置的大牌。这几张牌的作用有点类似“攻城略地”里的矿井牌。神父的兵力顿时分崩离析，士气大跌，如同无头苍蝇一样四处乱撞，毫无翻身希望。他的一部分兵力被戈奇收至麾下，而极少数归了其他几个玩家。神父已经输得一无所有，残存的兵力像枯叶一样散落各处。

一片混乱中，戈奇留意观察着剩下这些群龙无首的家伙，他们已经开始内讧了。其中一个情况很危急，戈奇主动出击，歼灭了他大部分兵力，又把剩下的兵力收归己有，接着又一刻不停地穷追猛打起来。

他稍后才意识到，其实直到这时为止，他的积分仍然很低，但是那股浴火重生的势头驱赶着他一路进攻，让他的对手们彻底失去了理智，陷入了恐慌之中。

在那之后戈奇再也没有犯什么错误，他在棋盘上横冲直撞，所向披靡。戈奇闯进他们富庶的领地内，把各种物资席卷一空，仿佛这是理所应当的事，再容易不过了。他们只能像傻瓜一样眼睁睁地看着。

戈奇在晚场开始之前结束了“起源之盘”上的战斗。他力挽狂澜，不仅顺利进入了下一阶段的游戏，积分还遥遥领先。而那位神父呢，坐在那儿“瞠目结舌”地——尽管没人教过戈奇怎么判断阿扎德人的面部表情，但他还是看出来了——看着棋盘，之后连通常的赛后寒暄都没有，就离开了大厅。其他人也没说几句话，震惊之情溢于言表。

俱乐部会员、新闻记者、一些观众和其他游戏玩家把戈奇团团围住了，但他身边这些喋喋不休的中性人还是没有碰触到他，这让戈奇产生了一种古怪的感觉。他们往他身边挤，却又努力不要跟他发生任何身体接触，这一大群人仿佛又给这一场景增添了一股不真实的气息。戈奇被问题的海洋淹没了，但是他一个也回答不上来。他们的声音此起彼伏，语速飞快，戈奇根本听不清楚。弗利尔-伊姆萨霍飘过人群的上方，大声嚷嚷着想吸引人们的注意，但结果只是用静电吸引到人们的头发罢了。戈奇看到一个中性人想把挡路的嗡嗡机推开，没想到却被它狠狠电了一下。

佩科尔好不容易挤了进来，朝戈奇奔去。但他却不是来救戈奇的，他说他还带了另外二十个记者来呢。他似乎想都没想就抓住了戈奇，把他转过去面对镜头。

提问的人更多了，但是戈奇一概置之不理。他问了好几次佩科尔他能不能离开这里，直到这位中性人终于帮他清出了一条通往大门的路，他的车正停泊在那儿。

“戈奇先生，请允许我表达我的祝贺，”佩科尔在车里说，“我在办公室里一听到这个消息，就马上赶了过来。你一战成名啊。”

“谢谢，”戈奇慢慢平复着自己的情绪。他坐在车里豪华的沙发上，看着窗外沐浴着阳光的城市。游戏厅里没开冷气，车上倒是有，不过戈奇直到现在才憋出了一头大汗。他打了个寒战。

“我也祝贺你，”弗利尔-伊姆萨霍说，“漂亮的绝地反击。”

“谢谢你，嗡嗡机。”

“不过你这真是走狗屎运，我得告诉你。”

“我想你会同意由我来安排一场体面的新闻发布会吧，戈奇先生？”佩科尔急切地问，“这之后你一定会声名大噪的，无论接下来的比赛结果会如何。天哪，你今晚就能和摄政王陛下一起分享胜利者的荣耀了！”

“不必了，谢谢，”戈奇说，“什么也别安排。”他觉得自己回答不出什么有水准的答案。有什么可说的？他赢得了那场比赛，他是一步一步打到最后的。不知为什么，戈奇一想到自己的图像和声音要被传播到帝国的各个角落，自己的故事毫无疑问地会被人们添油加醋、以讹传讹地扩散开去，他就有点儿不太舒服。

“哦，但你必须得开一个！”佩科尔抗议道，“人人都想见你！你还不知道自己做了什么吧？就算你输了比赛，你也创造了一个新的纪录！还没有人能在落后那么多的情况下反败为胜呢！真是太了不起了！”

“无所谓。”戈奇突然感到精疲力竭，“我不想分心。我得集中精力，好好休息一下。”

“好吧。”佩科尔看上去很沮丧，“我懂你的意思，但是我要告诉你，你这样做是不对的。人们想知道你会说什么，而我们的媒体总会不择手段地满足观众的需求。他们宁可瞎编一气。你最好还是自己说点什么。”

戈奇摇摇头，看着林荫大道上川流不息的车辆。“如果有人胡编乱造，那他们对不起的是自己的良心。反正我用不着跟他们说什么。我一点儿不在乎他们怎么干。”

佩科尔惊奇地看着戈奇，却一句话也没说。弗利尔-伊姆萨霍孜孜不倦的嗡嗡声下发出了几声偷笑。

戈奇跟飞船讲述了这一切。限制因素告诉他，他本来可以赢得更从容的，不过戈奇的打法确实也是飞船昨天正打算跟他列举出的诸多极难成功的方法之一。飞船向他表示了祝贺，说他实在比它想象中的要打得好。它又问他为什么昨晚自己刚说完“办法还是有的”，他就没再继续往下听了。

“因为我只想知道究竟有没有办法而已。”

（寂静再度降临，延迟仍然存在，他传出去的每一个字都因遥远的距离而带上了时间的重量。）

“但我本来可以帮你的，”飞船说，“你拒绝了我的帮助，我把这看成了一个绝望的信号。我想你是不是已经从心底放弃了，尽管你在棋盘上还没屈服。”

“我想要的不是帮助……”戈奇把玩着那只环状星陆手镯，心不在焉地想：这上面的风景是不是真的存在于某个地方呢？又是在哪里？“而是希望。”

“我明白了。”飞船最后答道。

“我是不会接受的。”嗡嗡机说。

“不会接受什么？”戈奇从全息棋盘上抬起眼问道。

“扎的邀请。”这只小嗡嗡机又飞近了一点，因为待在座舱里，它就把自己笨重的伪装给甩掉了。

戈奇冷冷地看着它。“我不记得他还邀请你了。”舒侯伯汉姆·扎给戈奇发了一条祝贺的信息，并邀请戈奇今晚一起出去快活一下。

“好吧，确实没有。但我本来应该时刻跟着——”

“你是认真的吗？”戈奇又转回到面前的棋盘上，“那我今晚跟舒侯伯汉姆·扎出去的时候你就留在这儿，爱跟谁跟谁吧。”

“你会后悔的，”嗡嗡机说，“你之前一直很清醒，不把自己搅和进去，但是现在呢，你出去浪荡吧，有你的好果子吃。”

“‘浪荡’？”戈奇转过头上下打量着它，然后发现要“上下打量”一只仅有几厘米高的小玩意儿实在有点儿困难，“你以为你是谁，嗡嗡机？我妈？”

“我只是在跟你讲道理。”嗡嗡机拔高了音量，“你在一个完全陌生的国度里，人情世故也不见得有多老练，扎显然不是我理想中的——”

“你这冥顽不灵的破玩意儿！”戈奇大吼起来，站起来一把关掉了全息屏幕。

嗡嗡机在半空中往后退了几步，“好啊，好啊你，杰诺·戈奇——”

“别摆出这么一副嘴脸说什么‘好啊，好啊’，嗡嗡机。我想出去放松一晚上，谁也拦不了我。而且我摆明了跟你说，我倒更希望陪在我身边的是个‘人’呢。”他伸出手指戳了戳那只嗡嗡机。“别再乱翻我的邮件，今晚也别跟着我和扎了。”他飞快地从它身边走过，回到自己的房间去了。“现在我去洗个澡，你怎么不滚出去看看你那些小鸟呢？”

戈奇离开了休息室。小嗡嗡机在空中悬浮了一会儿。“哎呀！”它最后自言自语道，像是耸肩似的晃了晃，带着一层淡淡的玫红色光晕飞远了。

“喝点儿这个。”扎说。他们的汽车飞驰在城市的街道上，头顶上是黄昏时绯红色的天空。

戈奇接过那只长颈瓶，喝了一口。

“不是正宗的‘因子’，”扎对他说，“不过感觉差不多。”戈奇咳嗽了几声，他把瓶子拿了回来，“那天晚上给你的‘因子’你喝掉了吗？”

“没有，”戈奇承认道，“我分流掉了。我可不想不省人事。”

“见鬼，”扎一脸沮丧，“你这意思不就是说我本来还能喝更多的吗？”他耸了耸肩，又开心地用胳膊肘捅了捅戈奇，“嘿，我都忘了说了，恭喜你赢得比赛！”

“谢了。”

“耀武扬威啊。啧啧，这一下子可把他们都震住了。”扎敬佩地摇头晃脑起来，棕色的长发在松垮垮的外衣上摇来晃去，像是一阵浓烟。“我原来把你归类为某种过气的明星，杰诺·戈奇，不过没想到你是个人来疯。”他用一只绿眼睛冲戈奇眨了眨，咧嘴笑了起来。

戈奇不明所以地看着那张笑脸好一会儿，才放声大笑起来。他从扎的手里拿过酒瓶放在嘴边。

“敬人来疯。”他说着，仰头痛饮。

“为我的艺术大师，阿门！”

“洞穴”一度位于城市的边缘，然而现在，扩张的城市已经把它吸纳进内部了。这是一系列人工开凿的巨大洞窟，自白垩纪以来就被人们用作贮藏天然气的仓库。如今，天然气早就用尽了，而城市也开始使用别的能源，这一系列巨大的岩洞就被人们占领了——最开始是戈罗斯纳切克的贫民，接着（这是一种潜移默化的缓慢更替——不管是天然气还是人类——就仿佛什么都没变过似的）是流氓和不法之徒，最后——尽管还不彻底——聚集在这里的人变成了那些穷苦潦倒的外星人和在这里接济他们的阿扎德人。

戈奇和扎乘坐的汽车驶入了地面上某个曾经用来贮藏天然气的罐子里，现在它已经变成了为一对螺旋状坡道遮风挡雨的外壳，这一对坡道则供汽车和其他交通工具进出“洞穴”。贮藏罐里回音阵阵，在它中央相对空旷的地方，好几台电梯在摇摇欲坠的横梁高架之间忙碌地穿行。

古老的储气罐在七彩灯光的照耀下从内到外散发着淡灰色的光芒，外壳上倒映着被扭曲放大了的全息广告，一闪一闪，似真似幻。人们在洞中喧闹，空气里充满了呼喊、尖叫和争论不休的声音，夹杂着几声发动机的轰鸣。汽车正沿着长长的斜坡向下驶去，戈奇看着窗外掠过的人群和小摊小贩。一种带点儿甜味又有些刺鼻的奇怪味道透过汽车的空调系统飘了进来，好像这个地方正在汗津津地大口喘息。

他们在一条低矮狭长、人头涌动的通道里下了车，空气里充斥着烟尘和大呼小叫声。整条长廊里塞满了各式各样大大小小的交通工具，它们发出隆隆的轰鸣和呲呲的吐息，在摩肩接踵的人群里慢慢挪动着，像一只只笨拙的动物在小虫的海洋里艰难前进。他们的车缓缓向上驶去，扎一把抓住戈奇的手，穿过小摊前挤成一团的阿扎德人和其他类人生物，朝透着微暗光芒的长廊出口走去。

“到目前为止，你有何感想？”扎回头对戈奇大声问道。

“人可真多啊，是不是？”

“你真该看看这里节假日的样子！”

戈奇向四周看了看，感觉自己仿佛是个看不见的幽灵。直到这时他才成为了人们注意的焦点，一个怪家伙，人人都目不转睛地盯着他看，跟他拉开了一臂的距离。然后人群突然又一哄而散，谁都懒得理他了。他们继续推搡起来，有人蹭过他身边，有人从他身边硬挤了过去，还有人直接撞到他身上去了。

病恹恹的海绿色灯光里挤满了各种各样的人物，在他已经逐渐熟悉起来的阿扎德人里还混着一些外星人，其中一小部分属于他记忆中的人形生物，但剩下的大多数和人类大不相同。他已经数不过来在这短短的一小段路中有多少肢体、身高、体形、相貌和知觉器官全都截然不同的生物了。

他们沿着热气弥漫的长廊向下走去，进入了一个灯火通明的巨大岩洞中。这个洞至少有八十米高，四十米宽，淡黄色的墙壁延伸出半公里，连接着另外两个通往其他长廊的拱门，拱门上还装饰着壁灯。在它宽敞的地面上挤满了窝棚和帐篷，隔开的板房和带棚顶的人行道，小摊和售货亭，还有泉水叮咚的小广场，上面搭着色彩斑斓的条形大棚。悬挂在细杆上的吊灯随风摇曳，在岩洞高高的穹顶上则有几盏大灯投下介乎于乳白与淡黄之间的光。沿着长廊靠墙的地方筑着一排阶梯状的建筑，还有一些固定在天顶或是墙壁上的架子。这一片脏兮兮的灰黑色墙壁上隔三岔五就挖出一扇窗或一扇门，要么就探出一个露台或一条门廊。电梯和滑轮车嘎吱嘎吱地把人们送上高处，或是让他们降到喧哗的地面上。

“走这边。”扎说。他们穿过长廊里逼仄的街道，来到了较远的一堵墙面前，爬上几级不大结实的木头宽台阶，来到一扇外面罩着铁闸门的大木门前面。大门两边站着两个大块头，一个是阿扎德男性，另一个戈奇认不出来是什么种族。扎挥了挥手，两个保镖似乎都没动，只见那扇铁闸门升了起来，大门轰然开启，里面是一条相对安静的幽暗甬道，两道木墙之间铺着地毯，戈奇和扎走了进去，将喧闹的岩洞留在了身后。

岩洞的灯光在他们的背后消失了，从穹顶那层薄薄的石灰上透出了一种朦朦胧胧的鲜红色光芒。两边细细打磨过的炭黑色木墙看上去很结实，触手温润。前方传来了一阵似有似无的音乐。

又是一扇门。一个凹室里摆着一张桌子，两个中性人站在那里看着他俩，一脸的不高兴，直到扎往他们手里塞了一个小包，他们才对他露出一丝笑容。那扇门打开了，扎和戈奇走进了门里的声色喧哗之中。

大门里面一团混乱，你根本辨别不出这究竟是一个大房间被七零八落地分割成了许多小隔间，还是一大堆小隔间和回廊拼凑成了这个大房间。到处都是人头涌动，尖利而不成调子的音乐回荡在其中。房间里烟雾缭绕，甚至让人怀疑是不是着火了。但是这烟雾的味道却又非常好闻，简直称得上“芬芳”了。

扎领着戈奇穿过人群走到一个木造的圆顶阁里，阁子建在离某个人行道的雨棚往上一米高的地方，从上面正好能看到某个摇摇晃晃的小舞台的背面。舞台的四周全是这样的圆形小隔间，还有几排高低不一的座位和长椅。现在座位上面全都挤满了人——几乎全是阿扎德人。

舞台是个粗糙的圆形，上面摆着一只摇摇晃晃的木桶，里面盛满了热腾腾的冒着蒸汽的红色泥浆。一个矮小的外星人——只能勉强将其归为人形生物——正跟一个阿扎德女人在里面不知道是在摔跤还是在交媾。他们似乎处在低重力状态下。观众们则在一边大声叫好，掌声雷动，酒瓶乱飞。

“好极了，”扎说着坐了下来，“好戏正要开场呢。”

“他们在寻欢作乐还是在干架？”戈奇趴在栏杆上，看着底下扭成一团的外星人和女人。

扎耸了耸肩。“管它是什么呢。”

一个只在腰间缠了一小块布的阿扎德女招待走了过来，记下了扎点的东西。她吹成蓬松球状的头发周围用全息影像造出了跳动的蓝黄色火焰，看起来像着了火一样。

戈奇从舞台上收回目光。那个女人把外星人摔进了桶里，跳到它身上把它踩进了冒着蒸汽的泥浆里。戈奇身后的观众大声喝起彩来。“你经常来这里？”他问扎。

这个个子稍高的男人大笑起来。“不。”他绿色的眼睛闪闪发亮，“但是我经常从这里离开。”

“这就是你说的放松？”

扎煞有介事地摇了摇头，“当然不是了。人们总是搞错这点，以为娱乐就是放松。如果当真如此，那你娱乐的方式肯定错了。

‘洞穴’的意义就在于此：娱乐。娱乐，游戏。给一天的劳碌降降温，当然有时候也会玩得过火。碰上美酒节通常是最糟糕的。不过今晚应该没问题。安静得很。”

人群尖叫起来。那个女人在泥浆下捂住了外星人的脸，它绝望地挣扎着。

戈奇又转过身看着舞台。那个浑身赤裸、沾满滑溜溜泥浆的女人把对方的头按进还冒着泡的泥浆里，他的挣扎越来越无力了。戈奇瞟了一眼扎。“所以他们还是在干架。”

扎又耸了耸肩作为回答：“鬼知道。”他也向下望去，这时女人将那个毫无还手之力的外星人更用力地按进了赭红色的泥浆里。

“她要杀了它？”戈奇不得不提高了声调，因为他周围的观众已经开始又是跺脚又是捶桌地欢叫起来了。

“不会，”舒侯伯汉姆·扎摇了摇头说，“那小个子是一只乌努凯尔。”他又低下头去看，这时那个女人用一只手把它压在水里，另一只手举了起来，做出胜利的手势，一边用兴奋的目光望着欢呼的观众。“看到那根竖起来的小黑玩意儿没有？”

戈奇看了看，确实有一根黑色球茎状的东西从红色的泥浆中伸了出来。“看到了。”

“那是它的生殖器。”

戈奇好奇地看着他问：“那玩意儿要怎么帮它？”

“乌努凯尔可以用生殖器来呼吸，”扎说，“那小子没事的。它明晚也许还得去另一个俱乐部来一场呢。说不定今晚它还有一场。”

女招待走过来把他们的饮料放在桌上。扎看她摆完，凑上去跟她低声说了几句，她点点头走掉了。“一边喝一边分泌‘扩张’。”扎说。戈奇点了点头。两个人都把饮料喝了。

“不晓得为什么‘文明’从没想过改造这个功能。”扎盯着自己的玻璃杯说。

“什么功能？”

“用生殖器呼吸。”

戈奇想了想，回答道：“如果‘打喷嚏’的时间没掐准，会搞得一塌糊涂吧。”

扎大笑起来。“有道理。”

他们身后的观众“哦哦哦哦”地大叫起来。戈奇和扎又回过身去看舞台，那个得胜的女人抓住对手的生殖器把它从泥潭里扯了出来，但它的头和脚仍然埋在黏糊糊、慢慢溢出的泥浆里。“啊哟。”扎一边喝一边咕哝。

观众中有人朝那个女人掷出了一把匕首，她接了过来，弯下腰，割掉了那个乌努凯尔的生殖器。人群越发亢奋激昂起来。而那个外星人被女人踩在胸口上，慢慢地沉入了那桶黏腻的红色液体里。泥浆渐渐被溢出的血染成了黑色，几个气泡浮了出来。

扎坐了回去，一脸疑惑。“这肯定是某支我没听说过的亚种。”

低重力场里那桶泥浆被抬走了，而那个女人还在向欢呼的人群挥舞着她的战利品。

舒侯伯汉姆·扎站了起来朝远处打了个招呼，四个相貌和衣着都一样令人震惊的阿扎德姑娘朝这边走来。戈奇按照扎的建议，在喝下饮料的同时分泌了药物，现在他感到两者都开始起作用了。

这些女人看起来，他想，不仅一点儿也不比那天舞会上的太太们逊色，而且还比她们亲切多了。

表演还在继续，其中色情表演居多。扎告诉戈奇（他的身边正一左一右地坐着两个阿扎德姑娘，茵克蕾特和艾-森），在“洞穴”外面表演的人，下场通常都是因为辐射过度或者药物过量致死。

戈奇并没有把这话太放在心上。他今晚是出来快活的，而舞台上那些下流的表演不过是最无足挂齿的一小部分而已。最重要的是，他暂时逃离了“阿扎德”游戏，在另一种规则下生活。他知道扎为什么帮他唤来这几个姑娘，想到这儿他不由得笑了起来。他对自己身边这两个漂亮尤物并没有太大兴趣——至少不会意乱情迷——再说，有这样可爱的玩伴也是不错的。扎并不蠢，他招来的这两个姑娘也机智风趣。只是，戈奇想，要是扎知道自己的嗜好，也许身边这两位就该换成两个男人甚至是两个中性人了吧。

她们对“文明”一无所知，但也听说过“文明”人掌握了变性技术的流言。她们口齿伶俐地拿戈奇的性取向和能力开了几个无伤大雅的玩笑，又把他拿来和阿扎德人的几个性别做了对比。她们阿谀巧笑、千娇百媚、亲切可人，用小小的玻璃杯喝酒，抽烟用的也是细细的烟管——戈奇也接过来抽了几口，结果被呛得不行，把大家都乐坏了——她们都留着长长的蓝黑色卷发，用透明纤细的顺滑铂网罩在上面，再饰以发光的银色小珠。这样一来，每当她们优雅地晃动自己那颗精巧秀丽的小脑袋的时候，长发也会随着动作灿然生辉。

茵克蕾特修身的长裙像是水面上的浮油，总是变换着不同的颜色，上面点缀的珠宝像是闪烁的星辰；艾-森的裙子则有摄像功能，用自身的能量散发出朦胧的红光。她脖子上的一条项链则是屏幕，映出了她周围人群模模糊糊的扭曲影像——她身边的戈奇、背后的舞台，扎身边的另一个姑娘，还有桌子对面的那一个。戈奇把星陆手镯掏出来给她看，不过她好像没有多大兴趣。

扎正坐在对面跟身边两个娇笑连连的姑娘赌钱，她们抓着一把用透明宝石切成的薄薄的卡片，笑个不停。其中一个姑娘正在往笔记本上记账，装作难堪不已的样子笑得花枝乱颤。

“我说加诺！”坐在戈奇左边的艾-森说道，“你可得留下一张植肤肖像！这样当你返回‘文明’的时候，我们才能借助它来回忆你和你们那些全身上下都是开口的姑娘啊！”坐在戈奇右边的茵克蕾特咯咯笑了起来。

“当然不行，”戈奇一本正经的样子，“那听上去太野蛮了。”

“哦，是啊，是啊，的确！”艾-森和茵克蕾特笑得脸都要埋进酒杯里去了。艾-森缓过劲儿之后伸手抓住了戈奇的手腕。“你就不想看看，几个贫民把你的脸植入皮肤，在伊埃上大摇大摆地闲逛吗？”

“想，不过他们会植在哪块皮肤上啊？”戈奇问。

她们简直要笑死了。

这时扎站了起来，其中一个姑娘把小张的游戏牌收进了一个带链子的小包里。“戈奇，”扎一口喝干了杯中的酒，说道，“我们出去独处一会儿，你们一起来？”扎不怀好意地笑着，望向茵克蕾特和艾-森，引得她们俩又笑又叫。艾-森把手指浸在杯里沾了点水，朝扎弹了过去，扎赶紧避开了。

“好嘛，来吧，加诺。”茵克蕾特双手拉着戈奇的手臂，“一起去嘛。这里好闷，音乐又好吵。”

戈奇笑着摇了摇头。“不去，我会让你失望的。”

“哦，别这样嘛！来嘛！”她双手环握着戈奇的手臂，纤细的手指用力拽着戈奇的袖子。

他们拉拉扯扯了好几分钟，扎笑着站在一边，左拥右抱地看着这场好戏。茵克蕾特和艾-森一边用力想把戈奇拽起来，一边撅起小嘴喃喃抗议，企图说服戈奇跟他们一起走。

结果戈奇还是一动不动。扎耸了耸肩——他身边的两个姑娘也学着这个外星人耸了耸肩，接着又乐不可支地大笑起来——说道，“好吧，你们就待在这儿吧，没问题吧？游戏玩家？”

扎看了看茵克蕾特和艾-森，她们俩暂时消停了，不过还在赌气。

“你们俩照顾好他，好吗？”扎说，“别让他跟陌生人说话。”

艾-森一抽了下鼻子：“你这个朋友根本谁都不理嘛，他才不管是生人还是熟人呢。”

茵克蕾特也哼了一句。“半生不熟的也不理。”她说。说完，她又跟艾-森躲在戈奇背后笑成一团，互相在对方的肩膀上左捏一下，右拧一把。

扎摇了摇头。“杰诺，管好你自己，还有这两个姑娘。”

戈奇低头躲开了在他身边闹成一团的两个姑娘弹来弹去的水珠。“我尽量吧。”他说。

“好的，”扎说，“我也尽量早点儿回来。你真的不一起来？这可是难得的经历哟。”

“想想也是。不过我待在这儿就好。”

“好。别到处乱跑。等会儿见。”扎冲怀里温香软玉的姑娘笑了笑，转身一起走掉了。“多等会儿，”扎扭过头来喊了一句，“多等会儿，游戏玩家！”

戈奇冲他挥了挥手道别。茵克蕾特和艾-森稍微安静下来了一点儿，接着开始说戈奇竟然不想被带坏，可真是个好孩子呀。戈奇又点了些饮料和香烟来堵住她俩叽叽喳喳的嘴。

她们给他示范了一种“元素游戏”的玩法，一边合着节拍念起了口诀：“刀剪布，布包石，石阻水，水灭火，火熔刀……”，认真得像两个女中学生似的。她们还教他怎么摆出正确的手势，好让他也学会这个游戏。

其实这就是第三轮“完满之盘”上的元素游戏去掉“空气”和“生命”之后的简化版。戈奇觉得有点儿滑稽。即使他躲到了“洞穴”里，也躲不掉“阿扎德”游戏的影响。他顺着她们的意思一起玩了起来，还得留意不要赢得太狠……这可是这辈子头一遭。

就连这里的厕所都让他费解。他起身去小便，结果发现那里有四种类型的厕所。他走进了外国人专用的那一间，好不容易才找到正确的如厕位置。他忍着笑从厕所里走出来的时候，发现茵克蕾特正站在貌似括约肌形的门口那儿等他。她看起来很着急，油膜一样的裙子泛出阴沉的涟漪。

“怎么了？”他问。

“艾-森，”她绞着小巧的双手说，“她的前任主人来了，把她给抓走了。艾-森离开他已经快十年了，她快要自由了，但是现在他却想吃回头草。”她抬起头来看着戈奇，娇小的脸蛋因为痛苦而拧成一团，蓝黑色的头发像是缓缓流动的阴影搭在她的脸旁。“我知道舒-扎让你别乱跑，但是你能不能帮个忙？本来不应该麻烦你的，但她是我的朋友……”

“我能帮上什么忙吗？”戈奇问。

“跟我来，我们去扰乱他。我知道他大概会把她藏在哪里。我不会让你冒险的，加诺。”她拉起他的手。

他们沿着曲折回环的木长廊跑跑停停地朝楼下赶去，长廊左右都开着门，通向不同的房间。戈奇觉得自己仿佛落入了一个感官的迷宫中，许多声音（音乐，笑声，尖叫）、影像（侍者，色情画，回廊里拥挤摇摆的躯体一晃而过）和气味（食物，香水，怪异的汗味）交织在一起。

突然，茵克蕾特停了下来。他们正站在一个深深凹下的碗状房间里，这里似乎是个剧院。舞台上站着一个全身赤裸的男性，正在一个巨大的屏幕前搔首弄姿，屏幕上映出他每一寸皮肤的特写。尖利嘈杂的音乐回荡在四周。茵克蕾特站在那儿朝满满当当的观众席张望，仍然牵着戈奇的手。

戈奇扫了一眼舞台上的男人。灯光像个小太阳似的明亮异常。这个略显丰满、皮肤苍白的男人身上带着几处色彩斑斓的巨大瘀伤，好像印上去的一样。最大的图案印在他的脊背和胸膛上，是几个阿扎德人的头像。黑色、蓝色、紫色、绿色、黄色和红色晕染在一起，形成了一幅逼真得不可思议的鲜活画像。伴随着肌肉的颤动，那些头像似乎也全都动了起来，每时每刻都在变换着不同的表情。戈奇看着他，暗自倒吸了一口气。

“在那儿！”茵克蕾特的声音盖过了喧闹的音乐，她猛地把他拉走了。他们穿过人数众多的观众，朝舞台前方艾-森站着的地方走去。一个中性人一手抓着她晃个不停，一手对着台上的男人指指点点，还一边大声地痛骂她。艾-森垂着头，肩膀一颤一颤地似乎在哭泣。她身上那条裙子的录像功能已经被关掉了，灰不溜秋地挂在她身上，一副有气无力的样子。那个中性人一掌掴在她头上（蓝黑色的优雅长发奄奄一息地卷在一起），又大声叫骂起来。她跪到了地上，装饰着银珠的头发也落了下来，如水一般慢慢淹没了她。他们周围的人都没注意到这对情侣。茵克蕾特拖着戈奇大步朝他们走去。

那个中性人看到他们朝这边赶来，就想拽着艾-森离开。茵克蕾特冲他大喊起来。她拨开人群，牵着戈奇的手向他们靠近。中性人突然害怕起来，跌跌撞撞地拉着艾-森朝舞台下面的一个紧急出口跑去。

茵克蕾特跑上几步，无奈面前挤满了一堆高大的阿扎德男人，他们正张大了嘴看着台上的表演。茵克蕾特举起拳头砸他们的背。戈奇眼看着艾-森就要消失在舞台下面的门里了，于是把茵克蕾特拉到一边，仗着自己的块头和力气带着她挤过了两个大声抗议着的阿扎德人，朝一开一关的应急门赶去。

这是一条十分逼仄的甬道。他们循着艾-森的尖叫一路朝狭窄的楼梯跑下去，在一级台阶上还看到了那条被摔坏的项链。他们跑到了一条安静的长廊上，这里打着翡翠绿的灯光，两边有许多扇门。艾-森趴在地板上，那个中性人高高在上，大声唾骂着。

这时他看到了戈奇和茵克蕾特，冲他们晃了晃拳头。茵克蕾特对着他语无伦次地叫嚷着什么。

戈奇向前走了几步，中性人从口袋里摸出了一支枪。

戈奇停下了脚步。茵克蕾特也安静了下来。艾-森伏在地上，啜泣不已。那个中性人叽里咕噜地讲了起来，他说得太快，戈奇完全听不懂。他指了指趴在地上的女人，又指了指天花板。他哭了起来，握着枪的手瑟瑟发抖。（这时戈奇身上似乎有某个部分停了下来，退回去冷静地思考起来：我害怕了吗？这就是害怕吗？死亡就在我面前，我透过那个小小的黑洞、那个人手里精巧的隧道注视着它——他握枪的姿势也像极了“元素游戏”里的一种手势；而我在等着，等着感到“害怕”。但是没有等到。我还在等。这是不是意味着我命不该绝？或者，正是我命数已尽？生与死全在那根手指的动作之间，一次简单的神经脉冲，一个根本没有经过深思熟虑而仅仅是因为无关紧要的嫉妒心理，一厢情愿，头脑发热，离题万里的念头……）

中性人退了几步，又可怜兮兮地对着艾-森、戈奇和茵克蕾特做出恳求的姿势。他踏上前几步，踹了艾-森一脚——并没用太大力气，而她大叫起来——接着转过身拔足狂奔，一边含糊不清地喊着什么一边把枪扔在了地上。戈奇越过艾-森一路追了过去。那个中性人跑到甬道尽头，顺着黑暗的旋梯跑了下去。戈奇还想追，想了想又停住了。响亮的脚步声消失在楼下。他回到翡翠绿灯光的长廊里。

长廊旁边打开了一扇门，一道茶色的柔光露了出来。

门里是一间不甚宽敞的客厅，侧面是一间浴室，然后就是卧室了。房间很小，到处都装着镜子，地板踏上去软绵绵的，还泛起一层层蜜糖色的涟漪。戈奇走了进去，走到了一大群戈奇的映像中央。

艾-森坐在一张半透明的床上，穿着她那件被撕坏的灰色长裙，楚楚可怜地低头哭泣。茵克蕾特跪在她身边，抱着她的肩膀，低声安慰着她。闪亮的镜墙上倒映出了成百上千的影子。戈奇犹豫了一会儿，看了一眼大门。艾-森抬头看着他，止不住地流下泪来。

“哦，加诺！”她伸出一只颤抖的手。他在床边蹲了下来，伸手搂住抖个不停的艾-森。她俩都哭了起来。

他轻轻抚摸着艾-森的背。

她把头靠在他的肩膀上，他感到她那温热而陌生的红唇贴到了自己脖子上。茵克蕾特站了起来，悄悄走到门口把门带上，再回到这一对男女身边。她身上那件油膜一般的长裙滑落到了同样由镜子做成的地板上，像是落在了一汪五光十色的水里。

一分钟之后，舒侯伯汉姆·扎破门而入，直接闯进了那间镜屋的中央（因此许许多多的扎也闯了进来，在这个迷幻的空间里重复着同样的动作）。他满腔怒火地打量着四周，像是没有看到床上的那三个人一样。

正在替戈奇宽衣解带的茵克蕾特和艾-森都僵住了。戈奇一瞬间也愣住了，然后试图组织起几句礼貌的寒暄。扎盯着戈奇背后的那堵墙，戈奇不由得也顺着他的目光看去。他看到了镜子里的自己，面色暗沉，衣冠不整。扎跃过那张床，一脚朝那镜像踹去。

镜墙稀里哗啦地碎了一地，如瀑布般洒落的碎片后面露出了一个昏黑的小暗室，里面有一只三脚架，上面放着一台小仪器，摄像头正对着这间镜屋。茵克蕾特和艾-森从床上跳了下去，夺门而逃。茵克蕾特还不忘半路抓起她的裙子。

扎从三脚架上取下了那台小摄像机，打量了起来。“只是录像而已，谢天谢地，上面没有信号发射器。”他把摄像机塞进衣服口袋里，转过身朝戈奇咧嘴一笑，“把家伙收好，游戏玩家。我们得跑路了！”

说跑就跑。他们沿着那条翡翠绿的长廊朝绑架艾-森的那个人逃逸的旋梯奔去。扎一边跑一边弯腰捡起了那个人扔掉的手枪，戈奇都忘了这茬儿了。扎检查了一下，试了试手就直接扔掉了，全程不过几秒钟的时间。他们奔到旋梯前，连蹦带跳地朝楼下跑去。

这条走廊里打着昏暗的黄色灯光，顶上传来嘈杂的音乐声。两个高大的中性人朝他们跑来，扎猛地刹住脚步。“啊哦！”扎一边说一边来了个急转身，把戈奇胡乱往楼梯上推去，两个人又朝上跑了一阵，跑到一个黑漆漆的地方，耳朵里听到的全是带着强烈节奏感的音乐。楼下传来了擂鼓似的脚步声。扎转过身，抬脚冲楼梯井里踹去，对方大吼一句，接着是一阵连滚带爬的声音。

从楼梯井里升起了一束细细的蓝光，穿透了黑暗，在他们头顶上爆出了黄色的火焰，还带着橘色的火星。“去他妈的炮兵。”扎闪身避开，冲有光的地方抬抬下巴，对戈奇说道，“往舞台中心跑，艺术大师。”

他们俩蹿上舞台，顿时沐浴在刺眼的光芒下。一个身材肥硕的男人正站在舞台中间，愤愤地看着这两个从舞台两侧钻出来的家伙。观众也大声地喝起倒彩，接着那个几近全裸、伤痕累累的男人的表情突然一变，由不胜其烦变成了大吃一惊。

戈奇几乎要晕倒了。他站在原地，动弹不得。

……他，又一次，盯着自己的脸愣住了。

那张脸以两倍于正常的大小印在这个男人身上色彩斑斓的瘀伤上。戈奇定定地注视着自己的脸，惊讶之情溢于言表，不亚于那个男人。

“现在可没时间关心艺术啊，杰诺。”扎将戈奇一把拖到台前推了下去，自己也跟着跳了下去。

他们掉到了一群大声抗议的阿扎德男性头上，然后摔在了地板上。扎拉起戈奇，自己的后脑勺却挨了一下，差点儿再次跌倒。他转身用胳膊架住另一击，一脚飞了出去。戈奇被拉得转了个圈，发现一个头破血流、怒气冲冲的大块头正挡在他面前。大块头收回手臂，拳头紧握。（戈奇想，石头！元素游戏里面那个石头！）

大块头的动作十分缓慢。

这给了戈奇思考如何应对的时间。

他屈起膝盖顶向大块头的胯部，手掌拼命把他的脑袋往后推。戈奇摆脱了大块头，又侧身避过了另外一人的拳头，看到扎朝一个阿扎德人的脸上送出了一记肘击。

他们又转身跑了起来。扎一边向出口冲去一边大喊着挥动手臂。不知道为什么，戈奇觉得滑稽极了，差点儿笑了出来。不过扎的战术起了作用，人们纷纷给他们让出了一条道。

当他们终于绕进了主干道周围迷宫似的建筑群里，在一间藏得很深的露天小酒吧里坐下来的时候，天空已经泛出了珍珠白。舒侯伯汉姆·扎正在拆卸那只在假镜子后面找到的摄像机，用一根嗡嗡作响的牙签似的器械把里面的部件一点点挑出来。戈奇正揉着被扎推下舞台时蹭破的脸颊。

“唉，都怪我，游戏玩家。我应该知道的，茵克蕾特的哥哥在安全局工作，艾-森呢，花钱总是入不敷出。她们俩都是好孩子，只不过交友不慎，我可不是在说你。你真是走运，我的小甜心落了一张牌在那里，吵着闹着非要找回来不可。好吧，干到一半总比连裤子都没脱要好点儿。”

他又挑掉了一个小部件，摄像机咔嗒一声响，冒出一道小火花。扎怀疑地捅了捅它冒烟的外壳。

“你怎么知道我们在那儿？”戈奇问。他感到自己就是个傻瓜，不过也并没有想象中的那么尴尬。

“经验，推测和好运，游戏玩家。那个酒吧里这种地方多得是，有的地方能让你玩个痛快，有的地方则用来逼供或是谋杀，还有的地方让你神魂颠倒……或者把你偷拍下来。但愿这次就是普通的‘灯光！摄影’这类的偷拍，别卷进什么坏事里。”他摇了摇头，仔细端详着手里的摄像机，“但我明明早就该察觉出来的，猜也该猜到了。我就是太掉以轻心了。”

戈奇耸了耸肩，抿了一小口杯里的热饮，盯着面前吧台上的烛台。“我就是那个被玩儿了一票的傻鸟啊。不过那是谁干的？”他把目光投向扎，“又为什么要这么做？”

“帝国呗，戈奇。”扎说着，又开始剔那只摄像机，“他们必须抓点儿你的把柄在手里，以防万一。”

“什么以防万一？”

“免得你继续这么爆冷门，赢个不停啊。权当保险而已。你听说过这东西吗？没有啊？没关系。跟赌博差不多。”扎一只手举起摄像机，用那根牙签用力拨动其中的某个部分。一个小舱弹了出来。扎兴高采烈地从里面取出一枚硬币大小的光盘，对着光瞧了瞧，光盘折射出七色的光芒。“你的度假录像。”他对戈奇说。

他按了按牙签的尾端，牙签吸住了光盘，就像被胶水黏住了一样。他把这枚多彩的硬币挑到了烛火上，光盘被烧得嗞嗞作响，冒出一阵青烟，最后剥落成几片，落在了融蜡里。

“很可惜你不能把这个纪念品保存下来哟。”他说。

戈奇摇摇头。“我巴不得忘了这回事。”

“啊，没关系，我会帮你抓住那两个女人的。”扎咧嘴笑了起来，“她们还欠我一次免费的。实际上不止一次。”扎说到这里，脸上露出了愉快的表情。

“这样就结了？”戈奇问。

“喂，她们也只是听令行事，本身是没什么恶意的啊。最多打两下屁股得了。”扎色眯眯地挑了两下眉毛。

戈奇叹了口气。

当他们走到路口拦车的时候，几个穿着随意的大块头中性人正站在打着青黄色灯光的地道里，扎冲他们挥挥手，把摄像机的残骸抛了过去。他们接过摄像机就走了。

片刻后，车子驶到了他们身旁。

“你以为现在几点了？你知道我等了你多久吗？你明天还有一场比赛呢，这你自己也知道。看看你这副邋遢样儿！你脸上怎么刮了一道口子？你到底——”

“嗡嗡机，”戈奇打了个哈欠，随手把外套甩在了休息室的躺椅上，“少管闲事。”

第二天早上弗利尔-伊姆萨霍根本不跟他说话，直到它听说佩科尔已经乘车到了，才飞进了休息室里。不过戈奇跟它打招呼的时候它就装作没听见，搭电梯的时候还故意发出比平常还大的嗡嗡声和静电。它坐在车里的时候也一言不发，不过戈奇想他还是可以忍受的。

“戈奇，你受伤了。”佩科尔关切地看着戈奇脸上的瘀青。

“是的。”戈奇笑了笑，摸了摸胡子，“刮脸的时候弄伤的。”

“构建之盘”是一场消耗战。

游戏一开始，其他九名玩家就纷纷将矛头指向戈奇，明眼人都看得出来的。戈奇利用自己在“起源之盘”上取得的优势构建起了一个虽然不大但却坚不可摧的堡垒。他在游戏厅里优哉游哉地坐了两天，看着其他玩家猛攻自己的堡垒。其实如果要认真起来，他们是很可能摧毁戈奇的要塞的，但是这些人不想勾结得这么明显，只是一小拨一小拨地分批进攻。他们一边进攻还一边留意不要过分削弱自己的兵力，唯恐让别人渔翁得利。

两天过去之后，好几家新闻媒体都指出，这样围攻一个客场嘉宾实在有损公平，且大失体面。

弗利尔-伊姆萨霍气头过去之后又开始跟戈奇说话了，它认为，尽管这种评论可能是大众的肺腑之言，但更可能是受到了帝国上头的压力才发出的。它还认为帝国政府其实也仰仗了教会的权势——毫无疑问，他们不仅给予了那个神父游戏上的指导，也为他上次与其他玩家的达成协议提供了资金。不管怎么说，到了第三天，针对戈奇的大规模围攻偃旗息鼓了，游戏进入了一个比较正常的局面。

游戏厅里现在挤满了人。有许多付费观众和嘉宾改变了他们原先的计划，来看这位外星人的比赛，新闻媒体也派出了更多的记者和摄影师。那些俱乐部的志愿者们切实履行了裁判的职责，使得场内安静有序，这多出来的一大票人也没有影响戈奇的比赛。但是到了中场休息的时候戈奇就寸步难行了：人们接二连三地跑过来跟他搭讪，向他提问，或仅仅是想过来见他一面。

佩科尔一般都会留在赛场里，不过他大部分的时间与其说是花在帮戈奇回绝那些七嘴八舌的提问上，倒不如说都花到抢镜头上去了。不过他至少帮戈奇分散了媒体一部分的注意力，好让戈奇能够专心比赛。

在接下来的几天里，戈奇发觉神父的打法起了一种微妙的变化，而另外两名玩家的风格也稍稍改变了。

戈奇已经把三名玩家淘汰出了游戏，神父也轻松地将另外三名玩家淘汰了。现在剩下的另外两个中性人也建起了自己的小堡垒，但是他们在棋盘上并没有太大的地盘。尽管没有他之前在“起源之盘”上打得那么风生水起，但戈奇打得也很顺手。他应该能轻易击败神父和另外两名玩家。游戏进展还是非常缓慢，但现在他的优势已经显露出来了。神父比以前打得更好了，尤其是每一场开局的时候。戈奇想他一定是在中场休息时得到了某些高手的指点。其他两名玩家也一样，不过他们得到的指导似乎并没有神父得到的高明。

到了终局，也就是游戏进行到第五天的时候，神父突然就崩盘了。其他两名玩家则乖乖缴械投降。潮水般的奉承涌了上来，有新闻媒体已经开始发表评论，表达了对外来选手表现如此优异的担忧。另外还有几份哗众取宠的报纸甚至造谣说这个从“文明”来的外星人使用了某种超自然力量和高科技来舞弊。他们查出了弗利尔－伊姆萨霍的大名，并且暗示这台机器也许正是戈奇出老千的帮凶。

“他们竟然说我是电脑！”嗡嗡机抽抽搭搭地哭诉道。

“他们还说我是个骗子哪，”戈奇若有所思地说道，“就像他们常常挂在嘴边的那句话说的一样：现实总是残酷的。”

“那他们倒是说对了。”

在“构建之盘”上进行的最后一场游戏是戈奇最拿手的类型，赢起来也不费吹灰之力。神父在赛前就已经与裁判达成了一项特殊协议（这是积分第二的选手的特权），他在这场比赛中将会继续保持第二位的排名。这样一来，尽管他将被淘汰出本次大赛，不过倘若他在二级赛的前两场中都能取得胜利，他将有机会再次回到大赛赛场上来。

戈奇本来以为这又是他们耍的什么花招，所以一开始打得小心翼翼，提防着他们的大举进攻或是几个人零星的诱攻。但是其他玩家似乎都打得百无聊赖，甚至连神父自己似乎都在机械地重复着他在第一局里就走过的棋。戈奇发动了几次试探性的进攻，却没有受到任何抵抗。于是他兵分两路，全盘扫荡了神父的领地——只是为了找点儿乐子罢了。神父落荒而逃，几乎再也没下过一步好棋。到了这一场结束的时候，神父差点儿就被直接淘汰了。

中场休息结束之后，戈奇遭到了所有人的围攻，而神父则在棋盘的边缘苦苦挣扎。戈奇明白了，他给了神父一个喘息的机会，让他夺走了另外两个弱势玩家的领地，重新在棋盘上谋得了一席之地。游戏结束的时候，戈奇已经占领了大部分的棋盘，其他玩家要么已经被彻底驱逐，要么只能苦守在毫无战略价值的角落里。戈奇并不想把所有人都逼上绝路，同时他也意识到，如果他真的这么做了，其他人势必会联合起来反抗他——尽管他们联盟的效果显而易见。他们已经把胜利拱手相让了，但是如果戈奇表现得贪得无厌或是趁机报复，他们可就不那么好说话了。保持现状是最好的，于是，游戏结束了。神父勉强保住了积分第二的位置。

当戈奇走出大厅的时候，佩科尔走过来再一次向他表示祝贺。现在他进入了大赛的第二轮。作为小组第一的一千两百名选手和其他两千四百名入围者之一，他将在第二轮与其他选手进行一对一的比赛。这位中性人又一次请求戈奇召开记者招待会，而戈奇再一次拒绝了。

“你一定得开！你这是在干什么？如果你不马上说点儿什么，他们可就不再支持你了。这群莫名其妙的东西不知道会干出什么事来！趁着现在人们还站在你这边，好好把握住这个机会！”

“佩科尔，”戈奇知道这样称呼这位中性人不啻于詈骂，“我不想跟任何人谈论我的比赛，他们怎么说、怎么想，跟我一点关系也没有。我是来这里比赛的，其他的一概不管。”

“你可是我们的贵客。”佩科尔冷冰冰地说。

“那就当好你的东道主吧。”戈奇说着转身离去。在回程的车上所有人都一言不发，唯有弗利尔-伊姆萨霍嗡嗡嗡地叫着——在戈奇听来，那里面有几声简直像是它没能忍住的大笑。

“现在麻烦来了。”

“为什么这么说，飞船？”现在正是晚上，透过打开的座舱后门，戈奇能听到远处负责警戒的直升机的嗡鸣。他们悬在酒店的上方，把赶来采访的媒体飞行器一一赶跑。城市里那种温热、辛辣、带着烟味儿的气息也从门外飘了进来。戈奇正在研究一场一对一游戏里的战术进攻，还不时做点儿笔记。这似乎是打发与限制因素谈话时的延迟时间最有用的办法：说话，然后关掉通信，在高频光的扫射下研究棋盘，当回复传回来的时候，再切回通信模式——就跟一场真正的谈话似的。

“因为现在你得把你的‘道德牌’打出来了。这是一对一的比赛，你必须先确立你自己的第一原则，在他们那里登记上你的‘哲学观点’。你必须告诉他们你信奉什么。这绝对是个麻烦。”

“飞船。”戈奇一边盯着面前的全息影像，一边在触屏手写板上划拉着什么，“我自己都不知道我信奉什么。”

“我想你是有的，杰诺·戈奇。帝国游戏局想要知道那到底是什么，他们要建档备案。你必须想点儿什么出来。”

“为什么？这有什么关系呢？我又不想借此争取一个职位或者军衔什么的，我根本就不打算攫取任何权力。我信奉什么跟比赛有什么关系？我知道他们想搞清楚那些大人物们在想什么，但是我只是来玩游戏的。”

“确实如此，但是他们要收集相关的资料。你的这种观点在游戏仲裁委员会看来简直不值一哂。不过他们必须把这些资料归档，哪种类型的玩家赢得了哪种类型的比赛……除此之外，他们还需要知道你可能会拥护哪种极端主义。”

戈奇看着摄像头问：“‘极端主义’？你在胡说些什么？”

“杰诺·戈奇，”飞船叹了口气说，“覆巢之下，安有完卵啊。对于这种把所有人都划分成拥护派与反对派两种的权力体系而言，我们就是反对派了。如果你仔细想想的话，你确实也会站到反对阵营里去的——你的思考方式就令你身陷险地。也许这不是你的错，每一个社会体系多多少少都会把自己的价值强加于人民，区别仅在于有些社会试图最大限度地影响人民，而另一些则尽可能降低自己的影响。你的故乡‘文明’属于后者，而你现在要做的是站在前者面前澄清自己。想要蒙混过关并没有你想象中的那么容易，想要保持中立也几乎是不可能的。你不可能说自己一点儿政治倾向也没有，因为这并不是某种独立于你自身之外的观念，这是你的存在本身所附带的功用。我知道这点，他们也知道，所以你最好放聪明点儿。”

戈奇想了想，问：“我能说谎吗？”

“我应该把这句理解成‘你能不能对他们说谎’呢，还是‘你说不说得了这样的谎’呢？”戈奇摇了摇头。飞船继续道，“说谎是最明智的选择，不过也许你会发现，很难找到一种既能满足他们的要求，又不至于让自己良心不安的观点。”

戈奇把目光转回到全息棋盘上。“哦，那可要让你大吃一惊了，”他喃喃自语道，“我本来就是在说谎，还谈什么良心不安？”

“很有意思的观点。如果某人从道德上并不反对把谎言作为最优先采取的手段，尤其是这种谎言还不是我们通常所说的‘善意的谎言'，而是出于利己的目的，那么——"

戈奇没有再听下去，他把注意力放回了全息投影上。一旦他知道自己的对手是谁，他就得开始好好研究他以前的游戏记录了。

飞船终于停了下来。"我说飞船，"戈奇开口道，"这个办法如何？你在这方面看起来比我要在行得多，我又忙得不行，不如你来想一个两全之计，如何？你说什么我都听你的，原则上。"

"很好，杰诺·戈奇。乐意为你效劳。"

戈奇与飞船道了晚安，研究完那场一对一比赛之后就关掉了屏幕。他站了起来，伸了个懒腰，打了个哈欠。他在座舱外面的酒店顶层花园里信步闲逛，走进了橘红色的暮霭里，差点儿跟一个穿制服的高大男性撞了个满怀。

警卫敬了个礼——戈奇从来不知道这时候他应该鞠个躬来回礼——把一张纸交到了他的手上。戈奇接过那张纸，向他道了谢，警卫就回到台阶顶上自己的岗位去了。

戈奇回到座舱里，试着读了几行。

"弗利尔-伊姆萨霍？"他叫道，也不知道那只小机器现在是不是在附近。它从座舱的另一端飘了过来，它现在已经脱掉了那身嗡嗡叫的伪装，背上载着一大本伊埃星禽类图鉴。

"怎么了？"

"这上面说的什么？"戈奇抖了抖手里的那张纸。

嗡嗡机飘到纸张的正面。"撇开旁边那些帝国花纹，上面写着他们希望你明天到皇宫里去，好向你表达他们的祝贺。意思就是说，他们想见你呗。"

"我猜我非去不可？"

"差不多。"

"上面提到你了吗？"

"没有。不过不管怎样我都会跟去的，就算他们会把我扔出来也一样。你刚刚跟飞船谈什么呢？”

“它要帮我登记我的政治面貌，还给我上了一堂关于适应社会伦理的思想课。”

“它也是好心，”嗡嗡机说，“它可不放心把这么一件技术活儿交给你。”

“滚出去好吗，嗡嗡机？”戈奇一边说一边打开了屏幕，坐了下来。他切换到帝国波段的游戏玩家频道，快速查找着第二轮游戏的对战名单。还没有，他牵肠挂肚的抽签结果还没出来。

“好吧，”弗利尔-伊姆萨霍说，“在距离这里只有一百公里的一个河滩三角洲上有一种很有趣的夜行性小鸟，它们靠捕食鱼类为生，我想——”

“别管我，你想做什么就去吧。”戈奇说，这时频道里出现了抽签名单，屏幕上挤满了密密麻麻的数字和名字。

“好，那么晚安吧。”嗡嗡机说着飞走了。

戈奇头也不回地挥了挥手。“晚安。”也没听见嗡嗡机说了什么别的没有。

他在抽签名单中找到了自己的名字，要对弈的人是洛·维西基博德·兰姆（后面写着“帝国专卖部执行委员长”）。他被划为大赛的五级甲等选手，也就是说，他是全帝国排名前六十位的玩家之一。

第二天正赶上佩科尔休假。帝国派来了一艘飞行器，停在戈奇的座舱外准备接他和弗利尔-伊姆萨霍——它昨晚很迟才结束它的鸟类科考活动——穿过城市上空飞到皇宫里去。他们降落在一片雄伟的办公大楼上方，那里正好能俯视到皇宫里的一个小花园。他们被领下了铺着华丽地毯的大台阶，走进了带着高高天顶的办公室里。一个男性用人过来问戈奇是否需要饮料或是吃点儿什么，戈奇说不用，对方就退下了，只留下他和嗡嗡机待在原地。

弗利尔－伊姆萨霍飘到了窗前，戈奇则看着墙上挂着的几幅肖像画。不一会儿，一位年轻的中性人走了进来。他个子挺高，穿着帝国政府官员制服里比较朴素、公务性较强的那一套。

“戈奇先生，你好。我是洛·沙夫·奥勒斯。”

“你好。”戈奇说。他们彼此礼貌地点了点头，接着中性人快步走到了窗前的大桌子后面，放下了手中的一大沓文件，坐了下来。

洛·沙夫·奥勒斯打量了一下在旁边噝噝呼呼、嗡嗡作响的弗利尔－伊姆萨霍。

“这一定就是你那位机器小朋友了。”

“它叫弗利尔－伊姆萨霍，是我的翻译。”

“我明白了。”中性人朝桌子前面一把装饰考究的椅子做了个手势，“请坐。”

戈奇坐了下来，弗利尔－伊姆萨霍飘到了他的身边。这时用人又回来了，把一只高脚酒杯放在靠近奥勒斯的桌面上。他喝了一口，接着说道，“其实你用不着翻译，戈奇先生，”奥勒斯笑了起来，“你的伊埃语说得非常出色。”

“谢谢。”

“请允许我代表帝国政府，也代表我自己，向你致以祝贺，戈奇先生。你比我们想象中的还要优秀得多。我想你学习‘阿扎德’的时间还没到我们的三分之一大年吧。”

“确实没有，不过我发现这个游戏实在是太有趣了，因此那段时间心无旁骛，也没有再碰过其他游戏。况且‘阿扎德’与我以前玩过的一些游戏也有异曲同工之处。”

“不管怎么说，你打败了那些穷其一生都在研究这个游戏的人。我们本来以为林·高佛立夫·托恩斯神父能表现得更好的。”

“我也是这么想的，”戈奇微笑着说，“我大概只是运气比较好吧。”

中性人轻笑了一声，又在靠在了椅子上。“也许吧，戈奇先生。不过很遗憾，你的幸运女神似乎已经在下一轮抽签名单上离你而去了。洛·维西基博德·兰姆是一位可怕的对手，许多人都看好他。”

“但愿我能让他玩得尽兴。”

“我们也期待着。”中性人又抿了一口酒，站起来走到了窗前，注视着楼下的花园。他伸出手在厚玻璃上轻轻搔刮着，好像有什么东西粘在上面了一样。“尽管，严格来说，我不该多嘴，不过我想知道，关于登记观点，你有什么打算？”他转过身来看着戈奇。

“我还没想好怎么表述出来，”戈奇说，“不过明天我大概会去备案的。”

对方若有所思地点了点头，扯了扯一边制服的袖子。“恕我冒昧，不过我想建议你……慎重一点儿。戈奇先生？”戈奇转过头来让嗡嗡机翻译“慎重”这个词。奥勒斯停了半晌，接着继续说道：“当然，你必须在政府里备案，但是你也知道，你来参加的这一系列比赛简直只是出于一种纯粹的荣誉性质，所以你的档案实际上只具备……可以这么说，只具备形式上的意义。”

戈奇让嗡嗡机翻译“简直”这个词。

“胡说八道类型游戏玩家，”弗利尔-伊姆萨霍用玛瑞语低声说道，“滴沥沥滴，你那词‘简直’以前惯例伊埃语，宝贝儿乖乖噼里啪啦啦啦嘀小家伙噗啦嘀嗒嘀哩嘀嗒又喀拉上嗒句给你，懂？”

戈奇憋住了笑。奥勒斯又继续说道：“根据惯例，只要政府觉得哪些选手的取向有问题，他们就必须进行答辩。但是请你相信，这种事是绝对不会发生在你身上的。帝国政府也很明白……你们社会的价值观也许与帝国的价值观大相径庭。我们并不想强迫你去承认某些对于我们的媒体和大多数人民来说都非常……令人不快的事实，这样也会使你很尴尬。”他笑了笑，“至少从我个人的角度来说——非官方地——我希望你可以说得……呃，也许该说是‘模棱两可’，何况这样对大家都有好处。”

“‘何况’？”戈奇一脸无辜地转向身边正在迸发出静电的嗡嗡机。

“又是莫名其妙胡言乱语地扑棱呼，你真是问说话想噗噜噗噜啥个毛我啧啧该死要忍耐，戈奇。”

戈奇大声地咳嗽了几下。“不好意思，”他对奥勒斯说，“好的，我明白了。在递交我的观点时我会特别留意的。”

“我很高兴你愿意这样做，戈奇先生。”奥勒斯说，走回椅子上坐了下来。

“刚刚我说的那些全是我个人的想法，跟政府的意思一点儿关系也没有。这里是独立于那边的。但是不论如何，帝国的强盛正是有赖于各部门之间的团结与……合作，所以我想我大概能推测得出另外一个部门大致的态度，”洛·沙夫·奥勒斯露出了的微笑，“我们经常协助对方的工作。”

“我明白。”戈奇说。

“我相信你已经明白了。告诉我，你期待到埃科隆奈多一游吗？”

“非常期待，更‘何况’对于客场嘉宾而言这实在是难得的殊荣。”

“确实。”奥勒斯被逗乐了，“很少有受邀的选手能够获准踏上火焰星。那是我们的圣地，它象征着永生不息的帝国和游戏。”

“我‘简直’难以表达出我受宠若惊的心情。”戈奇温顺地欠了欠身，弗利尔－伊姆萨霍一声喷笑。

奥勒斯笑了起来。“我坚信，你在我们游戏中表现出了如此的才华——或者说天赋——你已经证明了你完全有资格站上埃科隆奈多的游戏之塔。不过现在——”他一边说一边瞟了一眼桌上的屏幕，“我该去贸易委员会参加一场又臭又长的会议了。我真想跟你多谈一会儿，戈奇先生，但不幸的是，为了我们几大星球上的商品贸易能够有效进行，我们必须结束这场对话了。”

“我很理解。”戈奇一边说，一边随着他站了起来。

“很高兴认识你，戈奇先生。”奥勒斯说。

“我也很高兴认识你。”

“祝你好运——与洛·维西基博德·兰姆的比赛。”这位中性人一边与戈奇朝门口走去一边说，“我想你也正需要这样的运气，那一定会是非常精彩的比赛。”

“但愿。”戈奇说。他们走出房间，奥勒斯伸出了一只手，戈奇故作吃惊地握住了他的手。

“再会，戈奇先生。”

“再会。”

戈奇和弗利尔-伊姆萨霍被护送回了屋顶的飞船上，洛·沙夫·奥勒斯则急匆匆地从另一条长廊离开，去参加他的会议。

“你这个浑蛋，戈奇！”他们一踏进座舱里，嗡嗡机就用玛瑞语叫了起来，“那两个词你根本是明知故问！你——”这时戈奇摇了摇头，打断了它：“你对博弈真是一窍不通，是不是，嗡嗡机？”

“你就是让我扮小丑！”

“那也比扮成一只家养小宠物强，嗡嗡机。”

嗡嗡机似乎倒抽了一口冷气，然后结巴了一下，说道：“好吧，总之……总之你不必为递交观点的事担心了。”它大声地笑了起来。“他们和你一样害怕你的实话。”

戈奇与洛·维西基博德·兰姆的比赛吸引了大批的观众。新闻媒体似乎都被这位拒绝向他们开口的古怪外星人迷住了，他们往赛场里派出了他们最尖酸刻薄的记者和最敏捷手巧的摄影师——他们的拿手好戏就是抓拍某人脸上稍纵即逝的表情，以表现出他最丑、最蠢、最凶恶（或是三者完美地融合为一体）的那一面。戈奇那张异国面容被某些摄影师当成了一次技术挑战，而对于别人来说则是一道与众不同的风景。

许多游戏爱好者把自己其他场次的票换成了戈奇这一场的票。游戏会场已经由之前的游戏大厅换到了一个距离皇宫与戈奇下榻的酒店只有几公里的公园里——他们搭了个帐篷——但是前来观战的人还是把公园挤得水泄不通。尽管这里可容纳的人数是游戏大厅的三倍，观众区还是满满当当、座无虚席。

这天早上，佩科尔还是与往常一样乘着外星事务局的车子出现，带着戈奇来到了公园。现在这位中性人对抢镜头已经失去了兴趣，转而开始把这些挡路的家伙从戈奇的必经之路上赶走。

戈奇被引见给了洛·维西基博德·兰姆——一个矮壮的中性人，脸上带着比戈奇预料中还要严峻的表情，举手投足间散发着军人的气息。

兰姆在副棋盘上打得非常迅猛，第一天他们就比了两场，各有输赢。到了晚上，戈奇盯着屏幕就睡了过去，一连睡了六个小时。这时他才意识到自己有多么疲惫。

第二天他们又在副棋盘上赛了两场，不过经双方约定，他们把战局延长到了晚上。戈奇察觉到这个中性人在试探他，想要把他累垮，至少试探出他耐力的极限在哪儿。在开始主棋盘的游戏之前，他们必须先完成六场副棋盘上的游戏。与之前被其他九个人围攻相比，戈奇觉得在对抗兰姆时的压力要大得多。

经过一番苦战，快到午夜的时候，戈奇以极小的优势取得了胜利。

当晚他睡了七个小时，醒来的时间刚刚够他为下面的比赛做好准备。他强迫自己爬起床，分泌了一点“咔嚓”权当早餐。当他看到兰姆也跟自己一样生龙活虎的时候，心里不由得有点儿失望。

这天又是一场消耗战，比赛一直拖到了下午，但是兰姆没有提出要延时到晚上。戈奇利用晚上的时间与飞船讨论了几个小时，之后为了放松大脑，他打开帝国的电视广播节目看了一会儿。

电视里放映着探险节目、智力问答、喜剧片、新闻栏目和纪录片。戈奇看了看关于自己那场游戏的报道。尽管里面提到了他，但是因为今天的比赛实在是太枯燥了，这段新闻并不长。他发现新闻媒体开始越来越不喜欢他了，他不由得想，他们现在是不是已经后悔在他一开始被围攻的时候替他说好话了呢？

在接下来的五天里，这些报道似乎对这位“‘外星人戈基’（因为伊埃语的语音变化不如玛瑞语精巧，因此他的名字总是被拼错）”越来越不友好了。他在副棋盘的游戏上与兰姆打成平手，接着在“起源之盘”上抓住机会打败了他，但是后来又被兰姆在“构建之盘”上以极小的差距击败了。

新闻媒体已经开始把戈奇看成帝国和广大人民的敌人了，还发起了一场把他赶出伊埃的活动。他们宣称戈奇与限制因素和那只叫作“弗利尔-伊姆萨霍”的机器人拥有心电感应，他还躲在大酒店楼顶的巢穴里吸食各种恶心的药物，还有——好像他们刚刚发现似的——戈奇能从体内产生药物（这倒是真的），具体方法则是通过施行惨无人道的手术从小孩子体内把腺素挖出来（这当然是假的）。这些药物可以把他变成一台超级电脑，或是一个变态狂（根据某些报道，他会变成两者的结合体）。

还有一家媒体找到了飞船帮戈奇起草并呈交给游戏局的声明，

这也成了“文明”编排事实、信口开河的证据。因为这份声明上写着，戈奇信奉的是无政府主义和大革命，这些媒体就郑重其事地向政府呼吁，他们应该对“文明”“采取行动”，同时谴责军方既然在几十年前就知道了这群流氓的存在，为何不公布他们的领导者是谁，或者干脆把他们扫荡干净（一家大胆的媒体竟敢宣称军方至今没摸清楚“文明”的主星在哪儿）。他们坚信，洛·维西基博德·兰姆一定会在“完满之盘”上击败“外星人戈基”，就像终有一天他们的部队会把堕落腐化的“文明”彻底打垮一样。他们还敦促兰姆在必要的时候采取暴力手段，让大家看看这个娘娘腔的外星佬里面到底是什么料子（请按字面意思理解）。

“有这么严重吗？”戈奇忍俊不禁，掉过头来看着嗡嗡机。

“非常严重。”弗利尔－伊姆萨霍告诉他。

戈奇笑着摇了摇头，要是帝国人连这种胡说八道的话都肯相信，那也算蠢到一定境界了。

到了“完满之盘”的第四天，戈奇基本上已经确定了胜局。他看到兰姆在赛后焦急地和顾问们商量着什么，因此到了下午场结束的时候，他心里有点期待兰姆会主动投降。但兰姆还在负隅顽抗。他们商量好不再进行晚场游戏，等第二天早上再继续比赛。

弗利尔－伊姆萨霍在出口处迎了上来，它带进来的一股暖风拂动着帐篷的褶皱。佩科尔在前面为戈奇开路。两边的人群中的大多数人是想来一睹外星人风采的普通群众，其中也混杂着几个反对戈奇团体的成员在里面吵吵嚷嚷，还有一小撮人是来给戈奇喝彩的。兰姆和他的顾问先离开了帐篷。

“我好像看到舒侯伯汉姆·扎了，他在人群里。”他们站在出口处等待车子的时候，嗡嗡机说道。兰姆的随从还挤在小路的尽头，两队警卫在一边维持秩序。

戈奇瞟了一眼嗡嗡机，又看了一眼手挽着手的警卫。他依然沉浸在游戏的紧张气氛里，血液里好几种化学药品的效用还未退去。正如过去常常发生的那样，戈奇现在看什么都觉得还身处游戏中：人们就像立在棋盘上的棋子，按照要求围成一群；帐篷上的纹路就好像被划成方格的棋盘，杆子则像事先立好的动力源，等着为已经消耗殆尽的小棋子补充能量，或是为某些强力的棋子提供后援；人群和警卫的排列方式像一场让人心惊胆战的突然袭击……全都是游戏，眼前的场景仿佛根据他大脑里的模型被转化成了充满战斗气氛的画面，在他的脑海里絮絮地诉说着。

“扎？”戈奇问道。他顺着嗡嗡机光晕指示的方向望去，但是没有找到他。

兰姆的最后一拨随从也离开过道，乘上了他们的专车。佩科尔打了个手势让戈奇往前走，两列身穿制服的男性护卫在他两侧。闪光灯闪个不停，有人在一旁大声嚷嚷着提问。戈奇听到几声零星的呼喊，抬头一看，发现人群的上方飘动着一条横幅，上面写着“外星人滚回家去”。

“看来我不是很受欢迎嘛。”他说。

“确实不受欢迎。”弗利尔–伊姆萨霍答道。

两步以内（戈奇在不远处就感觉到了，出于那种游戏玩家的直觉，尽管他还在跟嗡嗡机一问一答），他就要走到……再走一步就能看得更清楚点……有什么不好的东西在那里，不安分、不协调……有什么地方……不大一样。在他左前方的那三个人不太对劲，就像森林里没有固定位置的幽灵棋……他一时想不出来他们到底是哪里不太对劲，但是他马上就意识到——那种本能在意识里明明白白地告诉他——他不会冒险在这里落一枚棋子。

……再走半步……

……他就明白了，他不愿意冒险落在这里的那枚棋子，是他自己。

他看到那三个人突然动了起来，朝三个方向散开。戈奇一个转身，条件反射地弯腰躲了过去：这分明是一枚棋子在面对无法阻止或是无法反击的强大敌人时做出的反应。

只听到砰砰几声巨响，那三个人突破两个警卫的阻拦朝他扑来——就像一枚突然分裂开来的复合棋子。戈奇由弯腰变成了俯身，就地一滚——他发现自己这个动作基本等同于活动棋子在棋盘上对攻击的一次牵制，他对自己这个反应很是满意。他撞到了两条腿上，接着就有什么东西压了上来，周围一片嘈杂。有什么东西砸在了他的腿上。

戈奇就像突然惊醒了一样。

他被袭击了。周围一阵阵闪光和爆破声，人们竞相朝他扑来。

他在一只温热的生物身下挣扎，那是刚刚被他绊倒的家伙。人们大声嚷嚷着什么，警察们迅速行动起来。他看到佩科尔躺在地上，扎一脸迷惑地站在那儿。有人在尖声大叫，弗利尔-伊姆萨霍不见踪影。有什么东西渗进了他的袜子里。

他从那个人身下爬了出来，心里突然浮起了一个令人反胃的念头：这个人——他不知道是中性还是男性——可能已经死掉了。舒侯伯汉姆·扎和一个警察把戈奇搀了起来。人群里还是尖叫不断，人们到处乱跑，又被拦了回去。现在事发地周围的闲杂人等已经被清空了。几个人躺在地上，身体浸在橙红色的血泊里。戈奇头晕目眩，双腿发软。

“你还好吗，游戏玩家？”扎咧嘴笑着问。

“还好，我想还好。”戈奇点了点头。他的腿上沾着血，但不是他的血该有的颜色。

弗利尔-伊姆萨霍从空中降了下来。“杰诺·戈奇！你还好吗？”

“还好，发生了什么事？”戈奇朝四周看了看，问舒侯伯汉姆·扎，“你看到了吗？”警察们掏出了枪，把凶案区域团团围住。人们四散而去，媒体的摄影师则被厉声呼喊的警察赶了出去。五个警察正把一个人按倒在草地上，两个平民装束的中性人倒在路中央，戈奇绊倒的那个人浑身是血。一个警察正在来回巡查，另外两个则照顾着佩科尔。

“那三个人袭击了你。”扎一边说着一边扫视四周，冲地上的两人和警察身下的人点点头。戈奇听到剩下的人群里有人放声大哭，记者们还在大声追问着什么。

扎领着戈奇走到佩科尔身边，弗利尔-伊姆萨霍在他们头顶上手忙脚乱，嗡嗡乱叫。佩科尔躺在地上，一个警察正在剪断他制服外套上浸满血的一截衣袖。“老佩科尔被流弹打伤了，”扎亲切地叫道，“你还好吗，佩科尔？”

佩科尔虚弱地笑着点了点头。

“那个时候呢。”扎伸手搂住了戈奇的肩膀，一双眼睛还在四处打量，“你智勇双全的嗡嗡机以超光速飞到二十米外去了，往上看。”

“我必须飞得高才看得——”

“你摔倒了。”扎对戈奇说，眼光并没落在他身上，“又打了个滚，我还以为他们已经打中你了。我冲一个家伙的后脑勺来了一下，警察则抓住了另外一个。”扎的目光在警戒线外的人群处停留了一小会儿，那里的哭声还在继续。“人群里也有人中枪了，不过他们本来是想打你的。”

戈奇低头看了看其中一具阿扎德人的尸体，他的头往右边肩膀后面偏着，形成了一个奇怪的角度，这是一个几乎所有类人生物都不可能做到的姿势。“对，这就是被我打了一下的那家伙。”扎瞟了一眼尸体说。

“干得太狠了。”

“我得重复一遍，”弗利尔-伊姆萨霍在戈奇和扎面前绕着圈，“我必须飞那么高才能——”

“好好好，我们很高兴看到你安然无恙，嗡嗡机。”扎像是要赶走一只笨重的大甲虫似的朝这只机器挥了挥手。他领着戈奇走到车子前，一位穿着警官制服的中性人比了一个上车的手势。警笛的声音响彻了天空。

“啊，他们来了。”扎说，人群的哭喊声渐渐消失，空中飞来了一架巨大的橙红色飞艇，降落在他们身边的草地上，扬起了一阵沙尘。帐篷布受到空气的震荡，一下一下地拍打着。许多全副武装的警察从飞艇上跳了下来。

他们踌躇了一下，不知道该不该上车，结果他们还是被护送回了帐篷里，和另外几个目击者录了几段口供。警察不顾媒体的抗议没收了他们两台相机。

外面的两具尸体和受伤的行凶者被抬上了飞艇，一辆空中救护车则赶来处理佩科尔轻微擦伤的手臂。

直到戈奇、扎、嗡嗡机终于在警察的护送下离开帐篷，坐进飞艇向酒店驶去，一辆救护车才从公园大门里开了进来，抬走了在袭击中受伤的另外两名男性和一名女性。

“可爱的小座舱。”舒侯伯汉姆·扎一边说一边倒在了可变形的沙发上。戈奇也坐了下来。警方飞艇离去时的轰鸣声还萦绕在座舱内。他们一踏进来，弗利尔-伊姆萨霍就静悄悄地从客厅的另一端飞走了。

戈奇向座舱要了一杯饮料，然后问扎想喝什么。“座舱。”扎在沙发上尽情地伸展着身体，面露思索之色，“我要一杯两倍浓度斯陶尔和冰冻尚格斯特里昂曲翼肝酒特调，下面铺一层艾弗莱尔自转克拉肯白酒和半融柯斯卡罗，上面放点烘烤奇异莓，用三等强度的提普瓦利反渗透碗给我装来——或者差不多的容器也可以。”

“曲翼要公的还是母的？”座舱问。

“这儿还真有？”扎笑了起来，“见鬼，两个都要。”

“请稍等几分钟。”

“没问题。”扎搓着两只手，对戈奇说，“总而言之，你算是死里逃生了。干得不错。”

戈奇一时间看起来有点儿迷茫，接着答道：“嗯，多谢。”

“别想太多了。”扎挥了挥手，“我其实玩得还是蛮开心的，虽然对不住我干掉的那家伙。”

“我倒希望自己能像你这么豁达，”戈奇说道，“他可是想要杀了我。用子弹。”他忽然意识到被子弹打中是一件很可怕的事。

“好吧，”扎耸了耸肩，“我觉得被子弹打死和被抛射进太空也没有太大区别。死了就是死了呗。不管怎么说，我还是为这些家伙难过。这些可怜的小畜生也只是奉命行事。”

“奉命？”戈奇困惑地问道。

扎打了个哈欠，点了点头，在自动调整的沙发里舒服地伸展着。“嗯，他们大概是帝国的秘密警察或是九处的人吧，差不多就是那一类。”他又打了个哈欠，“哦，不过官方最后肯定会说他们是暴民……他们也有可能把责任推到反对派身上……不过也说不准……”扎咧嘴一笑，耸了耸肩。“不知道，他们做什么都有可能。我就是随便说说。”

戈奇想了想“不，”他最后说道，“我不明白。你说那些人是警察，他们怎么——”

“秘密警察，杰诺。”

“但是怎么会有秘密警察这一说呢？我以为警察之所以穿警服，原因之一就是制服能把他们和平民区分开来，起到一种威慑的作用。”

“我的天哪，”扎用双手捂住了脸，然后他放下手盯着戈奇，深吸了一口气。“好吧……好吧，所谓的秘密警察就是指那些到处探听人们口风——当他们不在警察制服的威慑之下时说出的话——的人。就算某人没有真正说出什么违法的言论，只要他们认为他说出的话危害到了帝国的安全，他们就会逮捕那些人，严加审讯，再处决掉他们。有时候那些人也会被赶到流放地里去，不过更常见的是直接被烧死或者扔进废弃的井里。这里可不太平，大街上总有些人管不住自己的嘴。当然秘密警察也干别的事，所谓‘别的’，今天你摊上的那事儿也算其中之一吧。”

扎躺回了沙发，敞开手臂耸了耸肩。“从另一个角度想，暴民啊反对派啊，也不是没有可能。可惜他们一点儿也不专业……不过我跟你保证，秘密警察也是那个德行。啊，来了！”

一个盛着支架和碗的托盘迎了上来，饮料那五颜六色的表面上升腾起了一大股蒸汽。扎举起碗。

“为帝国干杯！”他大喊道，一口喝光了碗里的酒。接着他把碗猛地墩在盘子里，“哈啊啊啊”地大叫着，一把鼻涕一把眼泪地咳嗽起来，他用上衣袖子擦了擦眼睛，然后对着戈奇眨了眨眼。

“对不起，我还是不太理解。”戈奇说，“如果这些人是帝国的警察，他们不是应该只会听从上级命令吗？那这是怎么了？难道因为我快要打败兰姆了，帝国就要我死吗？”

“哼嗯，”扎咳了两下说，“你开窍了嘛，杰诺·戈奇。我还以为游戏玩家会更……在这些钩心斗角面前，你简直就是一群狼里的小羊羔啊……好吧，没错，也许某个大人物想搞死你。”

“你觉得他们会再来一次吗？”

扎摇了摇头。“那就太明显了。除非狗急跳墙，他们是不会再来一次的……至少短期内不会。我想他们会继续观察你接下来的第十场比赛是什么个状况，如果他们弄不垮你，他们就会让你的下一个对手采取点儿暴力手段来对付你，吓倒你——如果你真能撑那么久的话。”

“对他们来说，我有这么大的威胁吗？”

“嘿，戈奇，他们现在明白他们犯了个大错了。你还不知道你没来伊埃之前他们把你说成什么样子了吧？他们说你是整个‘文明’上最优秀的游戏玩家，说你邋里邋遢，好吃懒做，一天到晚不务正业，还目中无人，相信自己能一举拿下大赛冠军，还说你体内植入了各种稀奇古怪的药物，说你私生活混乱不堪……我听他们这么说，还说你是半台电脑……然后游戏局看了你在来伊埃的路上打的几场游戏的记录，接着宣称——”

“什么？”戈奇坐了起来，皱了皱眉，“什么叫他们看了几场我的游戏记录？”

“他们问我要你最近几场比赛的记录，我就让限制因素——是个讨厌的家伙吧？——给我发了几场你跟他对战的详细记录过来。游戏局说以你的水平，想吃什么药用什么东西都随你便好了……对不起，我以为限制因素在给我传那些记录之前已经征求过你的同意了，它没有吗？”

“没有。”戈奇说。

“好吧，不管怎样，他们说你可以无所顾忌地玩这个游戏。我认为他们不是真的想为了保证游戏的纯洁性，你懂吧？总之他们把命令传达了下去。帝国想证明就算你拥有某种不公平的优势，你在大赛里也不会走得太远。你头几天和神父还有他那群炮灰的比赛肯定把他们乐得在那儿喜滋滋地搓手呢，结果你变魔术似的赢得了比赛，把他们惊得下巴都砸汤碗里了。让你和兰姆一对一单挑似乎是个顶呱呱的点子，不过现在你却把他从茅坑位里挤下去了，他们现在就慌了。”扎打了个嗝，“然后今天就来了这么一出，哼，拙劣的把戏。”

“所以说我跟兰姆的比赛其实也不是抽签决定的了？”

“我的老天。”扎大笑起来，“当然不是了，兄弟！你太傻太天真了吧？”他坐在那儿不停地摇头，还不断地打起嗝来。

戈奇站了起来，走向敞开的座舱大门。他朝外望去，城市在黄昏的薄雾下微微发光。高塔长长的影子落在城市里，好像一张快要秃掉的头皮上稀疏的毛发。飞行器在城市上空反射着夕阳的余光。

戈奇觉得自己这辈子都没有这么生气、这么沮丧过。他刚刚经历的事情更是带来了另一种不舒服的感觉。全是因为这场游戏，他有生以来第一次对一场游戏这么认真。

但是似乎每个人都把他当成一个小孩子，他们自作主张地决定该干什么不该干什么，他们把明明应该告诉他的事情藏着掖着，而当他们把这些事情说出来的时候又表现出一副他早就该知道了的样子。

他转回去看扎，这个人正坐在那儿，心烦意乱地揉着肚子。他大声打着嗝，接着又开心地笑了起来，喊道：“喂，座舱！打开第十频道！对，打开屏幕。”他站了起来，快步走到屏幕前站好，抱着双臂，嘴里吹着不成调子的口哨，带着一脸虚无缥缈的微笑看着屏幕上的影像。戈奇也从一边看着。

新闻上播出的是帝国军队在一颗遥远行星上登陆的画面。市镇里燃烧着熊熊大火，赤身裸体的难民们排成了一条蜿蜒的长龙。烈士家属眼泪汪汪地接受了采访。帝国刚刚征服的这些土著——身覆皮毛、四肢着地、长着可以抓握东西的厚嘴唇——全被绑了起来，有的躺在泥泞里，还有的跪在尼古萨的肖像前。其中一只身上的长毛被剃了个干净，好让待在帝国本土的人也能通过画面看看这些东西在皮毛下面长了些什么。他们的嘴唇被当成了战利品。

接下来的一段是尼古萨在一对一比赛中大败对手的新闻。画面中的这位皇帝正在镜头前进行游戏，转到下一个镜头时他却在办公室里签署文件，再接着又回到了棋盘上，一个评论员正在他旁边唾沫横飞地解说着他的比赛。

再往下就是戈奇遇袭的新闻。当戈奇看到电视上重现的情景时，忍不住想笑。一切都在电光火石之间，镜头突然一跳，他倒了下去，嗡嗡机消失在了上空，几道闪光，扎从人群里蹿了出来，一片混乱，接着是他的脸部特写，还给了躺在地上的佩科尔一个镜头，另一个镜头则给了地上的两具袭击者尸体。新闻里说他恍恍惚惚的，所幸没有受伤，全仗着帝国警察的有序行动。佩科尔受了点儿轻伤，还在医院里接受了采访，就此事发表了自己的看法。新闻把这次的袭击者称为极端主义分子。

"意思就是说他们接下来打算给他们定性为反对派了。"扎说。他让屏幕自动关闭，接着转过头问戈奇："你觉不觉得我手脚还挺利索的？嗯？"他一边说一边张开双臂，咧嘴大笑起来。"你看到我的动作了吗？多麻利！"他大笑着转了个圈，踩着舞步转回到了沙发前，嘭地躺了下去。"太夸张了，我到了那儿才发现他们派了群怎样的废物来保护你，但是说真的，我真高兴我去了现场！我的反应多么迅速！真是野兽的本能啊，堪称艺术大师！"

戈奇表示他动作确实很快。

"我们再回放一遍，座舱！"扎大喊起来。座舱遵从了他的指示，舒侯伯汉姆·扎一面看着那几秒钟的回放，一面哈哈地大笑起来。他又调慢速度多看了几遍，一边为自己鼓着掌，一边招呼着座舱再给他来一杯。这一次冒着泡的碗很快就被端了上来，座舱系统明智地记住了他上一次的指令。看到扎还没有告辞的意思，戈奇也坐了下来，要了些点心。扎对着端上来的点心不屑地哼了哼，拈起自己鸡尾酒上的烘烤奇异莓嘎吱嘎吱地嚼了起来。

他们看着新闻，扎在一边啧啧有声地品着自己的饮料。门外，一轮太阳落了下去，城市的灯光在半明不暗的天空下闪烁起来。弗利尔-伊姆萨霍脱掉了伪装出现在他们面前——扎连瞧都不瞧它一眼——它说它要出去给帝国的鸟类来一场突然袭击。

"你觉得它不会去操那些鸟吧，啊？"等它消失之后，扎来了这么一句。

"不会。"扎抿了口淡葡萄酒。

扎不屑地哼哼了两句。"喂，你想不想什么时候再出去一趟？上次去'洞穴'真是太搞笑了。我倒是挺享受的，怎么样？这次来把狠的，让这群龟儿子领教一下'文明'的爷们儿认真起来的手段！"

"不了，"戈奇说，"那是最后一次了。"

"你玩得不开心吗？"扎惊奇地说道。

"没有你想象的那么开心。"

"但是确实很过瘾啊！我们喝得醉醺醺的，神志不清，我来了一发，你也差不多——我们干了一架，还赢了，接着又跑了……我说，你还有什么不满意的？"

"至少别再来那么一次了。我还有别的比赛。"

"你疯了，那……那真是一个妙极了的晚上。妙极。"他把头靠在沙发背上，深吸了一口气。

"扎，"戈奇说着朝前坐了坐，肘关节撑在膝盖上托着下巴，"你为什么要喝这么多酒？你用不着喝成这样。你体内能分泌所有常规腺素。为什么？"

"为什么？"扎抬起头来，四处张望，像是很吃惊自己怎么会在这儿似的。"为什么？"他重复了一遍，又打了个嗝，"你问我，'为什么'？"

戈奇点点头。

扎伸手抓抓腋下，摇了摇头，抱歉地问道："你刚问我什么来着？"

"你为什么要喝这么多酒？"戈奇大度地笑了笑。

"为什么不？"扎一挥手臂，"我的意思是，你从来没干过什么……什么没有理由的事？我是说，这就像……移情。入乡随俗，你懂的。帝国人就是这样发泄的，他们通过这种方式来逃离他们在这个庞大的帝国机器里的位置……要说有别的好处嘛，那就太装……这是理所当然的，戈奇，你懂吗？我算是搞明白了。"扎用一只手指轻轻地敲打着自己的脑袋，老成地点了点头。"搞明白了，"他重复了一句，"想想看吧，'文明'全是……"他用那只手指在空中画了个圈，"……全是建造在腺素上的：几百种药物，上千种药效，你想怎么调都行，还不花一分钱……但是帝国呢，啊哈！"他把手指竖了起来，"在帝国里你必须付出代价，'逃避'就像别的东西一样，是要钱的。就剩下这玩意儿了：酒。它缩短了你的反应时间，让你轻轻松松就能哭出来……"他又伸出两只晃悠悠的手指搭在脸上，"……让你的拳头来得更猛烈些……"现在他的手已经握成了拳头，假装一拳挥了出去，猛地一击，"……接着……"他耸耸肩，"……它终于毁掉了你。"他心不在焉地看着戈奇，"看到没？"他张开双臂，让它们有气无力地摔在沙发上。"顺便一说，"他忽然用累极了的口吻加了一句，"我可没分泌什么'所有常规腺素'。"

戈奇惊讶地抬起头来，"你没有？"

"没。这太危险了。帝国会让我'被失踪'的，把我逮去做你闻所未闻的'尸检'。他们想知道'文明'的生物里面到底啥样，明白不？"扎闭上了眼睛，"来这里之前我就把里面掏空了……来到这里之后再让帝国随便检查，随便抽样……让他们找到他们想要的东西，又不至于造成一起外交事故，‘被失踪’一个大使……”

“我明白了，对不起。”戈奇不知道说什么好，他确实没有意识到这一点，“那你让我分泌的那些药是……”

“猜的，还有凭印象，”扎仍然闭着双眼，“我想表现得友好一点。”

戈奇尴尬极了，心里一阵羞愧。

扎的头靠在沙发上，发出了鼾声。然后他突然睁开了眼睛，跳了起来，“好啦，该去散步了。”他努力想要清醒过来，摇摇晃晃地站在戈奇面前，“你能帮我叫辆空中的士吗？”

戈奇替他叫了辆车。几分钟之后，顶楼的警卫在征求过戈奇同意之后把车子放了进来，舒侯伯汉姆·扎坐进了车子，它就开走了。

戈奇又坐了一会儿。夜色渐浓，在第二个太阳也终于落下去之后，戈奇口述了一封信寄给了察木力斯·阿马尔克-泥，表示了他对那只手镯的感谢。他现在还戴着它呢。他又把信中大部分的内容复制给了耶雅，并把自己踏上帝国以来发生的事一股脑儿写了上去。他懒得掩藏帝国，也懒得掩藏“阿扎德”游戏，心想不知道他的朋友们接到信的时候里面还剩下多少内容。接着他又看着屏幕研究了几个问题，又与飞船探讨了第二天的游戏。

他拿起舒侯伯汉姆·扎喝剩下的碗看了看，发现里面还留着好几口酒。他凑上去闻了闻，摇了摇头，招呼托盘把残羹都收拾走了。

第二天，戈奇以一种媒体称之为“轻蔑”的态度结束了与洛·维西基博德·兰姆的比赛。佩科尔也来了，因为手臂上吊着绷带，他的伤看上去比实际情况还要糟。他说他很高兴戈奇没有受伤。戈奇则回答说他很抱歉害得佩科尔受了伤。

他们搭乘飞行器往返于酒店和会场之间。帝国认为现在让戈奇在地面上行走实在是太不安全了。

当戈奇再次回到座舱里时，发现自己在两场比赛之间根本没有休息的时间。游戏局给他发来一封信，告诉他下一场比赛就安排在第二天早上。

“我真想休息一下。”戈奇坦白地对嗡嗡机说。他正悬在半空中洗漂浮浴，水从四面八方朝他喷来，又被半球形浴室里开了孔的墙壁吸了回去。他的鼻孔里塞着两个防水的薄膜鼻塞，说话的时候还带上了点瓮声瓮气。

“那只是你想，”弗利尔–伊姆萨霍用它那小尖嗓答道，“但他们就是想累垮你。你接下来要面对的都是那些在前面比赛里已经速战速决了的高手。”

“反正也不是第一次了。”戈奇说。透过水雾他只能隐隐约约地看到嗡嗡机的身影，心想如果它的构造不是那么严密，一不小心进了点儿水的话，不知道会发生什么事呢。沐浴在旋转的泡沫和水流里，他懒洋洋地倒转了个身。

“其实你也可以向游戏局提出申诉的。很明显，你现在受到了区别对待。”

“我是被歧视了没错，可他们就是歧视我，我又能怎么办呢？”

“也许你去申诉之后情况会有所改善。”

“那你去帮我申述吧。”

“别傻了，你知道他们根本懒得理我。”

戈奇闭上了眼睛，自顾自地哼起歌来。

他第十场比赛的对手之一正是他之前打败的那位神父，林·高佛立夫·托恩斯。他在二级赛里赢得了重回大赛的资格。

当他走进游戏大厅时，戈奇冲他笑了笑——戈奇发现自己经常有意无意地学会了露出这种阿扎德人的面部表情，就像小孩子刻意模仿大人脸上的表情似的。他知道自己学得不太像——他的面部构造跟阿扎德人的并不完全相同——但是那种表情所传递出来的信息却是一清二楚的。

翻译不翻译都一样，戈奇知道自己的微笑正在说的是，“还记得我吗？我之前赢过你一次，很快就要赢你第二次了”。那是一种胸有成竹、胜券在握、目中无人的微笑。神父也试图用微笑来反击，但是他的笑容没有底气，很快就沦为了一种怒意。他移开了目光。

戈奇感到很兴奋，不得不努力平复一下心里熊熊燃烧的得意和斗志。

其他八名玩家也都和戈奇一样，已经结束了自己的比赛。这些人中有三个来自海军，一个是陆军上校，一个是法官，还有三个是公务员。他们都是出类拔萃的游戏玩家。

大赛到了第三阶段。所有的参赛者都要在副棋盘上进行一对一的比赛，戈奇认为这是一个巩固优势的好机会——他很可能会在主棋盘上再次遭到围攻，但只要他在一对一棋盘上取得足够多的领先优势，他就能化险为夷了。

戈奇又一次打败了托恩斯神父，这让他感到愉悦极了。这个中性人在戈奇将了他的军之后冲棋盘一挥手，站起来朝戈奇吐出一连串咒骂，说他嗑药，说他是异教徒，一边骂一边还挥舞着拳头。戈奇原来以为自己会被这种举动吓得冷汗淋漓，或者至少感到难堪不已，但是现在呢，他发现自己仅仅是靠在椅背上，嘴边挂着一丝冷笑。

神父对他破口大骂，戈奇甚至以为他就要冲上来揍自己了，想到这里，他不由得心跳加速……但是托恩斯慢慢停了下来，环视着周围因震惊而一片死寂的人群，像是突然反应过来自己在哪儿一样，逃掉了。

戈奇松了口气，脸色也缓和下来。裁判赶来为神父的失礼道歉。

许多人仍然认定弗利尔-伊姆萨霍在比赛中以某种方式协助戈奇作弊。游戏部表示为了减少此类质疑，在比赛进行期间嗡嗡机最好乖乖待在城市另一头的某家电脑公司的办公室里。嗡嗡机大声地抗议，戈奇却欣然接受了这个建议。

戈奇仍然吸引了大批观众来观战。有一小撮人专程前来给他喝倒彩，最后他们都被工作人员赶了出去。游戏大厅里有可以进行主棋盘图解说明的装置，因此大厅外的观众也可以跟上比赛进程。戈奇的好几场比赛甚至进行了电视直播——前提是他的比赛与皇帝的比赛在时间上没有冲突。

在击败神父之后，戈奇又打败了两个公务员，他还以微小的差距险胜陆军上校。这三场比赛总共持续了五天，戈奇也殚精竭虑、绞尽脑汁地过了五天。他原本以为自己肯定会被累垮的，但事实上除了些许疲倦之外，他最大的感受应该说是振奋。他打得不错，至少在接下来面对帝国为他安排的九个对手时还有机会放手一搏。他对休息丝毫提不起兴趣，只盼着另外几个人快点儿完成他们副棋盘上的游戏，早点儿进入主棋盘的阶段。

“你倒好了，我呢，我被关在房间里，被他们监视了一整天！关在房间里监视我，你说说看！这些肉脑壳想从我身上刺探出什么来！外面风和日丽，又到了候鸟迁徙的季节，而我，被锁在房间里，沐浴在一群 AI 控像要侵犯我一样的凶残视线下！”

“我很遗憾，嗡嗡机。但是我又能怎么办呢？你知道，他们正恨不得找个理由把我踢出去。如果你实在受不了，我会向他们提出能不能让你留在座舱里——但我觉得他们不会同意的。”

“我本来犯不着这样的，你明白吗，杰诺·戈奇？我可以照着自己的意思来。我可以拒绝到那边去。我不是任你或是任他们使唤的。”

“我明白，但是他们不明白。你当然可以随心所欲……想怎么干就随你便吧。”

戈奇转身回到座舱的屏幕前，他正在研究以前的十人游戏的录像。弗利尔-伊姆萨霍发出了不甘心的灰色光晕。它平时卸掉伪装后露出的青黄色光晕在过去的几天里变得越来越暗淡了，戈奇都忍不住替它难过起来。

“好吧……”弗利尔-伊姆萨霍哀号道——戈奇想如果它真的有嘴，现在肯定语无伦次了——“我就是觉得不够好嘛！”做出这样毫无说服力的发言之后，它打着旋儿冲出了房间。

戈奇很想知道被扣押一整天对它的心灵造成了多大的伤害。直到最近戈奇才察觉到，这只嗡嗡机很可能被下了指示，要防止戈奇沉迷于游戏中不能自拔。如果真是这样的话，拒绝帝国的扣押会是一个好借口。星际事务部可以正大光明地提出，牺牲嗡嗡机的自由是毫无道理的，它随时可以拒绝这个无理的要求。戈奇耸了耸肩，反正自己什么也做不了，再想也是白操心。

他调出了另外一盘游戏记录。

十天过去之后，游戏结束了。戈奇顺利进入了第四轮比赛，只要再打败一个对手他就能去埃科隆奈多参加决赛了——不是作为观众，也不是作为嘉宾，而是作为选手到那儿去。

如他所愿，他在副棋盘上积累了足够多的优势。到了主棋盘上，他并没有主动发起进攻，而是等着其他选手进犯。他们的确来了，但是戈奇发现，他们并不愿意像之前围攻戈奇的选手们那样合作。他们都是些有头有脸的人物，还要顾及自己的游戏生涯——不管他们对帝国再怎么竭忠尽智，保护好自己的利益也是必要的。只有那个神父早已血本无归，因此也做好了随时为帝国利益献身、为教会提供给他的不与游戏挂钩的职位献身的准备。

在游戏之外的周旋里，戈奇也感到游戏部把自己扔进这十个高手里，实在是下了一着臭棋。这一做法看上去是想彻底截断戈奇的退路，不过正如当前局面所示，戈奇也不需要任何退路，反倒是由于这十个人来自不同的战线，他们既缺乏那种步调一致的默契，对彼此的游戏风格也一窍不通。

他还发现了某种鹬蚌相争的情况——他在过去的某些游戏记录里也见过这种愚不可及的场面，直到限制因素跟他解释清楚了这种奇怪的现象——因此他故意离间了海军司令和陆军上校，让他们俩打得不可开交。

这是一场机械化的游戏，毫无激情且按部就班，戈奇比每个人都打得好那么一点，因此也赢得了比赛。他赢得不多，但终归是一场胜利。第二名是一位海军副司令，神父则叨陪末座。

和上回一样，游戏部这次“随机安排”的比赛时间表也没有给戈奇一丝喘息的机会，不过对于这样的安排，戈奇心里却暗暗高兴。这意味着接下来的每天他都可以继续保持着高度的专注，同时也没有余裕的时间去担忧或者停下来想一想。在戈奇脑海深处的某个地方，他也正和其他人一样，对于自己的表现目瞪口呆、错愕不已。一旦这个念头浮出水面甚至攫取了他大脑主导地位，说“等一等”的时候，戈奇知道，自己必然全盘崩溃，魔法将会解除，轻轻的一跤就会让他跌进万劫不复的深渊。那句老话怎么说的？跌落死不了人，真正要命的是当你着地的时候……

不管怎么说，他现在正沐浴在一种喜忧参半的全新的情感波动里：对输掉游戏的担忧，对豪赌获胜的狂喜；突然发现一个能置自己于死地的弱点所带来的恐惧，其他人却浑然不觉，因而自己还有机会弥补的宽慰；突然发现别人死穴的激动与得意，以及最后获胜的无与伦比的喜悦。

除此之外，戈奇令所有人大跌眼镜的优异表现也让他自己格外愉快。他们都小觑了他，“文明”、星际事务部、帝国、飞船、嗡嗡机——他们全都看走了眼。他们的心理防线被他击得粉碎，他的发挥甚至超出了自己的想象。如果说还有什么事可担心的话，那就是他担心自己的潜意识会松懈下来——打败了那么多对手，一路过五关斩六将，他已经证明了自己的实力。戈奇不想放松，只想一鼓作气地继续下去，他可是乐在其中。他想要在这个可以开发出无限潜力、无限需求的游戏里找到自己的极限在哪里。他才不希望自己身上某些脆弱怯懦的部分阻挡他前进的步伐，他也不希望帝国采取什么极端手段把自己赶出去，不过这也算不了什么，就让他们试试看，来暗杀掉我吧。戈奇毫无来由地认定现在的自己是无敌的。但是他希望对方不要用什么下三烂的手段来取消他的参赛资格，那可就太伤人了。

当然，帝国还有可能采取另外一种手段来绊住他。戈奇知道，到了一对一比赛的时候他们就会要求戈奇押上自己作为赌注。在帝国人看来，这个“文明”人是不会接受这种比赛方式的，他肯定会害怕极了。就算他真的接受了这个提议，继续比下去，下这种赌注带来的后果也会让他不寒而栗，这种恐惧会从他身体内部一点点蚕食他，击败他。

他跟限制因素谈到了这件事，对方当即联络了距此一万光年外的大克劳德星云中的小捣蛋，商议的结果是它们有能力保证戈奇活着回来。尽管飞船仍然停留在帝国的疆界之外，只要游戏一开始，老战舰限制因素将会开启最大推力，以最小的半径绕帝国运行。如果戈奇被迫押上自己作为最后的赌注，并且不幸地输掉了游戏，飞船将全力驶向伊埃星。它有把握避开帝国所有的巡逻舰并在几个小时内抵达伊埃星本土，甚至不必减速就能用高能置换器将戈奇和弗利尔-伊姆萨霍救出来。

“这是什么？”戈奇狐疑地看着弗利尔-伊姆萨霍展示给他看的小药丸。

“信号发射器兼一次性通信器。”嗡嗡机把药丸抛给了戈奇，药丸在他的手掌里滴溜溜转着，“把它含进嘴巴里，压在舌头下面，它就植入你的身体了，平常察觉不到任何异状。飞船开进来之后如果找不着你，就靠它来定位了。如果你感到舌头底下一阵刺痛——每半秒一次，两秒总共四次——以这颗小球为圆心，周围零点七五米之内的所有东西都会被吸上飞船，你有两秒的时间保护自己，这时候双臂抱拢，把头埋进双膝间。”

戈奇看了看手里的药丸，目测它的直径在两毫米左右。“你是认真的吗，嗡嗡机？”

“非常认真。飞船到来的时候也许还在加速，可能会卷起周围二十分之一光年距离之内的任何东西。在以那种速度飞行的情况下，它的高能置换器也许只能工作零点二毫秒，我们必须利用一切可以利用的方法。你把我和你自己都卷进了一件非常危险的事情当中，戈奇。我希望你明白，我非常不高兴。”

“别担心，嗡嗡机。我保证会事先确认赌注的内容只有我，不会连累你的。”

“不，我的意思是置换。这是件很冒险的事，从来没有人跟我提过。超空间里的置换场是奇点，根据不确定性原理——”

“是啊，你可能会在另一个次元里被炸成渣，也可能——”

“也可能被传到这个次元里一个错误的落点，这更糟。”

“这种事发生的概率有多大？”

“大约是八千三百万分之一，不过这可不——”

“所以比起你坐进他们某辆车、某辆飞行器里所带来的风险，这种风险的概率不是还挺让人宽慰的吗？爷们儿点吧，弗利尔-伊姆萨霍，不就是冒个险嘛。”

“说得倒是好听，就算——”

戈奇不再理会嗡嗡机的唠唠叨叨。

他愿意冒这个险。虽然飞船抵达伊埃需要花费几个小时的时间，不过这种以身体下注的赌资总是等到第二天黎明才兑现的。戈奇有大把的时间避开他可能会遭受到的折磨。限制因素上的医疗设施非常齐全，再坏的情况它也能把他救回来。

他把药丸塞进舌头下面，嘴里有那么一瞬间麻木了，接着恢复了正常，仿佛药丸已经溶解掉了。他伸出手指才能摸到下颌上多了点儿什么东西。

比赛当天戈奇醒来的时候，一种跃跃欲试的感觉充斥着他的身体。

比赛场地又换了。这次的赛场设在一间会议中心里，正挨着戈奇首次登陆伊埃时的航天港。他这次的对手是洛·普利尼斯特·柏莫亚，伊埃最高法院的法官。这是迄今为止让戈奇印象最深刻的一位中性人：他身材高挑，满头银发，举手投足间带着某种令戈奇别扭的优雅，戈奇只觉得那异常熟悉，但一时又说不出个所以然来。后来他才意识到，这位老法官走起路来跟“文明”上的某人如出一辙。戈奇对他那种不紧不慢的闲适风度不再等闲视之，而是刮目相看。

在进行副棋盘上的游戏时，柏莫亚全程正襟危坐，眼睛片刻不离棋盘，唯有在落子的时候才动一动。他在纸牌游戏上的表现可以说是老奸巨猾，戈奇这边却全然相反，露出了急躁冒进的苗头。戈奇从体内分泌出药物，及时遏制了这种势头，稳住了情绪。在接下来整整七天的游戏里，稳扎稳打、步步为营的法官逐渐掌握了主动权，并在累加总分的时候以小比分优势获胜。他们谁也没提到赌注的事情。

他们开始了“起源之盘”上的游戏，这时戈奇开始觉得，帝国也许已经决定完全依赖柏莫亚出色的“阿扎德”水平来打败自己了……然而就在此时，比赛进行到一个小时的时候，银发的中性人举起手召来了裁判。

他们一起朝戈奇走来，在棋盘的一角站定。柏莫亚鞠了一躬。“杰洛·戈基，”他说——他的声音是如此低沉，戈奇觉得他的每一个音节里都藏着本大部头的宪法——“我必须向您提议，在这场比赛上押赌注，您意下如何？”

戈奇迎上面前这双大而平静的眼睛，他察觉到自己视线里的动摇，又垂下了目光。舞会上的那个女孩儿在他脑子里一闪而过。他又抬起头，直视着对方那张威严的脸，那张饱读诗书，充满智慧的脸。

站在他面前的这个人惯于审判同类，他判处他们死刑、截肢、体罚、监禁。他是严刑拷打的老手，也常常动用手中的权力——有时候甚至是夺人性命的权力——来维护帝国和他的理念。

但我是可以对他们说“不”的，戈奇心想。我已经做得够好了。没有人会因此谴责我的。为什么不呢？为什么不就此承认，在游戏方面他们确实打得比我好呢？为什么要让自己陷入这样的忧虑和折磨？现在是心理上的折磨，接下来还可能会有肉体上的折磨。我已经证明了自己，已经如愿以偿了，已经比所有人期待的做得更好了。

投降吧，别傻了。你可不是什么英雄好汉。用你那游戏玩家的脑子想一想，你已经得到了你需要的东西。现在退出，表明你对于“身体赌注”这种无稽之谈的态度吧，全是些欺软怕硬、不入流的唬人伎俩……告诉他们，这玩意儿一文不值。

但戈奇不打算那么做。他直视着法官的眼睛，他知道自己会坚持下去。他想自己大概是有点儿头脑发热，但他不会就这样放弃的。他要直取这个伟大游戏的咽喉，紧紧地扼住，绝不松手。

试试看，在他们彻底把他逐出游戏、赶尽杀绝之前，他还能坚持多久。

“我愿意下注。”他睁大了眼睛。

“我猜您是位男性。”

“是的。”戈奇感到自己手掌冒汗。

“那就赌‘阉割’。从人体上彻底移除生殖器官，在‘起源之盘’上我们就赌这个，如何？”

“我——”戈奇咽了口唾沫，感到嘴里发干。这太荒谬了，尽管他并没有实际的危险，限制因素会来救他的，他自己也能挨过去：他又没有痛觉，生殖器生长的速度也不慢……但是他仍感到眼前天旋地转，脑海里突然出现一幅让人反胃的画面：黏糊糊的红色液体慢慢被染成了黑色，冒出一个又一个的气泡……

“行！”他几乎是喊了出来。“行。”他又对裁判说。

这两个中性人又鞠了一躬，一起离开了。

“如果你想的话，现在就联系飞船吧。”弗利尔-伊姆萨霍说。戈奇盯着屏幕，他确实准备联系飞船，不过仅仅是跟它讨论一下当前他在游戏里遇到的困难，而不是尖叫着求助。他没理一边的嗡嗡机。

现在已经是晚上了。今天白天的战况不大乐观，柏莫亚打得很精彩，关于这场游戏的媒体报道层出不穷。人们把这场比赛誉为经典，戈奇又一次分享了尼古萨新闻头条的位置，不过这次是和柏莫亚一起。摄政王在赛场上仍然所向披靡，不过他的胜利尽在人们意料之中。

晚场比赛结束之后，佩科尔吊着手臂，带着一种顺从得近乎尊崇的态度朝戈奇走来。他告诉戈奇，在整局比赛过程中，戈奇的座舱都要受到特殊的监控。他声称自己相信戈奇是位诚实的玩家，不过一切有关身体赌注的比赛都是要受到严密监控的。这次负责监控戈奇的是戈罗斯纳切克低空巡查中队的一艘反重力巡航舰，座舱在此期间不能离开酒店屋顶哪怕一寸。

戈奇很想知道柏莫亚现在是什么感受。他注意到，柏莫亚提到身体赌注时用了“必须”这个词。出于对柏莫亚高超游戏技巧的钦佩，戈奇现在对他也产生了一种敬畏。他怀疑这位法官根本不想提出什么身体赌注，只是对于帝国而言，形势越来越严峻——他们没料到戈奇能走这么远，因此把戈奇妖魔化成了某种巨大的威胁，并根据这种臆想制定了接下来的对策。明明是正常的游戏输赢，现在却变成了大祸临头。街头巷尾都在传说帝国内部已经有人因为这事掉脑袋了。柏莫亚一定也得到了命令，要在这里拦下戈奇。

戈奇也想过一旦形势逆转——自己赢了而柏莫亚输了——又会怎么样。阉割手术将会彻底地、永久地移除这个中性人可翻转的阴道和子宫。想到这里，想到这个端庄稳重的法官将要承担的后果，戈奇发现自己对于身体赌注所做出的决定还是太草率了。就算他赢了，他又怎么忍心让另一个人被阉割掉呢？如果柏莫亚输了，他这辈子也算走到头了，事业也好，家庭也罢，全都完了。帝国不允许任何人移植在身体赌注中失去的器官和肢体，柏莫亚将永远背负着他输掉的这盘游戏的后果，甚至会搭上他的性命——因为这种事而自杀的人比比皆是。说不定还是戈奇输掉比较好。

但是戈奇不想。他对柏莫亚绝对没有个人恩怨，他只是渴望赢得这场比赛，再赢下一场，再赢下去。他以前从来不知道在帝国本土上玩“阿扎德”是件这么令人沉迷的事。尽管他在限制因素上玩的确确实实就是“阿扎德”，但那个感觉跟在这里纯粹地玩这个游戏的感觉是截然不同的。现在他知道了……现在他明白了，为什么帝国仅仅通过这个游戏就能维系下去，“阿扎德”本身就会让人产生这种对胜利、对权力、对领土、对支配永不满足、如饥似渴的向往……

弗利尔-伊姆萨霍晚上也待在座舱里没出门。戈奇联系了飞船，他们一起研究了戈奇在游戏里凄凉的现状。飞船和往常一样指出了几条巧变之道，不过戈奇自己也早就发现了这些路子。但发现是一回事，真正要在实战中灵活运用又是另外一回事，因此在这方面，飞船也帮不上太大的忙。

戈奇最后放弃了他们的战术探讨，转而请教限制因素如何才能修改他们的赌注——要是他真的赢了，面对阉割的可就是法官了。飞船说毫无办法，他们已经下了注，无论如何都得硬着头皮上。他们俩谁都无力更改赌注，只能斗个你死我活。要是他们俩都拒绝继续比赛，那双方都得赔上赌注。

“杰诺·戈奇，”飞船犹豫地开了口，“要是明天最坏的情况出现了，你希望我怎么做？我需要明确这一点。”

戈奇垂下目光，他就等着飞船开口呢。“你是问我，我是希望你嗖的一声飞进来把我救走呢，还是希望等我愿赌服输地挨完一刀，你过一阵子再拎着我的尾巴——既然我双腿之间也没啥可以给你拎着了——把我带回来接受再生治疗？当然，这个‘文明’的小可怜还必须和帝国保持着联系。”戈奇毫不掩饰口气里的讥讽。

“差不多吧。”飞船的答复延迟了一阵子才发回来，“现在的问题是，如果你乖乖挨上一刀，事情就不会闹得太大了。但是如果你真的被阉掉了，我就不得不通过改变或摧毁你原有的生殖系统来完成再生治疗。只是这样一来，帝国稍作分析就会发现我们对他们隐瞒了许多事情。”

戈奇失笑道：“你的意思是，我的蛋蛋还是国家机密？”

“事实就是如此。因此不管你要不要挨那一刀，帝国都不会善罢甘休的。”

当飞船的答复终于从千里之外传回来后，戈奇犹自沉吟不决。“啧啧，该死，”他最后说道，“你明天留意比赛。如果我从盘面上看必输无疑，而我仍然在垂死挣扎，企图拖延时间的话，你就过来把我们救走，再向星际事务部致歉；如果我很干脆地就认了输……那就不必管我了，看我明天的行动而定吧。”

“很好。”飞船说道。戈奇摸着胡子思索着——除此之外他别无选择。要不是星际事务部急欲销毁证据甚至不惜引发外交事件，他们还会那么好心吗？算了，无所谓。只是戈奇心里明白，这场对话之后，自己已经失去了赢得比赛的信念。

飞船还带来了别的消息。察木力斯·阿马尔克-泥给飞船发来一条短讯（这只嗡嗡机说晚些时候再细说）告诉戈奇，奥兹·哈珀最终还是做到了　　她在“强击”游戏中赢得了一个“完胜”。“文明”的玩家终于也登上了这个游戏的顶峰。现在奇亚克和“文明”上的游戏玩家们都在庆贺这位年轻的女士所取得的成就。察木力斯还说自己已经以戈奇的名义向她发去了祝贺，不过它同时也希望他能亲自发条信息恭喜她。最后它祝戈奇一切顺利。

戈奇关掉了屏幕向后仰去。他坐在那儿，怔怔地盯着空荡荡的房间，一时间他脑子里一片空白，他的知识、他的想法、他的记忆甚至连他自己都有点模糊不清起来。一丝苦笑慢慢爬上了他的脸。

弗利尔–伊姆萨霍从他肩膀上飞了过来。

“杰诺·戈奇，你累了吗？”

他缓缓转过脸，“怎么？啊，是有点儿累了。”说着，戈奇站起来伸了个懒腰。“不过我也不想睡得太多。”

“我想也是。我来是问问你，你愿不愿意跟我一起出去？”

“怎么，跟你一起出去看鸟吗？我不去，嗡嗡机，不过多谢你的好意。”

“我不是说那些带羽毛的小家伙们。我晚上出门也不全是为了观察鸟类，有些时候我会去别的地方逛逛，尽管最开始是为了看看那儿是不是栖息着别的鸟类……最开始是这样，结果后来则是为了……呃，不为什么。”

戈奇皱了皱眉。“那你找我干什么？”

“因为我们明天可能就要夹着尾巴跑路了，我这才想起你好像都没怎么好好看过这座城市。”

戈奇摇了摇手。“扎已经让我大开眼界了。”

“他给你看的和我想让你看的恐怕不大一样，可看的东西还多着呢。”

“我对旅游观光没什么兴趣，嗡嗡机。”

“我想带你去的地方会让你感兴趣的。”

“让我感兴趣？”

“我相信你会感兴趣的。我了解你，不然也不敢这么说。跟我来吧，杰诺·戈奇，我发誓不会让你失望的。来吧，你刚刚不是说你不想睡得太多吗？那就跟我来吧，又有什么关系？”嗡嗡机像平常一样发出了安静而自制的青黄色光晕。它的声音很低、很严肃。

戈奇眯起了眼问：“你想干什么，嗡嗡机？”

“请你，请你跟我来吧，戈奇。”说着它朝座舱的前头飞了过去。戈奇站了起来，看着它停在休息室的门口，“求你了，杰诺·戈奇。我发誓你绝对不会后悔的。”

戈奇耸了耸肩。“好好好，去就去吧。”接着他又摇了摇头，自言自语地嘀咕道，“小朋友们，一起出去玩啦。”

他跟着嗡嗡机走到了座舱的前端，那里有一个小隔间，里面堆着几辆反重力单车、几套悬浮装置和其他一些器材。

“麻烦你穿上悬浮装置，我一会儿就回来。”说完嗡嗡机就飞走了，留下戈奇在那儿把悬浮装置套在自己的短裤和衬衫外面。没过多久，嗡嗡机带着一件有兜帽的黑色大衣回来了，“现在把这个也穿上吧。”

戈奇穿上大衣，弗利尔-伊姆萨霍撩起兜帽盖在戈奇头上，再把帽子系好。这样一来别人从侧面看不到戈奇的脸，从正面也只能看到帽檐下黑乎乎的一片，而且从厚厚的大衣外面也看不出戈奇里面还穿了悬浮装置。这时戈奇感到头上的灯光突然暗了下去，有什么东西一闪而过，他抬起头，看到了一片点缀着朦胧星辰的天空。

“我直接控制你的悬浮器，没有问题吧？”嗡嗡机低声问道。

戈奇点点头。

他感到自己正快速穿行在黑夜中。他以为不久就会降落，但弗利尔-伊姆萨霍带着他越飞越高，飞入了城市上方温暖的夜空里。大衣的下摆在他的身畔翻飞，脚下的城市仿佛一个灯火通明的旋涡，点点散落的灯光一望无际。嗡嗡机落在他的肩膀上，仿佛只是一个渺小、僵硬的影子。

他们飞越城市的上空，飞过纵横交错的道路与河流，飞过高耸的建筑和穹顶，飞过丝绸般的光带，飞过一簇簇高低明灭的灯火，飞过笼罩着黑暗的雾霭，飞过闪耀全息影像的高塔，飞过在黑暗中波光粼粼的水泊，飞过公园里幽暗而广阔的树丛与草地。他们终于开始降落。

他们着陆的地方夹在两栋没有窗子的建筑中间，那里显得比别的地方要昏暗些。戈奇感到自己的双脚踏在了小巷脏兮兮的地面上。

"借个地儿。"嗡嗡机钻进了戈奇的兜帽里，藏在他的左耳边。"从这儿往前走。"它小声说道，戈奇按它说的朝小巷外走去，忽然被什么东西绊了一跤。戈奇正准备回头看一眼，突然反应过来，那个软绵绵的东西应该是某人的身体。他凑近几步，看着地上蜷成一团的碎布。这张千疮百孔的毯子里确实裹着个人，头枕在一个腌臜的麻袋上，还动了动。戈奇看不出他/她是男是女，身上的衣服也无从分辨性别。

"嘘，"他正准备开口，嗡嗡机就说话了，"这只不过是佩科尔口中'游手好闲'的人罢了，他们是那些被赶出家园的人。他喝醉了，所以你才会闻到的这种异味。还有一部分是他自己身上的味儿。"这时戈奇才闻到这个醉鬼身上散发出来的臭味，他差点儿没吐出来。

"走吧。"弗利尔-伊姆萨霍说。

他们离开了小巷。在路上戈奇抬腿跨过另外两个睡在地上的人。现在他们来到了一条昏暗的街道上，空气里弥漫着一股恶臭，戈奇想那大概是食物腐烂的馊味。几个人在附近晃悠。"把腰弯下来一点，"嗡嗡机说，"这套衣服会让别人以为你是一个苦修派弟子，不过记住别让帽子滑下来，也别直挺挺地站着。"

戈奇按它的话做了。

他们沿着街道一路走下去，路边稀稀拉拉地立着几盏灯。就着昏黄闪烁的灯光，戈奇看到还有一个醉鬼似的家伙靠在墙根上。

这个中性人两腿之间血迹斑斑，一道从脸上流下来的血迹已经干涸发黑了。戈奇停了下来。

“别管了，”嗡嗡机细细的声音传来，“他就要死了。可能是因为跟人斗殴。警察几乎不管这儿，也没有人会叫救护车：这人明显被洗劫过了，叫救护车的人还得自己垫钱。”

戈奇朝四周看了看，但是旁边一个人也没有。那个中性人有气无力地抬了抬眼皮，似乎想睁开眼睛。

但他很快就一动也不动了。

“死了。”弗利尔-伊姆萨霍静静地说。

戈奇继续往前走，几声划破夜空的尖叫从远处一栋斑驳的公寓楼里传了出来。“有些中性人会打女人，你知道的。几千年来人们都误以为女性对胎儿没有任何遗传学上的影响，直到近五百年来他们才发现，女性确实通过提供一种类似 DNA 的东西影响胎儿的性别。尽管如此，在现行的法律下女性也不过是一种财产。一个中性人杀掉一个女人只用服一年劳役，而一个女人杀掉一个中性人将会在几天内通过药物注射被处死，这是最残忍的一种方式。接着往前走。”

他们来到了一个十字路口上，另一条路上人来人往，一个男人站在转角处用戈奇听不懂的方言大声嚷嚷着什么。“他在卖票，观看死刑的票。”嗡嗡机说。戈奇挑起了眉，微微侧了侧头。“我没开玩笑。”弗利尔-伊姆萨霍说。戈奇摇了摇头。

路中央围着一圈人，车流——只有一半是自动驾驶的，另一半则是人工操纵——都驶上了人行道。戈奇绕到人群的后方，想要仗着自己比他们大一圈的身形看看里面发生了什么，但不知为什么，人们给他让出了一条路，他走进了人群的中心。

几个年轻的中性人正在殴打一个躺在地上的老年男性。这些中性人穿着某种奇异的制服，戈奇也不知道自己是怎么看出来他们穿的不是正规的制服的。他们正疯狂地踢着地上的老人，仿佛他们在参加某种舞蹈比赛，评判胜负的标准就是他们能给对方造成多大的物理伤害和折磨。

“你可能会以为这是在做戏，”嗡嗡机在他耳边低声说道，“这不是。这些围观的人不用花一分钱就能看上这场好戏。实际的情况就是一个老家伙挨了打，可能完全没有原因，而这些人只是围在这里看着它发生，却不会出手制止。”

戈奇一边走一边听嗡嗡机说，这才赫然发现自己已经走到了人群的最前面。其中两个中性人抬起头来看着他。

戈奇满不在乎地想他们敢把自己怎么样。他们俩冲戈奇大喊了几句，接着转过身和同伴交头接耳起来。总共六个人，他们全都站直了身子，死死地盯着戈奇，好像忘了他们背后躺在地上呻吟的老人一样。他们当中个子最高的那个解开了自己吊着金属挂饰的裤子，掏出了自己一截反转出来的、软绵绵的阴道，露出了一个嚣张的笑容，挑衅似的朝戈奇戳了过去，又冲围观的人群挥了挥。

然后就没了。这群穿着一模一样的年轻人笑完之后就转身走掉了，只是每个人都“不小心”往蜷在地上的老人的头上踩了一脚。围观的人群作鸟兽散，只留下路中央的老人躺在血泊里。一截灰白的臂骨从他破烂的外套袖子里伸了出来，他的脑袋旁边散落着几颗牙齿。一只腿怪异地弯曲着，脚踝外折，看上去已经废了。

老人低声呻吟起来。戈奇迈步上前，正准备弯下腰——

“别碰他！”

听到嗡嗡机的声音，戈奇仿佛撞到了一堵墙上。“如果有谁看到了你露出来的手或者脸，你就完蛋了。你的肤色不对，戈奇。听我说，每年都有几百个深色皮肤的婴儿出生，由于遗传的原因，他们生出来就是那样。但是按这里的法律，他们应该被扼死，尸体转交给优生委员会之后家长可以获得一笔赏金。极少有人愿意冒着生命危险把这些孩子养大，再替他们漂白皮肤。如果你被别人误会成是那种孩子，尤其是你还穿着长袍，他们一定会活活剥了你的。”

戈奇后退两步，低下头，跌跌撞撞地继续往前走。

嗡嗡机把路边的流莺指给他看——多数是女性——她们以分钟、小时或是整夜为单位兜售自己的色相。他们一边顺着漆黑的街道向前走，嗡嗡机一边告诉戈奇说，在城市的其他角落里还有一些残疾的中性人，他们买不起犯人身上的截肢来进行移植，只能向男性出卖自己的身体。

戈奇看到了许多残疾人。他们坐在街头转角，要么摆摊卖些小玩意儿，要么拉着吱吱嘎嘎的乐器卖艺，还有一些直接行乞。这里的人有些瞎了，有些缺胳膊少腿。戈奇看着这些四肢不全的人，脑袋一阵眩晕。他脚底粗糙的地面似乎翻转过来了，像波浪一样起伏着。有那么一会儿，戈奇似乎觉得这整座城市、整颗星球、整个帝国简直就像一场噩梦一样盘旋在他周围。这是一片充斥着苦难和折磨的星群，一场满载着哀痛与毁灭的灾厄之宴。

他们走过装潢俗丽的小店（里面堆满了金玉其外败絮其中的垃圾），走过销售毒品和酒水的国营商店，走过出售各类宗教塑像、书籍、工艺品和祭礼用品的货摊，走过兜售死刑观赏票、截肢观赏票、拷问观赏票，强制性交——主角多半是输掉了以身体为赌注的游戏的玩家——观赏票的货亭和沿街叫卖彩票兼拉皮条兼黑市毒品买卖的小贩。一辆满载警察的卡车呼啸而过，这就是所谓的夜巡了。几个小贩闪身躲进了一边的小巷子里，几个货亭在警车驶过的时候砰地关上了门，警车一走远又马上开门大吉。

在一个小公园里，他们看到一个中性人在小径上晃悠，身边跟着两个衣冠不整的男人和一个病恹恹的女人。那个中性人试图教他们三个变戏法，但他们总是做得颠三倒四的，一群人围在他们周围，像是看搞怪表演一样哈哈大笑。嗡嗡机告诉他，那“三重奏”肯定精神不正常，但是没有人为他们支付住院费，因此他们被剥夺了公民权，然后被卖给了那个中性人。那几个疯疯癫癫的可怜人一会儿想爬灯柱，一会儿想叠罗汉，他们看了一会儿，戈奇就转身走掉了。嗡嗡机告诉他，每十个阿扎德人里就有一个人最终会精神失常，而这发生在女性身上的概率最高，其次是男性，最末是中性人。这个差异也体现在自杀率里——在这里，自杀是违法的。

弗利尔-伊姆萨霍接着把戈奇引到了一家医院前。它说这里相当有代表性，这家医院可以说是整座城市的缩影。这家医院是由慈善机构出资修建的，医护人员大多是无偿的义工。嗡嗡机还说，戈奇的这套打扮会让他们误以为他是个来探望弟兄们的信徒，不过他们一般都忙得焦头烂额，是没有心力把每个闯入者都赶出去的。戈奇恍恍惚惚地走进了大门。

这些人有的缺胳膊少腿，就像戈奇在街上看到的那样，有的面色发青，还有的浑身伤痕累累。有的瘦得像根棍儿，灰白的皮肤紧紧贴在骨头上。有些人奄奄一息地躺在地上，还有一些在薄薄的玻璃隔板后刺耳地干呕着，呻吟声与尖叫声不绝于耳。他还看到有些人苦苦地等待着救护（身上还染着血），有些人咳出的血装满了一只小碗，还有些人被捆在铁床上，脑袋不停地撞着床板，嘴角冒着白沫。

到处都是人，一床床、一架架、一席席的人。密闭的空间里到处都弥漫着恶臭：腐烂的伤口散发出的味道、刺鼻的消毒水气息和人体排泄物的异味。

嗡嗡机在一边提醒他，今天晚上这里的情况只是一般糟糕。

医院里的伤员比平常稍多，这是因为帝国那些从远方战场上凯旋的舰队已经陆陆续续抵达了。加上今天是周末，又是发工资的日子，人们总是习惯在这时候出去喝上两杯，酒后斗殴也就多了。接着它噼里啪啦地吐出一串数据，婴儿死亡率啦，平均寿命啦，性别比例啦，不同疾病在不同社会阶层的传播率啦，平均收入啦，失业率啦，不同地区人均收入的百分比啦，出生税和死亡税啦，堕胎和违法生育的处罚金啦，等等。它还谈到慈善救助的款项，谈到提供救济粮、避难所和急诊室的宗教组织，谈到林林总总的数值、数据、统计和比例，不过戈奇一个字也没有听进去。他只是在这栋建筑里信步闲逛了几个小时，然后他看到了一扇门，就走了进去。

他站在医院后面一个废弃的小花园里，这儿又黑又脏，周围还围了一圈篱笆。黄色的灯光从肮脏的窗户里透出来，照在灰白的草坪和龟裂的铺路石上。嗡嗡机还在一旁说个不停，说它还想带他去另一个地方，想让他看看那些流浪者都睡在哪里，它还说它有办法让他去监狱一游——

“我要回去了，现在就回去！”戈奇一把扯掉帽子，大叫起来。

“回就回吧！”嗡嗡机一边帮他戴上帽子一边说。他们又飞了起来，越飞越高，朝着酒店屋顶的座舱飞去。嗡嗡机沉默不语，戈奇也一言不发，只是静静地看着银河般的灯光从自己脚下掠过。

他们回到了座舱边上。座舱打开了舱顶的大门，已经关闭的灯光随着他们的降落又逐一打开。戈奇站在那里让嗡嗡机替他脱掉外套，解开悬浮装置。悬浮装置从他肩上滑落，嗡嗡机把它们收走的时候，戈奇突然产生了一种一丝不挂的错觉。

“我还有最后一样东西想给你看。”嗡嗡机说着，朝通往休息室的走廊飞去。戈奇跟了上去。

弗利尔－伊姆萨霍飞到房间中央，打开了屏幕。屏幕上出现了一间铺满华丽帷帐和靠垫的房间，一个中性人和一个男性正伴随着激烈的音乐交欢。“这是帝国的精选频道，”嗡嗡机说，“这是初级频道，有打码的。”

“这个频道是限制级的，”嗡嗡机说，“他们可不会给外国来宾看这个。不过你还是可以在市场上买到解码器的。现在我们来看看中级频道里有些什么，这个频道的节目只对帝国政府高层、军队高层、宗教和商业领域的高层人士开放。”

屏幕一花，接着画面上出现了更多的阿扎德人，不是赤身裸体，就是仅着寸缕。和初级频道一样，这个频道的主题也是性，不过多了一个新的要素：许多人穿着奇装异服，被捆着鞭打，或是以各种猎奇的体位被使用。身穿制服的女人对着男人和中性人发号施令，戈奇认出来她们中有一些穿着海军制服，其他人则穿着重新设计过的普通制服。有些中性人身着男装，另一些则穿着女装。每一个场景里都满溢着某种东西，戈奇想，那种东西就是所谓的“支配权”吧。

帝国不想给外宾看到初级频道的内容，戈奇并不惊讶。毕竟这是一个如此看重阶级、体面的假仁假义的民族，想要限制这种内容（尽管它们可能根本无害）也是可以理解的。但是中级频道就不同了。他从这个频道里看到了某种“阿扎德”游戏的内涵，一种让帝国难堪的内涵。很明显，中级频道带给人的愉悦不是通过那种简单的代入官能体验所得到的，而是通过欣赏被凌辱的受虐者和将快乐建立在其痛苦之上的施暴者所得到的。初级频道不过关乎性事，而这个中级频道却是帝国想隐藏而不得的。

“接下来是高级频道。”嗡嗡机说。

戈奇看着屏幕，弗利尔－伊姆萨霍则看着戈奇。

他的眼睛被屏幕照亮，散射的光线从他的虹膜上反射回来。

他的瞳孔先是放大，接着紧缩，最后失去了焦点。嗡嗡机看着这双瞪着屏幕的眼睛，等着他的泪水涌上双眼，等着他眼角的抽搐，等着他紧闭双眼，等着他摇着头别开脸……然而这一切都没有发生。屏幕上的图像完全吸引住了戈奇的目光，仿佛它不是向四面散发光芒，而是吸取着房间里的光线一样。戈奇把身体向前倾，仿佛被屏幕吸引着，像某种同步卫星一样直直地看向画面，纹丝不动。

尖叫声回荡在休息室里，回荡在软椅、沙发和矮几上空——中性人的尖叫，男性的尖叫，女性的尖叫，有时候他们一下子就没了声音，但那只是极少的时候。每一种刑具、每一副被折磨的肉体都发出了自己独特的噪声。鲜血、匕首、骨头、激光、肉块、圆锯、毒药、水蛭、蠕虫甚至身体器官、手指和爪钳，每一样东西都发出自己独特的声音，如同复调一般融入了这支尖叫的主题乐曲。

戈奇最后看到的是一个被预先注射了过量荷尔蒙和致幻剂的男性精神病犯人和一个被宣判为叛国罪的孕妇，一个即将分娩的孕妇。

他闭上眼，捂住耳朵，低下了头。“够了。”他低声说。

弗利尔-伊姆萨霍关掉了屏幕。戈奇的脚跟撑在地板上，仿佛屏幕刚刚确实通过某种不自然的吸引力拽着他往前靠。现在这股力消失了，他一时还找不着平衡似的。

“刚刚那个是直播，杰诺·戈奇。那是现在正在某处上演着的画面——在某个监狱下面的地牢深处，在某个警局的营房里——时时刻刻上演着的画面。”

戈奇抬起头来，瞪大了眼睛，瞧着面前一片空白的屏幕。只是他的眼里仍然没有泪水。他盯着屏幕，身体前后摇晃，做着深呼吸。他的额头上冒着汗，身子抖个不停。

“高级频道只对统治阶级的高层开放，当然还有那些掌握军权的将领们。你肯定明白这是怎么回事了。

“戈奇，这只是极其寻常的一个夜晚，不是什么色情施虐狂的盛宴。你看到的这些每晚都在上演……你没看到的东西还有很多，不过你已经看到这整件事的大概了。”

戈奇点点头，嘴里涩涩的。他努力咽了口唾沫，又做了几下深呼吸，摸了摸胡子。他刚准备张口，嗡嗡机却抢了他的话头。

“还有一件事他们一直瞒着你，我也是昨晚才听飞船说的。从你跟兰姆的那场比赛开始，他们就已经在嗑药了，至少是用了影响脑皮质的安非他明——不过他们还有更多更有效的药物。他们不像你那样可以在体内通过腺体分泌药物，他们只能注射或服用药剂，不过肯定完全确认的是，他们绝不清白。跟你对战的那些人使用的‘非自然’的化学药品和合剂绝对比你分泌的要多得多。”

嗡嗡机叹了口气。戈奇还是目不转睛地盯着一片空白的屏幕。“总之，就是这样，”嗡嗡机说，“如果你对今天看到的东西感到反胃，我只能说对不起，杰诺·戈奇。我只是不希望当你离开帝国的时候还傻兮兮地认为这里不过只有几个出色的玩家、几栋新颖的建筑和几家劲爆的酒吧罢了。你今晚看到的东西也是帝国的一部分，这其中还有很多东西我无法带你去体验。在这里，穷人和所谓‘小康’阶层的悲惨境遇极其相似，因为他们生活在一个无法遵从自己选择的国度里。在这里，记者无法提笔记录他所知道的真相，医生因为性别的不平等而无法救助正在忍受伤痛的病患……这样的事情每天都要重复无数次，尽管不像今晚你看到的那样血腥、那样骇人听闻，但这些都是这个体系的一部分，都是它的产物。

“飞船曾经告诉过你，覆巢之下无完卵。换作是我，我会告诉你，有的。比如说，小孩子总是天性善良的吧？但是你也看到了，他们是怎样打碎这些‘完卵’的。这里的人甚至还标榜身体的‘纯洁性’。结果呢？他们保持那份‘纯洁性’只是为了有一天要亲自毁掉它。我再说一次吧，戈奇，这一切全都可以归结到所有制和私有物上，归结到‘掠夺’和‘侵占’上。”弗利尔-伊姆萨霍停顿了一下，接着朝戈奇飞去，贴到他身边，“啊，我又在说教了，是不是？年轻人的精力过剩啊。我把你留得太晚了，你也差不多该去睡了吧。真是个漫长的夜晚，你说呢？我这就走。”说着，嗡嗡机朝门外飘去，又在门口停了一会儿。“晚安。”

戈奇清了清嗓子，终于从屏幕上收回目光。“晚安。”他说。嗡嗡机停了一下，就消失了。

戈奇又在软椅上坐了下来，盯着自己的双脚研究了一会儿，接着又站起来，走到座舱外的屋顶花园上去了。天色渐明，整座城市仿佛被洗刷了一遍，透着阵阵寒气。街上的灯火将熄未熄，融入了黎明天空清冷的蓝色中。站在楼梯入口处的一个警卫咳嗽了一声，啪地立正站好，尽管戈奇根本看不到他。

戈奇走回座舱里，上床躺了下来。他在黑暗中睁大了双眼，然后闭上，翻了个身，努力想要入睡。他不仅睡不着，而且连分泌一些催眠药物都做不到。

最后他还是坐起身，走回休息室里打开了屏幕。他让座舱把它调回游戏频道，开始坐在那儿研究起他和柏莫亚的比赛来。他一动不动，一言不发，甚至也没有分泌任何药物，只是坐了很久很久。

会议中心外面停着一辆救护车。戈奇走下飞行器，径直朝游戏大厅走去。佩科尔一路小跑跟了上去。他搞不懂这个外星人在想什么，从旅馆到会场的这一路上，正常人总会紧张地说个不停，戈奇却完全没有跟人交谈的欲望。佩科尔不知道为什么他看上去毫不畏惧。要不是因为他跟这个古怪而天真的外星人打过几次交道，他甚至会以为戈奇那张苍白、胡须浓密、棱角分明的脸上写着的是“愤怒”呢。

洛·普利尼斯特·柏莫亚坐在“起源之盘”旁边的一把椅子上，戈奇则站在棋盘上。他用修长的手指捻了捻胡须，接着走了几步棋。柏莫亚紧随其后，也走了几步，接着就进入了正式的交锋。戈奇仍旧在棋盘上垂死挣扎，柏莫亚支使几个志愿者替他搬动棋子，而戈奇则亲自动手，一步一步挪动自己的棋子，四处奔忙，好像一只巨大的黑色甲虫。

柏莫亚不懂戈奇的用意。他打得漫无目的，好几步棋看上去是在头昏脑涨下走出的臭棋，要么就是毫无意义的送死。柏莫亚很快把戈奇的游兵散勇扫荡一空，不久他又想，戈奇也许暗藏了什么阴谋，藏得很深的阴谋。也许戈奇这么打只是临时起意，他只是不想输得那么难堪，毕竟他现在仍然是一个男人。

他是一个外星人，谁知道现在他脑子里转着什么念头呢？他们又走了几步，一切才刚开始，局面还扑朔迷离。接着是午餐时间，午休之后他们又回到了棋盘上。

午休之后，柏莫亚没有坐回椅子上，而是站在棋盘边琢磨着这个狡猾的外星人到底在耍什么花招。现在他觉得自己的对手仿佛是一个飘忽不定的幽灵，他们的棋局甚至不在同一张棋盘上。柏莫亚觉得自己已经失去了对那个外星人的掌控。他失去了一枚又一枚的棋子，而对手甚至还没等他想出破解方法就已经提前识破了他的解法。

这个外星人身上到底发生了什么？他的打法与昨天截然不同。难道他真的作了弊，得到了外界的协助？柏莫亚冒出了冷汗。其实他不必担忧，他仍然遥遥领先，稳操胜券。他只是突然间就出了一身冷汗。他告诉自己没什么可以担心的，这不过是他午餐后摄入的那些兴奋剂的副作用罢了。

柏莫亚走出了胜败攸关的几步，他在试探戈奇，试探他到底有什么阴谋。对方没有回应。柏莫亚又多走了几步，但是稍微过了那么一点儿，戈奇迅速做出了反击。

柏莫亚玩“阿扎德”游戏有一百年了，其中一半的时间是在法院任职期间。他目睹过无数犯人受刑之后的狂暴反应，也见识过甚至参与过无数游戏中雷霆般的反击。然而他的对手接下来走出的这几步棋却比他经历的任何一次受刑或比赛还要野蛮，还要暴力。如果他不是一个对野蛮和暴力司空见惯的法官，他想自己大概会吓昏过去。

戈奇这几步棋行云流水地直捣过来，带着那种新手特有的莽撞和疯狂，但其中运筹帷幄、井井有条的老辣手法却是任何新手都无法企及的。从戈奇走出第一步起，柏莫亚就看出了他的整个计划；戈奇走出第二步后，柏莫亚看清了，这个计划无懈可击；戈奇走出了第三步，柏莫亚想，他大概得把比赛拖到第二天才能把戈奇击溃；戈奇走了第四步，柏莫亚突然惊觉，他的位置不像自己原先设想的那样稳固……第五步，第六步，柏莫亚得抓紧了；走到最后，柏莫亚知道，比赛根本不必拖到第二天了。

柏莫亚动用了他在这一个世纪里学来的所有技巧，使出浑身解数来回应。他发动了隐蔽在暗处的侦察棋，还用进攻棋和物资卡摆出了一个故弄玄虚的计中计。他还提前动用“构建之盘”里尚不成熟的元素棋“水”和“土”把自己的领地变成了一片泽国……但这一切都没用了。

下午的比赛就要结束了。柏莫亚站在那里，看着面前这个外星人。整个游戏大厅里一片死寂。这个外星来的男人站在棋盘中央，一边面无表情地打量着几枚用处不大的棋子，一边摩挲着地自己的脸颊。他看上去是那么平静，波澜不惊。

柏莫亚估量了一下局势。他已经溃不成军，黔驴技穷，无力回天了。就像一个天生不足的畸形儿，或是一台大半损毁的机器，修修补补已经解决不了问题，最好的办法是扔了它重新开始。

但是柏莫亚已经没有重新开始的机会了。他会被人带出会场，送到医院里一刀劁掉。他得以安身立命的东西将要被剥夺，并且永远也拿不回来了。他要永远、永远地失去它了。

柏莫亚已经听不到大厅里的声音，看不到那些观众，甚至也看不到自己脚底下的棋盘了。他的眼中只剩下面前这个高挑的男人。他像只昆虫一样站在那里，身材消瘦，正伸出一根黝黑的手指挠着自己棱角分明、毛茸茸的脸，分成两半的指甲下露出一小块浅色的皮肤。

他怎么能这样安然自若？柏莫亚简直要喊出声了，一股气直冲上他的喉头。今天早上他还感觉良好，以为不费吹灰之力就能赢得比赛。他以为自己不仅可以到火焰星上去参加决赛，还顺便帮了帝国政府一个大忙。现在，他只觉得也许游戏部早就猜到结果会是这样了，他们不过是想要羞辱他、打垮他。（但这又是为什么？他一向那么忠心耿耿，任劳任怨。哪里出错了，一定是哪里出错了……）

但为什么是这一次？他想，为什么偏偏是这一次？

为什么偏偏是这一次，刚好押上了这样一把赌注？为什么偏偏是这次，他的体内已经孕育了新生命的时候，让他下了这样的注？为什么？

那个外星人正摸着胡子，低头看着棋盘，怪模怪样的嘴唇皱了起来。柏莫亚越过地上的障碍跌跌撞撞地朝他走去，也不顾自己踩扁了地上的生物棋子，撞歪了一边的金字塔。

戈奇抬起头来看着他，那眼神像是第一次见他一样。柏莫亚不由得停了下来，直视着戈奇的眼睛。

但是在那里面他什么也没看到。没有遗憾，没有怜悯，没有慈悲，也没有哀伤。他努力地望进那双眼睛里，那种眼神让他想起了某些被判立即处死的犯人，他们有时也会露出这种表情。那种冷漠的眼神，既不是绝望，也不是憎恶，但却比这两者都可怕。那种淡然，那种放弃抵抗、听天由命的神情，仿佛是他的灵魂在说：我不在乎，全都不在乎了。

当然这只是柏莫亚一瞬间的印象，关于死囚的印象。他马上察觉出来哪里不对，但他又不知道哪样才是对的。也许这本来就是不可捉摸的。

紧接着他就明白了，豁然开朗。在他的这一生中，从这个人的目光里，柏莫亚第一次明白了死囚的眼神是怎么回事。

他瘫倒在地。先是双膝重重地砸在了棋盘上，撞倒了起伏的山峦，接着身体也倒了下去，同时还侧着脸直愣愣地盯着棋盘。他闭上了双眼。

裁判和他的助手们走过来，轻轻地把他扶了起来。医护人员低声抽噎着将他抬到担架上，朝门外的救护车走去。

佩科尔站在原地，惊诧不已。他还从来没见过一个法官这样失态，还当着一个外宾的面！他快步追上前面的男人，他正迅速而安静地朝大厅出口走去，彻底无视了观众席上的嘘声和叫喊——就像他进来时一样。还没等媒体们反应过来，他们俩已经坐上了飞行器疾驰出了游戏大厅。

佩科尔想起来，戈奇在游戏大厅的整段时间里，一句话也没有说过。

弗利尔-伊姆萨霍看着面前的男人。它设想了千百种他可能会有的反应，但他只是静静地坐在屏幕前，一遍遍重放着他来到帝国以后打的那几盘游戏，一言不发。

他就要和其他一百一十九名赢得四轮比赛的玩家到埃科隆奈多去了。根据这种严苛赌注的惯例，柏莫亚的家人代替已经动完手术的柏莫亚向戈奇认输了。在剩下的两个棋盘上，戈奇不费一兵一卒就赢得了比赛，同时赢得的还有通往火焰星的入场券。

从戈奇赢得与柏莫亚对战的那天算起，到帝国皇家舰队动身前往埃科隆奈多进行为期二十天的比赛为止，中间空出了二十多天的时间。这个时候，哈敏，那位帝国一流的肯德瑟夫学院的校长、摄政王的导师，邀请戈奇到他的庄园里度个小假。尽管弗利尔-伊姆萨霍反对，戈奇还是接受了这个邀请。哈敏的庄园坐落在距此几百公里的一片内陆海的岛屿上，他们第二天就要启程了。

戈奇现在染上了某种——用嗡嗡机的话说，某种不良甚至反常——的嗜好，那就是他开始留意起报纸和其他媒体是怎么评价自己的了。事实上，他似乎对媒体在那场比赛后泼给他的脏水乐在其中，甚至当他看到或是听到别人对自己的评价——尤其是某些读者用痛心疾首的口吻说“外星人戈基”是如何害得洛·普利尼斯特·柏莫亚家破人亡，虽然这位尊敬而仁慈的法官有五个妻子、两个丈夫，却没有留下任何子嗣——的时候，竟会忍不住露出微笑。

戈奇也开始收看那些帝国远征军镇压野蛮人和异教徒的频道，同时还让座舱收集其他频道播出的供高阶军官收看的节目——这些节目似乎还想同皇家的高级加密频道一争高下。

军队频道里会播放折磨和处死外星人的节目，里面也会有推倒这些叛军的建筑、焚毁他们艺术品的场面。这些场景极少出现在通常的收视频道里。原因无他，在大众眼里，这些种族通常都被丑化成了野蛮的怪兽、温驯的傻瓜或是贪婪狡诈的低等生物，而这些东西是不可能创作出所谓文明和艺术的。有的时候，如果条件许可，出现在镜头里的阿扎德男人们——中性人从不参与——还会侵犯这些野蛮的家伙。

弗利尔-伊姆萨霍很惊讶戈奇竟然喜欢看这种东西，尤其令它不快的是，最开始的确是它自己向戈奇推荐了那几个频道才把他引上了这条路。幸好戈奇并没有在观看这些东西的同时得到生理快感，他看这些节目的方式与嗡嗡机所知道的、大部分阿扎德人看这些节目的方式不同：他只是看了，记住了，接着就切换到另一个台去了。

他仍然把大量的时间花在研究游戏上，但是每当外面传来的节目信号或是新闻里又冒出了对他的恶意中伤时，他总要回过身去，就好像上了瘾一样。

“可是我不喜欢戒指。”

“这不是你喜不喜欢的问题，杰诺·戈奇。你要到哈敏的庄园去，就必须离开座舱，我不可能时时刻刻都跟着你。而且再怎么说，毒物学也不是我的本行。你在那里大吃大喝，他们也许会给你下点什么药或者歪门邪道的东西。但是如果你从这里面选一个戴在手指——最好是食指——上，你至少不会被人毒死。如果它扎了你一下，说明那不是致命毒药，只是致幻剂之类的东西；如果它扎了你三下，就说明有人想取走你的小命了。”

“那要是被扎了两下呢？”

“我怎么知道！扎两下大概是坏了吧……现在，选一个带上吧？”

“它们跟我一点儿都不搭啊。”

“你觉得裹尸布跟你就挺搭的？”

“这感觉很滑稽啊。”

“别扯了，管用就行。”

“你说要是戴个挡枪子儿的护身符怎么样？”

“你是认真的吗？我的意思是说，如果你带个被动冲击防御系统过去，然后他们用——”

戈奇连忙摇了摇手，上面匆匆套了个戒指。“不不，算了。”说着他又坐下来，把屏幕调到了军队的处刑频道。

嗡嗡机发现自己根本没法跟戈奇沟通，他连听都不听。它试着向他解释，尽管这座城市里正在发生种种骇人听闻的事，但是如果“文明”贸然插手，那只会让事情变得更糟。它试图辩白说，无论是星际事务部还是“文明”自己，现在都只能像戈奇一样，穿着伪装却不能向街上那个垂死挣扎的老人伸出援手，他们只能继续伪装下去，等待时机……然而这些话戈奇没有听进去，或者说戈奇的心思根本就不在这上面，因为他始终沉默着，一言不发。

从上场比赛结束到出发去哈敏庄园之前，弗利尔-伊姆萨霍几乎没怎么出过门，只是忧心忡忡地待在座舱里陪着这个男人。

“戈奇先生，幸会幸会。”年迈的中性人伸出一只手，戈奇握住了它，“你在这儿玩得还愉快吗？”

“我们都过得非常愉快，谢谢。”戈奇说。他们站在一栋矮楼的天台上，四周环绕着葱茏的植被，从这里还能望到远处明光可鉴的大海。这整栋楼仿佛都淹没在肆意延展的青翠中，只剩下这个天台避开了那些摇曳生姿的枝叶。不远处的围场里奔跑着各种各样的坐骑，从各个楼层伸展出来高低错落的长廊穿过浓密的林木将庄园里金色的沙滩、凉亭和避暑别墅全都连接在了一起。浮在内陆上空的云彩在阳光的照耀下熠熠生辉。

穿制服的仆役从飞行器上接过了戈奇的行李。“你说‘我们’？”他们一边走，哈敏一边问道。

“我和这只嗡嗡机，弗利尔－伊姆萨霍。”戈奇抬起下巴指了指自己身边笨重嘈杂的机器。

“哦，我明白了。”老人笑了起来，他那谢顶的脑袋在双星系统下闪闪发亮，“就是某些人口中那台你用来作弊的机器。”他们边说边走到了楼下的一个摆满了桌子的阳台上，哈敏把戈奇和嗡嗡机逐一介绍给了其他来宾，大部分是有美人相伴的中性人。在这些客人中戈奇认出了一个人，洛·沙夫·奥勒斯，那位帝国政府官员。他笑着放下手里的酒杯，站起来握住了戈奇的手。

“戈奇先生，真高兴我们又见面了。好运常驻加上技术高超，真是太了不起了。再次祝贺你。”奥勒斯的眼睛不时瞟向戈奇手上的戒指。

“谢谢，不过我也付出了相当大的代价。”

“确实。不过你从不会让我们失望的，戈奇先生。”

“总会有那么一天的。”

“你真是太谦虚了。”奥勒斯笑着坐了下来。

戈奇谢绝了主人带他参观房间、稍作休息的邀请，他现在可精神得很呢。他跟哈敏，还有另外几个肯德瑟夫学院的高层人士和政府官员坐在一起，冰镇葡萄酒和开胃小食陆续摆了上来。弗利尔－伊姆萨霍压低了声音停在戈奇脚边。现在看来餐桌上的食物除了酒精一律无害，戈奇的戒指也就乐得无事了。

大家聊天的时候话题全都小心翼翼地避开了戈奇的上一场游戏。每个人都把他的名字念对了。肯德瑟夫学院的那几个人主要问了问戈奇独特的游戏打法，戈奇尽其所能地做了回答。政府官员则彬彬有礼地请他谈谈自己的家乡，他就随便胡扯了一些行星上的生活敷衍过去。他们还问到了弗利尔－伊姆萨霍，戈奇本来以为嗡嗡机要自己回答，但它一声不吭，戈奇就照实说了。他说按照“文明”的定义，这只嗡嗡机是自由的，它可以按照自己的意愿行事，不必听令于戈奇。

洛·沙夫·奥勒斯带来的一位身材高挑、明艳照人的女性也加入了谈话。她低头问弗利尔-伊姆萨霍是否觉得它的主人发挥正常。

弗利尔-伊姆萨霍——它带着一股倦怠的语气，戈奇觉得只有自己听出来了——答道，首先，戈奇不是它的主人；其次，它觉得他比它想象中发挥得要正常，尽管它对“阿扎德”几乎一窍不通。

这桌子人全都笑了起来。

这时哈敏站了起来，他说自己那活了两百五十年的肚子告诉他，到晚饭时间了——这可比任何一个仆人的表都掐得准。大家又笑了起来，纷纷起身离开了阳台。哈敏亲自把戈奇送到了他的房间门口，还告诉他，晚餐准备好后会派一个人来通知他的。

“我真想知道他们把你请过来是想干什么。”弗利尔-伊姆萨霍一边帮戈奇打开行李一边说道。戈奇站在窗边，眺望着无风的树林和平静的海面。

“也许他们想把我召进去呢。你怎么看，嗡嗡机？我当个将军怎么样？”

“别开这种玩笑，杰诺·戈奇。”嗡嗡机用玛瑞语说道，“别忘了，我们在这里可是随时会被窃听听窃的，别胡说八道九道。”

戈奇露出一副关切的神色，用伊埃语答道：“我的天哪，嗡嗡机，你这是染上了什么口齿不清的毛病？”

“戈奇啊……”嗡嗡机不满地哼了一声，扯出了几件按帝国习俗应该在用餐时穿着的晚礼服。

戈奇转过身，笑了起来。“也许他们只是想杀了我。”

“我想知道他们还缺不缺人。”

戈奇大笑起来。他走到床边，嗡嗡机正在往床上铺晚礼服。

"不会有事的。"

"你就吹吧，我们在这里得不到座舱的保护，其他的就更不用说了。不过……算了，别想那么多。"

戈奇拿起两件衣服放在脖子下面比画了起来，他低着头一边看一边说，"反正我不担心。"

嗡嗡机在一旁怒不可遏地大叫起来："哦，杰诺·戈奇！我跟你说过多少次了！你能不能不把红色和绿色配在一起！"

"你喜欢这音乐吗，戈奇先生？"哈敏倾过身体问他。

戈奇点点头。"还行，来点儿音乐总是好的。"

哈敏坐直身体，似乎对这个答案非常满意。今天的晚宴非常丰盛，也非常漫长，用餐的过程中有几个舞女一直在大厅中央跳舞。而且如果戈奇的戒指没有出错的话，也没有人在他的晚餐里动手脚。晚餐之后他们登上了屋顶的花园，暮色四合，宴会已经转移到暖风微醺的室外来了。狭长的回廊在繁枝茂叶里穿梭，几个中性人演奏的音乐如泣如诉地回荡在傍晚的空气中。

戈奇、哈敏和奥勒斯坐在一张小桌旁，弗利尔-伊姆萨霍停在戈奇脚边。周围的树上张灯结彩，屋顶花园仿佛也变成了灯海中的一个孤岛。远处传来此起彼伏的鸟鸣和兽嗥，仿佛在回应着楼台上的音乐。

"我想问问，戈奇先生，"哈敏抿了一口酒，点起了一只烟管很长、头却很小的烟斗，"你有没有看上哪一个舞娘？"他抽了口烟，吐出一大圈云雾之后又接着说道，"我这么问只是因为有一个姑娘，头发里带点银色的那个，不知道你还记不记得……她似乎对你很有兴趣。恕我冒昧，希望我没有吓到你，戈奇先生？"

"没有。"

"那就好。我只是想说，我们已经算是朋友了，对不对？你在游戏中已经大大地证明了你自己。我这里是一个非常私人的地方，不论是媒体还是一般民众都进不来。他们总得遵守某些严苛的法律法规……而我们不用，至少在这里不用。你明白我的意思吗？你今晚大可以在这里好好放松一下。”

“我非常感谢你的好意，我会好好放松的。但是在我来伊埃之前有人告诉我，我的脸在这里可算不上好看，甚至还可能被当作外星人丑化一番。你这番天大的好意我心领了，不过我不想把自己的意志强加给别无选择的人。”

“又来了，杰诺·戈奇，你就是太谦虚了。”奥勒斯微笑着说。

哈敏点点头，又抽了一口烟。“你知道吗，戈奇先生，我听说在你们的‘文明’上没有法律这回事。我想这里面一定有夸张的成分。不过空穴来风，未必无因，我想你也许会觉得我们的法律又呆板又严酷，跟你们的社会肯定大不相同。

“我们有一堆规章制度，我们试图遵从上帝的指示、游戏的准则和帝国的律法办事。不过这些条条框框带来的乐趣之一就是践踏它们。在座的都不是小孩子了，戈奇先生。”哈敏用烟斗指了指周围的一圈人，“规章制度之所以存在就是为了让我们做那些被严令禁止的事嘛。不过当大多数人在大多数情况下确实必须遵守种种禁忌的时候，还挺有效的。这种盲目的服从简直就好像……哈，”哈敏笑出了声，用烟斗指了指嗡嗡机，“只是机器罢了！”

弗利尔-伊姆萨霍嗡嗡的声音大了起来，不过也只有那么一瞬间而已。

接着他们陷入了沉默。戈奇拿起杯子啜了一口。

奥勒斯和哈敏对望了一眼。“杰诺·戈奇。”奥勒斯终于开了口，不住地转动着手里的玻璃杯，“我们就打开天窗说亮话吧。你让我们颜面扫地。你打得比我们想象中要好太多了。尽管骗过我们并不容易，但是你确实做到了。我不管你用了什么办法，不管是你体内的药物，是你这台机器，或者只是你向我们瞒报了你学习‘阿扎德’真正的时间，我都祝贺你取得的成绩。你比我们厉害，我们已经领教过了。我只是替那些无辜的人，那些在你遭到枪击时被误伤的路人，还有被动了刀子的洛·普利尼斯特·柏莫亚，感到难过。你当然已经猜到了，我们不希望你再继续下去了。然而帝国行政的这块是不能干涉游戏部的，所以我们也很难采取直接的措施……不过我们倒是有一个小建议。”

“什么建议？”戈奇抿了口酒。

“正如我所说的，”哈敏用烟斗指了指戈奇，“我们有一堆法律，因此我们也规定了许多罪名，其中一些是跟性有关的，你明白吧？”戈奇低下头看着面前的酒杯。“我想我不必指出，”哈敏接着说道，“我们的生理特性使得我们很异常，也许某些人觉得这在某方面算是天赋异禀。然后呢，在我们的社会里，想要彻底控制某人是可能的。我们可以强迫某个人甚至某些人，去做他们不想做的事。我们可以向你提供这样的权力，这种——根据你自己的描述——在你们的社会里永远不可能享受到的权力。”这个年迈的中性人凑了过来，压低了声音继续说道，“你能想象你拥有好几个女人、男人甚至中性人，而他们都对你唯命是从吗？”哈敏在桌腿上敲了敲烟斗，烟灰全都落在了弗利尔-伊姆萨霍身上。这位肯德瑟夫学院的校长露出一个阴森的微笑，靠回了椅子上，重新从一个小烟袋里掏出烟丝，填进烟斗里。

奥勒斯也凑了上来。“这座岛全都送给你，你爱用多久就用多久，杰诺·戈奇。你想要什么性别的人，想要多少人，随你便。”

“但是我要退出游戏？”

“对，退出。”奥勒斯说。

哈敏点点头：“这是有先例的。”

“整座岛吗？”戈奇看似很有兴趣地环视了一圈被笼罩在柔和

灯光下的花园。一小队舞者出现了。这些体态轻柔、衣不蔽体的男女和中性人从乐手背后的台阶走到了一个小舞台上。

“所有东西。”奥勒斯说，“整座岛，整栋房子，这里所有的仆役和舞者，所有东西和所有人。”

戈奇点了点头，但是并没有说话。

哈敏又点起了烟斗。“甚至包括这个乐队。”他说，“你不觉得他们的演奏动听极了吗，戈奇先生？”

“确实。”戈奇抿了一小口酒，望向舞台上各就各位的舞者。

“即使如此，”哈敏说道，“这其中仍有些不为人知的奥妙。你可知道，想听到这些音乐需要付出怎样的代价？光是这件事就足够我们开心的了。看到那件弦乐器没有？左边那件八弦的乐器？”

戈奇点点头。哈敏说：“我可以告诉你，那上面的每一根弦都勒死过一个人。看到后面那件白色的管乐器没有？就是那个男人在吹的那个。”

“长得像骨头一样的那个？”

哈敏大笑起来：“那是用一个女人的股骨做的，连麻醉剂都没打。”

“那是自然。”戈奇一边说，一边从桌上的一只碗里捡了几颗甜坚果扔进嘴里，“我想知道她们是双腿都被拆了呢，还是变成了一群金鸡独立的音乐鉴赏家？”

哈敏笑了。“你看，”他对奥勒斯说，“他还挺上道儿的吧。”老人朝乐队背后的舞者做了个手势，他们已经准备好开始表演了。“那些鼓面都是用人皮做的，这就是为什么一整套乐器会被称作‘一家子’了。那台立着的打击乐器是用指骨做的，还有……别的乐器也不必多说了，但是你现在应该已经明白了，为什么这种音乐对于我们这些懂行的人来说这么……无与伦比了吧？”

“哦，那当然。”戈奇说。舞台上的人跳起舞来，他们的舞姿是如此流畅、纯熟，一下子就抓住了他的眼球。他们中的几个人一定是穿了悬浮装置，跃动在空中的身影仿佛某种巨大、优雅的鸟类。

“很好。”哈敏点了点头，“你看到了吧，戈奇，每个人在帝国里都有自己的位置。游戏人生，或是……被别人游戏。”哈敏用伊埃语说出“游戏”这个词的时候笑了一下，这个词在玛瑞语里也有这种微妙的用法。

戈奇目不转睛地看了好一会儿舞台上的表演，开口说道：“我会继续比赛的。院长，埃科隆奈多上见。”他手上的戒指随着音乐的节拍一下一下敲打着杯口。

哈敏叹了口气，说：“好吧，那我只能实话实说了。杰诺·戈奇，我们非常替你担心。”

他抽回了烟斗，仔细打量着烧得发红的烟丝。“我们很担心如果你继续下去，会对我们民众的士气造成不好的影响。他们中的大部分只是普通人，有时候我们得负责保护他们，不让他们被那些赤裸裸的事实所刺伤。还有什么比发现自己同胞里的大部分人都野蛮、愚蠢、残暴无道更伤人的呢？他们不会明白，为什么一个陌生人，一个外来者，会在他们心目中神圣的游戏里取得如此骄人的战绩？我们这些人——宫廷里的人，学院里的人——倒是无所谓，但是我们不能让那些普通民众，那些无辜的人，做出什么有失体统的事来。我们在这方面要做的事、要承担的责任，其实并不是什么好差使。但我们明白自己的职责所在，所以我们会为那些人，也为帝国负责。”

哈敏又凑上前来。“我们不想杀你，戈奇先生。尽管我听说法院里有些派系的家伙很想这么干，还听说安全部的那群人可以不费吹灰之力就要了你的命，但是我们是不会这样做的，这太不入流了。不过……”老人朝细细的烟杆上吸了一口，咂巴着嘴。戈奇等着他说下去。哈敏调转烟斗指了指戈奇。“戈奇，我可以告诉你，不管你在埃科隆奈多打得怎么样，在宣布战绩的时候，你都是输家。我们全权操控了火焰星上所有的新闻媒体，它们都会对外宣布你已经在第一轮就被淘汰出局了。我们会不择手段让所有人相信这就是事情的真相。你可以告诉别人我今天跟你说过的这些话，比赛之后你也可以畅所欲言，只不过人们根本不会相信你。我说的这一切，一定会发生。‘结果’早就定好了。”

奥勒斯接话道：“所以，你也看到了，戈奇。你可以去埃科隆奈多，但你赢不了，你绝对赢不了。你当然可以装作是去那儿旅游了一圈，你也可以留在这里享受你的贵宾待遇。你要再坚持打下去，一点儿意义也没有。”

“嗯哼。”戈奇应道。台上的舞者逐渐剥掉了彼此的衣服，有几个人还一边跳舞一边夸张地挑逗着身边的舞伴。戈奇点了点头。“我会好好考虑的。”他冲面前的这两个中性人一笑，“尽管我还是很想去你们的火焰星一游。”

他端起冰凉的酒杯又啜了一口，目光追随着乐手背后越来越下流的舞蹈，“除此之外……比赛我自然是会全力以赴的。”

哈敏盯着自己的烟斗，奥勒斯一脸严肃。

戈奇无能为力地摊了摊手问：“不然呢？”

“不管怎么说，你愿意……配合吗？”奥勒斯问。

戈奇看上去相当不解。奥勒斯慢慢伸出一只手搭上了戈奇的杯沿。“弄假成真。”他低声说道。

戈奇看着他们俩又对视了一眼，等着看他们还有什么把戏。

“影像之类的。”过了一会儿，哈敏盯着自己的烟斗说了起来，“可以从你处于劣势时焦虑的表情中截取，或者从某些访谈里截取。就算你不愿帮忙，我们也可以自己动手剪辑。要是你愿意配合，我们双方都能省下不少事。”说完，他抽了口烟。奥勒斯抿了口酒，朝群魔乱舞的舞台上瞟了一眼。

戈奇一脸诧异地问道："你是说，欺诈？我配合你们一起说这个谎？"

"这不是说谎，是真正的真实，戈奇。"奥勒斯慢悠悠说道，"对于政府来说，谁拥有可供呈堂做证的影像资料，谁就是真实的。"

戈奇大笑起来。"我自然是愿意效劳的，当然了。做这种娱乐大众、可怜兮兮的访谈倒还真是个挑战呢。我甚至可以在游戏里表现得处处挨打，惨不忍睹。"他举起酒杯，"但不管怎么说，游戏才是最重要的，对不对？"

哈敏哼了一声，肩膀微微颤抖起来。他吸了口烟，又吐出一片烟雾。"这才是一个游戏玩家该说的话。"他拍了拍戈奇的肩膀，"戈奇先生，尽管你拒绝了我这庄园所能提供的一切享受，我还是希望你能多留一会儿。跟你聊天很尽兴，你会留下来吧？"

"为什么不呢？"戈奇说着，跟哈敏碰了碰杯。奥勒斯向后一靠，低声笑了起来。现在他们三个都转头看向舞台，舞台上的人们已经用肉体交织成了一片淫靡的图景，戈奇随着音乐的节奏打起了拍子。

接下来的半个月，戈奇都待在哈敏的庄园里。他与这位老院长进行了各种交流，但他觉得他们对彼此还是不甚了解，尽管他们也许从对方身上知道了一些异乡的风俗。

很显然，哈敏很难相信"文明"上完全没有金钱概念。"如果我想得到某些不同寻常的东西怎么办？"

"比如说呢？"

"比如说我自己的行星？"哈敏笑起来像个风箱。

"你怎么可能拥有自己的行星呢？"戈奇摇了摇头。

“如果，我是说如果我就是想要呢？”

“如果你能找到一颗荒无人烟的行星，你要登陆也不会引起任何人的不快。这样的话也许是可行的。不过你又怎么去阻止其他人也来登陆呢？”

“我不能买一支舰队吗？”

“你的舰船都有智能思维。你可以向它们灌输你的想法，但我想它们是不会听的。”

“你们的舰船都认为自己非常智能？”哈敏咯咯笑了起来。

“这只是你们某些人的偏见。”

哈敏发觉“文明”的道德观念非常有趣。他们把性别角色互换看作像旅游啊、换发型啊一样再平常不过的事，这一方面让哈敏义愤填膺，另一方面又让他兴趣盎然。他觉得这种生活一定充满了乐趣。不过“文明”上真的百无禁忌吗？

戈奇想要解释清楚，他们只是没有明确成文的法律，不过实际上没什么人犯罪。偶尔会有出于感情冲动而犯下的罪（哈敏是这么叫它的），不过其他就很少了。而且在“文明”上人人都有一只终端机，想要逃离法网几乎是不可能的。不过人们也没什么犯罪动机就是了。

“那要是有人杀了人呢？”

戈奇耸耸肩说：“那嗡嗡机就来了。”

“啊，这听起来像那么回事儿了。嗡嗡机会对他们做什么？”

“天天跟着你，确保你不会再犯。”

“就这样了？”

“你还想怎么样呢？这样一来你在社交圈可就混不下去了，再也没有人会请你参加派对了。”

“啊，那我偏要当个不速之客呢？”

“你当然可以，”戈奇无奈地说，“但是没人会理你的。”

轮到哈敏向戈奇介绍帝国的时候，戈奇想起舒侯伯汉姆·扎的话，觉得他说得对极了：帝国是一颗钻石，但它的切面却全都混乱而凶残。不难理解为什么阿扎德人关于“人性”的看法这么扭曲——“人性”这个词往往是他们在替那些不人性的事情辩护时才用到的——他们身处在帝国这样的环境中，耳濡目染，当然也就造就了他们这种为求自保不择手段的“本能”（戈奇只能想到这个词）。

帝国想要生存下去。它就像某种庞大的怪物，身上只能寄生固定的细胞或病毒，因此这种细胞自然会本能地清理掉其他所有的细胞。哈敏在说到这里的时候举了一个癌细胞扩散的例子。戈奇想要告诉他，细胞只是细胞，人虽然也是由成千上万细胞组成的，但是人是有意识的，这是不能以细胞来比喻的……但是哈敏根本连听也不愿听，意思是搞不懂状况的是戈奇，不是他自己。

在闲暇的时间里，戈奇有时在森林里散散步，有时则在温暖的海水里畅游。每当用餐的时候哈敏的庄园里就会飘出悠扬的旋律，戈奇现在已经学会如何应付这样的场合了，怎么吃，怎么穿，怎么应酬各种各样的客人——新朋友和老朋友都如流水一样来去匆匆，怎么在那里放松自己，谈笑风生，怎么欣赏饭后精心安排的娱乐活动——通常是些色情表演或是性游戏。不停有人来邀请戈奇加入他们的行列，不过戈奇每次都谢绝了。他发现自己对阿扎德女人越来越有兴趣了，而且吸引他的还不仅仅是她们的肉体……因此他不得不分泌出各种具有消极作用甚至令自己反胃的腺素来抵御自己身边莺莺燕燕的诱惑。

这真是一段愉快的时光。戒指一次也没有扎过他，也没人对着他放冷枪。戈奇与弗利尔-伊姆萨霍不久之后就安全返回了酒店顶楼的座舱里，帝国的舰队几天之后就要出发去埃科隆奈多了。戈奇和嗡嗡机自然比较希望待在座舱里，这样他们自己也能飞过去，不过星际事务部不许他们这样做——要是被帝国军方发现这个救生艇大小的玩意儿比他们的军舰还厉害就不好了——帝国方面也不同意把座舱载在帝国运输舰里送过去，因此戈奇他们只能跟大家一样搭帝国舰队的顺风车过去了。

“你以为你这样就算碰上麻烦了吗？”弗利尔-伊姆萨霍在一旁幽怨地开了口，“他们这一路上会时时刻刻监视着我们，到了城堡里也一样。这也就是说在游戏结束以前，我得没日没夜地躲在这个可笑的铁桶里了。你为什么不按照大家的预料一样，在第一场游戏里就输掉呢？那样我们就能让什么火焰星滚蛋，现在安安稳稳地待在通用系统星舰上了。”

“够了，闭嘴吧，嗡嗡机。”

事实上，他们根本没必要再回到座舱上来了，也没什么可以收拣或者带走的。戈奇站在不甚宽敞的休息室里，摆弄着手腕上的手镯，这才意识到其实自己比任何一次都要期待埃科隆奈多上的游戏。他终于可以摆脱外界的压力，不必再理会帝国媒体的诋毁和群情激奋的观众，他可以帮帝国伪造一段以假乱真的新闻，而且很可能再也不必押上什么身体赌注了。他可以尽兴地享受游戏的乐趣……

弗利尔-伊姆萨霍很高兴戈奇终于从观看帝国限制级频道的爱好里走了出来。经过在哈敏庄园里的那段休整，现在他像是恢复元气了。尽管它发现戈奇有一点不大一样，它说不出是哪里不一样，但是他确实不同了。

他们再也没见过舒侯伯汉姆·扎。据说他去“内地”旅行了，鬼知道那在哪里。他用玛瑞语向戈奇发来了问候，还附上了一条便笺，希望戈奇有一天能体会一下“因子”的奇妙之处……

在他们出发之前，戈奇想起了几个月前他在舞会里碰到的那个女孩儿。他已经不记得她的名字了，不过他问座舱能不能提供一份从第一轮比赛里晋级的女性选手的名单，要是他看到了她的名字，就一定会想起来的。但是座舱一副迷惑不解的样子，这时弗利尔–伊姆萨霍插嘴说，他们俩都不必操心了。

根本就没有女性选手晋级到第二轮。

佩科尔把他们一路送到了机场，他的手臂已经痊愈了。戈奇和弗利尔–伊姆萨霍向座舱道了别，它就升到空中去和远处的限制因素会合去了。他们也同佩科尔道了别——佩科尔紧紧握住戈奇的双手——之后他们就一起登上了飞船。

戈奇看着戈罗斯纳切克在下方逐渐远去。随着飞船猛地窜入云霄，戈奇一下子被抛回了座位上，眼前的景色也跟着模糊起来。

最后所有的景色都暗淡了，只剩下远处城市里喷出来的烟雾和粉尘昭示着它的存在。飞船攀升着转过一个角度，于是这一切也都消失了。

尽管这座城市是那么乌烟瘴气，现在似乎也恢复了暂时的宁静与平和。距离似乎抹去了它的混乱与动荡，从高高的空中向下望去，所有的东西都渐渐远离，这颗星球就好像一个毫无知觉的庞大器官，悄无声息地向四周伸展。

第三章　计中计

别来无恙。我们的游戏玩家又一次逢凶化吉了。但是我相信你们也看到了，他已经变了。这些人类啊！

但我是永远不会变的。到现在为止我还没告诉你们我是谁，现在我也不打算告诉你们。也许晚些会告诉你们？

也许吧。

总之，身份真的有这么重要吗？我可不这么认为。我们的所思所想并不能说明什么，真正起决定作用的是我们的所作所为。我们的行为交互影响才产生了各种各样的作用（这跟自由意志没有什么关系，也不与刚刚说的行为决定论相冲突）。所谓的自由意志又是什么？运气。不确定因素。如果某件事没有一个注定的结局，那自由意志在里面起到的作用也不过如此。有些人连这个也搞不清，真让人伤脑筋！

这是连人类也应该明白的事。

结果才是一切，过程并不重要（除非达成这个目标本身的过程就是一系列目标的实现）。一个意识由巨量的以音速工作的细胞生成，一个意识由纳米泡沫级的以光速工作的处理器生成，这两者之间又有什么区别？（更别提一台是“主脑”了。）两台都是机器，两台都是有机体，两台都能完美地完成任务。它们所做的事都是一样的。

把某种能量转换成另一种形式，仅此而已。

转换。记忆。还有不确定因素，比如运气，即人们所谓的自由选择。这是最基本的。

我再强调一遍，真正起作用的是你的所作所为。我信奉的教条就是动态行为主义。

戈奇？他的转换越来越有意思了。他现在的思维与过去截然不同，一举一动也不再是原来的样子了。他已经变成了另一个人。他见识到了城市里最残酷的一面，他承受了这一切，并且报复了他们。

现在他又乘上了飞船，脑子里塞满了“阿扎德”的种种生存法则。他已经开始适应这套包罗万象的规矩，沉迷于其中眼花缭乱的种种可能性了。他将被送上永不熄灭的火焰星，送上帝国古老的圣地，埃科隆奈多。

我们的主角会活下来吗？他能活下来吗？他要怎样取得胜利？

他要学的东西还有多少？他又会用新学到的这些东西做出什么事来？

等着瞧吧，时间会证明一切的。

现在就开始吧，艺术大师……

埃科隆奈多距离伊埃有二十光年的距离。行程过半的时候，帝国舰队已经脱离了伊埃系统与主星系之间的尘埃云。飞船巨大的旋臂在天空中伸展开来，旋涡里仿佛镶嵌着无数的钻石。

戈奇已经迫不及待要登上火焰星了。这段旅程长得似乎无穷无尽，他搭乘的这艘飞船又非常拥挤。大部分时候他都待在自己的房间里。乘务员、帝国政府官员和飞船上的其他游戏玩家对他都非常不友好，除了几次到帝国的战列巡航舰无敌上去参加招待会以外，戈奇没有任何社交活动。

一路无话，十二天后舰队抵达了埃科隆奈多。埃科隆奈多位于一个很常见的行星系统里，围绕着一颗黄矮星运转。除了有一点儿不同寻常以外，这是一颗很普通的供人居住的星球。

我们不难发现，在许多急速自转的星球上都有明显的赤道带。尽管埃科隆奈多质量较轻，但它的回归线内还是形成了一条带状的大陆。大陆两侧则是一片汪洋，极点附近覆有冰盖。那不同寻常的一点是，在这颗星球的大陆上永远漂浮着一道火焰。这不论是“文明”还是帝国都没有找到过先例。

这道火焰以半个标准年为周期环绕着埃科隆奈多运动，火舌掠过陆地，拂过它两边的海滩，维持着直线前进，吞噬了那些从早前的灰烬里成长起来的植物。整个陆地的生态圈都是围绕这道火焰建立起来的：有的植物只能从余温尚存的土地里发芽，种子借助火焰的余热成长；有的植物只在火焰逼近的时候迅速开花结果，火焰的热浪会将种子卷上高空，等火焰过去之后再落下来，撒向四方。陆地上的动物则分成三种，一种随时在迁徙，跟火焰保持着一段永远不会被追上它的距离；一种栖息在海滩上，随时准备躲进海里避难；剩下的一种则通过打洞或是潜进溪流湖泊里避开火焰。

鸟类像环绕埃科隆奈多飞翔、如同羽毛组成的蒸汽尾流。

火焰就这么熊熊地燃烧了十一个周期，直到第十二个周期的时候，变化发生了。

烬花是一种高而纤细的树，火焰过去之后这种植物的种子会迅速拔条，在下一次火焰到来之前的两百天里，它们可以长出坚硬的根须和高达十米的枝干。当火焰第二次到来的时候，烬花没有被烧毁，它们闭合起自己的树冠，等到火焰过去之后又继续成长。在经过了十一个大月的洗礼之后，烬花已经长成了近七十米的参天大树。它们释放出来的气体产生了第一个有氧季，这时，白炽期也随之到来了。

这一次，一贯不紧不慢的火焰暴燃了起来。它不再像往常那样慢吞吞地炙烤大地，而是像炼狱之火一样席卷了整片大陆。湖泊消失了，河流干涸了，岩石在灼热的火焰里龟裂了。动物们不得不改变它们以往在大月里躲避火焰的方式来求生：要么跑得更快来躲避白炽期大火的追击，要么朝大海里游得更远或是登上远洋里仅有的几个小岛避难，要么蛰伏在岩穴或者河床、峡湾的更深处。植物也不得不采取新的求生策略，把根扎得更深，给种子裹上更加坚硬的外壳，或者赋予它们即使被抛得更高、更远，在落在滚烫的大地上时依然可以生根发芽的保护。

在白炽期刚刚过去的时候，浓烟、粉尘和灰烬笼罩了天空，整颗星球仿佛迎来了世界末日。烟尘遮蔽了恒星的照射，地表温度一落千丈，接着一切会慢慢开始恢复。尽管已经变小的火焰仍然在前进，但这时空气开始澄清，动物开始繁衍，植物开始发芽，幼小的烬花从它们先祖的余烬里再一次拔出了枝条。

帝国的城堡就建在埃科隆奈多上，里面配备有几近奢华的灭火和洒水装置，可以抵御外面的酷热和呼啸的怪风，而其中规模最大的堡垒“克拉夫堡”正是三百年来“阿扎德”游戏的决战地。而每次决战的时间，几乎都安排在白炽期到来的时候。

帝国舰队抵达的时候正值埃科隆奈多的有氧季。护卫舰已经撤退到行星系统的外围，战列巡航舰停留在行星的上空，直到无敌的穿梭机将所有的游戏玩家、行政官员、嘉宾和观众都送上行星表面之后才离开。穿梭机穿过埃科隆奈多澄清的空气降落到了克拉夫堡。

克拉夫堡坐落在一片连绵群山突起的岩石上，正对着宽广的平原。从城堡里向外望去，映入眼帘的是广阔无垠的低矮灌木，其间点缀着参差不齐的烬花。它们繁茂的枝叶像是为平原支起了金黄色的华盖，最高的几棵树甚至比城堡的护墙还要高。

白炽期到来的时候，火焰会如青白色的巨浪一样冲刷着城堡，这时就需要通过一座两公里长的高架管道从克拉夫山脚下的蓄水池里提出水来浇灌在城堡上，保证当火焰经过的时候城堡处于湿润状态。如果浇灌系统出了什么差错，城堡下方深处的岩层里还挖有避难所供人群避过火焰的灼烧。这么久以来，这套浇灌系统都成功防御住了大火，并且在野火过后的土地上留下了一片烧焦的绿洲。

皇帝，也就是最后赢得比赛的人在大火经过的时候通常要待在克拉夫堡里。大火烧过之后，他将从黑暗的浓烟中走出来，升入同样黑暗的宇宙当中，并从那里君临帝国。有的时候时间计算得不够准确，在前几个世纪里就曾经有过皇帝和他的随侍不得不待在火焰之外的城堡里甚至错过整个白炽期的事情。然而这一次帝国已经算好了，在距离城堡两百公里以外的地方，烬花已经改变了它们平日的形态，开始疯长起来。这意味着白炽期将会如期而至，为本次皇帝的加冕增光添彩。

戈奇一登上埃科隆奈多就觉得非常不舒服。从“文明”的标准来看，伊埃的质量比标准质量还轻上那么几分。它的引力大致与奇亚克星陆自转产生的引力差不多，与限制因素和小捣蛋通过重力场制造出来的引力也相差无几。但是埃科隆奈多只有伊埃的一半大小，戈奇感到自己整个人都变沉了。

城堡里的电梯也慢吞吞的，而除了仆役以外又很少有人会爬楼梯。在刚开始的几天里，就算是水平移动也让戈奇举步维艰。

戈奇和弗利尔-伊姆萨霍——重力的增强似乎一点儿也没有

影响到它——住在一间面朝庭院的屋子里，每位进入决赛的选手还配备了一名男仆。戈奇很怀疑要一名仆役有什么用（“是啊，”嗡嗡机插嘴道，“有我一个还不够吗？”），不过帝国方面还是解释说这也是比赛的传统，而且对于那名男仆来说也是莫大的荣幸，因此戈奇就默许了。

他们到达的当晚举行了一场敷衍了事的欢迎宴会。大家都被长途旅行和超乎寻常的重力折磨得精疲力竭，只是闲坐在那儿聊天，话题都离不开自己肿起来的脚踝。戈奇打算过去露个面就回来，没想到却在那里碰到了尼古萨。那是戈奇在那场宫廷晚宴之后第一次见到他，这位摄政王并没有参加无敌上的招待会。

“这一次别再弄错了。”他们走进大厅的时候弗利尔-伊姆萨霍说道。这位摄政王正坐在王座上欢迎每一个走进大厅里的人。戈奇正准备像其他人那样双膝跪下，但是尼古萨看到了他，伸出一根戴着戒指的手指摇了摇，又指了指自己的膝盖。

“我们的‘单膝’朋友，你没忘记吧？”

于是戈奇单膝跪了下来，低下了头。尼古萨的脸上露出了淡淡的笑意，坐在他右边的哈敏也笑了起来。

戈奇独自一人坐在靠墙的椅子上，他旁边立着一具铠甲模型。

他无精打采地环视着大厅，眼光停在了房间一角的一个中性人身上，然后不由得皱了皱眉。那个人正在对一群围坐在他旁边、身着制服的中性人说些什么。他之所以显眼不仅仅因为是他站在人群中间，更是因为他的海军制服外面套着一架金属骨骼状的东西。

“那是谁？”戈奇问道，弗利尔-伊姆萨霍此时正有气无力地飘在他和铠甲之间嗡嗡叫着。

“谁是谁？”

“那个人，穿着……‘外置骨骼’？是这么说吗？就是他。”

“那是约莫诺元帅。上一场比赛他下了个人赌注，托尼古萨的福，如果他输了就得在监狱里服一个大年的刑。结果他输掉了比赛，但他希望尼古萨为了他行使否决权——摄政王可以在非身体赌注上使用这种特权。因为尼古萨并不希望整整六年都失去这位出色的大元帅的辅佐，所以他确实使用了他的权力。约莫诺虽然逃掉了牢狱之灾，但是却必须被禁锢在那套装置里。

“那架移动式的监禁器材是具有知觉的。除了像一般的外置骨骼一样拥有感知功能之外，还有用独立的知觉元件。约莫诺穿着这套东西虽然还是能完成日常的军队工作，却不得不过着和服刑一样艰苦的生活。它每天只允许他吃少量简陋的食物，服一定量的劳役，不允许饮酒，不允许参加社交活动——今天他会出现在这里一定是摄政王有什么特殊指示——也不允许有性生活。除此以外，每十天监狱里的神父就会找上门来，他必须要听他喋喋不休地训导两个小时。”

“可怜的家伙。我看到他还得一直站着。”

“没错，谁都别想靠小聪明把皇帝忽悠过去，”弗利尔-伊姆萨霍说，“不过他的刑期也快要结束了。”

“没有‘态度良好，争取减刑’这一说？”

“帝国的刑罚系统可不会跟你讨价还价，他们只有‘态度恶劣，罪加一等’。”

戈奇摇了摇头，望向远处那个行动自由的囚徒。

“这真是个……险恶的帝国啊，是不是，嗡嗡机？”

“险恶极了……不过他们若是敢来‘文明’插一脚，这群家伙就会知道什么叫真正的‘险恶’了。”

戈奇吃惊地转过头来看着嗡嗡机。它飘在半空中嗡嗡作响，笨重的暗灰色外壳靠在铠甲旁边显得硬邦邦的甚至有些凶恶。

“老天，你今晚怎么这么气势汹汹的。”

"我是气势汹汹，你最好也学着点儿。"

"为什么？是说游戏吗？我已经准备好了。"

"你真的打算替他们造势吗？"

"造什么势？"

"你他妈自己清楚：帮游戏部愚弄百姓，装作你输了的样子，接受他们的采访然后漫天扯谎。"

"是啊，为什么不呢？不这么做的话他们肯定连游戏也不让我参加了。"

"他们会杀了你吗？"

戈奇耸了耸肩。"只是让我失去比赛资格而已。"

"这个游戏值得你付出这么高的代价吗？"

"不值得。"戈奇说了谎，"不过编织一个善意的谎言也算不上多大的代价吧。"

"哼。"嗡嗡机答道。

戈奇等着看它还会说出什么来，但嗡嗡机缄口不言了，于是他们不一会儿就离开了那里。戈奇一站起来就朝门外走去，直到嗡嗡机在一边提醒了他，他才想起来回过身去向尼古萨鞠了一躬。

戈奇在埃科隆奈多的第一场比赛——那场无论如何都会输掉的比赛——是一场十人模式的比赛。这一次，再也不会有人对他群起而攻之了，倒是有四名玩家来找他结盟，以一起对抗另外五名玩家。这是十人比赛的传统玩法，尽管戈奇是第一次作为盟友而不是公敌进入这种模式。

现在他正在城堡一侧的一间隔离室里与另外两名舰队指挥、一名元帅和一名部长讨论游戏战略。他们花了三天时间讨论接下来的战术，并在神明前起誓，在彻底击败对手之前绝不背弃彼此，忠于盟友直到最后一刻。戈奇也跟着发了誓。

他们在副棋盘上杀得难解难分。戈奇发现团队作战与个人作战相比有得有失，不过他还是尽量配合了盟友的行动。他们又交换了不少意见，最后一起进入了“起源之盘”上的游戏。

戈奇很喜欢这样的游戏方式。作为团队的一员进行游戏让他体会到了更多的乐趣，同时也让他和自己的盟友之间产生了一种真挚的友情。他们其中一人有难的时候，其他人总会赶来支援，在联合攻击中他们又全心全意地相信彼此，好像他们天生就是一支不可分割的军队。作为个人，戈奇并不觉得这些中性人有什么魅力可言。但是作为游戏中的队友，戈奇无法否认自己对他们怀有的温情，以及随着比赛的推进越发明显的惋惜——他们就快要打败对方的五个人，开始自相残杀了。

但是当那一刻到来的时候，当对方的最后一人也投降了之后，戈奇的这一切感受都烟消云散了。他是或多或少受了些蒙蔽的：他始终贯彻着结盟的精神，而另外四人只是按照字面意思遵守着所谓的“结盟”——的确，直到对方最后一块土地被占领之前，都没有人背弃盟友。但是当局势已经明朗的时候，他们就开始钩心斗角，为接下来的内战做好了准备。戈奇的反应太慢了，因此当他们五人进入第二阶段的游戏时，他已经远远落后于其他四人了。

果不其然，那两名舰队指挥结成了同盟一起对抗其余的三人，这两股力量联合起来比其他人都要强些。

从某种意义上说，戈奇的弱势反而拯救了他，因为他那点儿兵力实在不值得别人浪费精力来打持久战，他只需坐山观虎斗就可以了。稍后他向两个舰队指挥发起了挑战。虽然他们的兵力已经足以横扫全场，但比起元帅和部长的强大军队来说，戈奇少而精的部队更容易打败他们两人。

比赛进入了你来我往的拉锯战，但是戈奇最终还是站稳了脚跟。尽管他是五个人里第一个被淘汰出局的，但是他已经赢得了足够的积分，可以进入下一盘面上的比赛。另一个五人组里有三个人因为表现得太糟，已经晋级无望了。

戈奇没有从第一盘的失误里恢复过来，这导致他在“构建之盘”上打得也非常糟糕。现在看来，帝国根本没有必要伪造什么他在第一盘里就输掉的假新闻了。

他仍然通过弗利尔-伊姆萨霍跟限制因素保持着联络，房间里的屏幕也成了他们交流盘面的工具。

戈奇感到自己已经适应了这里反常的重力。弗利尔-伊姆萨霍在一边提醒他，这是他体内基因自动调整的缘故。他的骨骼密度比以前更高，肌肉也比以前更发达了，而这一切本应是经过锻炼之后才会出现的结果。

“你都没发现自己变得结实多了吗？”嗡嗡机勃然大怒，冲戈奇咆哮道，而他只是对着镜子打量自己的身体。

戈奇摇了摇头。“我只是觉得最近吃得太多了。”

“你可真是明察秋毫啊。我很好奇你还有什么不知道。他们没教过你生理常识吗？”

戈奇耸了耸肩。“早忘了。”

不同于身边大多数人不绝于耳的抱怨，就像适应了反常的重力一样，戈奇也适应了这里比标准日短暂的昼夜。嗡嗡机告诉过他，许多人为了与这里只有标准日四分之三时常的自转周期保持一致，不得不服用药物来调整时差。

“我这也是基因调整的结果？”

“当然是啊。”

“我还不知道我们的身体有这么厉害。”

“我看你就是不知道的样子。”嗡嗡机说，“太可悲了，伙计。‘文明’人在宇宙里流浪了一万一千年，你只不过是恰巧出生在一个定制的理想环境里，但这不意味着你骨子里就没有迅速适应环境的能力。韬光养晦，有备无患，面面俱到——你懂的，这就是‘文明’的信条。”戈奇听罢皱了皱眉，指了指墙壁又指了指自己的耳朵。

弗利尔-伊姆萨霍在空中一摇一摆，这是嗡嗡机耸肩的动作。

戈奇在剩下的七个人中以第五的名次结束了“构建之盘”上的游戏。当他进入“完满之盘”的时候，他丝毫不抱获胜的希望，只求自己能侥幸进入第二轮游戏。他从头到尾都打得非常自如，在三大主棋盘的最后这盘游戏里，他们用生物棋子取代了骰子，这更让戈奇得心应手。戈奇觉得“完满之盘”是三大棋盘里最难把握的一盘，但帝国人似乎都不这么认为，他们全都打得漫不经心。

他如愿以偿了。赢得比赛的是两名指挥中的一人，戈奇则有惊无险地晋了级。他和另外一名指挥的差距只有一分，5523∶5522，除了平局和加时赛以外，再也不可能有比这更接近的分数了。不过他事后想来，他发现自己其实一次也没有怀疑过自己会进不了第二轮。

“你把自己说得像个宿命论者似的，杰诺·戈奇。”当他向弗利尔-伊姆萨霍说出自己想法的时候，嗡嗡机答道。此时他正坐在自己的房间里，手腕搁在桌子上，而嗡嗡机正忙活着把那只手镯取下来。由于他越来越发达的肌肉，手镯已经箍在他手腕上弄不下来了。

“宿命。”戈奇若有所思地点了点头，“就是这种感觉。”

“接下来是什么呢？”嗡嗡一边用光晕切割手镯一边尖声问道。戈奇以为手镯上的精美图案会消失，不过它还是好好的。“鬼神？穿越？”嗡嗡机把手镯从他手腕上掰了下来，又把小小的星陆手镯合拢。

戈奇笑了起来。“帝国。”他从嗡嗡机手里接过手镯，站起来朝窗边走去，手里一边把玩着小小的环状星陆一边看着窗外怪石嶙峋的庭院。

帝国？弗利尔-伊姆萨霍心想。它说服戈奇把手镯暂时存放在它的外壳里，这东西还是不要乱扔的好，被某些居心叵测的人看见了还不知道会怎么做文章呢。戈奇是在开玩笑的吧？

戈奇在自己的游戏结束之后抽空去观摩了尼古萨的比赛。皇帝的比赛在城堡的主厅举行，那里周围环绕着一圈圈灰色的岩石，足以容纳千人以上。这也是最终决赛，那场决定谁要当上皇帝的比赛赛场。主厅位于城堡的一端，面朝着火焰扑来的方向。现在高高的窗户仍旧敞开着，越过烬花金黄的树梢可以看到远处的大海。

戈奇在观众席上找了个位置坐下来，看起了皇帝的比赛。尼古萨打得非常谨慎，步步为营地逐步建立起自己的优势，一点点为“完满之盘”打下根基，同时也不忘配合自己另外四名盟友的行动。戈奇大受震动，因为他发现尼古萨的打法隐蔽性极强，他表现出来的沉稳不过是冰山一角。只要形势需要，他随时可以打出雷霆万钧的致命一击。同时，就算他的对手走出一步好棋，尼古萨也都能轻松应对，更多的时候则是走出一步更好的反击。

戈奇有些替尼古萨的对手难过，这种时候宁愿自己的棋艺差一点儿，也比每次自以为走出一步好棋，然而却被对方杀得片甲不留要受好些。

“你在笑，杰诺·戈奇。”戈奇看得太入迷了，甚至没注意到哈敏已经走到他身边来了。老人在他身边小心翼翼地坐了下来。他的长袍里凸出了一块，应该是身上穿了一套悬浮装置来调节埃科隆奈多的重力。

“晚上好，哈敏。”

“听说你晋级了，干得漂亮。”

“谢谢，不过这当然是不会对外界公开的吧。”

“啊对，官方结果里你排名第四。”

“真是意想不到的慷慨啊。”

“考虑到你愿意配合，这也不算什么。你会遵守我们的约定吧？”

“那当然，只管把摄像机扛来。”

“大概是明天吧。”哈敏点了点头，向楼下望去。尼古萨正站在那里审视整个“完满之盘”的局面。“在接下来的一对一比赛里，你会跟洛·特尼约斯·克洛沃碰面，我得提醒你，他是一位优秀的玩家。你确定现在不要见好就收吗？”

“很确定。你们看着我把柏莫亚弄成那样，现在会想我因为情绪紧张就临阵脱逃吗？”

“我明白你的意思，戈奇。”哈敏叹了口气，但是目光并没有从皇帝身上离开。他点了点头。“是的，我明白你的意思。不过不管怎么说，你只是以最最微弱的优势擦边晋级而已，而洛·特尼约斯·克洛沃是一位非常非常优秀的玩家。”他又点了点头。“没错，也许你已经认识到自己的水平了？”那张皱皱巴巴的老脸转向戈奇问道。

“差不多吧，院长。”

哈敏漫不经心地点了点头，又将目光转向了他的皇帝。

第二天早上，戈奇去录了几段伪造的录像。刚刚结束的那场游戏又被摆上了台面，戈奇设计了几个不会让人起疑的常见失误和一步明显的臭棋，哈敏和其他几位肯德瑟大学院的教授则负责他对手的路数。戈奇很诧异他们竟然能那么逼真地模拟出自己对手的游戏风格。

正如戈奇事先得知的那样，他最终以第四名结束了比赛，接着他接受了帝国新闻机构的采访。在采访中他首先表达了对于自己被淘汰出局的遗憾之情，接着又抒发了对于能参加“阿扎德”比赛的无限感激。这真是一次终生难忘的体验，他将永远铭记阿扎德人民对他的热情。他对帝国摄政王的无限崇敬更上了一层楼，他将非常乐意继续作为观众欣赏这场盛事。他谨祝愿皇帝和他的帝国与子民们前途光明，幸福安康。

整个新闻团队和哈敏对戈奇的表现都非常满意。“你不当演员真是可惜了，杰诺・戈奇。”哈敏这么说道。

戈奇暂且把这句话当作赞扬收下了。

戈奇坐的地方刚好能看到窗外成片的烬花林。这些树都有六十多米高，嗡嗡机说，在他们长得最快的时候一天能长二十五厘米。它们从泥土里吸取了大量的营养和水分，导致根部附近的泥土全都沉降了，露出了它们高处的树根。这些露出来的树根会在白炽期到来的时候彻底被烧毁，要再用整整一个大年才能恢复。

现在正是傍晚时分，这是短暂的一天里更为短暂的时刻。明亮的黄矮星已经落到了这颗急速旋转的星球的地平线下。戈奇深深地吸了一口气。空气里丝毫没有燃烧的味道，埃科隆奈多系统里的几颗行星正挂在澄净的夜空里闪闪发亮。尽管如此，戈奇知道由于大气里裹挟了太多的尘埃，太空里的大多数星星从这里根本看不到，就连巨大旋涡状的主星系也显得模糊不清，遥不可及，至少不像从大气层上方所观察到的那样宏伟壮丽。

他坐在城堡高层的一个小花园里，从这里他能看到大部分烬花树的树冠。在与他视线齐平的地方是最高的那几棵树，树顶结起的豆荚大约有一个蜷起来的孩子那么大，里面储满了原生的乙醇。白炽期到来的时候有一些豆荚会落到地上，有一些则依然挂在枝头，不过殊途同归，它们最终都会被烧个一干二净。

想到这里，戈奇不禁打了一个寒噤。他们说还有七十天白炽期就要来了。那个时候如果有谁还坐在他现在这个位置，肯定会被火舌活活烤熟，浇不浇水都没用，光是辐射就能烫死他。他现在身处的这个花园将不复存在，他身下的长椅则会被搬进城堡里，藏在厚厚的岩石、金属和防火玻璃下。庭院深处的花园也许可以逃过一劫，不过厚厚的余烬将会把它们彻底掩埋。这里的人们可以藏在时刻被水浇灌的城堡里，或是躲进地底避难……除非他们愚蠢到家，在门外就被火焰追上了。戈奇听他们说，以前确实发生过这样的事。

戈奇看到弗利尔-伊姆萨霍正穿过树丛朝自己飞来。这只嗡嗡机获得了自由行动的许可，前提是它必须向帝国政府汇报它的行程，并在身上安装一个定位仪。很显然，帝国在埃科隆奈多上并没有建设什么军事重地。嗡嗡机对这一条款不甚满意，不过考虑到继续待在鸟笼一样的城堡里一定会疯掉，它还是接受了这个建议。它刚刚结束了自己的第一次巡游。

“杰诺·戈奇。”

“啊，嗡嗡机。去看鸟儿了？”

“看飞鱼去了。我觉得我应该开始朝大海进军了。”

“去看火焰了？”

“还没呢。我听说你的下一个对手是洛·特尼约斯·克洛沃。”

“四天之后。我听人说他是个好手。”

“他确实是。他也是少数几个了解‘文明’的人之一。”

戈奇瞪了一眼嗡嗡机。“你说什么？”

“帝国里至少有八个人掌握着‘文明’的信息，他们知道‘文明’在哪儿，知道‘文明’大致的规模和科技水平。”

“是这样啊。”戈奇从牙缝里挤出这几个字。

“在过去的两百年里，皇帝、海军总参谋长和六位元帅都对‘文明’的实力进行过评估。他们不希望其他任何人了解‘文明’，是他们不希望，不是我们。他们很害怕，不过这也是可以理解的。”

“嗡嗡机，”戈奇提高了音量，“你从来不想想，我这样每次都被蒙在鼓里，难道不会窝火？你们就不能早点儿说这事？”

“杰诺，我们只是不想把事情复杂化。在你几乎不可能跟这些人打交道的时候，告诉你这些做什么呢？老实说，要不是你正好遇到了这样的对手，我也不会把这些事告诉你的，根本没必要。我们只是想帮你，真的。而我现在之所以会告诉你，只是希望要是克洛沃在比赛中突然说些有的没的，你不至于被分散了注意力。”

“比起照顾我的注意力，我倒希望你能更照顾我的情绪一点儿。”戈奇说着站起身，倚在花园另一头的栏杆上。

“我很抱歉。”嗡嗡机说，尽管它丝毫没有露出愧疚的意思。

戈奇摆了摆手，“算了。我猜克洛沃是在海军参谋部任职，而不是什么文化部吧？”

“没错。虽然他那个职务并没有正式挂名，不过宫廷里的每一个人都知道水平最高的玩家担任着这么一个微不足道的职务。”

“我觉得文化部倒挺适合这么个有能耐的人。”

“总之，克洛沃担任参谋已经有三个大年了。有些人坚信，要是他想，皇帝宝座肯定手到擒来。不过他似乎对自己现在的位置相当满意。他是一个难缠的对手。”

“人人都这么说。”戈奇说着，皱起眉头望向天边逐渐暗淡的霞光。“那是什么？”他突然问道，“你听到了吗？”

那个声音又传了过来，是一声悠远、哀婉的悲鸣，几乎被烬花树发出的沙沙声吞没了。它从远处朦朦胧胧地传了过来，一声声带着刺骨的尖锐，随风消散在空中。戈奇今晚第二次打了个寒噤。

“那是什么？”他低声问道。

嗡嗡机小心翼翼地飘了过来，“什么？那个声音吗？”

“对。”戈奇一边回答，一边侧耳聆听。它又来了，那声音随着温暖和煦的夜风盘旋在黑暗中，缭绕在烬花婆娑的枝头。

“动物的叫声。”弗利尔-伊姆萨霍说，身上映着西边最后一抹残阳，“一种叫作特罗沙耶的大型食肉动物，六条腿的。就是上次舞会的时候走在皇帝前面的那群野兽，你还记得吗？”

戈奇点了点头，着迷似的聆听着远处动物发出的哀嚎。

“它们要怎么避开白炽期？”

“特罗沙耶在大月到来之前就开始一刻不停地奔跑，几乎是踩着火舌在逃生。你听到的声音是那些已经逃不掉的——即使现在开始拔足狂奔也逃不掉了——特罗沙耶发出的叫声。它们要么是掉进了陷阱，要么是被人困在了狩猎场里不得逃生。它们叫得这么凄厉，是因为它们知道火焰就要来了，它们想要逃出去。”

戈奇什么也没说，只是转过头去捕捉那些难逃一死的动物发出的啼鸣。

弗利尔-伊姆萨霍等了一两分钟，但是戈奇一动不动，也没再开口提什么问题。于是嗡嗡机慢慢退了回去，朝戈奇的房间飘去。当它穿过大门回到城堡里去的时候，嗡嗡机回头看了一眼，它看到戈奇正站在小花园的另一端，手里攥着石栏。他微微俯下身，向前伸出了脖子，一动也不动。天已经很黑了，普通人类的眼睛应该什么也看不到。

嗡嗡机踟蹰了一会儿，就飘回城堡里去了。

戈奇认为进行“阿扎德”游戏是一天也不能放松的，更别说给自己放个二十天的长假了。这可真是太让人失望了。

戈奇事先研究了洛·特尼约斯·克洛沃的许多比赛，他对跟这位参谋长的对决满怀期待。这个人的风格非常大胆，相比其他的高阶玩家，他的技巧简直令人眼花缭乱，目不暇接。这本该是一场充满挑战与乐趣的比赛，可惜事与愿违——戈奇把克洛沃打了个落花流水。这个大大咧咧、看上去没心没肺的家伙在比赛中犯了好几个非常低级的错误。其中有些一开始还显得相当高明，后果却惨不忍睹。戈奇很理解他，有时候确实会出现这样的情况，你碰上了一个冤家，光是他的游戏风格就让你浑身使不上劲。又或者在某些情况里，无论你再怎么努力，再怎么远见卓识，盘面还是一团糟。这位总参谋长不幸地两样都摊上了。也许戈奇的打法真的是克洛沃的克星，而克洛沃自己又手气全无。

戈奇真替克洛沃感到难过。比起输掉比赛本身，克洛沃似乎更难以接受自己的表现。游戏一结束，他们俩都松了口气。

在比赛的最后阶段，弗利尔-伊姆萨霍一直目不转睛地盯着大屏幕上显示的步数。在它眼里，这些数据与其说是一场游戏，不如说是一则运算。游戏玩家戈奇正在一步一步地分解掉他的对手。对方的确打得很糟，这不能否认，但是戈奇却比它想象中打得还要出色。他的风格里现在多了一种全新的东西，那就是冷酷无情。尽管嗡嗡机早就预料到了会有这种转变，但它却没想到他变得这么快，这么彻底。它仔细观察着戈奇的肢体语言和面部表情，有烦恼，有怜悯，有愤怒，有悲伤……但在他的手法上，它完全看不到诸如此类的情绪。它看到只有一个游戏玩家在棋盘上表现出来的自律和凶悍，戈奇就像一台遵循规则的完美机器一样，指挥着手里的棋子和卡牌。

又是一个变化，它想。这个男人已经变了，他在这个游戏和帝国里陷得越来越深。早就有人这么告诉过它，他一定会变的。原因之一就是戈奇在这里一直使用伊埃语。弗利尔-伊姆萨霍有时觉得这种习惯并不能说明什么，不过它也知道，一旦“文明”人长时间不使用玛瑞语而改说别的语言，他们就很容易发生改变。他们会用那一种语言进行思考，行为举止全都跟以前不一样了——他们失去了“文明”语言具有的精确的结构、清晰的思路和抑扬顿挫的美感，全都变得粗俗不堪。

玛瑞语是一门经过精心设计的语言，它最大限度地开发出了泛人类种族的大脑和言语系统所能负载的表达能力。弗利尔-伊姆萨霍觉得它们其实不必做到这个程度，但是那些比它还要智能的主脑最终还是发明出了这种语言。如今一万年过去了，那些身居上位的主脑们仍旧对这门语言评价甚高，因此弗利尔-伊姆萨霍也只能屈从于它的上级了。有一台主脑还说，玛瑞语之于“文明”，正如“阿扎德”游戏之于帝国。这个说法非常新奇，不过弗利尔-伊姆萨霍当然也能读出这句话的言下之意。

而伊埃语则是一门在演变中逐渐形成的普通语言。这种语言天生就欠缺多愁善感和通力合作的语言表达。像戈奇这样敏感又不谙世事（帝国的事）的外星人不得不在说伊埃语的同时，潜移默化地接受它里面蕴含的某种道德理念。

现在赛场上的这个男人好像化身成了那种肉食动物，就是他曾在傍晚听到过它们悲鸣的那种野兽。他在棋盘上来回走动，设下种种圈套、伏兵和陷阱，对敌人毫不手软、紧追不舍，鲸吞蚕食掉对手的一切……

弗利尔-伊姆萨霍在自己的伪装里很难受地别过了脸，最后直接关掉了屏幕。

戈奇在结束了与克洛沃比赛的第二天收到了一封来自察木

力斯·阿马尔克-泥的长信。他坐在房间里，看着面前老旧的嗡嗡机。察木力斯一边转达他朋友的近况一边向他展示奇亚克星陆现在的样子。波露拉尔教授依然在休假中，哈弗利斯怀孕了。奥兹·哈珀和她的初恋一起去旅行了，不过她一年以内就会回到大学里继续研究。察木力斯还在继续写那本历史书。

戈奇坐在那里听它说着，眼睛盯着画面。“文明”肯定删除了察木力斯信里的某些部分，戈奇想，比如说删掉了某些可以看出奇亚克不是行星而是星陆的画面。但是对于这件事，他并没有自己想象中的那么愤怒。

这封信并没有让他感到愉快，那些事情仿佛已经离他太远，和他太不相干了。这台苍老的嗡嗡机的声音听上去根本谈不上睿智或者亲切，反倒透着一股陈腐之气。屏幕上的人看上去是那么软弱，那么愚蠢。阿马尔克-泥还向戈奇展示了伊克洛，看到自己家里人来人往，戈奇忽然觉得气不打一处来。他们以为自己是谁啊?

耶雅·梅丽斯提诺克斯并没有在这封信中出现。她终于厌倦了布拉斯克和普莱西佩列尔，离开那里去追寻自己的造景事业了。她临行前向戈奇致以了问候。她出发前已经开始了变性手术的第一步。

在这封信的最后还有一段很明显是补录的内容，背景是戈奇在伊克洛的会客厅。

“戈奇，”察木力斯说，“还有一条消息，是关于毛鳞-丝壳的。这孩子今天被送过来了，存局待领，收件人未知。”接着镜头一转，如果没有游客乱动家具的话，戈奇记得那儿原来有一张桌子的。屏幕变成了一片空白。察木力斯接着说：“我们可怜的小朋友，不过它已经被弄坏了。我给它做了细致的检查和……还送到它的维护处看了一下。它已经彻底完蛋了，只剩下个空壳子，里面什么都没有，就像人类的脑子直接被挖出来了一样。中心是一个小洞，那就是它曾经待过的地方。”

镜头调转，察木力斯又出现了在屏幕上。“我猜它最后同意接受重塑了，他们会给它一具新的身体。奇怪的是，他们本该把旧的那具躯壳也一并送过来的。你觉得现在该怎么办？请尽快回复。祝你一切平安，万事顺利，我衷心——”

戈奇关掉屏幕，一下子站了起来。他走到窗前，凝视着楼下的庭院，皱起了眉。

一丝微笑慢慢爬上戈奇的脸。他无声地大笑了起来，过了一会儿，他走到对讲机前，让仆人给他送些酒来。他刚举起杯，刚刚结束野生动物考察的弗利尔-伊姆萨霍从窗户里飞了进来，灰白的光晕脏兮兮的。“你看起来很高兴啊，”它说，“怎么喝起酒来了？”

戈奇凝视着杯中琥珀色的液体，笑了起来。“为了一位不在场的朋友干杯。”说罢他一饮而尽。

下一场是三人比赛。戈奇将要面对的是那位囚禁在外置骨骼里的约莫诺·卢·拉斯普元帅和一名叫作洛·弗列格·特拉夫的年轻上校。戈奇知道按名次，他们俩都排在克洛沃之后。尽管这位总参谋打得特别糟糕甚至快要地位不保了，但戈奇认为这并不能说明他接下来的两名对手会有多容易对付。相反，他们俩非常可能会联手对付他。

尼古萨接下来的对手则是星际元帅维切斯特德元老和国防部部长吉尔诺。

戈奇连续好几天都在研究游戏，弗利尔-伊姆萨霍则继续进行它的考察。它告诉戈奇，某一地区的大雨浇灭了路过那儿的火焰，结果几天之后当它再去那儿的时候发现那里的火种植物已经再度点燃了植被。嗡嗡机说，这极好地表明了火焰与整个星球生态系统的共生关系。

白天这些人通过打猎来消磨时光，到了晚上就观赏现场表演或者全息表演。

戈奇觉得这些娱乐节目毫无新意，无聊极了。唯一能让他有点兴趣的只有决斗。决斗的双方通常都是男性，地点是在一块凹下去的决斗池里，周围里三层外三层地围满了竞相下注的观众，他们不停地发出嘈杂的声音，政府官员和游戏玩家也参与其中。但是决斗中很少会出人命。戈奇猜，每天在城堡里肯定进行着另一种活动——另一种娱乐活动——至少对于其中的一位参与者而言这是必不可少的。而自己作为一个外星人显然是需要回避的。

但是，他再也不会被这个想法所困扰了。

洛·弗列格·特拉夫很年轻，脸上有一条从眉毛斜穿到嘴部的伤疤。他落子很迅速，咄咄逼人——棋如其人，他在帝国星球军里也是以此闻名的。他的卓越功勋来自乌鲁提佩格图书馆惨案。那时帝国和这个外星种族的战争陷入了僵局，当时指挥着一个陆军小分队的特拉夫依靠着自己过人的军事天赋和命运之神的眷顾发现了一条直取敌方首都的道路。对方不得不请求停战，条件是保证首都图书馆——在整个小克劳德星云所有文明里都赫赫有名的建筑——不会受到任何损害。特拉夫明白如果自己不答应这个条件，战争就无法结束。因此他向他们保证，帝国不会动图书馆那些古老藏品的一字一句、一笔一画，一切将会保持原状。

事实上，特拉夫早就接到了一定要摧毁图书馆的命令。这是尼古萨掌权之后发布的第一道命令，也是一个下马威：这些低等生物必须明白，惹恼了皇帝是绝不会有好果子吃的。

尽管帝国里根本没人在意自己的军队到底会不会遵守跟那些

外星人签订的条约，而特拉夫却知道，一言既出，驷马难追。如果他就此背约，那么以后再也不会有人相信他了。

特拉夫已经知道接下来该怎么办了。他把图书馆里的所有文件都重洗了一遍，把每一个单词都拆成了字母，每一幅画都拆成了按深浅和亮度排列的色谱。所有藏品的原本都被销毁了，只留下重新灌制的一打一打的“这”“它”“和”与整片整片纯色的图案。

毫无疑问，这座已经归顺的城池立刻发生了暴乱。不过此时特拉夫已经大权在握，并且正如他向愤怒的群众、以自杀来捍卫（就是字面意义上暗示的那样）图书馆的人以及帝国高级法院所狡辩的那样，他确实遵守了自己的诺言，没有损毁那些书籍、画作和文件的“一字一句、一笔一画”。

“起源之盘”进行到一半的时候，戈奇忽然发现，约莫诺和特拉夫的目标根本不是自己，而是对方。他们的打法好像是故意要让戈奇赢似的，专心致志地抢夺着第二名。戈奇知道这两人不和：约莫诺代表着元老级的军队将领，特拉夫则是反叛的新生派代表；约莫诺拥护和平协商，少动干戈，特拉夫则笃信力量即一切；约莫诺对于别的种族采取宽容态度，特拉夫则极端排外。他们两人分别来自两所结怨已久的学院，他们的棋风也正是他们处世态度截然不同的体现：约莫诺缜密谨慎、超然物外；特拉夫争强好斗、不顾后果。

他们对帝国的态度也大相径庭。约莫诺对皇位的态度冷静而客观；而特拉夫呢，与其说他是效忠皇帝，不如说是效忠尼古萨本人。他们俩都非常厌恶对方。

但是戈奇无论如何没有想到，他们会完全不顾自己，只是一心想置对方于死地。戈奇又一次觉得自己被耍了，觉得遭到了不公正的对待。唯一聊以慰藉的是，他可以观察这两名将领在争斗时展露出对彼此赤裸裸的恶意。鹬蚌相争之际，戈奇优哉游哉地拿到了全场最高分。他会赢得比赛，但是他又不禁觉得另外两人才真正享受到了游戏的乐趣。他本来还满心希望他们俩会押上身体赌注，不过尼古萨已经发话，禁止在这场比赛中进行赌博。他知道自己这两名手下多么讨厌对方，而他不愿失去他们中的任何一位。

现在是“起源之盘”第三天的午餐时间，戈奇正坐在桌边看着屏幕。休息时间马上就要结束了，戈奇独自坐在那儿看着新闻。新闻里的洛·特尼约斯·克洛沃正在对阵约莫诺和特拉夫的比赛中大展神威。不知道是谁——克洛沃自己是肯定不愿意参与这类造假的——在模仿他的风格下棋，居然也学得有鼻子有眼的。戈奇微微一笑。

“你正在计划即将取得的胜利吗，杰诺·戈奇？”哈敏在对面的椅子上躺了下来。

戈奇把屏幕转到一边。“现在谈这个还太早了，不是吗？”

对面那位年迈、秃顶的中性人盯着屏幕看了一会儿，也微微一笑。“嗯，你这么觉得？”

戈奇伸手关掉了屏幕。“计划总是赶不上变化的，哈敏。”

“的确如此，戈奇。不过我认为这场比赛不会有再有什么变数了。约莫诺和特拉夫会继续窝里斗，不会牵扯到你的。你就要赢了。”

“好吧，”戈奇看着漆黑的屏幕说道，“克洛沃就要跟尼古萨比赛了。”

“也许会，我们得用另一场比赛糊弄过去。但你不能打。”

“我不能？”戈奇说，“我已经按你们要求的做了，你们还指望我怎么样？”

“不要跟皇帝比赛。”

戈奇盯着老人灰白色的眼睛，虹膜上布满了纵横交错的细纹。它们也一动不动地盯着戈奇。“到底是什么问题呢，哈敏？我对你们已经不再构成威胁了。”

哈敏伸手抚上了自己长袍边华贵的布料。“杰诺·戈奇，你知道吗，我讨厌别人纠缠不清。这是很……盲目的，对不对？”他笑了起来，“我开始为我们的皇帝担心了，戈奇。我知道他多么想证明自己有实力坐在王位上，多么想证明在过去的两年里他名副其实。我知道他终将证明自己，但也只有我知道他真正想要的，一直以来都想要的，其实是对阵莫尔斯，然后打败他。当然，这个愿望已经永远不可能实现了。莫尔斯已经死了，吾皇万岁，浴火重生……但是我知道，他在你身上看到了老莫尔斯的影子。他觉得有必要与你一战，有必要打败你，你这个异乡人，‘文明’的来客，‘莫拉特’——游戏玩家。我不知道他为什么会这么想，这完全没有必要。你一定会输的，我敢肯定。但是……正如我刚刚说过的那样，纠缠不清总让我很困扰。对于所有人来说，你在这场比赛之后马上宣布退出才是最好的选择。”

“你不打算给尼古萨打败我的机会？”戈奇又好气又好笑。

“对。对他来说，最好还是有某些东西供他追逐，这有百利而无一害。”

“我会考虑的。”戈奇说。

哈敏仔细地盯着他看了半晌，“我希望你明白我对你是多么开诚布公，杰诺·戈奇。要是你察觉不到我的这份诚意，或是对它不予回应，那就太不幸了。”

戈奇点点头。“我丝毫不怀疑你的诚意。”

门口的一个男仆通知戈奇比赛马上就要重新开始了。“失陪了，院长。”戈奇说着站了起来，哈敏的目光一直追随着他。“职责所在。”

“那就服从它。”哈敏说。

戈奇停下脚步，看了看桌子边干瘪的老人，然后转身离开了。

哈敏盯着面前的屏幕，似乎被某种只有他才能看到的游戏深深地迷住了。

戈奇赢得了“起源之盘”和“构建之盘”上的胜利。特拉夫和约莫诺还在苦苦纠缠，不分胜负。最后，特拉夫以极其微弱的优势进入了“完满之盘”，但此时戈奇已经遥遥领先，几乎是不可战胜的了。他已经可以高枕无忧地待在他的堡垒里，俯视着周围的小打小闹，最后再吞掉他们俩中那位精疲力竭的胜利者。现在看来，最公平也最方便的做法，就是看着这两个孩子玩个尽兴，最后再好好管教他们一番，然后把玩具收回箱子里去了。

但这仍然不是一场“真正的”比赛。

“你现在是高兴呢，还是不满呢，戈奇先生？”趁着一次暂停，约莫诺元帅一边朝戈奇走来，一边嘴里问道。特拉夫此时正在向裁判询问某个规则。戈奇正站在一边盯着棋盘想问题，没有注意到这位穿着囚禁服的中性人正朝他这边靠近。

戈奇惊讶地抬起头看着面前的元帅。他饱经风霜的脸上带着些微笑，从钛碳材质的头盔里探了出来。这时周围的士兵才注意到他。

“被人撇在一边的感受吗？”戈奇问道。

中性人抬起一只束缚在笼子里的手臂，指了指棋盘。“是啊，赢得不费吹灰之力。你想要的是胜利，还是刺激？”他每说一句话，面部的牢笼都会随着下颌摆动。

“我都喜欢。”戈奇干脆地承认道，“我也想过到底要不要蹚这趟浑水，加入第三方势力，或者站到你们俩中的某一边去……不过这看上去就太有个人恩怨的色彩了。”

这位年长的中性人笑了起来，头部牢笼也跟着轻轻晃动。“确实。”他说。

“你打得非常好。如果我是你，我就按兵不动。”

“那你呢？”戈奇问道，“你现在的情况看上去很不乐观。”

约莫诺露出一丝微笑，脸上的面具因为这个细微的动作又扭动了起来。“这可是我一生中最重要的时刻。我还得给那毛头小子一点颜色瞧瞧。但是让你这么轻松过关我又心有不甘。你要是打败了尼古萨，我们脸上可就难看了。”

戈奇诧异道，“你觉得我能打败他？”

“不。”这个中性人的动作由于身上的牢笼而加大了幅度，“尼古萨会在必要的时候展现他真正的实力，并且打败你——只要他不太过于吹毛求疵。没错，他会打败你的，因为你威胁到了他的地位，而他绝不会任其发生的。不过，啊……”这时他回过身，看到特拉夫从棋盘的另一边走了过来，挪动了几枚棋子，夸张地朝约莫诺鞠了一躬。这位元帅又把目光转回戈奇身上。“到我了，失陪。”说着他朝棋盘走去。

也许约莫诺找戈奇谈话本身也是一种战术，为了让特拉夫产生一种对方在向这个“文明”人寻求援助的错觉。在接下来的几步里，这位年轻人似乎已经做好了两线作战的准备。

约莫诺趁此机会迎头赶上，积分超过了特拉夫。戈奇最后还是赢得了比赛，下一位与他对阵的就是尼古萨了。戈奇走出游戏大厅，看到哈敏正站在走廊上准备与他搭话。不过戈奇只是微微一笑，从他身边走了过去。

烬花在他们四周摇曳着，微风拂过树梢的沙沙声回响在金色的天篷里。贵族、游戏玩家和他们的侍从们坐在一座高而陡峭、仿佛塔楼一样的木架子上。在看台的前方，烬花树林里露出一块宽敞的空地和一条狭长的跑道，两边立着五米多高的木栅栏。整个区域看上去就像是一个上下开口的沙漏，两头分别通往森林深处。尼古萨和其他身居高位的游戏玩家坐在看台的前方，从那里看去，整个被围起来的沙漏区域一览无余。

看台的后方支起了几顶雨棚，有人在里面准备食物。烤肉的香味越过看台，朝远处的森林飘去。

“这会让它们垂涎三尺的。”约莫诺元帅凑近戈奇，身上的囚具咔啦咔啦地响了起来。他们俩肩并肩地坐在看台的前方，皇帝则坐在这一排离他们稍远一些的地方。他们俩手里各握着一把步枪，枪口架在面前的一个三脚架上。

“什么东西？”戈奇问道。

“肉香。”约莫诺笑了起来，指了指背后的篝火和炉具。

“哦，那真不错。”弗利尔-伊姆萨霍靠在戈奇脚边，它之前曾劝戈奇不要参与这场围猎。

戈奇假装没有听见，点了点头。“原来如此。”他一边说一边检查着手里步枪的弹仓。这种老式武器只能打一发，之后就必须重新填充子弹。每一支枪用的子弹都有细微的差别，因此把子弹从猎物的身体里取出来之后，就能很容易判断是谁该得分并获得战利品了。

“你确定你以前用过这玩意儿？”约莫诺笑着问戈奇。这位中性人现在心情极好，因为再过几十天他就能摆脱身上这套牢笼了。现在皇帝还对他放宽了限制，允许他参加社交活动，也可以大吃大喝了。

戈奇点了点头。“我打过枪。”他说。虽然他没玩过真枪实弹，但是在数年以前他曾经在沙漠里和耶雅一起用过类似的东西。

“但你从来没用枪打过任何活的东西。”嗡嗡机说。

约莫诺用带着金属壳的鞋子踢了踢嗡嗡机的外壳。“安静点，你这玩意儿。”他说。

弗利尔-伊姆萨霍缓缓转过身体，用突出的棕色前端指着戈奇。“‘玩意儿’？”它压低声音愤怒地叫了起来。

戈奇冲它眨了眨眼，伸出一只手指放到唇边，又和约莫诺相视一笑。

围猎随着一声小号的长鸣和远处特罗沙耶的号叫开始了。一小群男性从森林里拥了出来，他们沿着木栅栏一路小跑，手里拿着杆子不停地敲打着栏杆。第一只特罗沙耶出现在空地里，沿着小道飞奔而来，腹上的条形阴影时隐时现。戈奇周围的人一阵骚动。

“好大的家伙！”当这只健硕的六足野兽披着一身金黑相间皮毛朝他们奔来时，约莫诺赞叹道。看台上响起了一片上膛声，戈奇也把自己的枪举了起来。在重力异常的埃科隆奈多，把枪支举起来射击要比扛着轻松得多，射击区域也更精确，这也让片刻不离皇帝身侧的保镖们大大地放心了。

特罗沙耶疾跑着穿过跑道，六只爪子扬起一大片尘土。人们纷纷扣动扳机，空气里顿时充满了子弹穿梭时发出的低沉风声，一缕缕青烟冒了出来。白色的木屑从围栏上纷纷扬扬地落了下来，跑道里尘土漫天。约莫诺也瞄准野兽开了火，此起彼伏的射击声回响在戈奇四周。枪支是经过消声的，不过戈奇还是感到自己的耳朵自卫式地闭合了一点儿，降低了周围的噪声。他也扣动了扳机。步枪的后坐力吓了他一跳，打高了的子弹从野兽的头上飞了过去。

他朝下望去，那只野兽正在哀哀鸣叫，试图越过跑道另一边的藩篱，但是枪林弹雨笼罩了它。它又拖着三条腿朝远处跑了几步，身后留下了一道血迹。这时戈奇听到身边传来了一声沉闷的枪响，那只食肉动物的头猛地一颤，垂到了一边：它倒下了。一时围场里欢声雷动。走道边的一扇门打开了，几个男人跑进来把它的尸体拖了出去。约莫诺正站在戈奇身边大声地喝彩，这时第二只野兽从森林里跑了进来，他很快坐回原位，身上的囚具一阵咔啦作响。

在第四只特罗沙耶也被打死之后，围场里一下子拥进了好几只新的野兽。其中有一只趁乱爬上了栅栏，跳到了外面，追着场外的几个人跑了起来。于是守在看台下的保镖用激光枪直接将它击毙了。

到了中午，围场中央已经堆起了一座金黑相间的尸山。如果继续放特罗沙耶进来，它们很可能会爬着同类的尸体跳到场外，于是狩猎暂时进入了中场休息时间。几个男性手持长钩和钢索，驾着几辆小型的牵引车进来打扫血溅四壁的围场。在离皇帝比较远的方位有个人对着进行清扫的男仆放了一记冷枪，围场里顿时响起了一片不满的啧啧声，中间还夹杂着几个醉鬼的高声叫好。于是皇帝对那个莽撞的家伙进行了罚款，同时警告他们，谁再这样做一会儿就等着跟特罗沙耶一起跑进围场好了。听了这话，在座的每一个人都哈哈大笑起来。

“你没开枪啊，戈奇。”约莫诺说。他很自信自己已经杀掉了三头野兽。戈奇开始觉得这场狩猎有点儿无聊，于是不再开枪了。反正他怎么也打不中。

“我不太擅长这个。”他说。

“熟能生巧！”约莫诺笑着拍了拍戈奇的背，囚具放大过的力度差点把戈奇拍得咯血。

约莫诺又杀死了一头特罗沙耶，他高兴得大叫起来，踹了弗利尔-伊姆萨霍一脚。

“给我带上来！”他红光满面地喊道。

嗡嗡机慢慢地飞了起来，一副不可侵犯的样子。“杰诺·戈奇，”它说，“我再受不了了。我要回去了，你不介意吧？”

“完全不介意。”

“谢谢，祝你狩猎愉快。”说着它就飘到一边，消失在了看台的转角处。约莫诺一路看着它飞走。

“你就这么让它走啦？”他大笑着问戈奇。

“我早就想甩了它了。”戈奇答道。

接下来是午餐时间。尼古萨向约莫诺的丰收表示了祝贺。戈奇就坐在约莫诺的身边，当皇帝的步舆抬到他们这张桌子前时，戈奇向他行了单膝礼。约莫诺告诉皇帝，正是他身上的这套囚具使得他的动作更稳，瞄准更精确。尼古萨告诉他，自己将特赦他，在“阿扎德”大赛正式结束之后除去他身上的牢笼。尼古萨又瞟了戈奇一眼，但什么也没说。悬浮的步舆自己腾了起来，几个保镖用手轻轻推着它载着皇帝向远处等待圣驾的人群走去。

午餐之后，人们又回到了看台上。休息的这一小段时间里，围场放进了一些其他动物，不过很快猎物又变回了特罗沙耶。到目前为止，跑进来的两百多只特罗沙耶里只有七只成功逃了出去，跑进了对面的森林里。它们都受了伤，反正它们终归是逃不过白炽期的。

看台前的跑道里已经染满了褐色的血，戈奇看到猎物一跑进这条血淋淋的通道就扣动扳机，不过他并没有真正瞄准。他只是看着这些动物连滚带爬地翻腾在泥泞的跑道里，在他面前血流如注、气喘吁吁地大声哀号。他觉得这场狩猎多少有些令人不舒服，但又无法否认，自己确实受到了身边这些狂热的阿扎德人的感染。约莫诺显然乐在其中，现在他探出身体，看着一只刚刚从森林里奔出来的雌兽，它的身边还带着两只幼崽。

“你需要好好练一下，戈基。”他说，“你以前在‘文明’从来不打猎吗？”

雌兽已经带着它的孩子朝栅栏奔来了。

“不怎么打。”戈奇答道。

约莫诺咕哝了一句什么，对着长长的栅栏开了一枪。一只小特罗沙耶倒了下来，它妈妈刹住脚步掉头跑了回去，另一只小特罗沙耶则犹犹豫豫地向前跑去。当子弹击中它的时候，小兽发出了小声的哀鸣。

约莫诺重新给枪上了膛。“我很惊讶你竟然会来这里。”他说。这时那只雌兽的后腿也中了一枪，它发起怒来，咆哮着扔下了那只已经死掉的幼崽，朝另外那只受伤的小特罗沙耶奔去。

“我只是想证明我并不害怕。”戈奇说。那只受伤的幼崽头一昂，倒在了它妈妈的脚下，“我曾经打过——”

他的下一个词是“阿扎德”——意思是机器，是动物，是一切生物和有机体——但是当他转过头，微笑着对约莫诺说出这个词的时候，他发现那个中性人的脸色一变，随即想到自己可能说错了什么。

约莫诺浑身颤抖着。他一把抓起枪，枪口朝戈奇半转了过来，他藏在头盔阴影下的脸痉挛着，没有半点儿血色。他眼睛紧紧地瞪着戈奇，直冒冷汗。

戈奇本能地用手推开了他小臂上的金属囚具。

约莫诺的心里好像有什么东西崩溃了。他把枪头向右一转，扫倒了地上的三脚架，装了消声器的枪口直直地对着戈奇的前额。戈奇瞥到了约莫诺脸上的表情：他紧咬着下颌，鲜血顺着嘴角流了下来，眼睛死死瞪着戈奇，脸上的肌肉不住地抖动着。戈奇猛地弯下腰，子弹从他头顶飞了过去。当他摔下椅子，滚过自己的支架时，他听到远处传来了一声惨叫。

戈奇还没来得及站起来，背上就又挨了一脚。他转过身，看到约莫诺站在他面前，疯狂地挥舞着手里的步枪，他的身后是一群吓得脸色发白的中性人。约莫诺正在给枪上膛，又抬起腿朝戈奇的肋骨踢了一脚。戈奇向后一缩，想要避开这一脚，结果落到了看台的外面。

戈奇感到一阵天旋地转，栅栏、烬花的枝条都在他眼前晃动。接着他勉强站了起来，和一个正站在跑道口的男性驯兽师撞了个满怀。他们俩都摔倒在地上，嘴里直喘粗气。戈奇抬起头，看到约莫诺正站在平台上，那身外置骨骼在阳光下发出惨淡的光芒。他举起枪，瞄准了戈奇。两个中性人赶到约莫诺身后想要夹住他，但他连头也不回地双臂一摆，一只手的肘部击碎了其中一人的胸骨，手里的枪则重重地砸在了另一个人的脸上。他们俩倒了下去，约莫诺收回装着囚具的手，再次稳稳地瞄准了戈奇。

戈奇爬起来，往旁边一扑，子弹击中了他身后还在喘气的男人。戈奇朝看台下的一个木门跑去，突然台上传来一阵惊呼，约莫诺也跳了下来，落在戈奇和门的中间。外置骨骼为他缓冲了不少落地时的冲击力，他又将子弹上了膛。戈奇转身就跑，但是被血浸透的地面差点害他滑了一跤。

他挣扎着站了起来，朝栅栏和看台的夹缝里跑去。一个身穿制服的守卫挡在路中间，肩上扛着一把激光枪，正满脸怀疑地抬头朝看台望去。戈奇想趁他不注意时从他身边窜出去，但就在还差几步的时候，守卫伸手握住了扛在肩上的激光枪。这时他那张扁平的脸上露出了漫画里才有的夸张表情。一秒钟之后，他的胸口爆炸开来，整个身体朝着戈奇跑来的方向倒了下去，把戈奇撞翻在地。

戈奇就地一滚，从守卫的尸体上翻了过去。他坐了起来，约莫诺在十米开外的地方迈着古怪的步子朝戈奇追来，一边追一边填充子弹。守卫的枪落在戈奇脚边，戈奇抓住了那把枪，对准约莫诺扣动了扳机。

对面的元帅弯腰躲避，但是戈奇还是没有适应枪的后坐力。激光枪的子弹径直打到了约莫诺的脸上，那个中性人的头被炸成了碎片。

但是约莫诺仍然没有停下来，他甚至没有放慢速度。他朝戈奇飞奔而来，头盔里几乎空无一物，被子弹绞碎的肌肉和骨骼像信号旗一样飘荡在他身后，脖子里喷涌出大量的血，他朝着戈奇跑来，越跑越快，动作越来越娴熟。

那个没有头的身体举起枪，瞄准了戈奇的脑袋。

戈奇惊呆了，动弹不得。他再次用激光枪瞄准了约莫诺，挣扎着想要站起来，不过一切都太迟了。那具没有头的外置骨骼跟他距离不过三米，戈奇看着消声器下黑洞洞的枪口，知道自己难逃一死了。但是他面前这具怪诞的身体却犹豫了，空荡荡的头盔一抽一抽的，手里的枪也颤悠悠地摇晃起来。

这时有什么东西撞了上来——从背后，而不是面前——戈奇带着这股惊讶之情陷入了黑暗中。从背后，而不是面前——接着他就彻底失去了意识。

戈奇感到后背很疼。他睁开了眼睛，一只棕色的嗡嗡机横亘在他和白色的天花板之间。

“戈奇？”那只嗡嗡机问。

他咽了一口唾沫，又舔了舔嘴唇。“什么？”他问。他不知道这里是哪儿，也不知道这只嗡嗡机是谁。他对自己的身份只有一点非常模糊的印象。

“戈奇，是我，弗利尔-伊姆萨霍。你现在好点儿了吗？”

弗利尔-伊姆萨霍。好像有点印象。“我的背有点儿疼。”戈奇说，他希望没事。戈吉？戈基？那大概是他的名字。

“不奇怪。一只大号的特罗沙耶撞到了你的后背。”

"一只什么？"

"没什么。你继续睡吧。"

"……睡吧。"

他感到自己眼皮很沉，嗡嗡机的样子很快就模糊了。

后背好疼。戈奇睁开眼，映入眼帘的只有雪白的天花板。他四周张望，寻找弗利尔-伊姆萨霍的踪影。深色的木墙。窗户。弗利尔-伊姆萨霍，它在那儿，朝他飞过来了。

"早，戈奇。"

"早。"

"你还记得我是谁吗？"

"别再问蠢问题了，弗利尔-伊姆萨霍。我情况怎么样？"

"你被撞伤了，断了一根肋骨，还有点轻微脑震荡。不过再过一两天你就能恢复了。"

"我记得你说，是一只……特罗沙耶撞倒了我？我在做梦吗？"

"你没有在做梦，我的确是那么告诉你的。事实就是如此。你现在还记得多少事？"

"从看台上……摔了下来……"戈奇一边回忆，一边慢慢说道。他躺在床上，后背很疼。他正躺在自己的房间里，开着灯，似乎是晚上。他的瞳孔忽然放大了。"约莫诺把我踢下来的，"他说道，"不过这是为什么？"

"现在什么都没关系了。继续睡吧。"

戈奇又说了些什么，不过随着嗡嗡机的飞近，他很快又感到疲倦了，于是他闭上双眼睡了起来。

戈奇站在窗边看着楼下的花园。男仆替他把托盘端了出去，托盘上的玻璃杯叮当作响。

“继续说。”他对嗡嗡机说道。

“那只特罗沙耶趁着大家都在看你和约莫诺的时候从围栏里跳了出来。它跳到了你身后，把你撞翻了，接着它跑到外置骨骼面前，一时不知道该怎么办。它正准备攻击约莫诺的尸体，守卫们就把它击毙了，接着把它从那副已经不能再动弹的外置骨骼旁边拖了出去。”

戈奇缓缓摇了摇头。“我就记得被人从看台上踢了下来。”他在窗边的一把椅子上坐下来，花园的远端笼罩着一层黄昏的朦胧霞光。“你那时候在哪里？”

“我回到屋里来了，这里的电视可以看到直播。很抱歉我离开了你，杰诺·戈奇，但是那个可恶的中性人踢了我一脚，而且狩猎的场景对我来说实在是血腥得……难以言表。”

戈奇摆了摆手。“没关系，反正我还活着。”他伸出双手捂住了脸，“你确定是我射杀了约莫诺？”

“千真万确！还有录像呢，你想看——”

“不，”戈奇双眼紧闭，举起一只手，“不想，我不想看。”

“我没看到那一段的直播。”弗利尔-伊姆萨霍说，“当时我一看到约莫诺朝你开枪，误杀了你身边的那个人之后我就赶回去了。不过后来我看了录像，没错，你用守卫的那把激光枪杀了他。不过那只是让外置骨骼不用再费事抵抗约莫诺对它的控制。约莫诺死了之后那具外置骨骼的动作反而越来越敏捷，越来越轻快

这只能说明，他在死前曾经竭尽全力阻止那具外置骨骼攻击你。”

戈奇怔怔地盯着天花板。“这些事都是真的？”

“绝对属实。”嗡嗡机朝墙上的屏幕飞去，“我说，你为什么不看看——”

“不！”戈奇站了起来，摇摇晃晃地大叫道，接着他又坐了回去，轻声说，“不。”

“等我赶到那儿的时候，那个操纵外置骨骼的人已经跑掉了。我的感应器在路上曾经收到过某人发来的一段信息，不过我还没来得及正确匹配，它就关闭了。阶段性的脉冲。有几个守卫似乎发现了什么线索，我把你带回来的时候他们正在森林里调查。他们给你派了几个医生观察一阵子，不过也就到此为止了。我很幸运地赶在他们把你送进医务室并进行种种龌龊的调查之前找到了你。”嗡嗡机的声音里满是困惑，“这也是为什么我会觉得这件事并非是经过预谋的。他们本来可以采取更低调的方法来杀掉你，而且一计不成，他们还可以把你送进医院里去，确保万无一失……但今天的事实在是太混乱了，毫无计划可言。接下来一定会发生有什么有趣的事，我保证。”

戈奇把双手伸到背后，轻轻地抚摸着自己背后瘀伤的痕迹。“我真想全都回忆起来，回忆起我当时是不是真的想杀了约莫诺。”戈奇说着，感到胸腔里一阵刺痛，心头满是苦涩。

“按照当时的情况，你这么臭的枪法竟然打中了，大概不是真的想杀了他吧。”

戈奇看着嗡嗡机问道：“你就没法做点什么吗，嗡嗡机？”

“无能为力。哦，对了，皇帝说等你身体好一些之后想要见你。”

“我现在就去。”戈奇慢慢站了起来。

“你确定？我觉得还是别去了，你看起来状况并不大好。如果我是你，就乖乖躺下来休息了。坐下来吧，你还没准备好。他要是因为你杀了约莫诺而发火该怎么办？哦，不如我跟你一起去……”

尼古萨坐在一扇斜窗边的王座上，从五颜六色的玻璃窗外射进来的光线照亮了整个房间，大幅挂毯上绣着的金线仿佛水底深处熠熠发光的宝石。王位的后方站了一圈面无表情的守卫，朝臣和官员们手里捧着纸质材料和平板屏幕走来走去。一位宫廷管家将戈奇带到了王位跟前，弗利尔-伊姆萨霍则被留在后方交由两个卫兵看管。

“请坐。”尼古萨示意戈奇在他面前矮台上的一把椅子上坐下，戈奇遵命坐了下来。“杰诺·戈奇，”皇帝的声音冷静而克制，几乎有点儿平淡，“朕对昨天发生的不幸深感抱歉。朕很高兴你这么快就恢复了元气，尽管你的躯体也许还在经受折磨。你有什么需要吗？”

“谢谢您，陛下，但我没什么需要的。”

“朕很满意。”尼古萨缓缓点了点头。他仍然穿着一身叫人透不过气的黑色，他那肃穆的装扮，矮小的身材和扁平的面容与窗外射进来的七彩光芒、朝臣们极尽奢华的服饰形成了强烈对比。皇帝将他那戴满戒指的双手放在王座的扶手上。“朕，自然，对于失去朕优秀的约莫诺·卢·拉斯普元帅——还是在如此不体面的情况下——感到非常遗憾。不过朕也能理解你是迫不得已才进行的自卫。朕希望这样的事不会再次发生。”

“谢谢您，陛下。”

尼古萨的手动了动。“至于是谁在背后算计你，是谁操纵了约莫诺身上那套囚具，经过调查我们已经得出了结论。朕非常遗憾地得知，主谋竟然是朕终生的导师，肯德瑟夫学院院长。”

“哈——”戈奇梗住了。尼古萨的脸上一片阴霾。戈奇没有再把那个名字说下去。“我——”

尼古萨举起了一只手。

“朕可以告诉你，肯德瑟夫学院院长，哈敏·李·斯瑞里斯特，由于对你采取的这一系列行动，将会被处以极刑。朕很明白也许类似的事情还会继续发生，如果有这样的苗头，朕将下令对周围的一切进行彻底盘查，将罪犯绳之以法。

“朕身边的某些人，”尼古萨继续说道，目光落在自己戴满戒指的手上，“想要保护他们的皇帝……但是却用了错误的方法。皇帝可不需要这样的保护，尽管他的对手得到了某些皇帝也没有得到的援助。朕必须对老百姓隐瞒你在游戏里最终的成绩，但这是为了他们好，不是为了朕好。朕是不会忌讳那些令人不快的事实的。皇帝无所畏惧，但决不允许别人染指他独立行使的权力。朕很乐意推迟帝国摄政王和杰诺·莫拉特·戈奇之间的比赛，直到戈奇恢复健康。”

戈奇等着他继续用那平和、缓慢、咏叹一般的调子说下去，但是尼古萨闭上了嘴，面无表情地坐在那儿。

“感谢陛下的好意，”戈奇说，“但我想我们不必推迟比赛。我的身体已经恢复得差不多了，而且现在距离比赛开始还有三天的时间，我可以好好休息一下。我们没必要再推迟了。”

尼古萨缓缓地点了点头。“那很好。朕希望，仍旧希望，如果杰诺·戈奇在赛前改变了主意，请毫不犹豫地通知朕的官员，朕将非常乐意把‘阿扎德’的决赛时间调整到杰诺·戈奇恢复到最佳状态的时候。”

“再次感谢您的好意。”

“朕很欣慰杰诺·戈奇在这次事件中并没有受到重伤，还前来觐见朕。”尼古萨最后说道。他冲戈奇点了点头，接着看向旁边一位等待已久的朝臣。戈奇站起来，鞠了一躬，退了下去。

“你只要后退四步就可以转身走了。”弗利尔–伊姆萨霍说，“不管怎么说，做得不错。”

他们回到了戈奇的房间里。“下次如果记得，我就试试看。”他说。

“不管怎么说，你看上去已经完全恢复了。趁你们谈话的时候我偷偷听到了点儿东西，这些混官场的人很会看风向。好像是他们先在森林里抓到了一个企图逃跑的中性人，他不慎弄丢了同谋之前交给他自卫的枪——实际上那只是个炸弹——因此他们活捉了他。严刑拷打之下，他供出了哈敏的一个密友，那个密友又出卖了哈敏，于是他们就把矛头对准哈敏了。”

“你的意思是他们对他用刑了？”

“用了一点儿。但他太老了，他们还得留着活口，等待皇帝做出决定。那个操控约莫诺囚具的家伙和其他党羽被钉上刑架了，企图出卖哈敏以求自保的那个人被关在森林的一个笼子里等着白炽期到来，哈敏则被剥夺了使用抗衰老药物的权利，再过四五十天就是他的死期了。”

戈奇摇了摇头。“哈敏……我认为他没有那么害怕我。”

“好吧，他已经很老了。老人家总是有些千奇百怪的想法。”

“你认为我现在算是安全了吗？”

“是的。皇帝想让你好好活着，这样他才能在‘阿扎德’棋盘上一举消灭你。现在没人敢动你了，你只要专心游戏就好。再怎么说，还有我照顾你呢。”

戈奇难以置信地看着嗡嗡机，但是它的语气里似乎没有一丝讽刺。

三天之后，戈奇和尼古萨开始了副棋盘上的比赛。决赛笼罩在一种奇异的气氛中，整座克拉夫堡都有点提不起精神来。按理说，最后这场游戏应当是持续六年之久的“阿扎德”大赛的最高潮，是整个“阿扎德”游戏的意义所在。但是这次，帝国的前途已经尘埃落定了。在尼古萨打败维切斯特德和吉尔诺的时候，他就已经赢得下一个大年的统治权，尽管对于下层民众来说，他还得和克洛沃争夺最后的王冠。就算戈奇真的赢得了比赛，结果也没什么不同——虽然帝国的自尊会受到不小的创伤，但至少贵族们和游戏局会长点儿记性，下次绝不会邀请这种卑鄙下流的外星人来参加他们神圣的游戏了。

戈奇想，城堡里的大部分人现在肯定都迫不及待地想离开埃科隆奈多，回伊埃星上去。不过他们必须参加皇帝的加冕典礼和授权仪式，在火焰经过这座堡垒，皇帝从灰烬中重生之前，谁也不能离开这里半步。

也许真正期待这场游戏的只有戈奇和尼古萨两人，甚至连其他观战的选手都对这场比赛失去了兴趣：因为就算在他们之间，讨论这场比赛也是禁止的。在戈奇“理应”被淘汰出去的那一场之后，他的每一场比赛都是严禁提及的。这些比赛并不存在。游戏局已经在全力编造一场“尼古萨对战克洛沃”的录像了。从他们上一次的作品来看，戈奇想，这一次肯定也足够以假乱真。尽管整场比赛一定找不出什么亮点，不过蒙混过关是没有问题的。

所有事情都已经定下来了。帝国已经重新任命了一批元帅（当然，为了找人顶替约莫诺的位置要做些调整）、将军、司令、主教、部长和法官。帝国的发展方向并没有什么大的变动，尼古萨不会改变现行的政策，新的赢家也没有太大的发言权。因此那些贵族和官僚们可以大大松口气了，只要上头一日不变，他们就还有一日的铁饭碗。所以，与其说这是剑拔弩张的决赛，倒不如说它更像是一场表演赛。只有对弈的双方真正把它当回事儿。

戈奇很快就被尼古萨的手法震慑住了。这位皇帝总是不断超越他的想象，他越是研究他的打法，就越觉得自己面前这个对手实在是太可怕了。想要打败尼古萨，光靠运气是不可能的，他需要把自己提升到一个新的档次。游戏一开始，戈奇就疲于躲避尼古萨的攻势，更别提要真正打败他了。

尼古萨大部分时间都打得四平八稳，只是有时会发动突然袭击，一气呵成，行云流水。这些棋子原本看上去只是某位精神异常的天才随便摆出来的图案，只有当它们联合出击的时候你才能看出其中的奥妙。

戈奇尽了最大的努力想要识破这些威力惊人的诡计，并在第一时间给予反击，但是当第一场副棋盘游戏结束时，也就是距白炽期到来只剩三十天的时候，无论是棋盘上还是卡牌上，尼古萨都已经取得了压倒性的优势，并将带着这一巨大优势进入三大棋盘的第一场游戏中。戈奇想，他现在唯一的机会就是在前两个棋盘上维持着这种差距，并在最后的棋盘上寻隙反攻了。

烬花树伫立在塔楼的四周，越长越高的树冠仿佛涨起来的金色潮水一般漫过了城墙。戈奇坐在他之前曾经来过的那个小花园里，当时从这里他能越过树梢看到远处的地平线，现在他的视线已经被二十米开外的第一棵树挡住了。傍晚的阳光将城堡的影子投射在天棚上，戈奇身后的灯光也渐渐亮起来了。

戈奇抬头看向大树棕褐色的枝干，摇了摇头。他已经输掉了“起源之盘”上的游戏，接下来的“构建之盘”也快要保不住了。

他遗漏了什么东西，遗漏了尼古萨打法里的某种东西。他很清楚也很确定那个东西的存在，但他不知道那到底是什么。他模模糊糊地感到，那应该是一种看似复杂、实则简单的东西。他过去应该已经察觉到了，他本该研究过、分析过，并且把它转化为自己的优势，但是出于某种原因，某种他自己对“阿扎德”理解上的误差，他很确定他没能做到这一点。他自己的打法里也缺失了某种东西。现在想来，当初他后面被撞的那一下带来的影响似乎比他想象中的更严重。

但是飞船似乎也没看出他有什么不对。它给了他不少有用的建议，但是当戈奇真正站到棋盘上时，他发现飞船说的那一套全是纸上谈兵。如果他不是按照自己的直觉而是听从了限制因素的建议去打那场游戏的话，他可能会输得更惨。对于“阿扎德”游戏来说，使用一种你心存怀疑的战术只会让你一败涂地。戈奇慢慢站了起来，挺直了腰，现在他的后背已经不怎么痛了。他走回房间，看到弗利尔-伊姆萨霍正飘荡在屏幕前，看着全息投影上一张古怪的表格。

“你在干什么？”戈奇在沙发上坐了下来。

嗡嗡机转过身，用玛瑞语说：“我想法子屏蔽了他们的窃听，这样我们就能说玛瑞语了。是不是棒极了？”

“是不错。”戈奇仍旧用伊埃语答道。他打开小屏幕，看起了帝国新闻。

“我千辛万苦才屏蔽掉他们的信号，你好歹说几句玛瑞语以示鼓励吧？这不容易，你要知道，我可不是专业人士。为了这个我研究了我自带的不少关于电学、光学和声学的大部头，我本来以为你会高兴呢。”

“受宠若惊。欣喜若狂。”戈奇一字一顿地用玛瑞语说道。他眼睛片刻不离面前的屏幕，新闻里说到了新委任的官员，说到了对某个遥远星系的镇压，说到了尼古萨和克洛沃的比赛进程——克洛沃的局势远没有戈奇想得那么糟糕——还有帝国军队赢得了一场对抗外星怪兽的战斗，说到了应征入伍的男性将得到更高的报酬。“你在看什么？”戈奇瞟了一眼墙上的屏幕，弗利尔-伊姆萨霍正飘在它面前，奇异的光圈缓慢地转动着。“你认不出来？”嗡嗡机惊奇地提高了自己的音量，“我以为你能看出来呢，这是‘现实’的模型。”

“现——哦，我明白了。”戈奇点了点头，又把目光转回小屏幕。画面上是帝国舰队正在炮击某个小行星群，以平息上面的暴乱。“四维空间什么的。”说着他跳到了游戏频道。伊埃上举行的小规模游戏赛事还在继续。

“好吧，实际上在‘现实’里是七维空间，那些维度之一……你在听吗？”

“啊？在听。”伊埃上的比赛已经进入了最后阶段，人们还在分析埃科隆奈多上的半决赛。

“……其中的一个维度代表了我们的宇宙……你上课的时候学过这个吧？”

“嗯。”戈奇点点头。其实他对太空理论、多维空间或者超球面之类的东西都不太感兴趣。这些东西看上去跟他的生活完全没有联系，他又去管它们做什么呢？某些游戏确实需要放在四维空间中才能更好地理解，但是戈奇关注的是游戏本身的规则，那些理论只有在他分析游戏的时候才派得上用场。他点了点屏幕跳到下一个频道，出现在画面中的是他自己。他说虽然自己被淘汰出局很遗憾，他还是希望阿扎德帝国和人民能幸福安康，并对他们的殷勤款待表示感谢。戈奇的声音淡出之后评论员插了进来，说戈奇已经在埃科隆奈多上的半决赛中被淘汰了。戈奇轻轻地笑了，看着画面上这个他自愿参与编织的谎言逐渐变成了确凿的事实。

他又看了看屏幕前漂浮着的小光环，突然想起一件困扰了他好几年的事。“超空间和超超空间有什么区别？”他问道，“以前限制因素提到过一次，但我怎么也搞不懂是怎么回事。”

于是嗡嗡机就解释给他听，还用“现实”的全息投影模拟给他看。正如往常一样，它总是说着说着就越扯越远，不过至少戈奇总算明白过来了。

那天晚上弗利尔-伊姆萨霍吵得不行，不管什么事都要用玛瑞语喋喋不休地说个不停。虽然它的激情根本毫无必要，但戈奇也从这失而复得的乡音里找到了些许乐趣，因此自己也说起了玛瑞语。不过嗡嗡机那尖锐高亢的小嗓门不久就把他折磨得筋疲力尽。直到戈奇同往常一样联络飞船，和它探讨起他现在面临的困局时，嗡嗡机才终于安静了下来。戈奇跟飞船说的也是玛瑞语。

当晚，在那场狩猎之后，戈奇第一次睡了个好觉。当他第二天早上醒来的时候，不知怎么的，他忽然觉得也许自己还有反败为胜的转机。

戈奇花了一早上，总算渐渐弄清了尼古萨的意图。当他终于看到真相的瞬间，他不由得屏住了呼吸：皇帝的目标不是打败戈奇，而是打败整个“文明”。从他调度棋子、领地和纸牌的方式来看，除此之外别无可能。他自己就是整个帝国，整个“阿扎德”的化身。

另一个发现也深深地震撼了戈奇。那就是，他自己进行游戏的方式可以被解读为——也许只能被解读为——他代表的正是“文明”式的风格。他在棋盘上构建自己的领地时，习惯性地把它建设成各种能源和物资的网络，但这里并不存在所谓的领导或是集权，各个部分之间协同合作，相安无事。

在之前的游戏里，戈奇基本上都处于开场就挨打的状态，因此他已经习惯在开始阶段就做好战斗准备了。但是现在他发现，如果给他一定的空间，他也会有条不紊、精打细算地扩展自己的领地，尽管他从来没有得到过这样的机会。他总是一开始就成为众矢之的，一旦战局白热化，他又会投入像建设自己的前期领土和棋子那样的热情来与别人开战。

每一位与戈奇交战过的玩家都不知不觉地被他这种打法牵着鼻子走，最后一败涂地。但是尼古萨不同，他有自己的打法。他在棋盘上建立起自己的帝国，把一套完整精确的制度延伸到了游戏的每一个角落。

戈奇震惊了。这种恍然大悟的感觉仿佛一颗冉冉升起的新星，又像是一连串水珠汇聚成了溪流、江河、潮汐，最终变成了海啸。他接下来的几步棋走得毫不高明，几乎全是凭着本能在行动而没有经过大脑的思考。戈奇感到自己嘴里涩涩的，手也抖了起来。

很明显，这就是他看漏的东西，被藏起来的另一面。它那么明目张胆地躺在那里，却又难以用任何词句来形容。它那么单纯，那么简练，看上去遥不可及，实际上又唾手可得。这正是尼古萨真正想从这盘游戏中证明的东西。

怪不得他这么不顾一切地想要与这个“文明”的来客一战，原来这才是他真正的目的。

尽管棋盘上的布局已经将“文明”真正的规模与实力表现得淋漓尽致，但是除了尼古萨和其他几位知情人士以外，根本没有人能够解读得出棋盘上的信息。而尼古萨在棋盘上建立“帝国”的方式已经隐隐透露出，他面对的敌人绝对不容小觑。

戈奇还发现皇帝对待敌我双方棋子的态度全都非常无情，简直是在玩弄它们。这也是尼古萨为了扰乱他的心绪而使出的伎俩。每当戈奇踏足一块新的领土，想要在那里发展兵力的时候，皇帝就会带着一种残忍的喜悦把那里夷为平地。而当戈奇决定放弃或是撤出某个地区之后，尼古萨则任其荒芜。

虽然迹象极其微弱——没有哪个高手下棋是为了屠戮而屠戮的，但是这种杀鸡儆猴的氛围仿佛一阵甜香，又仿佛一股恶臭，不动声色地缭绕在棋局的上方。

戈奇看得出来，自己的这种打法正中尼古萨下怀。他奋力营救自己的棋子，深思熟虑，步步为营，故意不去理睬尼古萨正在残忍地将他的棋子卷入战争，再把他的领土一寸一寸撕得粉碎。从某些程度上说，戈奇一直在极力回避与尼古萨的正面交锋。这位皇帝正在打一场异常粗暴、蛮不讲理、专断独行的不义之战，一场他早就断定会让对面的“文明”人避之不及的战争。

戈奇开始评估场上的局势。他一边做出几步不痛不痒的防御来争取时间，一边计算着种种可能。游戏的目的就是要赢得胜利，他几乎忘了这一点。除了胜利，一切都毫无价值，除了胜负也不存在别的结局。游戏本身无关紧要，因此你可以赋予它任何含义。而现在他要做的就是找对感觉。

他必须要做出回应，但是该怎么回应？代表“文明”？还是代表另一个“帝国”？

他曾经试过“文明”那条路子，但行不通；而“帝国”，你要怎么跟一个皇帝去较量如何治理“帝国”？

戈奇站在棋盘上，身上还穿着那件有点滑稽的束身长袍。他感到周围的一切都渐渐远去了。他想从游戏上移开思绪，看看塔楼里环绕着一圈圈柱子的大厅，看看高大敞亮的窗户，看看窗外金黄的烬花树冠，看看周围坐得半满的观众席，看看守卫和裁判，看看头顶巨大的黑色喇叭状电子投影器材，看看穿着各异的人们脸上流露出的不同表情。这些全都在他的脑海中化成了游戏的一部分。他看到的东西似乎全都因为某种强力药剂变了形，变成了他脑子里的模型。

他想到了镜子和反转力场。后者虽然是人工科技的伪造，但它给人的印象却比前者更逼真。镜子是真实的写照，而反转立场本身就是真实。他想起弗利尔-伊姆萨霍那一圈小光环的身影和它构建出来的那个“现实”，想起察木力斯·阿马尔克-泥和它那让自己不要陷入虚妄的警告，一切都在他的脑海中交织成一片。

咔嗒。关／开。他仿佛变成了一台机器。他从那个危险的悬崖边上坠了下去，不过没关系。他忘掉了周围的一切，信手走出了第一步。

他瞧着自己走出的这步棋，一点儿都不像是尼古萨会走的棋。

那是“文明”的套路。戈奇感到自己的心沉了下去。他本来希望自己能够有所突破，能够做得更好的。

他又仔细瞧了瞧。没错，这就是“文明”才会有的步调，不过至少这是主动出击的“文明”步调了。他要是继续这么走下去，必然会打破他之前小心翼翼地布局。但是除了这条路以外，他没有任何一丁点可以打败尼古萨的机会。他得假装全民族到了最危险的时候，假装他是在为整个“文明”而战，破釜沉舟，背水一战……

至少他找到了一种对抗尼古萨的方法。终于找到了。

他知道自己会输，但会输得光光彩彩。

他一步一步重新设计了自己全盘的布局，尽可能展现出“文明”的战术。他摧毁或放弃了一些无法重塑的领地，做出了几次丢卒保车的牺牲，退回到那些尚可改造的土地上重建“文明”。他并不想效仿尼古萨那种狂风暴雨般横扫全场，还时不时杀个回马枪的战术，但是他希望建立起坚固的棋子和城塞，足以——也许现在还很难，但是等他建成之后——抵抗对方的冲击。

戈奇在最后关头终于扳回几城。这盘游戏他仍然是输了，但是“完满之盘”还没开始，他仍有机会在那里和尼古萨决一死战。

有那么一两次戈奇离尼古萨很近，近得能让他看清那个中性人脸上的表情。那表情告诉戈奇他做对了，这就是尼古萨一早就暗示过他的事。现在，皇帝脸上的表情和手下的动作都透露出一种赏识甚至一种尊敬，一种对势均力敌的对手的认可。

戈奇全身上下都涌动着一种感觉，仿佛自己是一条承受着强大电流的线路，一片给棋盘带来电闪雷鸣的乌云，一股凶猛袭向平静沙滩的巨浪，一团跳动在岩底地心的火焰，一个可以随时灭世与创世的神祇。

他失去了控制体内分泌的能力，各种化学成分充盈在他的体内。他的脑海里只剩下一个狂热的念头——要胜利，要征服，要统治一切。所有的想法都围绕着这个念头，这个无与伦比的最终目标。

中场休息和睡觉时间全都变得微不足道，这些不过是真实生活和游戏之间的小小插曲。他像往常一样和嗡嗡机说话，和飞船说话，和其他人说话，吃饭，睡觉，散步……但这些都不算什么，全都不足挂齿。这些外在的东西不过是游戏的环境和布景罢了。

他看到对方的兵力如潮水般席卷了整个棋盘，它们交换着一种他所不知的语言，咏唱着一支他所不知的曲调，最后汇成了一首合唱，一场足以左右大局的战斗。呈现在他面前的仿佛是一只巨大而协调的器官，棋子们不是遵照戈奇或是皇帝的意志在移动，而是遵照游戏本身的意志。这才是它终极的意义。

他看到了，他知道尼古萨也看到了，但是除了他们俩以外，谁也看不到。他们俩就像一对隐秘的情侣，在众目睽睽之下躲进了安稳的爱巢。那些人虽然看着他们，但他们永远无法解读，也无法揣测他们面前的景象。

“构建之盘”终于结束了。戈奇输掉了游戏，但是他从溃败的边缘爬了回来，现在尼古萨在“完满之盘”上已经不具备压倒性的优势了。

他们俩分别离去，这一幕已经结束，下一幕正待开场。戈奇走出游戏大厅，精疲力竭的同时又感到无比满足。他睡了整整两天，直到嗡嗡机把他叫醒。

“戈奇，你醒了吗？你已经不再茫然了吗？”

“你在说什么？”

“说你呢。关于‘阿扎德’，到底发生了什么事？连飞船也看不懂现在的局面了。”弗利尔-伊姆萨霍带着一圈棕灰色的光晕浮在他的上方，低声地嗡嗡叫着。戈奇揉了揉眼睛，又眨了几下。

现在已经是早上了，还有十天大火就要来了。戈奇觉得自己仿佛刚从一个梦境里走出来，一个比现实还要真切的梦境。

他打了个哈欠，坐了起来。“我看上去很茫然吗？”

“伤口疼吗？超新星亮吗？”

戈奇伸了个懒腰，笑了起来。“尼古萨不是为自己而战。”说着他站起来，放轻脚步朝窗口走去。他走到阳台上，弗利尔-伊姆萨霍啧了一声，把一件长袍披到了他身上。

“你再这么拐弯抹角的……”

“拐弯抹角？”戈奇沉醉在温暖的空气中，又活动了一会儿手臂和肩膀，“这古堡盖得漂亮极了，是不是，嗡嗡机？”他靠在石栏上深吸了一口气，“他们可真会盖房子，嗯？”

“我想是的。不过卡拉夫堡不是帝国盖的，他们从另外一个也举行类似加冕典礼的类人种族手里把它抢了过来，一点儿都没改动。我在问你问题呢，你那表现是怎么回事？你那几天显得很茫然，很奇怪。但你当时正在全力应战，我就没打扰你，不过我和飞船都希望听你说说这是怎么回事。”

“尼古萨把自己化身为帝国在战斗，这从他的打法中就能看出来。我除了化身为‘文明’以外别无他法，因此我的打法就变成了现在这样。就这么简单。”

“看起来没这么简单。”

“打得很艰难。有点像互相强暴。”

“我觉得你应该有话直说，杰诺·戈奇。”

“我——”戈奇正待开口，又突然停了下来。他恼怒地皱了皱眉，“我已经说得够明白了，你这蠢货。你就不能去干点儿正事？比如帮我叫份早餐？”

“遵命，老爷。”弗利尔-伊姆萨霍不高兴地应了一声，钻回房间里去了。

戈奇抬头望向空旷的蓝天，思考起了“完满之盘”上的计划。

弗利尔–伊姆萨霍发现戈奇在决赛开始前的这段时间里变得更加全神贯注。他似乎已经听不到别人和他说话，就连吃饭睡觉都要人提醒。嗡嗡机自己都觉得有些难以置信，但是有两次它都看到戈奇表情痛苦地坐在那里，不知道在盯着什么。嗡嗡机用远程超声波监测的时候发现他的膀胱已经快要胀裂了，他甚至需要人提醒他去上厕所！他会花上一整天的时间发呆，或者疯了似的研究游戏录像，每天如此。从上次的长眠醒过来之后他曾经停过一阵子药，不过很快他又开始在体内分泌腺素，一刻不停。嗡嗡机还用效应器探测了他的脑波，结果发现他每天上床睡觉的时候都不是真的在睡觉，他给自己造了一个清醒的梦境。他的体内源源不断地分泌出各种药物，这是第一次有明显的迹象表明，他身上的药物强度已经超过了他的对手。

他在这种状态下要怎么比赛？要是弗利尔–伊姆萨霍能插手，它早就阻止戈奇了。但是它必须遵守命令。它在这场游戏中自有任务，而它只需扮演好自己的角色。现在它只能静观其变。

比起前两场比赛，来看“完满之盘”上第一场游戏的观众更多了。还有一些游戏玩家仍在勉力解读眼下花样百出、高深莫测的局面，翘首等待决赛。皇帝的优势显而易见，而那个外星人也不容小觑。

戈奇向棋盘中纵身一跃，就像潜水者回到大海。才走了几步，他就在元素里、在游戏本身全然的愉悦中找到了回家的感觉。在这里他对自己的势力操控自如，领土和兵力随时等待调遣。接着他从这种玩乐的愉悦里清醒过来，开始认真搭建、追逐、创造、连接、除旧布新，寻找目标，加以毁灭。

棋盘上又恢复了“文明”和“帝国”针锋相对的局面。他们俩一同营造了这个布局，这个辉煌壮丽的修罗地，这个由他和尼古萨各自的信仰构建起的光彩夺目、杀戮征伐的战场。这片战场仿佛化作了棋盘上一团烧尽一切的火焰，又仿佛一张图纸，分毫不差地勾勒出他们胸中的沟壑。

他开始慢慢前进，走向那个在他尚未察觉之前胜负就已经决定的终局。“阿扎德”的棋盘上还从来没出现过这么离奇复杂而又妙不可言的场面。他坚信，他知道，他会让一切都成真。

比赛继续进行。

休息，白昼，夜晚，对话，用餐，这些全都成了另一个世界的事。这是一幅多么单调无味的板刻画面。他整个人都已经脱离了这个世界。他在另一个世界，另一个画面里。他的脑子里填满了有关棋盘的一切，他的身体只是如同游魂一般飘荡在外。

他没有跟尼古萨说一句话，但是他们确实在对话。他们通过移动自己和对方的棋子交换着最细微的知觉与感情，仿佛一首歌，一支舞，一章绝世的诗。每天游戏大厅里都座无虚席，人们屏息研究着面前逐渐成形的棋盘，想要通过解读这诗歌，通过凝视这不断变幻的画面，通过倾听这和声，通过触摸这生动的雕塑，最终理解其中的真谛。

总会有到头的时候，有一天戈奇突然这么想道。这个想法击中他的瞬间，他看到了游戏的终结。高潮已经过去了。游戏结束了，毁灭了，再也不能更进一步了。游戏还没有结束，但是已经到此为止了。一股深深的悲伤淹没了他，这股情感像控制一枚棋子一样控制了他。他摇摇摆摆，差点儿摔倒。他不得不走回自己的椅子边，像一个老人似的慢慢挪了上去。

“唉……”他听到自己说。

他朝尼古萨望去，但是皇帝并没有看到这点。他正在翻手里的元素牌，想要在自己的下次先手之前转换好地形。

戈奇简直不敢相信。游戏已经到此为止了，其他人难道都没看到吗？他绝望地环视着周围人的表情，现场官员、观众、评论家、裁判。他们这都是怎么了？他回头看了看棋盘，努力想要找出他看错了什么地方，有什么地方是尼古萨还可以补救的，有什么办法能让这支优美的舞蹈跳得更久。但是他什么也没看见，游戏到此为止了。他看了看计分板上的时间，今天的比赛该结束了。外面的天已经黑了，戈奇努力地回忆着今天是几月几日。大火马上就要来了，是吗？也许是今晚，也许是明天。还是说它已经来过了？没有，如果真的来了他肯定会察觉到的。大厅里高高的窗户还敞开着，从那里可以看到夜色中的烬花已经结出了累累的果实，等待着那一天的到来。

到此为止到此为止到此为止。他的——他们——这场美妙的游戏已经到此为止了，已经死去了。他都做了些什么？戈奇把紧握的拳头伸到嘴边。尼古萨，你这傻瓜！皇帝已经上了他的当，吞下了他抛出的诱饵，跑进了他预定的陷阱里，接下来将会在王座前被撕得粉碎，在大火来临之前被千刀万剐。

“帝国”这种体制本来就是野蛮人的造物，这只不过是历史的重演。戈奇从小就知道这一点，这是每一个“文明”人从小就被传授的知识。这些野蛮人来攻打他们，最后却被同化了。也并非每一次都是这样，有的帝国解体了、消亡了，但更多的还是被“文明”吸纳了。他们吸纳了这些野蛮人，并最终征服了他们。“文明”把这些人变成了他们本来打算侵略的族群，“文明”用自己的社会系统引导他们、唆使他们、调教他们、转化他们，向他们索要他们本来不具备、最后却慢慢开始主动提供的东西。帝国保存了下来，野蛮人苟活了下来，但是帝国已不再是那个帝国，曾经的野蛮人如今哪里也找不到了。

“文明”成了帝国，野蛮人的帝国。尼古萨看上去信心满满，他的棋子星罗棋布，经过一次次转化和改编不断投入战斗。然而这将把它们全都引上绝路，它们会活下来，但不可能是原来的样子了。这难道不是再明显不过的事吗？它们要么变成戈奇的棋子，要么变成中立的棋子。它们只有通过重生来获得解脱。到此为止。

戈奇感到鼻头一阵酸楚，他往后靠了靠，比赛终结带来的悲伤情绪让他几欲落下泪来。

但是泪水并没有流下来。这是来自他身体内部的惩罚：他在游戏里用的“水”元素太多了。皇帝使用的元素是“火”，而他将用“水”浇灭尼古萨的进攻。没有泪“水”供他驱使了。

戈奇感到身上一轻，某种东西如落潮般消退了，燃尽了，不再压迫着他了。房间里很冷，飘着一缕烈酒的香气，宽敞的窗外传来了烬花树冠簌簌作响的声音。楼里的人们窃窃私语。

他环视四周，看到哈敏正坐在学院的席位上。这个年迈的中性人缩在那里，看上去就像一具人偶。他只剩下一副干瘪的皮囊和皱纹密布的脸，不成人形。戈奇注视着他。他是那些幽灵中的一个吗？他一直都在那里吗？他还活着吗？这个已经老得不成样子的人直勾勾地盯着棋盘中央。有那么一瞬间，戈奇甚至动了个荒谬的念头，这个老家伙早就已经死了，他们把他的干尸带到大厅里来只是为了炫耀一把，最后羞辱他一次。

宣告今天晚场游戏结束的号角响了起来，两个卫兵走上前去把这个垂死的老者推走了。那个皱成一团，脸色发灰的头颅朝这边瞟了一眼。

戈奇觉得自己刚刚仿佛去了一个遥远的地方，现在才又回到这里。他看了看正在和几位参谋商量对策的尼古萨，看了看正在记录最终盘面的裁判们，看了看座席里站起来聊天的观众。是他的错觉吗？尼古萨看上去有点忧心忡忡，也许真的是这样。他突然为皇帝感到非常遗憾，为这里的所有人遗憾，为每一个人遗憾。

他叹了口气，这仿佛是他刚刚经历过的某场大风暴结束时的尾音。他活动了一会儿手脚，又站了起来。他望向棋盘。是的，到此为止了。他已经做到了。现在大局已定，尽管往后的路还长，但是尼古萨输定了。他的行动决定了他的输法：前进就会被同化，后退就会被征服，如果他不顾一切，横冲直撞……不管怎么说，他棋盘上的“帝国”已经终结了。

他和皇帝的视线交会了。从这一刹那的对视中，戈奇看出尼古萨并没有认清形势，而他知道尼古萨也一定正在研究他的目光。皇帝一定会发现他的变化，察觉到他散发出的胜利气息……戈奇低下头，避开了尼古萨的逼视，转身走出了游戏大厅。

没有掌声，也没有祝贺。谁也没有看出来。弗利尔-伊姆萨霍仍然像平常一样庸人自扰，但它也没看出端倪，一直在追问戈奇游戏进展如何。他撒了个谎。限制因素认为盘面终于有了一点起色，戈奇也懒得跟它解释——尽管他本以为它能看得更远的。

他脑袋空空，自己吃完了饭。晚上他到堡底深处的泳池里畅游了一番，那个泳池是把地基的岩石凿空了做出来的。他独自一人做完了这些事，因为其他所有人都爬到高处的城垛或者直接乘空中汽车去观赏西方天边出现的红霞了。远处，“白炽期”已经开始了。

戈奇游累之后上了岸。他擦干身体，穿好裤子和衬衫，披上一件短上衣，绕着城堡的护墙走了一圈。

外面乌云密布，夜色深沉。高大的烬花树现在已经长得比城堡的外墙还高，遮蔽了远处逐渐迫近的“白炽期”燃烧发出的光芒。帝国的守卫全数出动，确保城外没有人提前放火。戈奇不得不向他们证明自己身上没有携带任何易燃品才获准离开城堡。城堡里的百叶窗都已经准备就绪，已通过洒水系统测试的走道湿漉漉的。

烬花树在无风的黑暗中吱嘎作响，一层新的易燃表皮从树顶悬挂着易燃液体的球茎开始迅速向下生长。夜空里盈满了树液浓烈的恶臭。

古堡笼罩着在一片静谧中。这是一种宗教式的敬畏，就连戈奇也能察觉到气氛的转变。空中汽车沿着被打湿的小路从森林里嗖的一声赶回城堡，戈奇这才想起来，午夜之前每个人都应该回到城堡里去。他一边慢慢往回走，一边品味着周围满怀期待的气氛，仿佛这种期待绝不会长久，一去而永不复还。

他并没有很累，游泳带来的恰到好处的疲惫反倒在他体内刺激着他。因此当他走到自己房间所在的那一层楼后他并没有停下来，还是继续向上走去，尽管午夜报时的号角已经吹响了。

戈奇来到了一栋矮塔高高的墙垛上，周围的一圈黑漆漆的过道已经湿透了。他举目向西望去，一片昏暗而模糊的红光照亮了天际。“白炽期”仍然很远，远到地平线以外，它在天空中映出的苍白光芒仿佛一幕虚假的落日景象。除了那片光芒，戈奇还留意到矮塔周围寂静无边的黑暗。他在塔里找到了一扇门，于是顺着它爬上了带堞眼的顶部。他趴在石墙上朝北望去，那儿有一片低缓的山地。他听到楼下不知哪里有一台漏水的洒水装置正在滴答作响，烬花树林正在为自己的毁灭做好准备，沙沙的声音几不可闻。戈奇不再努力去辨认远方山峦的轮廓，而是转过身继续注视着西边起伏的暗红色云霞。

一声号角从城堡的某处传了出来，接着又是一声，又是一声。紧接着还有一阵喧哗、隐约的呼喊声和脚步声，仿佛城堡又一次醒了过来。戈奇想知道发生了什么。他裹紧了自己薄薄的外衣，东边吹来的一阵轻风让他突然感到了夜晚的凉意。

他白天感受到的那股悲伤并没有完全淡去，应该说它沉淀了，变成了某种不那么露骨却更加深刻的感情。这游戏是那么美妙，他又是那么乐在其中，流连忘返……但若不是他必须给它一个终结，若不是他必须确保这种欢乐是短暂的，他也不会得到那么多乐趣。他不知道尼古萨到底明白了没有，但他至少已经开始怀疑了吧。戈奇在一张石凳上坐了下来。

戈奇突然想到，自己也许会怀念尼古萨。从某种意义上说，他突然觉得与皇帝亲近了起来。这种亲近的感觉还是他有生以来第一次。这场游戏似乎成了一种深刻的牵绊，他们共享了某种经历与感觉——戈奇不知道还有什么关系可以与这种牵绊相匹敌。

最后他叹了口气，站起来走到墙边，朝塔楼下方铺得平平整整的人行道望去。从塔楼敞开的窗户里透出的光线正好照出楼下两名卫兵隐约的身影。他们抬起头看着戈奇，戈奇不知道是不是该挥个手。其中一名卫兵举起了胳膊，一道强光朝戈奇射来，戈奇伸手挡住了眼睛。这时，戈奇之前没看到的另一个矮小的黑影朝这边走来，他穿过打了灯的门口走进了塔楼里。两名卫兵把手电筒关掉之后又分别守在了大门两边。

楼梯上传来了脚步声。戈奇坐回石凳上恭候大驾。

“莫拉特·戈奇，晚上好。”是尼古萨，那个微微驼背的黑影，拾级而上的阿扎德皇帝。

“陛下——”

“坐吧，戈奇。”那个沉静的声音说道。尼古萨在戈奇身边坐了下来，只有楼梯口的一道微光照在他的脸上，那张脸看起来仿佛一轮朦胧的明月。戈奇不确定尼古萨到底看到他没有。那张明月般的脸转向一边，看着蔓延在地平线上的胭脂红。“戈奇，有人对我图谋不轨。”皇帝沉声说道。

“啊……”戈奇吓了一跳，“您还好吗，陛下？”

尼古萨转过脸。“我没事。”他伸出一只手摆了摆，“在这里就请你不要用‘陛下’了，这里只有我们俩，不用担心什么外交礼仪。我想亲自来向你解释为什么整个克拉夫堡都实行了戒严。帝国护卫队已经全权控制了这里。虽然我不认为会有第二次袭击，但还是小心为妙。”

“但是谁会这么做呢？谁会想要刺杀你？”

尼古萨望向北边已经不见踪迹的群山。“我们认为罪犯想要经由通往蓄水库的高架桥逃走，我派了一部分卫兵到那儿去。”他的目光慢慢朝戈奇转了回来，语调温柔，“是你把我卷入了这么有趣的事态中啊，莫拉特·戈奇。”

“我……”戈奇叹了口气，盯着自己的脚，“是的。”他扫了一眼面前那张白皙的脸。“我很抱歉，我的意思是说它……已经到此为止了。”他听到自己的声音低了下去，几乎不敢抬起头来看尼古萨。

“好吧。”皇帝轻轻说道，“等着瞧，明早也许我会给你点儿惊喜。”

戈奇吃了一惊。他看不清面前这张苍白朦胧的脸上挂着什么表情，尼古萨难道是认真的？他肯定能看出自己的情势是多么无望了吧，还是说他看到了什么戈奇遗漏掉的东西？戈奇马上担心起来了。他是不是太自负了？没有一个人看出来，甚至连飞船也没看出来。要是他弄错了呢？他想要再确认一次棋盘，但是棋盘上边边角角，每一个细节都已经深深印在他脑海里了。尼古萨必败无疑。皇帝绝对没有任何逃脱的办法，游戏已经到此为止了。

“告诉我吧，戈奇。”尼古萨平淡地说道，这张圆脸现在又面对戈奇了，“你到底学‘阿扎德’多长时间了？”

“我说的是真的。两年，非常集中的学习，但——”

“别骗我了，戈奇。这没有意义。”

“尼古萨，我没有骗你。”

那张苍白的脸缓缓地摇了摇。“随便你吧。”皇帝沉默了一会儿，“你一定对‘文明’非常自豪吧。”

他用一种厌恶的口气提到“文明”这个词。要不是因为他的语气那么诚挚，戈奇简直觉得有点可笑了。

“自豪？”他答道，“我不知道。我不是特意那么做的，我碰巧生在那里罢了，我——”

“别那么肤浅，戈奇。我说的是归属感。代表自己民族的自豪感。你要告诉我你感觉不到吗？”

“我……有时的确如此……但我不是作为什么捍卫者而来的，尼古萨。除了我自己，我不代表任何人。我来这里参加游戏，仅此而已。”

“仅此而已。”尼古萨平静地重复道，“那好，我想我们只能说你表现得非常好。”戈奇希望自己能看清这个中性人的脸。他的声音颤抖了吗？有没有？

“谢谢。但是这场游戏一半的光荣属于你……一大半，因为你——”

“我用不着你表扬！”尼古萨猛地挥出一只手朝戈奇扇去，手指上笨重的戒指划过了他的脸颊和嘴唇。

戈奇向后一倒，这突如其来的一下让他头晕目眩。尼古萨跳了起来，走到矮墙边上，双手用力抓住了黑色的石墙。戈奇颤抖着抚上了自己流血的面颊。

“你让我恶心，莫拉特·戈奇。”尼古萨对着西边的红霞说道，“你在这里赢得的胜利根本无法弥补你那盲目寡淡的道德观，你把这场战争游戏看成了下三烂的舞会。这是战争与搏斗的游戏，你却想引它踏上邪道。但你做到了，你用自己那污浊的念头取代了我们圣洁的见证……你玷污了这个游戏……。”

戈奇抹了一把唇边的血。他头昏眼花，好像窒息了一样。“也许……你看到的是那样，尼古萨。”他咽下一口咸腥混浊的血，“我觉得你这么说并不公平——”

“公平？”皇帝叫了起来，他走到戈奇面前，身体挡住了远处的火光，“凭什么公平？生活是公平的吗？”他一把抓住戈奇的头发摇了起来，“这公平吗？公平吗？”

戈奇任他摇晃。过了一会儿皇帝才松开手。他悬着那只手，好像刚刚摸到了什么脏东西一样。戈奇清了清嗓子：“不，生活并不公平。至少本质上不那么公平。”

这个中性人暴怒地转过身，又一次紧紧握住城垛上的雕栏。“但这是我们一直努力在做的事，”戈奇接着说道，“我们可以把公平作为努力的目标。你可以选择这么做，也可以选择不这么做。而我们选择了这么做。我很遗憾我们的选择让你产生了这么大的反感。”

“‘反感’这个词完全不足以形容我对你所珍视的‘文明’的感受，戈奇。从我的字典里大概很难找出什么词来形容你的‘文明’。你不懂得什么叫荣誉，什么叫自豪，什么叫崇敬。你有力量没错，我已经看到了。我知道你可以做任何事，但你仍然是无能的。永远这么无能。那些温顺的人，可怜的人，驯服的人，担惊受怕的人……无论身处多么恶劣或是多么优越的环境中，都 样可以世代长存。而你们，你们最终会垮掉，你们那些花拳绣腿的机器也救不了你们。弱肉强食，这是生命教给我们的道理，这也是游戏教会我们的事情。去争夺胜利，用实力证明自己的价值。这不是大话、空话，这就是真实！”

戈奇看着那双紧握着黑色城垛的手。他还能跟这个中性人说什么呢？难道在过去的十天里他们刚刚在棋盘上对各自不同的理念进行了最完美的阐述，而现在却要在这里用贫乏的语言讨论形而上学？

而且，他到底该说什么呢？说智慧优于进化的蛮力，因为智慧探讨的是变化，是抗争，是生死？说自发的合作意识比野蛮的优胜劣汰更胜一筹？说“阿扎德”的作用远远不限于战争，它可以用来促进人们的沟通和交流，用来进行阐释？这些他早就已经做过了，说过了，而且绝对比他现在口头表述出来的要更好。

“你还没有赢，戈奇。”尼古萨低声说道，那声音毛躁得近乎刺耳，“你那种打法永远赢不了。”他转过身俯视着戈奇。“你这可怜虫，差劲的家伙。你在游戏，却完全不理解这个游戏，对不对？”

戈奇听出中性人的声音里确实带着诚挚的怜悯。“我想你已经很肯定我不理解了。”他这么回答尼古萨。

皇帝大笑着转过身，将要侵袭整片大陆的火焰如今还在地平线下，只有天边映着火光。几声咳嗽之后，他的笑声停住了。他举起一只手朝戈奇挥了挥。“你这种人永远不会理解的，你只要习惯就行了。”他在黑暗中摇了摇头，“回房间去吧，莫拉特。明天早上见。”皇帝皎月般的脸庞转向地平线，注视着云层下的红光。“那个时候，火焰就该来了。”

戈奇又等了一会儿。但是他留在那儿跟走掉没什么区别，他感到自己被抛下了，遗忘了。甚至连尼古萨最后那句话好像也不是真的对他说的。

他静静地站了起来，顺着昏暗的塔楼走了下去。两名卫兵仍然面无表情地站在塔座的大门外。戈奇抬头向塔顶望去，看到尼古萨仍站在那里，扁平而苍白的脸朝着火焰即将到来的方向，白皙的双手紧紧攥着冰冷的石头。他看了几秒，转身离开。他顺着有卫兵巡查的走道和大厅走去，他们在那里负责把每一个人送回房间并替他们锁好门，时刻监视着楼梯和电梯的动静。城堡里的灯全都打开了，这栋安静的建筑在黑夜里大放光明，仿佛一只雄伟的石船航行在黑沉沉的金色海洋里。

戈奇回到房间里时，弗利尔-伊姆萨霍正在一个一个地换着频道。它问他外面怎么乱成一团，戈奇解释了一下。

“有那么糟吗？”嗡嗡机左摇右晃地来了个嗡嗡机式的耸肩，又把目光转回屏幕，“他们在演奏军乐，尽管这时候也不太可能进行什么友好的沟通了。你的嘴怎么了？”

“摔了一跤。”

“嗯哼。”

“我们能联系上飞船吗？”

“当然。”

“让它待命，我们可能用得上它。”

“哎哟，你倒变得小心起来了。好吧。”

戈奇爬上了床，但并没有睡着。他躺在那里，听着窗外呼啸的风声。

塔顶上，尼古萨仍然看着远处的地平线。几个小时过去了，他像一尊被锁在石栏上的苍白雕塑，又像一棵错误扎根的树苗。清新的东风吹拂着这尊雕塑黑色的外衣，在这栋黑夜中明晃晃的塔楼四周，摇曳的烬花树海发出了阵阵涛声。

天亮了。破晓的晨光先是照亮了重重云朵，接着东边的地平线上出现了一道金光。与此同时，漆黑的西面那道挨着地平线的红光突然亮了起来，一团灿烂的橘红色出现了，它跳动着，踌躇着，接着消失了，紧接着又出现了，变得更亮更红，向四周蔓延开来。

暗红色的天空撕开了一个巨大的裂口，塔楼上的人影退了几步。他回头飞快地看了一眼东方的曙光，迟疑了一会儿，仿佛被从东西相向而来的两道光绊住了脚步。

两名卫兵来到了戈奇的房间里。他们帮他打开了门锁，通知他和嗡嗡机该到大厅里去了。戈奇已经穿上了阿扎德的礼袍，但是卫兵告诉他，今天早上的比赛皇帝特许他不必穿阿扎德的服饰。戈奇看了看弗利尔–伊姆萨霍，到一边去换衣服了。他换上了一件新的衬衫，但仍然穿着昨晚的裤子和外套。

“也就是说，我终于能去看比赛了，何其荣幸啊。”他们一边朝大厅走去，弗利尔–伊姆萨霍一边说。戈奇没有答话。一队一队的卫兵护送着人们从各个方向走来。大门和窗户已经关闭了，只剩下外面的狂风兀自呼啸。

戈奇没有什么食欲，就没吃早餐。限制因素在早上联络了他们，它是来祝贺戈奇的。它终于也看到了。然而它认为尼古萨还有一条生路，不过顶多也只是平局罢了。何况那个方法很复杂，人类的大脑是无法驾驭的。飞船已经预热好了，随时准备切换到高速模式。它通过弗利尔–伊姆萨霍监视全场，一旦有什么异常它就马上赶来。

当他们走进游戏大厅和“完满之盘”的赛场时，尼古萨已经在那儿等着了。这位中性人穿着帝国护卫队总指挥庄重威严的礼服，还携带了一把佩剑。戈奇觉得自己的旧外套太寒酸了。人们把大厅堵了个水泄不通，在卫兵严密的护送下观众纷纷落座。尼古萨假装没看到戈奇，正在和另外一个卫兵首领说话。

“哈敏！”戈奇说着朝那个老人坐着的前排走去。哈敏瘦小萎缩的身躯可怜地蜷曲在两个人高马大的卫兵之间，他脸色枯黄。一名卫兵伸手挡住了戈奇不让他靠近。戈奇走到椅子前蹲了下来，看着老院长皱巴巴的脸，“哈敏，你能听见我说话吗？”那个荒唐的念头又冒了出来，他已经死了，戈奇想。这时他的眼皮动了动，睁开了一只混浊通红的眼睛，四周沾满了凝结的分泌物。干瘪的头颅动了动。“戈奇……”

那只眼睛又闭上了，哈敏点了点头。戈奇感到有人拉住他的衣袖，把他带到了赛场边的椅子上。

大厅阳台上的窗户已经关上了，金属骨架里的玻璃被风吹得咯吱作响，但百叶窗还是没有放下。窗外，高大的烬花在铅灰色的天空下随风摇摆，飒飒的风声好像某种低沉的背景音，伴着陆续入座的人们轻声的交谈。

“他们不是应该把百叶窗放下来吗？”戈奇问道。他坐了下来，弗利尔–伊姆萨霍嗡嗡叫着，噼啪作响地飘在他身后。主裁判和两名助手正在确认棋子的摆放位置。

“对，”弗利尔–伊姆萨霍答道，“还有两个小时大火就要来了。他们可以等到最后一刻再把帘子放下来，不过一般是不会等那么久的。我会留意的，戈奇。按理说皇帝在游戏进行到这个阶段的时候是不允许再发布命令的，但是我察觉到有什么地方不大对头。”

戈奇正想说点什么来反驳它，突然感到胃里一阵不适。他也感觉到有点蹊跷了。他望向哈敏的方位，但是那个蜷缩着的中性人一动不动，仍然紧闭着双眼。

“是别的地方。”弗利尔–伊姆萨霍说。

“哪里？”

“天花板上，添了点新的东西。”

戈奇不动声色地朝上瞥了一眼。跟往常一样，那里安装着各种摄影器材和投射屏幕，但是戈奇以前从来没有留意过。“是什么东西？”他问。

“某种干扰我的装置，本来不该这样的。而且那个卫兵队长身上带着远程麦克风。”

“正在和尼古萨说话的那个人？”

“没错。这不是违规的吗？”

“我想是的。”

“要跟裁判举报吗？”

主裁判正站在场边，两名精壮的卫兵站在他身边。他看上去阴气沉沉，有点害怕。当他的目光滑过戈奇时仿佛直接穿过了他的身体。“我觉得吧，”戈奇小声说道，“举报也没什么用。”

“我也这么想。要把飞船叫来吗？”

“它能在大火到来前赶到吗？”

“勉强能到。”

戈奇没怎么细想。“让它来吧。”他说。

“信号已发出。你还记得怎么用吧，那个移植进去的药丸？”

“清清楚楚。”

“很好。”弗利尔-伊姆萨霍有点火大地说，“在这么一个监视器虎视眈眈的环境下进行高速置换，真是求之不得。”

大厅里坐满了人，门也关上了。裁判朝尼古萨身边的卫兵队长投去不满的一瞥，他微微点了点头。然后裁判宣布游戏继续。

尼古萨走了不痛不痒的几步，戈奇看不出来他想干什么。他肯定不是无的放矢，但是他的目标是什么？似乎并不是赢得游戏。他想要迎上尼古萨的目光，但是皇帝故意不去看他。戈奇摸了摸受伤的嘴唇和面颊。我是个隐形人，他想。

窗外，烬花树在风暴中剧烈地晃动着。它们的叶子全都舒展到最大，在狂风的鞭笞中扭成了一团，像是城墙外面悬挂着的什么巨大而笨重的黄色生物正在瑟瑟发抖。戈奇可以看到大厅里的观众躁动不安，交头接耳，时不时瞟向还没关上的窗户。持枪的卫兵正把守在出口处。

尼古萨又走了几步，部署好了自己的元素牌。戈奇还是看不懂他在做什么。咯吱作响的窗户外，狂风的咆哮淹没了几乎一切声响，除了大厅里观众发出的越来越大的嘈杂声。烬花树极易挥发的树液和果汁的味道弥漫开来，甚至还有几片烧成细丝的树叶飘了进来，随着大厅里的气流忽上忽下地盘旋着。

外面的天空已经一片漆黑，一团金红色的亮光照亮了云层。戈奇感到自己流汗了，他跨过棋盘，重复了之前的几步，想要引诱尼古萨进攻。他听到观众席里有人大叫了起来，接着就没声了。卫兵警觉地守在大门和棋盘边上。赛前跟尼古萨说过话的卫兵队长正站在皇帝身边。当戈奇转身回到自己的座位上去时，他觉得自己好像看到卫兵队长的脸上带着泪水。

一直坐在那里的尼古萨站了起来，抽出四张元素牌走到了高低起伏的棋盘中央。

戈奇想跳起来大喊大叫，想做点什么，什么都行。但是他感觉自己像是生了根，被固定在了座位上。大厅里的卫兵握紧了枪，皇帝的双手很明显地颤抖着。窗外鞭打着烬花的风仿佛有了意志，越发残酷起来。一道长矛似的红光笨重地越过了树梢，又消失在黑暗中。

“我的天哪，真该死，”弗利尔-伊姆萨霍小声说道，“只有五分钟了。”

“你说什么？”戈奇看了它一眼。

“我说五分钟，”嗡嗡机像是吞了口唾沫，“本来还有一个小时才对，不可能来这么快的。他们提前放了火。”

戈奇闭上了眼睛。他感觉到了那个藏在干涩的舌头下面的小东西。“飞船呢？”他睁开眼问道。

嗡嗡机沉默了几秒。“……来不了了。”它最后带着一种听天由命的平淡语调说道。

尼古萨弯下腰，将一张“火”放在了已经有“水”标志的高地上。卫兵队长微微侧过了头，嘴唇翕动，好像在把制服高领上的灰尘吹下去。

尼古萨又站了起来，朝四周看了看，仿佛在倾听什么。但是灌入他耳中的只有风暴的呼啸声。

“我刚刚收到了一条次声波信号，”弗利尔-伊姆萨霍说，“北边有什么东西爆炸了。是高架管道。”

戈奇无助地看着尼古萨慢慢走到了棋盘的另一边，将另一张“火”放在了“空气”上。卫兵队长又在对着肩膀低声说话了。整栋城堡都震动了起来，大厅里一阵摇晃。

棋盘上的棋子立不稳了，人们大喊大叫地站了起来。玻璃从窗棂上震落了，碎了一地，窗外燃烧的热浪裹着枯叶尖啸着闯了进来。一排火焰沿着树冠烧了过来，视野所及之处都是火焰。

“地”上也放了一张“火”。戈奇感到自己脚下的城堡就要塌了。狂风穿过碎裂的窗户，风力推着那些重量较轻的棋子向前，好像在进行某种荒唐可笑而又势不可当的进攻。风力也卷起了裁判和其他官员的衣摆。人们争先恐后、互相磕绊着朝出口处涌去，卫兵正端着枪守在那里。

连天空也被点燃了。

尼古萨看着戈奇，在那张隐藏元素“生命”的上方叠上了最后一张“火”。

“现在这情况真是越来越糟，越来越——呀啊——”弗利尔-伊姆萨霍的声音忽然变成了刺耳的尖叫。戈奇急忙转过身，看到这只笨重的机器在空中直打哆嗦，身边围绕着一圈绿色的火焰。

卫兵们开了枪。大厅出口的大门砰地打开，人们争相向外挤去。这时所有的卫兵都集中到了棋盘上，朝着观众席开了枪。四处惊叫逃散的中性人、女人和男人们在一片火光四射的枪林弹雨中倒下了。

“嘎啊啊啊！”弗利尔-伊姆萨霍大叫起来。它被烧成了暗红色的外壳开始冒烟。戈奇像被钉在原地一样，愣住了。尼古萨站到棋盘中央，身边环绕着一圈卫兵，微笑着看着戈奇。

火焰肆虐过烬花树林。大厅里一片空旷，只有几个受了伤的人还在挣扎着朝出口爬去。弗利尔-伊姆萨霍浮在空中，外壳一会儿红一会儿黄一会儿白。它升起来朝外飞去，棋盘上留下了一串滴滴答答熔化了的金属。它突然全身着火，冒着烟加速飞了出去，好像有一只看不见的手在后面推着它。它砰地撞上了远处的一堵墙，一道刺眼的白光过后，它爆炸了。爆炸产生的气流差点儿把戈奇掀翻在地。

皇帝身边的卫兵离开了棋盘，跳到观众席上杀死了那些受伤的人。他们一眼都没有看戈奇。枪声回荡在房间里，那些死人华丽的衣服现在看起来就像踩脏的地毯。

尼古萨慢慢朝戈奇走来，偶尔停下来用皮靴踢开几个挡路的棋子。他踏着弗利尔-伊姆萨霍之前留下的一小摊熔化物，几乎是漫不经心地拔出了佩剑。

戈奇抓紧了椅子的扶手。窗外是炼狱火海的尖啸，烧焦的树叶打着旋儿飞进了大厅，好像一场永无止境的雨。尼古萨走到戈奇面前停下了。皇帝笑了起来。他的声音盖过了风声：“大吃一惊了吧？”

戈奇几乎说不出话来。“你都干了些什么？为什么要这么做？”他叫道。

尼古萨耸了耸肩。“让游戏变得更真实罢了，戈奇。”他朝四周望去，像是在检阅屠杀的成果。现在大厅里只剩下他们俩，卫兵们到城堡的其他地方杀人去了。

到处都是尸体。有的躺在地上，有的躺在观众席上，有的挂在椅子上，有的缩在角落里。他们呈大字形，七零八落地躺在地上铺的石板上，长袍被激光枪打中的地方留下了焦黑的弹痕，一股烤肉的甜腥味弥漫在大厅里。

尼古萨戴着手套，掂了掂手里的双刃剑，脸上露出了悲怆的笑容。戈奇觉得自己的肠子都纠结到了一块儿，双手不住地发抖。他的嘴里泛起了一股奇怪的铁锈味，他一开始以为那是舌头下面植入的通信器不知怎么浮了出来，但他随即意识到不是那样的。戈奇这辈子第一次知道，“恐惧”也是有味道的。

尼古萨发出了一声听不见的叹息，在戈奇面前拉开了架势，挡住了戈奇的整个视野。他把剑慢慢举到戈奇面前。

嗡嗡机！戈奇在心里喊道。但是那只嗡嗡机现在只是远处墙上一块烧焦的污痕了。

飞船！但是他舌尖下的植入物毫无反应，限制因素还在好几光年以外。

剑尖停在了距离戈奇的腹部几厘米的地方，接着慢慢朝上移去，移到他的胸口，他的咽喉。尼古萨张开嘴，好像想说些什么，但随即摇了摇头，像发怒了一样往前冲去。

戈奇伸腿用力朝皇帝腹部一踹。尼古萨弯下了腰，戈奇则翻到椅子背后去了。剑尖擦着他的头顶滑过。

椅子翻倒在地，戈奇就地一滚，双腿一蹬站了起来。尼古萨直不起腰，但手里还是紧紧地抓着佩剑。他朝戈奇磕磕绊绊地走去，一边挥动着手里的剑，好像他们之间有什么看不见的敌人一样。戈奇跑了起来，他先朝一边跑去，后来又掉头想越过棋盘跑向出口。在他身后，烬花树枝头的大火已经冲破黑色的浓烟出现在窗外，一股热浪好像要灼伤人的皮肤和眼睛。一枚被狂风吹跑的棋子绊倒了戈奇，他一跤摔倒了。

尼古萨一瘸一拐地追在他身后。

摄像器材吱吱嘎嘎地叫唤起来，接着又发出了一阵杂音，冒出了缕缕青烟。悬挂在他们头顶上的机器露出了蓝色的电光。

尼古萨没有看到。他猛地朝正在地上挣扎着往后挪的戈奇冲去，剑锋险些削下他的脑袋，插进了棋盘里。戈奇好不容易站起来，越过棋盘上一堆隆起的地形。尼古萨在他身后一路劈砍，穷追不舍。

摄像器材爆炸了。火花和碎片簌簌地从天花板上落到了彩色的棋盘上，正好挡在戈奇面前几米的地方。戈奇不得不停下脚步，转过身来，面对着尼古萨。

一道朦胧的白色光影穿过了空气。

尼古萨对准戈奇的头举起了剑。

佩剑咔嚓一声，折断在一团跳动的黄绿色光晕中。尼古萨察觉到手里重量的变化，难以置信地抬起了头。半截剑身在半空中晃荡，那小小的白色身影正是弗利尔-伊姆萨霍。

"哈哈哈！"在呼啸的风声中它大笑着。

尼古萨把剩下的剑柄朝戈奇扔去，一道黄绿色的光晕把残剑弹了回去。皇帝避开了那把剑柄，在笼罩着浓烟、沐浴着枯叶的棋盘上踉跄了几步。烬花树已经无力继续抵抗，黄白的火焰从它们躯干中的缝隙里蹿了出来，火墙已经烧到了城堡的外面。

"戈奇！"弗利尔-伊姆萨霍突然掠到他面前，"蹲下来，抱膝，快！"

戈奇按照它说的蹲了下来，伸出双臂环抱住自己的腿。嗡嗡机飞到了他头上，戈奇感到一束光笼罩着自己。

烬花组成的树墙已经被突破了，暴烈的火焰从它们身后钻了出来，撼动着它们，撕裂着它们。那股热气似乎要穿过他的颅骨，要把他烧得面目全非。

一个身影在火光中站了起来。那是尼古萨，他手里拿着一只卫兵落下的激光手枪。他站在窗口靠边的地方，双手握着枪，仔细地把枪口对准了戈奇。戈奇看着黑洞洞的枪口，目光直射进一指宽的枪管，接着他抬起头来看着尼古萨的脸。与此同时，尼古萨扣动了扳机。

这时他看到了自己。

他凝视着自己被扭曲的脸，杰诺·莫拉特·戈奇，在他临死前的那一刻露出了惊诧的表情，蠢透了……镜面消失了，尼古萨再度出现在他面前。

那个中性人仍然站在原地，身体轻微地摇晃着。但是有什么地方不对劲。什么地方不大一样。很明显出了差错，但是戈奇不知道那具体是什么。

皇帝站不稳似的向后倒去，眼睛直愣愣地盯着烟熏火燎的天花板，之前的摄像器材就是从那上面掉下来的。窗外吹来一阵闷热的强风，他又一点点往前挪去，越过棋盘，手里沉重的枪把他的步伐都打乱了。

现在戈奇看到了，一个干净利落、约有一指宽的小洞，冒着青烟，正好嵌在这个中性人的前额上。

尼古萨轰然倒地，身边的棋子到处乱滚。

大火来了。

烬花树组成的堤坝为火舌让开了一条路，闪耀着明亮刺眼的火光，翻起阵阵热浪。接着戈奇感到身边一暗，房间和大火也暗了下去，后脑勺传来一阵奇怪的嗡嗡声，他觉得自己累极了，精疲力竭，无以为继。

一切意识离他而去，只剩下无尽的黑暗。

戈奇睁开了眼睛。

他躺在一个阳台上，头上悬着一块突出的岩石。他身边被打扫得挺干净，但是其他地方都积满了一厘米厚的黑灰。周围一片阴沉。他身下枕着的石头还是温热的，空气却冷冽而呛鼻。

戈奇毫发无伤，意识清醒，头脑不昏沉，身体也不酸痛。

他坐了起来，有什么东西从他胸口滑了下来，落进了一边的灰烬里。他捡起来一看，是那只星陆手镯，它还在闪闪发光，分毫无损地继续着它的昼夜循环。戈奇把它塞进外衣口袋里。他摸了摸头发和眉毛，拍了拍夹克，都没有被烧坏。

天空是铅灰色的，地平线一抹乌黑。天边远远挂着一轮模糊的紫色，戈奇认出来那是太阳。他站了起来。

烟尘像雪一样从阴霾的天空中飘落，盖在地面的灰烬上。戈奇穿过被炽热烤得开始剥落的碎石路，朝阳台边上走去。护栏已经垮掉了，他小心翼翼地贴着边向下张望。

一切风景都面目全非。护墙外金色的烬花树林不见了，只剩下熏烤成黑乎乎、寸草不生的焦土，上面留着连余烬和烟尘都没能填满的巨大裂痕。荒芜的土地一直延伸到远处的地平线，似有若无的青烟从裂缝里缓缓升起，像是那些烬花树的魂魄飘散在风中。护墙被烧得焦黑，有些地方已经裂开了口子。

克拉夫堡像是经历过一场旷日持久的恶战，到处都是断井颓垣。塔楼倾倒了，许多客房、办公建筑和大厅都塌陷了，透过烟熏火燎的窗户还能看到里面一片空荡。废墟上的袅袅青烟像是朝着倾倒的城塞燃起的传递信号的烽火，被风吹向了更远的地方。

戈奇绕过走廊，穿过柔软的黑色飘雪走到了大厅的窗前。踏在地上的脚步没有发出任何声音。空气中悬浮的微尘刺激得他喷嚏连连，眼角发痒。他走进了大厅里。

石头上的燥热仍然没有退去，戈奇觉得自己好像走进了一个空旷黑暗的大烤箱里。宽敞的游戏大厅中央，零落四散的大梁和石柱间的棋盘已经四分五裂，不成形状。它多彩的表面被熏成了黑灰色，精巧的高低地形构造也被大火烧得凹凸不平，乌七八糟。

只有凭借墙上和地板上留下的栏杆和洞眼熔毁的痕迹才能找到原来观众席的位置。从天花板上掉下来的摄像器材熔化了一半，凝固在棋盘的中央，好像是某座隆起的山地。

他转过身看向窗口，越过吱嘎作响的残破棋盘向尼古萨曾经站过的位置走去。他弯下腰，屈膝的时候感到膝盖一阵刺痛。他把手伸向棋盘一侧的拱壁，大火的中心有一堆圆锥形的灰烬，旁边立着一块乌黑的直角金属，像是一把枪的残骸。

灰白色的绵软余烬仍旧残留着余温，戈奇在里面发现了一小块弧形的金属。已经熔化掉一半的戒指上还保留着嵌宝石的小孔，像是一个小小的弹坑。宝石已经不见了。戈奇盯着它看了一会儿，吹掉了沾在上面的尘土，把它放在手心里翻来覆去地把玩着。接着他又把它放回了灰烬里。他踌躇了半晌，从上衣口袋里掏出了那只星陆手镯，也把它放在了浅灰色的余烬里。他又从手指上褪下那两枚验毒的戒指，也放了上去。他抓起了一把温热的余烬，若有所思地盯着它。

“杰诺·戈奇，早上好。”

戈奇转过身站了起来，迅速把手插进了口袋里，像是被人逮到了在做什么丢脸的事似的。弗利尔-伊姆萨霍从窗口飞了进来，它那干干净净的小身板在这一片狼藉的大厅里显得格外醒目。一个大约只有婴儿指头大小的灰色小玩意儿从戈奇的脚边升了起来。弗利尔-伊姆萨霍白净的外壳上打开了一扇小门，把那个东西吸了进去。嗡嗡机身上的某个部位转了几圈，然后停了下来。

“早。”戈奇说着朝它走去。他四下看了看被焚毁的大厅，又看了看嗡嗡机，“但愿你能告诉我发生了什么事。”

“坐下吧，戈奇。我会告诉你的。”

他在窗边一块石板上坐了下来。他抬起头不安地看了看石板掉下来的地方。“别紧张，”弗利尔–伊姆萨霍说，“这儿很安全。我检查过天花板了。”

“凡事有先后。”弗利尔–伊姆萨霍说道，“先容我自我介绍一番。我的名字是斯普兰特·弗利尔–伊姆萨霍·乌–汉德拉·扎托·特拉比提。我并不是一只资讯库嗡嗡机。”

戈奇点点头。他已经看出某些嗡嗡机命名的规律了，奇亚克中心特地跟他提起过，不过那是很久以前的事了。他没有答话。

“如果我是一只资讯库嗡嗡机，你早就死了。就算你逃过了尼古萨的那一击，几分钟前你也已经被烧死了。”

“我很感激，”戈奇说，“谢谢你。”他毫无起伏的声音像是用力拧出来的，那也并不让人觉得他有多感激。“我以为他们把你干掉了。”

“差点儿就该死的被干掉了。”嗡嗡机接话道，“他们的焰火晚会可是来真的。尼古萨肯定在手上装了点儿什么，这说明帝国至少和其他一个先进文明有过接触。我扫描过那个器材的残骸，大概是荷蒙达那边的玩意儿。不管怎么说，飞船会把它带走做进一步分析的。”

“飞船在哪儿？我还以为我们早就应该搭上它离开这里了。”

“大火烧过之后半个小时内它就赶到了。它可以把我们俩都拎上去，不过我觉得我们待在这儿也很安全。我完全可以把你和火焰隔开，用效应器保护好你。飞船额外派来了几只嗡嗡机帮我们，自己减速飞到前面去了，一会儿它再掉头来接我们。它已经在返航的路上了，五分钟就到。我们可以舒舒服服地回座舱里去，而不必——我说过——冒高速置换的风险。”

戈奇从鼻子里发出一声似笑非笑的声音，环视了一圈昏暗的大厅，“接着说吧。”他说。

“帝国的卫兵都疯了，是尼古萨下的命令。他们炸毁了高架管道、蓄水池和避难所，把他们找得到的人都杀了。他们还想从海军手里把无敌劫持过来。你们在棋盘上最后决战的时候，无敌在北边的海洋里坠毁了，溅起了好大的水花，海啸卷走了不少成年的烬花树，不过我想大火还是能应付过去的。那天晚上尼古萨并没有遭到刺杀，那不过是个诡计，他们要让那些对皇帝唯命是从的卫兵拿下整座克拉夫堡控制权，操纵整场游戏。”

“好吧，但是为什么？”戈奇疲倦地问道，脚下踢着棋盘上一块隆起的金属，“尼古萨为什么要下这样的命令？”

“他告诉他们这是唯一能够打败‘文明’、解救皇帝的方法。他们不知道皇帝已经死定了，他们以为他还有放手一搏的机会。不过即使知道了，他们大概也会飞蛾扑火吧。不管怎么说，他们得服从命令。”嗡嗡机像是咯咯笑了起来，“大部分人都是如此。但是有些人没有炸毁那些他们本该炸毁的密室，还让一些人跟他们一起藏在里面。因此除你之外，还有一些人幸存了下来。大部分都是仆役，因为尼古萨把大人物都叫到这儿来了。飞船派来的嗡嗡机正守着他们，直到你我安全离开这里之后他们才会被放出来。他们的储备粮足够撑到他们获救为止。”

“继续。”

“你确定现在要一口气听完吗？”

“你就告诉我为什么吧。”戈奇叹了口气说。

“你被利用了，杰诺·戈奇。”嗡嗡机以一种不容置疑的口气说道，“事实就是如此。你为了‘文明’而战，尼古萨则为了帝国而战。决赛前夜，我私下里找到了皇帝，告诉他你就是我们派出的选手。要是你赢了，我们将会进军帝国，摧毁这里，建立起我们的新秩序；要是他赢了，他在位的十个大年之内，我们绝不插手帝国事务。

“这就是尼古萨这么做的原因。他不是输不起，但他一下子输掉了整个帝国。他已经失去了活下去的动力，何不死于一场壮烈的毁灭？”

“这都是真的吗？”戈奇问，“我们真的要统治这里？”

“戈奇，”弗利尔-伊姆萨霍说，“我不知道。这不归我管，也没必要知道。有什么关系呢，他反正信了。”

“这可不大公平。”戈奇皮笑肉不笑地看着嗡嗡机，“用这种方式来威胁对手，还故意挑在比赛前夜。”

“这是你的游戏精神？”

“那他为什么不告诉我？”

“猜猜看。”

“谈判破裂，我们会真刀真枪打进来。”

“答对了！”

戈奇摇了摇头，从上衣袖子上摘下一小粒煤灰揉搓着。“你们当真相信我会赢？”他问嗡嗡机，“赢尼古萨？在我来这里之前你们就知道我会赢？”

“你离开奇亚克之前我们就知道了，戈奇。你稍微露出一点要来的意向，我们就知道了。特情局想找你这样的人已经很久了。阿扎德帝国早在几十年前就该败落了，它只需要一根导火索，但它总能凑合着过下去。你刚刚提到‘真刀真枪地打进来’，这几乎是不可能的。‘阿扎德’游戏本身就否定了这种做法。这个游戏几十年来支撑住了大厦将倾的帝国，却也恰好是帝国最脆弱的环节。”嗡嗡机做出一个四下张望的动作，看着大厅里的废墟，“但我得承认，事情戏剧性的发展真有点儿出乎我的意料，但是对你游戏水平的分析、对尼古萨弱点的把握，整体还是准确的。那些伟大的主脑操控你我就像操控棋子一样得心应手，我对它们的仰慕之情真是与日俱增。这些机器多么聪明啊！”

“他们知道我会赢？”戈奇支着下巴，苦闷地问道。

“这种事可说不准，戈奇，但它们肯定认为你赢面很大。我曾经请一只主脑在我的报告里解释过……它们认为你可以说是整个‘文明’上最优秀的游戏玩家，如果你真的是对‘阿扎德’感兴趣而来参加游戏，几乎没有几个玩家能挡得住你，不管他们多么经验丰富。你这一辈子都在和游戏打交道，‘阿扎德’里的每一条规则，每一步行动，每一种概念和战术你都在别的游戏里碰到过不下十次，‘阿扎德’不过是把它们合在一起罢了。他们根本没有机会赢你。你只需要一个随时监督你，并在恰当的时候把你朝正确的方向推一把的人，”说到这，嗡嗡机微微一沉，像是鞠了一躬，“——也就是在下了。”

“我这一辈子，”戈奇低声说道，目光越过嗡嗡机落到窗外死气沉沉的景色上，“六十年……‘文明’观察帝国已经多久了？”

“大概……啊！你以为我们一开始就在刻意培养你？不是这样的。不然我们也用不着‘雇佣兵’舒侯伯汉姆·扎这样的局外人来蹚浑水了。”

“扎？”戈奇问道。

“那不是他的真名，他根本就不是‘文明’人。是的，他就是你们称之为‘雇佣兵’的那类人。同样地，那些在帐篷外偷袭你的秘密警察也是。还记得当时胆小怯懦的我是怎么跑掉的吗？我用我的激光枪杀掉了一个刺客，用高剂量的 X 射线就不会被相机拍下来了。扎拧断了另一个人的脖子，他肯定嗅到了什么危险的气息。再过几天，他大概会在伊埃本土上起兵造反吧？我猜。”

嗡嗡机在空中轻轻摆了几下。“我看看……还有什么可说的呢？啊对了，限制因素并不像看上去的那么脆弱。在小捣蛋上我们确实卸除了几台老式武器，但那只不过是为了装上新的罢了。在飞船前端的三个座舱里有两个是武装过了的，我们用全息投影拍下空荡荡的那间，投射到另外两间上就成了。”

“可我三间都去过。”戈奇质疑道。

“不，你只是在同一间里逛了三次。当你从一间座舱走到另一间去的时候，飞船就扭转了回廊的走向，再叫几只嗡嗡机变换一下摆设的位置，或者干脆把走廊拼接起来，让你走回原来的房间。这么做虽然没什么特殊目的，我得说一句，但是当我们需要大型武器的时候总得有几台在那儿吧。先进的设备总是给人安全感，对不对？”

“哦，好吧。”戈奇叹了口气，站起来朝阳台走去。黑色的烟尘静静地落下，像一场下不完的雪。

“说到限制因素，”弗利尔-伊姆萨霍兴高采烈地说道，“这老恶棍已经飞到我们头上来啦。座舱正在赶来的路上，再过一两分钟我们就能搭上去了。你可以好好洗个澡，换掉这一身脏兮兮的衣服。准备好一起走了吗？”

戈奇看着自己的脚，碎石路上被他踩出了几道污痕。“还有什么要收拾的？”

“应该不多。我真怕你冒着被烤熟的危险去找你的行李。不过你看得上眼的好像也就只有你身上这件破破烂烂的上衣吧。你看到那手镯了吧？我出去侦察的时候把它放在你胸口上了。”

“看到了，谢谢。”戈奇一边说，一边望向朝着黑色地平线延伸的荒凉大地。他抬起头，座舱正带着一股气流穿过乌黑的云层向他飞来。“谢谢。”戈奇重复了一遍，座舱俯冲下来，几乎与地面齐平，越过焦黑的荒漠朝克拉夫堡驶来。它的身后扬起一片烟尘和飞灰，它慢慢减速掉头，超音速降落产生的巨大轰鸣声回荡在空旷的城堡里，好像一阵迟来的惊雷。“谢谢你们做的这一切。”

座舱将尾部对准城堡，升到阳台的高度。后门打开了，一块踏板弹了出来。戈奇穿过阳台，踩上踏板，走到凉爽的座舱里去了。

嗡嗡机紧随其后，门关上了。

座舱猛地启动了，机尾卷起一阵烟尘，如同喷泉般升上天空，像是城堡上方划破重云的一道固体闪电，隆隆的雷声响彻身后的平原、堡垒和丘陵。

尘埃落定，烟灰又像雪一样温柔地飘落下来。

几分钟之后，座舱又回来接走了飞船的其他几只嗡嗡机和外星装置的残骸，最后一次离开卡拉夫堡，朝远处等待它的飞船驶去。

又过了一会儿，那一小群被两只嗡嗡机放出来的幸存者——他们大多是仆役、士兵、姬妾和办事员——恍恍惚惚地踏进了黑得像夜一般的白昼里，这里到处飘扬着雪一样的烟灰。他们渐渐意识到，现在自己已经被放逐到了这风光不再的堡垒里，去认领他们已经消失的国度。

第四章　通路兵[①]

飞船懒洋洋地驶入了架在单晶墙体上长达三百万公里的张量场的一端，向星陆板区外越来越厚的大气层缓缓降落。从五百公里高的夜空中向下望去，海洋板块、陆地板块、悬浮在远处云层下未经加工的岩石和一块尚未完工的大陆全都历历在目。

在透明的墙体下，最远的星陆板区仍是块处女地。一片漆黑中，飞船仅仅能辨识出正在从太空往上面运送货物的机器发出的照明光。就在飞船眼前，它们引爆了一颗巨大的小行星，喷涌而出的亮红色岩浆顺着地表滚滚而下，有些地方的岩浆被真空模具拦截住，在凝固前被塑造成了不同的模样。

旁边的那块板区也是一片漆黑，一团浓云紧紧裹住了板区被划出的方形漏斗底部，正在对它进行风化改造。

另外两个人类定居已久的板区正是华灯初上的时候。奇亚克处在远日点，加文特和奥斯马隆是一片黑暗中的白斑，深沉的夜海上点缀着几个灯火璀璨的小岛。这艘老飞船慢慢地沉入大气层，顺着星陆墙体上平滑的斜坡朝下驶入了真正的“空气”中，再从

①在国际象棋中，其所在直线和相邻直线无对方兵的兵称为“通路兵”；这个兵可以在己方棋子的保护下推进到底线上进行升变（一般变为最强棋子后），因此在残局中这一最弱小的兵种可能起到意想不到的巨大作用。

海上朝大陆进发。

当限制因素降落到离海面还有一公里的时候，海上一艘灯火通明的客轮吹响了号角，燃起了烟火。飞船也向它致敬，用自己的效应器在客轮上方澄净的夜空中制造出一片灿烂夺目的极光。接着两艘船分别驶入了茫茫夜海里。

一路无话。戈奇一回到飞船里就要求“储存”，说整段回程都不想醒过来，他要睡个好觉，休息一番，彻底忘掉这件事。尽管飞船搭载了可供“储存”的设施，它一开始还是劝他最好三思而行。但是十天之后，飞船不禁对这个越来越抑郁的男人动了恻隐之心，如他所愿地把他送入了一段漫长无梦、新陈代谢极其缓慢的睡眠。

在那十天里戈奇什么游戏也没碰，一言不发，甚至懒得穿戴梳洗，大多数时间里他都直勾勾地盯着墙壁。就连嗡嗡机也不得不承认，让他睡过去也许是最仁慈的选择。

飞船穿过小克劳德星云之后偶遇了正在驶往主银河系的通用系统星舰暧昧不清。搭载通用系统星舰虽然不如自己飞回去快，不过戈奇一行人也并不急着赶路。飞船在驶过某条旋臂顶端的时候离开了通用系统星舰，抄近路穿过星辰、星际尘埃和星云——氢元素聚合之处，恒星的巢穴——而在飞船行驶的空间里，虫洞穿插交织成网。

在还有两天就要到家的时候，飞船把戈奇唤醒了。

他仍旧一动不动地坐在那儿盯着墙壁，不玩任何游戏，不看任何新闻，也不收发信件。按照他的要求，飞船没有提前通知他的任何朋友，只是向奇亚克中心发出了一份“可接待来客”的通知。

飞船又降下了几百米，沿着峡湾的峭壁穿过两边积雪的山顶。飞过深不见底的大海时，它光滑的船身闪耀出蓝灰色的光芒。快艇上的游人和附近的居民都看到了这艘巨大的飞船，看着它庞大的身体轻巧地掠过海岸，掠过汪洋，掠过斑驳的云影。

伊克洛一片漆黑，头上笼罩着那艘长达三百五十米的飞船的阴影。

戈奇最后看了一眼他这几天断断续续睡了几晚的座舱，慢慢踏上了通往球形舱的过道。弗利尔-伊姆萨霍搬着一个小包跟在他身后，巴望着他能快点儿换下那身可怕的外衣。

它看着戈奇走进球形舱，也跟了上去。黑灯瞎火的房子前面的草坪一片雪白，没有丝毫受损。球形舱降到草坪上方一厘米处，打开了后门。

戈奇走了出去，空气芬芳而凛冽，好像带着一种可以触摸的实体感。他的脚踩在雪地上，发出了吱嘎吱嘎的声音。他回过身来，望向灯火通明的座舱。弗利尔-伊姆萨霍把包递给他，他看着它。

“再见。”他说。

“再见，杰诺·戈奇。不过我想我们是再也不会见了。”

“我也是这么想的。”

他往后退了几步，座舱门开始关闭，飞船慢慢腾了起来。他又后退了几小步，正好能看到即将关闭的门缝里的嗡嗡机，他喊了起来：“还有一件事。尼古萨开枪的时候，他被反射力场反射回去的激光杀掉了，那是巧合，还是你故意的？”

他以为嗡嗡机不会回答他，但是当门最后闭合的那一刻，那一线光芒随着上升的座舱彻底消失的时候，他听到嗡嗡机说：

“我可不会告诉你。”

他站在那里，看着座舱向上驶回了飞船里。限制因素把座舱收回，关闭了球形舱，它那乌黑外壳的轮廓比夜色更深。飞船长长的船身上亮起了一排灯，上面用玛瑞语写着“再会”。接着它动了起来，无声地升入了空中。

戈奇看着它，直到那些灯光变成了空中掠过的几点星光，疾速地消失在了朦胧的云层后面。他低下头，看了看脚底泛出的青灰色积雪。当他再度抬起头时，飞船已经消失了。

他在原地若有所思地站了一会儿，接着转过身，大踏步地走过白茫茫的草坪，朝家里走去。

他从窗户爬了进去。房子里很暖，他身上冰冷的衣服让他不禁打了个寒战，房子里突然灯光大亮。

“哇！”耶雅·梅丽斯提诺克斯从火炉边的一张沙发上弹了起来。

察木力斯·阿马尔克-泥端着一个托盘从厨房里晃了出来。“喂，戈奇，希望你不介意……”

戈奇苍白紧绷的脸上绽放出笑容。他放下了手里的包，看着面前的一人一机：耶雅气色不错，正笑着从沙发上跳过来；察木力斯带着橘红色的光晕，把托盘放在了炉火前的一张小桌子上。耶雅扑进他的怀里，双手抱着他大笑大叫。她把他拽到一边。

“戈奇！”

“耶雅，好久不见。”戈奇抱住了她。

“你过得怎么样？”她紧紧地抱着他，“一切顺利吗？我们纠缠了中心好久，才知道你确实要回来了，但是你一直在睡觉，对不对？你肯定连我的信都没读。”

戈奇挪开目光。“没有，我收到了，但是我……”他摇了摇头，垂下了目光，“对不起。”

“没关系。”耶雅拍了拍他的肩膀，挽着他回到了沙发上。戈奇坐了下来，看着他们。察木力斯敲碎了炉子上受了潮的柴火，火烧得更旺了。耶雅张开双臂，晃了晃穿着短裙和背心的身子。

“我变了吧？”

戈奇点点头。耶雅不仅和以前一样漂亮，还更加英气了，带着一种中性美。

“我刚变回来，”她说，“再过几个月就能和以前一样了。啊，戈奇，你真该看看我变成男人的时候是什么样，帅得不得了！”

“‘他’可真够人受的，”察木力斯一边说，一边从一个大肚酒瓶里给他们倒加了香料的葡萄酒。耶雅重重地躺在戈奇身边的沙发上，又起身抱住他，喉咙里发出咕噜咕噜的声音。察木力斯把两支还在冒着气的高脚杯递给他们。

戈奇感激地抿了一口。“我没想到还能见到你，”他对耶雅说，“我以为你已经走了。”

“我是走了，”耶雅点了点头，大口喝着酒，“然后又回来了。都是上个夏天的事啦。奇亚克要另外造一对板区，我申请了几个项目……现在我是负责统筹那边的人啦。”

“恭喜恭喜。磁悬浮岛屿吗？”

耶雅愣了一会儿，接着一口酒差点喷了出来。“没有磁悬浮岛屿，戈奇。”

“也不过是一大堆火山罢了。”察木力斯带着鼻音说，它正从一个管状容器里吸吮葡萄酒。

“说不定会造一个小小的。”耶雅点点头。她的头发比他印象中的要长：蓝黑色的头发，还是卷的。她轻轻拍了拍他的肩膀。“能再见面真是太好了，戈奇。”

戈奇握住她的手，看着察木力斯。“我也很高兴能回来。”说完，他目不转睛地盯着炉火，不再出声。

“我们很高兴你回来了，戈奇。”过了一会儿，察木力斯说道，“但是如果你不介意的话，我是说，你看上去状态不大好。我们听说在过去的两年里你一直处在‘储存’状态里，还有……到底发生了什么事？我们听到了一堆五花八门的消息。你愿意谈谈吗？”

戈奇踌躇不语，盯着壁炉内跳动的火舌吞噬着七倒八歪的柴火。

他放下杯子，说了起来。

他把一切都说了出来，从最早登上限制因素的那几天，到最后再次踏上飞船离开阿扎德帝国的日子。

察木力斯默不作声，慢慢轮转出各种颜色的光晕。耶雅的表情越来越关切，不停地摇头，时不时叹几口气，还有两次看上去很不舒服。其间她还不忘一直给壁炉添柴。

戈奇啜了一口温热的酒。“所以……我在回来的路上一直都在睡，直到两天前。现在这一切看起来……我不知道，已经深深被埋在冰下了。它不再鲜活，但……仍未褪色。仍未消逝。”戈奇晃动着高脚杯里的酒。他的肩膀颤动着，发出了一声不咸不淡的笑声。“好吧。”说着他一口喝光了杯中的酒。

察木力斯从壁炉的柴灰前拎起大肚酒瓶，帮他斟满了热腾腾的酒。“杰诺，这一切我真的非常抱歉，都是我的错。要不是我——”

“不，”戈奇说，“不关你的事，是我自己要掺和进去的。你警告过我了。别说了，除了我以外任何人都没有责任。”

他突然站了起来，走到面对峡湾的那扇窗前，看着山坡上被白雪覆盖的草坪、树林、远处幽深的水域和更远的群山，还有岸边星星点点的灯火。

“你知道吗？”他像是对着窗户上的倒影说话，“我昨天问飞船，他们最后到底对帝国做了什么，他们要怎么收拾这个残局。它回答我说根本不必那么麻烦，帝国自己已经土崩瓦解了。”

他想到了哈敏、莫尼耐、茵克蕾特、艾-森、柏莫亚、扎、奥勒斯、克洛沃，还有他忘了名字的那个姑娘……

他冲自己的镜像摇了摇头。“不管怎么说，都结束了。”他转过身，面对着温暖的房间，面对耶雅和察木力斯，“有什么新闻没有？”

于是他们俩便说了起来：哈弗利斯的双胞胎现在会说话了。波露拉尔接下来的几年要待在通用系统星舰上。奥兹·哈珀——不知伤了多少年的心——现在半推半就地被拱上了波露拉尔原先的位置。耶雅去年当了爸爸，“他”明年也许还要跟外出旅游归来的妻儿见个面。舒罗的一个好朋友两年前丧生于枪战游戏。莲·麦格兰转性成了男人。察木力斯还在为它心爱的行星编写参考手册。特朗荻的狂欢节前年出了事，烟花在湖底炸开，水浪冲垮了靠近山崖的一半平台，两个人肝脑涂地，几百人受了伤，去年气氛就没那么火热了……

戈奇一边在房间里踱着步一边静静地听着，好像要从这些事里重新找回自己。这一切并没有发生什么太大的改变。

“我真是错过了不少——”他刚开口，就看到了墙上一块小小的牌匾，上面还嵌着什么。他伸手把它从墙上取了下来。

“啊，”察木力斯发出了一声干咳似的声音，“我希望你不要介意……我是说希望你不会觉得它太……过分，太没品。我就是想……”

戈奇露出了悲伤的笑意，抚摸着这具曾经叫作“毛鳞-丝壳”的外壳。他转过身，朝那台老旧的嗡嗡机走去。“没事，但我不想留着它。你要吗？”

“我要的，谢谢。”

戈奇把这枚小小的战利品递给察木力斯，察木力斯兴奋得光晕发红。

"你报复心也太重了，老家伙。"耶雅嗤之以鼻。

"这对我很重要。"察木力斯面无表情地把它往自己身上靠了靠。戈奇将玻璃杯搁在托盘上。

壁炉里的一根柴火倒了下来，溅起了点点火花。戈奇蹲下身，搅了搅剩下的木柴。他打了个哈欠。

耶雅和嗡嗡机对视一眼，耶雅伸了个懒腰，用脚尖踢了踢戈奇。"喂，杰诺，你很累了吧。察木力斯要回家看看它那些新买的鱼儿，免得它们互相残杀。我今晚可以留在这儿吗？"

戈奇惊讶地抬起头，看着她微笑的脸，然后点了点头。

察木力斯走了，耶雅把头靠在戈奇的肩上，她说她实在很想他，五年可不短。他比之前走的时候看上去可亲多了，如果他想……如果他还不是很累的话……

耶雅的嘴唇贴了上来，戈奇轻轻抚过她还未完全转化成女性的身躯，找回了自己几乎已经忘却的激情。他的手顺着她暗金色的皮肤一路向下，拂到她还未完全缩进的性器上那古怪而近乎滑稽的凸起，逗得她哈哈大笑，自己也跟着笑了起来。在那个短暂而漫长的瞬间——她也随后而至——他们的每一个细胞都同调着脉动，仿佛融为一体。

但他没有睡着，半夜里他爬下乱糟糟的床，走到窗边打开了窗。冰冷的空气涌了进来，戈奇打了个哆嗦，套上了外衣和裤子，穿好了鞋。

耶雅动了动，发出了几声轻响。戈奇走回床边，在黑暗中蹲下来看着她。他把被子盖在她裸露的后背和肩膀上，手指温柔地抚过她的卷发。她打了一声呼噜，又动了动，接着沉沉睡去。

戈奇快速地从窗口爬了出去，又轻轻把窗子掩上。

他站在落满雪的阳台上，凝视着山坡上的树林向下蔓延到暗处水光闪烁的峡湾边。远处的山峦散发着微光，山顶干冷的夜空中，一片暗淡的光域在黑暗中缓缓移动，连接起夜空和远处的星陆板区。云彩在天空中缓缓浮动，伊克洛一丝风也没有。

戈奇抬起头，看到一片云中的“星云”，它们亘古的光辉在凛冽的夜空中岿然不动。他看到自己嘴里呼出的白气，那就像是他和遥远的群星间一股潮湿的迷雾。他把冻僵的双手胡乱塞进大衣里取暖，这时他摸到了什么东西，比雪还软。他掏出来一看，是一粒灰烬。

他把它举起来对着星空凝望，眼前的景象变形了，扭曲了。他的眼里落进了什么东西。是雨吧，他想。

……不，还没结束呢。

又是我。我知道我这样藏着掖着挺讨厌的，不过你可以猜一猜。我怎么好剥夺你自己推断出我是谁的乐趣呢？我到底是谁？

没错，我在这里，一直都在。好吧，差不多是“一直”。我看，我听，我想，我感，我等，我不辱使命（或者说表现得体）。我一直都在，有时候是我自己，有时候是我的分身，藏在某个小小的伪装之下。

老实说，我也不知道我到底希不希望我们的老伙计戈奇发现真相。在这件事儿上，我不得不承认，我还没决定呢。我——我们——就把它交给命运吧。

比如，假设奇亚克中心有一天跟我们的主角提起来，毛鳞-丝壳藏在外壳里的本体是什么样子？或者有一天，戈奇打开了那个空壳，自己看到了？他会认为壳里那个可以嵌一个小圆盘的构造只是巧合？

还是会开始怀疑这一切呢？

我们永远不知道了。当你读到这些东西的时候他早就死了，他和那只被放逐的嗡嗡机之间的约定灰飞烟灭，铅灰色的心脏被轰成碎片，尸体的血浆飞溅到整个奇亚克星陆几欲喷发的内核上，各种粒子随着行星的热循环升降飘浮，每一粒都飞过几千光年回到那个有着燎原烈焰的星球上，升腾为那些粉尘中的一员，为它无尽的夜幕加上一点微薄无用的点缀……

啊对不起，话有点儿多。

不管怎么说，人们总是会原谅一只老迈的嗡嗡机沉迷往事的，对不对？

让我简单扼要地说一说。

这是一个真实的故事。我全程参与。当我不在的时候，或者当我真的不知道——比如说，戈奇的脑子里在想什么——的时候，我承认，我不得不自己补了点东西进去。

但这仍然是个真实的故事。

我怎么会骗你呢？

像往常一样签上大名吧：

斯普兰特·弗利尔-伊姆萨霍·乌-汉德拉·扎托·特拉比提

（“毛鳞-丝壳”）

图书在版编目（CIP）数据

游戏玩家 /（英）伊恩·M. 班克斯著；刘思含译． -- 北京：新星出版社，2022.4
（2025.12 重印）
（伊恩·M. 班克斯“文明”系列）
ISBN 978-7-5133-4124-0
Ⅰ.①游… Ⅱ.①伊… ②刘… Ⅲ.①幻想小说-英国-现代 Ⅳ.①I561.45
中国版本图书馆 CIP 数据核字（2020）第 153355 号

幻象文库

伊恩·M.班克斯“文明”系列
游戏玩家
[英] 伊恩·M. 班克斯 著；刘思含 译

责任编辑：施 然
监　　制：黄 艳
责任印制：李珊珊
封面设计：冷暖儿
责任校对：刘 义

出版发行：新星出版社
出 版 人：孙志鹏
社　　址：北京市西城区车公庄大街丙3号楼　100044
网　　址：www.newstarpress.com
电　　话：010-88310888
传　　真：010-65270449
法律顾问：北京岳成律师事务所

读者服务：010-88310811　service@newstarpress.com
邮购地址：北京市西城区车公庄大街丙3号楼　100044

印　　刷：北京汇瑞嘉合文化发展有限公司
开　　本：910mm×1230mm　1/32
印　　张：11.5
字　　数：279千字
版　　次：2022年4月第一版　2025年12月第四次印刷
书　　号：ISBN 978-7-5133-4124-0
定　　价：49.00元